Antes da tempestade

DINAH JEFFERIES

Antes da tempestade

Tradução
ANDRÉ FONTENELLE

1ª reimpressão

pa ra le la

A Editora Paralela é uma divisão da Editora Schwarcz S.A.

Grafia atualizada segundo o Acordo Ortográfico da Língua Portuguesa de 1990, que entrou em vigor no Brasil em 2009.

TÍTULO ORIGINAL Before the Rains

CAPA Lee Motley

IMAGENS DA CAPA © Jeff Cottenden; © Arcangel Images; © Getty Images

LETTERING DA CAPA Bruno Romão

PREPARAÇÃO Diogo Henriques

REVISÃO Érica Borges Correa e Renato Potenza Rodrigues

Dados Internacionais de Catalogação na Publicação (CIP)
(Câmara Brasileira do Livro, SP, Brasil)

Jefferies, Dinah
Antes da tempestade / Dinah Jefferies ; tradução André Fontenelle. — 1ª ed. — São Paulo : Paralela, 2017.

Título original: Before the Rains.
ISBN 978-85-8439-098-4

1. Ficção histórica inglesa I. Título.

17-08105 CDD-823

Índice para catálogo sistemático:
1. Ficção histórica : Literatura inglesa 823

[2021]

EDITORA SCHWARCZ S.A.
Rua Bandeira Paulista, 702, cj. 32
04532-002 — São Paulo — SP
Telefone: (11) 3707-3500
www.editoraparalela.com.br
atendimentoaoleitor@editoraparalela.com.br
facebook.com/editoraparalela
instagram.com/editoraparalela
twitter.com/editoraparalela

Para Richard

DELHI, ÍNDIA, 23 DE DEZEMBRO DE 1912

Anna Fraser aguardava em pé na varanda ornamentada de uma das mansões *haveli*. Às onze da manhã, as ruas já haviam sido lavadas e aspergidas com óleo, mas mesmo assim a poeira carregada pelo vento irritava os olhos da multidão que chegava. As fileiras de amargosas e figueiras-dos-pagodes balançavam com força, como se protestassem, e os corvos se juntavam ao coro, crocitando e grasnando acima das vielas estreitas que se espraiavam a partir da praça central.

Anna segurava uma sombrinha branca e fitava inquieta os comerciantes logo abaixo, vendendo de tudo, de sorvete a peixe frito apimentado. Havia frutas de aparência estranha, sáris de chiffon, livros e bijuterias. Atrás de janelas reticuladas, mulheres forçavam a vista bordando finos xales de seda. Boticários angariavam fortunas com óleos e poções de colorido original, cujo odor de sândalo permeava o ar. David dizia que era óleo de serpente, mas Anna ouvira que alguns eram extraídos da moagem de lagartos e coloridos com extrato de romã. Anunciavam que tudo o que se desejasse poderia ser encontrado ali, bem no centro da cidade.

Tudo o que se desejasse! Quanta ironia, pensou ela.

Anna se virou na direção de onde em breve surgiria o vice-rei, sentado num elefante, acompanhado pela esposa. Cheio de soberba,

David, marido de Anna e assessor distrital, informara a ela que também viria montado num dos cinquenta e três elefantes, todos eles escolhidos para seguir atrás do vice-rei, Lord Hardinge, que encabeçaria a procissão. Delhi ia tomar o lugar de Calcutá como sede do governo britânico, e aquele era o dia em que Lord Hardinge selaria o acordo, por meio da entrada oficial na velha cidade murada, saindo da estação ferroviária central de Delhi.

Anna notou o som dos canários e dos rouxinóis, empoleirados nas dezenas de gaiolas que adornavam as fachadas das lojas, e, mais ao longe, o ruído grave dos últimos bondes que passavam. Então olhou para a aglomeração de nativos, o povo que continuava a chegar, e chamou a filha, Eliza.

"Pode vir, querida. Eles não devem demorar."

Eliza estava sentada, lendo para matar o tempo, mas se levantou imediatamente ao ouvir a voz da mãe.

"Onde? Onde?"

"Que animação toda é essa? Já falei, é só ter paciência", disse Anna, olhando para o relógio. Eram onze e meia.

Eliza balançou a cabeça. Já tinha esperado demais. Quando se tem dez anos, é difícil segurar uma empolgação tão grandiosa e ainda por cima inédita.

"Já está quase na hora de ver o papai", disse ela.

Anna deu um suspiro. "Olhe só para você. Já amarrotou o vestido."

Eliza baixou os olhos para a roupa branca cheia de fru-frus, feita especialmente para a ocasião. Ela se esforçara ao máximo para conservá-la impecável, mas, por algum motivo, nunca tinha se dado muito bem com vestidos. Até tentava mantê-los limpos, mas havia tantas coisas melhores a fazer. Felizmente, o pai nunca se importara com a aparência dela. Eliza o amava com imenso fervor; ele era bem-apessoado e bem-humorado, sempre lhe reservava um abraço apertado e tinha um docinho embrulhado no bolso da camisa.

Comparados aos nativos, os ingleses pareciam pálidos, com suas roupas brancas de linho e algodão, sentados em arquibancadas ao longo da rua. Apesar de um dia esplendoroso, Anna não conseguia deixar de pensar no ar de apatia de muitos indianos, embora o motivo talvez fosse o vento frio que soprava do Himalaia. Os ingleses pareciam empolgados, como era de esperar. O cheiro de gengibre e *ghee* pairava no ar enquanto ela esperava, tamborilando os dedos no parapeito. David fizera muitas promessas quando propusera que fosse com ele para a Índia, mas, ano após ano, a magia fora se perdendo. Lá embaixo, a criançada inquieta começava a romper o cerco. Uma criança pequena ultrapassou o cordão e entrou no caminho por onde passaria a procissão em sua marcha rumo à fortaleza.

Anna tentou localizar a mãe da criança. Quanta negligência, pensou, deixá-la se afastar tanto. Viu então uma mulher de saia verde-esmeralda, aparentemente distraída em pensamentos, olhando para o balcão mais acima, e pensou que talvez fosse ela. Quando seus olhares se cruzaram, Anna ergueu a mão para avisá-la. A mulher voltou os olhos para baixo e saiu de onde estava para puxar a criança perdida de volta à segurança do público.

Enquanto assistia ao movimento da turba na rua, Anna sentia-se contente por estar a salvo da intrincada mistura de velhas desdentadas de rosto e cabeça cobertos, mendigos solitários enrolados em cobertores puídos, mascates com seus filhos e locais enrolados em xales, que pareciam gritar uns com os outros. Gatos perambulavam pela rua, com o pescoço virado para cima, de olho no revoar dos pombos entre os galhos das árvores. Homens de meia-idade acompanhavam tudo com ar sério, pousando o olhar nas chamadas "dançarinas". Só a cantoria das crianças ao fundo melhorava um pouco o humor de Anna.

Não havia como evitar pensar no passado que permeava cada centímetro da praça histórica, infiltrando-se até a estrutura dos edifícios. Todos lembravam que ali haviam ocorrido as procissões dos imperadores, ali os príncipes mogóis tinham empinado seus cavalos dançarinos e os ingleses haviam chegado trombeteando o projeto de construir uma nova e poderosa Delhi imperial. Desde a visita do rei, no ano anterior, a paz se impusera e os assassinatos políticos haviam cessado; por essa razão, considerou-se desnecessário adotar medidas de segurança especiais para o grande dia.

Ela ouviu o estrondo alto dos canhões, indicando a chegada iminente do vice-rei. Eles dispararam de novo, e um alarido nasceu da multidão. Agora, surgia gente de todas as janelas e balcões, com os olhos voltados para a salva de canhões. Anna sentiu um arrepio percorrer seu corpo — foi quase uma premonição, ela viria a pensar depois —, mas não deu importância a isso. Olhou para o relógio e em seguida para o maior elefante que já tinha visto, com um esplêndido *houdah* de prata, aberto no alto, em seu dorso, de onde Lord Hardinge e a mulher assistiam a tudo. O próprio elefante, de tom cinza-azulado, fora decorado no chamativo estilo local, tingido em padrões coloridos e coberto com veludo e ouro. A procissão já havia passado pelos jardins reais, onde o público não estava autorizado a se reunir; agora, ao entrar em Chandni Chowk, o clamor começava a aumentar.

"Ainda não vejo papai", disse Eliza, gritando para se fazer ouvir em meio à balbúrdia. "Ele está lá, não está?"

"Pelo amor de Deus, você é a criança mais impaciente do mundo!"

Eliza olhou para a rua, onde dezenas de crianças tentavam avançar. Em seguida, franziu o cenho. "Acho que não. Olhe só para eles. E seus pais nem estão na procissão."

Ela se debruçou o máximo que a coragem permitia, segurando com força o peitoril e saltitando. Mal conseguia conter a empolgação enquanto a extensa fila de elefantes começava a aparecer.

"Tome cuidado", ralhou a mãe. "Se pular desse jeito vai acabar caindo."

Logo atrás do vice-rei vinham dois delegados de distrito especialmente indicados, seguidos pelos príncipes de Rajputana e pelos chefes punjabis, em elefantes ricamente decorados. Cercavam-nos os respectivos soldados de cada estado, portando espadas e lanças, e ostentando o tradicional uniforme de gala. Na sequência, vinha o restante do governo britânico, em elefantes mais simples. Eliza sabia de cor a ordem. O pai lhe explicara cada momento da cerimônia, e ela pedira que ele desse uma parada, olhasse para cima e acenasse quando seu elefante passasse embaixo do balcão. O vento diminuíra, o sol saíra e a manhã parecia perfeita. A hora finalmente havia chegado.

Anna voltou a olhar para o relógio. Quinze para meio-dia. Bem na hora. Do outro lado da rua, a mulher de verde-esmeralda segurava no colo a criancinha, para que pudesse ver tudo. Melhor assim, pensou Anna.

Os ingleses começaram a vibrar, com gritos de "Urra!" e "Deus salve o rei!". No mesmo instante em que Lord Hardinge retribuiu a saudação, Eliza reconheceu o pai e acenou empolgada. Enquanto o elefante do vice-rei dava mais alguns passos à frente, a montaria de David Fraser parou, de modo a cumprir o desejo de Eliza. No instante em que ele voltou os olhos para cima, uma explosão devastadora, parecida com o ribombar poderoso de um canhão, silenciou instantaneamente a multidão. Os edifícios pareceram balançar e toda a procissão se deteve, assustada. Em estado de choque, Anna e Eliza observavam fixamente, enquanto a fumaça branca e os destroços se espalhavam. Sentindo como se tivesse levado um soco no peito, Eliza esfregou os olhos úmidos e se afastou do peitoril com um salto. Não conseguia ver o que ocorrera. A fumaça se dissipou um pouco e sua mãe tossiu, em meio ao ar trepidante.

"Mãe, o que foi isso?", gritou Eliza. "O que está acontecendo?"

Nenhuma resposta.

"Mãe!"

Era como se Anna estivesse surda. Eliza sabia apenas que alguma coisa havia voado pelos ares, mas o que fazer? Fitava, confusa, a multidão atarantada. Por que a mãe não respondia? Ela puxou a manga de Anna e percebeu que os nós de seus dedos estavam brancos de tanto apertar o peitoril.

Lá embaixo, a massa havia invadido a rua, e em meio à nuvem de poeira ela viu soldados acorrerem ao vice-rei, vindos de todos os lados. Um odor desagradável de metal derretido, misturado a alguma substância química, dificultava a respiração. Ela tossiu e puxou de novo a manga de Anna.

"Mãe!", chamou Eliza.

Mas o olhar arregalado de Anna, pálida, completamente estática, estava perdido.

Num estado incomum de animação suspensa, Anna parecia notar apenas que a mulher de verde, do outro lado da rua, havia desmaiado. Eliza também a viu, mas não entendia por que a mãe não parava de apontar para ela. Só sabia que tinha uma sensação terrível na barriga e vontade de chorar.

"Papai está bem, não é?"

Só então Anna se apercebeu dela. "Não sei, querida."

Embora parecesse que só tinha olhos para a mulher do outro lado da rua, Anna vira o marido vacilar em seu assento e inclinar-se para a frente. Por um instante deu a impressão de se endireitar e até dar um sorriso para Eliza, mas logo em seguida caiu de novo para a frente, e permaneceu lá. O serviçal que segurava a sombrinha oficial do vice-rei agora pendia preso às cordas do *houdah*.

Eliza só conseguia pensar no pai. Ele estava bem. Tinha que estar. De repente ela se deu conta do que tinha que fazer. Deixando a mãe para trás, deu meia-volta, desceu correndo as escadas e foi para a rua, onde deu um encontrão num menino indiano que não parecia muito mais velho que ela. Sem saber o que dizer, Eliza fitou o menino, estupefata. "Meu pai", murmurou ela.

O menino a pegou pela mão. "Saia daqui. Não há nada que você possa fazer."

Mas Eliza tinha que vê-lo. Ela se livrou do menino com um safanão e abriu caminho. Quando chegou à frente da procissão, estacou. O elefante estava tão assustado que não queria se ajoelhar. Para sua enorme tristeza, Eliza viu quando outro oficial inglês armou uma escada em cima de um baú de uma loja vizinha, de modo a trazer seu pai de volta para o chão. Colocaram-no sobre os paralelepípedos e, à primeira vista, o corpo não parecia ter marcas, mas o rosto estava translúcido como o gelo, e os olhos, arregalados com o choque. Eliza correu para se ajoelhar a seu lado, mas tropeçou e quase caiu. Assustada, ela o envolveu nos braços, empapando o vestido com o sangue da pessoa que mais amava no mundo.

"Receio que não haja tido qualquer chance. Pobre sujeito!", disse alguém. "Parece que os canalhas usaram parafusos, pregos, agulhas de gramofone, vidro e coisas assim para fazer a bomba. Alguma coisa o atingiu no peito. Foi uma fatalidade. Mas, nem que tenhamos que botar Chandni Chowk inteira abaixo, vamos pegar o grupo de falsos libertadores que fez isso!"

Eliza ainda estava enlaçada ao pai. Colando a boca à orelha dele, sussurrou: "Eu te amo". E quis acreditar que ele a escutara.

Foi então que, em meio ao burburinho cada vez maior da multidão, o menino disse, educadamente: "Senhorita, por favor, deixe-me ajudá-la a se erguer. Ele se foi".

Eliza olhou para ele, mas nada parecia real.

PARTE I

Longe de nós nos sonhos e no tempo, a Índia
pertence ao Oriente antigo da nossa alma.
André Malraux, *Antimemórias*, 1967

1

ESTADO PRINCIPESCO DE JURAIPORE, RAJPUTANA,
IMPÉRIO INDIANO, NOVEMBRO DE 1930

Por um breve instante Eliza vislumbrou a fachada do castelo. Ela ficou espantada com a forma como tremeluzia — como uma miragem engendrada pelo mormaço do deserto, estranha e um tanto amedrontadora. O vento vacilou e voltou a ganhar força. Eliza fechou os olhos brevemente, até que a nuvem, que parecia uma extensão da areia, passasse. Estava longe de casa e não tinha ideia do que ia acontecer, mas não podia voltar atrás, e sentia o medo como um nó no estômago. Aos vinte e nove anos, aquele era o serviço mais importante que lhe encomendavam desde que se tornara fotógrafa profissional. Não estava claro para ela por que Clifford Salter a escolhera. Ele dissera que Eliza estaria em melhores condições de fotografar as mulheres do castelo, já que muitas ficavam reticentes diante de forasteiros, sobretudo homens. E o vice-rei solicitara especificamente alguém de nacionalidade britânica, acautelando-se contra conflitos de interesse. Ela receberia um estipêndio mensal, além de um prêmio pelo êxito na missão.

Eliza reabriu os olhos em meio ao ar carregado de areia e poeira, escondendo a visão do castelo. Mais acima, o céu estava completamente azul. O calor era implacável. Seu acompanhante virou-se para dizer que se apressasse. Ela inclinou a cabeça e subiu de volta à carruagem puxada por camelos, apertando contra o peito a bolsa com a câmera. Não podia deixar que a areia danificasse seu precioso equipamento.

Já mais próxima do seu destino, Eliza ergueu os olhos, divisando uma fortaleza que se estendia ao longo da montanha, como num sonho. Uma centena de pássaros atravessava em revoada o horizonte. Muito acima, nuvens róseas enfileiradas formavam delicados desenhos. Quase tonta com o calor, ela teve que se esforçar para não ceder a tal feitiço; afinal de contas, estava ali para trabalhar. Mas, se não se curvasse por causa do vento, que lhe trazia o passado distante de volta, lembranças mais recentes fariam o trabalho.

Quando Anna Fraser entrou em contato com Clifford Salter, milionário afilhado de seu falecido marido, sua ideia era conseguir para a filha uma vaga de escriturária numa firma de advocacia em Cirencester ou algo do gênero. Assim, esperava evitar que Eliza tentasse fazer carreira como fotógrafa. Afinal de contas, quem ia querer uma mulher trabalhando como fotógrafa? Mas justamente Clifford queria. Ele achou que ela atenderia perfeitamente aos seus propósitos. Anna não teve como se opor. Afinal, ele era o representante da Coroa britânica, e obedecia apenas ao chefe político de Rajputana, o agente do governador-geral, com poder indireto sobre todos os vinte e dois Estados principescos. Ele, os residentes e as autoridades políticas menores dos estados inferiores pertenciam à seção política que estava diretamente sob as ordens do vice-rei.

Agora Eliza tinha diante de si um ano no interior de um castelo onde não conhecia ninguém. Sua tarefa seria fotografar a vida no Estado principesco, criando um novo acervo que marcasse a mudança da sede do governo britânico de Calcutá para Delhi. A construção de Nova Delhi havia levado muito mais tempo do que o esperado, e a guerra atrasara tudo, mas a hora finalmente havia chegado.

Ela ouvira os alertas da mãe sobre o sofrimento da população e notou os garotos do lado de fora dos muros imensos do castelo brincando em meio ao pó e à sujeira. Reparou numa mendiga, sentada de pernas cruzadas com o olhar vazio fixo à frente, ao lado de uma vaca que dormia. Perto delas, uma estrutura em bambu apoiada contra um muro alto balançava perigosamente. Duas pranchas de madeira soltas pairavam logo acima de uma criança nua, de cócoras no chão.

"Pare!", gritou Eliza. Assim que a carroça parou de se arrastar, ela saltou. Uma das pranchas começava a escorregar de seu apoio. Com o coração aos pulos, ela se esticou e afastou a criança do perigo. A madeira caiu ao chão, partindo-se em vários pedaços. A criança saiu correndo, sob o ar indiferente do condutor da carroça. Será que não se importam?, pensou Eliza, enquanto subiam a ladeira.

Poucos minutos depois, o carroceiro estava batendo boca com os guardas do lado de fora da fortaleza. Não queriam lhe dar passagem, embora tivesse mostrado os papéis necessários. Eliza olhou para o alto, para a intimidante fachada e o enorme portal de entrada, largo o bastante para passar um exército, camelos, cavalos e carruagens. Ouvira dizer que o potentado possuía inúmeros carros. Mas o veículo em que viajava havia quebrado, e prosseguir numa carruagem puxada por camelos a deixara cansada, com sede e suja. Seus olhos estavam irritados e sentia uma comichão na cabeça. Ela não conseguia evitar se coçar, ainda que aquilo piorasse as coisas.

Por fim, uma mulher apareceu no portão, com o rosto coberto por uma echarpe fina e comprida, que deixava apenas seus olhos escuros à mostra.

"Sua graça?"

Eliza se identificou enquanto protegia os próprios olhos do sol penetrante da tarde.

"Prossiga."

A mulher fez um sinal para os guardas, que, mesmo com cara de desagrado, deixaram a carruagem passar. Fazia dezoito anos que Eliza e a mãe haviam trocado a Índia pela Inglaterra. Dezoito anos de perspectivas cada vez mais diminutas para Anna Fraser. Mas Eliza havia decidido ser livre. Ela tinha a sensação de estar renascendo, como se uma mão invisível a tivesse levado de volta — embora Clifford Salter não tivesse nada de invisível. Ele não era um homem bonito, e seria difícil encontrar alguém mais desinteressante. Os cabelos loiros rareando e os olhos azuis míopes e umedecidos davam uma impressão de insipidez. Porém, Eliza lhe era grata por ter conseguido aquele serviço na terra dos rajaputes, guerreiros daquele aglomerado de Estados principescos na região desértica do Império Indiano.

Antes de passar por baixo de uma série de arcos majestosos, Eliza sacudiu a poeira do corpo o máximo que pôde. Um eunuco a guiou por um labirinto de salões e corredores azulejados até um minúsculo vestíbulo. Ela ouvira falar daqueles homens castrados que usavam roupas femininas, e sentiu um calafrio. O vestíbulo era vigiado por mulheres, que a olharam com ar pouco amistoso, impedindo sua passagem pelas imensas portas de sândalo incrustadas de marfim. Quando, depois de algumas explicações do eunuco, elas permitiram que avançasse, ela foi deixada esperando sozinha. Eliza examinou o salão, pintado de alto a baixo de um azul-celeste claro, decorado com detalhes em ouro. Flores, folhas e pergaminhos em filigrana subiam pelas paredes, espalhando-se pelo teto. Até o chão havia sido acarpetado num tom azul combinando. Embora as cores fossem brilhantes, o conjunto transmitia um efeito de delicada beleza. Envolvida por tanto azul, ela quase se sentiu no céu.

Será que esperavam que anunciasse de alguma forma sua chegada, como dando um pigarro discreto? Chamando alguém? Ela limpou as mãos grudentas na calça e pôs no chão a pesada bolsa com o equipamento fotográfico, mas, depois de um breve instante, pegou-a de volta. O cabelo preso na altura da nuca, a calça cáqui e a camisa branca — agora amarrotada — só aumentavam a sensação de ser um peixe fora d'água. Num lugar tão cheio de cores e detalhes, Eliza não poderia ficar à vontade. Tinha passado a vida inteira fingindo se sentir bem, falando de coisas sem importância, simulando interesse por pessoas de quem não gostava. Fizera um enorme esforço para ser igual às outras meninas, depois às outras mulheres, e mesmo assim a sensação de estar deslocada nunca a abandonara, mesmo depois do casamento com Oliver.

No cintilante salão laranja que sucedia o vestíbulo azul, os raios de sol que entravam pela janelinha retangular revelavam o pó suspenso no ar. Para além do salão, ela discernia o canto de outra sala, de um vermelho profundo. Era onde efetivamente começavam as paredes entalhadas da *zenana*. Eliza sabia que as *zenanas* dos palácios reais de Rajputana eram interditadas aos homens plebeus. Clifford lhe explicara todo o mistério e as intrigas que envolviam aquele espaço reservado às mulheres e que ele chamava de harém. Era, segundo ele, o lugar das conspirações, dos rumores e do erotismo desabrido, pois ali todas eram iniciadas nas "dezesseis artes de ser mulher". Um lugar fervilhante de fornicação múltipla e degeneração moral — foi a expressão que ele usou, com uma piscadela —, até mesmo entre os religiosos, ou, melhor dizendo, especialmente entre os religiosos, embora as autoridades britânicas tivessem feito esforços para erradicar as práticas sexuais mais obscuras.

Eliza conjecturou: quais seriam as tais dezesseis artes? Se as conhecesse, talvez seu casamento tivesse sido mais bem-sucedido. Só de pensar na solidão da vida com Oliver, ela soltou um suspiro.

Da sala vermelha, desprendia-se um perfume oriental enjoativo, que certamente continha canela e talvez gengibre, além de algo inebriantemente adocicado, confirmando o que ela ouvira falar a respeito da *zenana*. Por essa razão, sentiu-se sufocada e teve vontade de se aproximar da janela, abrir a cortina branca esvoaçante e se debruçar para respirar ar puro.

Eliza começou a sentir dor nos braços e agachou-se para depositar no tapete a bagagem pesada, encostando-a numa parede onde havia um abajur em forma de pavão sobre um suporte de mármore. Ao ouvir um pigarro profundo, ela levantou o olhar e empertigou-se rapidamente, ajeitando os cachos que haviam se soltado dos grampos cuidadosamente colocados. A vida inteira batalhara para controlar os cabelos longos e cheios, que tendiam a cachear. Ao ver a silhueta de um homem extremamente alto de pé diante da janela, Eliza engoliu em seco, tentando disfarçar o nervosismo.

"A senhorita é britânica?", ele perguntou. Ela arregalou os olhos, surpresa com seu inglês impecável.

O homem deu um passo à frente e a luz atingiu seu rosto. Era um indiano de fortíssima compleição. Sua roupa estava coberta de pó vermelho e alaranjado, e em seu cotovelo esquerdo empoleirava-se um imenso pássaro encarapuçado.

"O senhor tem permissão para estar aqui?", perguntou Eliza. "Não estamos na entrada da *zenana*?"

Ela se concentrou nos olhos profundos dele, da cor do âmbar, delineados por cílios improvavelmente negros, e perguntou-se por que ele não estava usando turbante. Não era assim que se vestiam todos os homens em Rajputana? Sua pele morena brilhava, e os cabelos castanhos e lustrosos estavam penteados para trás, formando um topete frouxo.

"Acho que o senhor deveria procurar a entrada dos mercadores", acrescentou Eliza, supondo que fosse algum tipo de mascate, embora na verdade tivesse mais a aparência de um cigano ou de um menestrel itinerante. Ela sentiu um filete de suor correr sob as axilas, de modo que a sensação pegajosa não se restringia mais às mãos.

Foi nesse instante que uma indiana mais velha entrou no salão, vestindo trajes tradicionais: a saia longa e cheia conhecida como *ghagra*, uma camisa lisa e o *dupatta*, um lenço bufante que flutuava com seu movimento, em uma mistura de vermelho-vivo, verde-esmeralda e escarlate, com costuras em dourado. Apesar de incompatível, o conjunto era bonito. Desprendia-se dela uma nuvem de sândalo, assim como um ar de paz silenciosa. Quando a mulher puxou um cordão por trás do suporte de mármore, o abajur de pavão ganhou vida, derramando uma luz verde-azulada. Em seguida, ela caminhou em direção a Eliza e fez uma leve mesura, com as palmas bem unidas e os dedos cheios de anéis com pedras e unhas bem-feitas com esmalte dourado apontados para cima.

"*Namaskār*, meu nome é Laxmi. A senhorita é a fotógrafa, certo?"

"Meu... meu nome é Eliza Fraser." Ela curvou a cabeça, sem saber se a mesura era devida. Afinal, aquela mulher havia sido marani, e era mãe do soberano de Juraipore. Clifford lhe havia contado que a beleza e a inteligência da antiga rainha eram lendárias, e que, junto com o finado marido, o antigo marajá, ela fora responsável pela modernização de muitos costumes do Estado. Laxmi tinha o cabelo trançado e enrolado na altura do longo e elegante pescoço; suas maçãs do rosto eram bem delineadas e seus olhos negros faiscavam. Eliza concluiu que sua fama era justificada, mas lamentou não ter feito mais perguntas a Clifford sobre as regras de etiqueta. A única recomendação que ele havia feito fora para tomar cuidado com as traças, que comiam as roupas, e os cupins, que comiam a mobília.

Laxmi virou-se para o homem. "E você? Vejo que trouxe de novo esse pássaro."

O homem deu de ombros com um ar de intimidade e ergueu as sobrancelhas. Eliza notou que eram grossas e negras.

"O nome dele é Godfrey", o homem disse.

"E isso é nome que se dê a um falcão?", perguntou a mulher.

Ele riu e piscou para Eliza. "Era o nome do meu professor no curso clássico em Eton, um homem bastante distinto."

"Eton?", perguntou Eliza, surpresa.

Laxmi soltou um suspiro profundo. "Permita-me apresentar meu segundo e mais rebelde filho, Jayant Singh Rathore."

"Filho?"

"Sempre repete tudo o que lhe dizem, srta. Fraser?", perguntou Laxmi, com uma cara zombeteira, então abriu um sorriso. "É compreensível que esteja nervosa. E fico feliz que esteja aqui para retratar nosso cotidiano. Para um novo arquivo em Delhi, pelo que soube."

Diante da menção a seu trabalho, Eliza recompôs-se e começou a falar com ânimo. "Sim, Clifford Salter quer imagens menos formais, para mostrar a vida de vocês como ela realmente é. Há tanta gente fascinada pela Índia que espero publicar algumas imagens nos melhores periódicos. A *Photographic Times* ou o *Photographic Journal* seriam perfeitos."

"Entendo."

"Um guia completo da vida num Estado principesco, ao longo de um ano inteiro. Estou muito ansiosa. Obrigada por me convidarem. Prometo não me intrometer, mas há tanta coisa para ver, e a luz é fantástica. É tudo uma questão de luz e sombra. *Chiaroscuro*. E espero conseguir..."

"Sim, tenho certeza disso. Quanto a meu filho, depois que tirar a poeira do deserto da roupa, você vai perceber que não é tão repulsivo quanto parece neste momento." Laxmi riu. "Fale a verdade. Achou que ele fosse um cigano?"

Eliza, também coberta de pó, sentiu o rubor subir pelo pescoço e, mesmo não sendo a mais quente das estações, ficou com calor.

"Não se preocupe, é o que todo mundo pensa quando ele passa

dias sem fim no deserto." Laxmi bufou. "Trinta anos de idade e ainda amante do perigo. Ele prefere o mato a gente civilizada como nós. Não admira nem um pouco que não tenha se casado."

"Mãe!", disse Jayant, num tom de advertência que não passou despercebido a Eliza. Em seguida, ele abriu a cortina e debruçou-se na janela, com um ar de desinteresse indolente no rosto.

Ela podia perceber a frustração de Laxmi com o filho no movimento de seu queixo, mas a mulher se refez rapidamente e se voltou para Eliza. "Muito bem! Esse é seu equipamento?"

"Uma parte. O resto está vindo numa carroça." Eliza fez um sinal genérico na direção de onde supunha que viria.

"Providenciarei para que o levem aos seus aposentos. Você vai ficar aqui, para que não desapareça de vista."

A preocupação de Eliza deve ter ficado evidente, pois a mulher deu outra risada. "Só estou provocando, minha querida. Pode ir e vir no castelo como bem entender. Seguimos fielmente as exigências do residente."

"É muito gentil de sua parte."

"Não tem nada a ver com gentileza. É de nosso próprio interesse agradar o governo britânico. No passado, nosso relacionamento foi espinhoso, reconheço, mas estou tentando usar minha influência para domar certas facções aqui dentro. Em todo caso, basta por agora. Você terá sua própria câmara escura, com acesso a toda a água que solicitar, e descobrirá que seus aposentos pessoais são extremamente confortáveis e dão para um lindo jardim de inverno, repleto de vasos de palmeiras."

"Obrigada. Clifford disse que havia feito os preparativos com a senhora. Mas minha expectativa era... bem, de um lugarzinho só meu."

"Não daria certo de jeito nenhum. De qualquer forma, nossa casa para hóspedes na cidade está passando por reformas. E, mesmo a *purdah* tendo acabado aqui em Juraipore, ainda há homens que acreditam que as mulheres devem continuar escondidas pelo véu. Não poderíamos deixar você andar sozinha pela cidade."

"Tenho certeza de que não haveria problema", disse Eliza, embora não tivesse certeza nenhuma.

"Os ingleses acham que são os únicos responsáveis por terem tirado as mulheres das trevas, mas, para ser absolutamente sincera, eu só elogiava o costume da *purdah* da boca para fora. Depois que a mãe do meu marido morreu, ele não tardou a aceitar meus pedidos para acabar com ela. A muitos homens convém que a mulher seja submissa e ignorante. Para minha felicidade, ele não era um desses."

"E quais são suas instruções para quando estiver fora dos muros do castelo?"

"Esteja acompanhada o tempo todo. Agora que estamos bem no meio do mês do Kartik, Jayant fez a gentil proposta de acompanhar você numa viagem à feira de camelos de Chandrabhaga. Depois de amanhã. Uma escolta de serviçais seguirá junto. Tenho certeza de que meu filho apreciará a oportunidade de usar seu inglês e de que você desfrutará da feira. Soube que haverá camelos de várias cores e rostos interessantes a registrar. E amanhã poderá acompanhar o sr. Salter numa partida de polo."

Eliza deixou-se vencer pelos nervos. Nem a partida de polo nem a feira de camelos a empolgavam. Sua vontade era de se instalar e se ambientar antes de sair dali, principalmente na companhia de um príncipe, por mais diferente que ele fosse. Ela tentou sorrir, mas sua boca se contraiu. "Minha expectativa era conhecer um pouco mais do castelo antes", disse, percebendo que Jayant a observava com ar curioso, ainda com o falcão empoleirado no braço.

"Mãe, acho que a senhora encontrou alguém à sua altura", disse ele.

Eliza teve a impressão de notar algo diferente na voz dele. Seria uma provocação a ela? Ou à mãe?

Laxmi soltou uma espécie de muxoxo educado, e Eliza teve a clara impressão de que, em seu entender, seria altamente improvável encontrar alguém à sua altura. "Haverá tempo de sobra para conhecer o castelo. A feira é imperdível, você vai conhecer um pouco do interior e vai ser apresentada a Indira. Pedirei a Kiri, a camareira, que mostre seus aposentos."

"A senhora permitiu que Indira fosse na frente, mãe? Isso vai acabar em problemas."

"Mandei um homem de confiança e uma criada junto. De qualquer maneira, a menina sabe quais são os camelos dela."

O sol devia ter mudado de posição, pois agora longos raios de luz se espraiavam sobre o piso. Laxmi estava sendo simpática e amistosa, mas Eliza tinha a sensação de que era melhor não a contrariar. Quando a mulher foi embora, mantendo a postura impecavelmente real, o filho fez uma mesura cheia de formalidade. Eliza o observou com calma, prestando atenção nos traços fortes do rosto, delineados por maxilares proeminentes, parecidos com os da mãe, porém muito mais masculinos; uma testa inteligente, bigode, os olhos distantes e âmbar. Quando ele a encarou com ar sério, Eliza desviou o olhar.

"Nós não a convidamos", disse ele, num tom bastante calmo. "Só obedecemos à ordem de lhe dar acesso ao castelo e acompanhar até outros locais. Os ingleses gostam de dar ordens."

"A ordem foi de Clifford Salter?"

"Precisamente."

"E o senhor sempre o obedece?"

"Eu..." Ele fez uma pausa e mudou de assunto, mas ela ficou com a nítida impressão de que estava prestes a falar mais. "Minha mãe quer um camelo cor de chocolate."

"Existem camelos assim?"

"Principalmente em Chandrabhaga. Vai gostar de lá. Não é um lugar muito visitado pelos ingleses. E seu cabelo vai combinar com a cor dos camelos."

Ela sorriu, mas ficou um pouco constrangida e passou a mão por entre os fios. "Prefiro acreditar que meu cabelo é da cor do mel."

"Mas estamos em Rajputana."

"E quem é Indira?"

"É uma boa pergunta... Tem dezenove anos, mas faz o que bem entende. Vai descobrir que ela é muito fotogênica."

"É sua irmã?"

Ele virou para olhar pela janela. "Não temos nenhum parentesco. Ela é uma pintora de miniaturas muito talentosa. Uma artista. Vive aqui sob proteção da minha mãe."

Eliza ouviu o som de vozes infantis, com risos e gritinhos ecoando do lado de fora.

"Minhas sobrinhas", disse ele, acenando antes de se virar para

Eliza. “São três, muito lindas. Nenhum garoto, para a eterna vergonha do meu irmão.”

Uma mulher de traços juvenis entrou silenciosamente na sala e fez sinal para que Eliza a acompanhasse. A fotógrafa pegou a bolsa, sentindo-se incomodada. Como ele podia dizer uma coisa daquelas para ela? Realmente acreditava que ter apenas filhas mulheres era motivo de vergonha?

“Pode deixar a bolsa aí. Alguém vai levar.”

“Posso ser apenas uma mulher, mas prefiro levá-la eu mesma.”

O príncipe inclinou a cabeça. “Fique à vontade. Esteja pronta às seis, depois de amanhã. Ou é cedo demais para você?”

“É claro que não.”

Ele pareceu examiná-la. “Tem algum traje feminino?”

“Se o senhor se refere a vestidos, sim, mas quando estou trabalhando prefiro usar calça.”

“Bem, será um prazer conhecê-la melhor, srta. Fraser.”

O sorriso condescendente dele a deixou mais irritada que o normal. Quem achava que era, para julgá-la? Preguiçoso, mimado, provavelmente sem propósito na vida, como todos os homens da realeza indiana. Quanto mais Eliza pensava naquilo, mais sua impaciência crescia.

Eliza acordou cedo no dia seguinte. As cortinas eram finas, e o sol já estava forte o bastante para obrigá-la a proteger os olhos ao pular da cama e olhar pela janela. Ela teve a estranha sensação de que, apesar de todos os anos que haviam passado, alguma coisa daquelas terras orientais ainda corria em seu sangue. O odor da terra suscitava memórias distantes, e ela acordara várias vezes durante a noite com a impressão de que estava sendo chamada por alguém. O ar carregava o aroma das areias do deserto, e ela inspirou o ar gelado da manhã, sentindo-se revigorada e nervosa.

A visão do jardim de inverno batia com a descrição, e ela sorriu ao ver os macaquinhos pulando de árvore em árvore, brincando nos maiores balanços que já tinha visto. Como o castelo — apenas uma parte de uma fortaleza gigantesca — ficava no topo de um penhasco escarpado de arenito, que se erguia sobre a cidade dourada, a vista dos telhados planos mais abaixo a deixou sem fôlego, e ela abraçou o próprio corpo, em êxtase. Casinhas cúbicas, aninhadas perto dos muros da fortaleza, eram de um ocre profundo e polido, mas o tom das casas mais distantes no horizonte, onde a cidade ia dando lugar ao deserto, passava gradualmente para prateado-claro. Era como o estojo de tintas de uma criança, com tons sublimes de madressilva e dourado. Árvores empoeiradas à procura da luz pontilhavam o espaço entre as casas. Imensas revoadas de pássaros se precipitavam em mergulhos pela cidade inteira.

A temperatura estava amena, mas Eliza desconfiava que à tarde chegaria aos vinte e cinco graus, ou até mais, e que a probabilidade de chuva era pequena. Pensou no que vestir para uma partida de polo, e optou por uma camisa de mangas compridas, com uma saia pesada de gabardina. Decidir o que pôr na bagagem para a Índia a ocupara durante várias semanas. A mãe fora de pouca valia, lembrando-se apenas dos vestidos de noite que usava antes do assassinato do seu marido. Eliza tinha muito poucas recordações desse tempo, mas um nó lhe veio à garganta ao pensar nele.

A vida não tinha sido fácil para ela. Depois que Oliver, seu marido, morreu, Eliza voltou para a casa da mãe, onde descobriu que ela costumava esconder garrafas de gim, em geral debaixo da cama ou sob a pia da cozinha. Anna negava insistentemente e às vezes era incapaz de lembrar dos períodos de embriaguez. Por fim, Eliza perdeu as esperanças. Ao viajar para a Índia, ela esperava deixar tudo para trás. No entanto, lá estava Eliza, ainda olhando para o passado, e não apenas por estar pensando na mãe.

Ela examinou o quarto em volta. Era grande e arejado. A cama ficava escondida atrás de um biombo, e um dos cantos fora arranjado como uma pequena sala de estar, com uma poltrona espaçosa e um sofá de aparência aconchegante, atrás do qual uma porta em arco levava a uma salinha de jantar. Nenhum sinal de traças ou cupins. Outro arco decorativo, na parede oposta à cama de quatro colunas, dava para um sofisticado banheiro. A porta para a câmara escura ficava em um corredor sombrio do lado de fora. Eliza confirmou que só ela teria a chave.

Enquanto arrumava as roupas, pensou em sua chegada na noite anterior, quando um brilhante pôr do sol coloria o céu de vermelho. Os sinos dos templos estavam tocando, e duas meninas, brincando de patins, quase a fizeram cair. Entre gritinhos e risinhos, elas pediram desculpas em híndi, e Eliza, feliz por conseguir compreendê-las razoavelmente, pensou agradecida no antigo *ayah* indiano que lhe ensinara o idioma. As aulas de revisão que havia feito recentemente também haviam ajudado.

Pouco tempo depois, um criado impecável, vestindo luvas, uniforme branco e um turbante vermelho, lhe levara numa bandeja de prata tigelas de *dal*, arroz e frutas. Ela foi para a cama cedo, depois de desfazer a mala. Teria caído no sono numa fração de segundo, exaurida pela longa viagem desde a Inglaterra, seguida pela expedição até Delhi e de mais um dia de jornada até Juraipore. Mas agitação era o que não faltava. Música, risadas, pássaros cantando, sapos coaxando, crianças fazendo barulho: tudo passava por sua janela, interrompendo seu sono. Os ruídos dos pavões mais pareciam miados de gatos.

Ela ficou acordada, tomada pela noite de Juraipore: os tambores, as flautas de bambu, a fumaça e, acima de tudo, a sensação permanente de uma vida vivida ao máximo, apesar da pobreza e da aridez do deserto.

Com a cabeça girando, pensou no pai e no marido. Será que um dia seria capaz de se perdoar pelo que acontecera? Era preciso, se quisesse aproveitar aquela oportunidade única na vida. Não podia correr o risco de ter que voltar rastejando para a mãe, arrependida. Eliza tinha dificuldade de reconhecer que havia redescoberto alguma coisa dentro de si, algo que perdera no dia em que haviam voltado para a Inglaterra.

2

Fazia um calor escaldante, e Eliza não tardou a sentir-se grudenta e com roupas demais. Era dia para um vestido de verão, de musselina, e não linho pesado, embora Clifford trajasse um paletó de linho com camisa e gravata. Não era nada tão grandioso quanto ela imaginara: parecia mais um churrasco de família que qualquer outra coisa, mas, com a presença esparsa de torcedores reunidos dos dois lados do campo — alguns trazendo as próprias cadeiras —, o clima de empolgação era inegável. Eliza nunca estivera em uma partida de polo, e o campo, rodeado de árvores e cercas, com vista ao fundo para as montanhas, era idílico.

"Pelo menos aqui é seco", disse Clifford. "Ao contrário da Inglaterra, onde a lama é um problema."

Ele contou que o time britânico era composto por oficiais do Exército, do 15º Regimento de Lanceiros. Eles aparentemente haviam levado consigo um grupo de torcedores muito ruidosos, alguns dos quais davam a impressão de terem chegado bêbados. Também havia outros militares, devidamente acompanhados pelos criados, e um ou outro reserva uniformizado, caso as partidas do dia exigissem substituições.

Enquanto esperava ao lado de Clifford, Eliza observava o pequeno público. Logo atrás do grupo principal de torcedores britânicos, havia um homem de braços dados com uma mulher alta. Ela os viu e sorriu. Clifford cochichou que o nome dela era Dottie Hopkins, e que o marido era médico. "Vou apresentar os dois para você mais tarde", ele acrescentou. "São pessoas de bem."

A mulher tinha um ar amistoso, e Eliza gostou da ideia. Mais além, um numeroso e barulhento grupo de torcedores indianos estava chegando, também acompanhado por inúmeros criados, vestidos formalmente. O olhar de Eliza ficou focado neles.

"Embora seja considerado o esporte dos reis, Anish, o soberano, raramente aparece", disse Clifford. "Preste atenção no príncipe Jayant. Ele é um cavaleiro excepcional e excelente jogador. Com ele, a vitória está garantida."

"Essas partidas sempre acontecem?"

"As maiores são as que fazem parte do campeonato, mas hoje é um pequeno amistoso, para nos distrairmos. O time de Jaipore é muito famoso, sabia? Ganharam o campeonato indiano no ano passado, mas Juraipore está melhorando."

"Que maravilha!"

"E ainda pretendemos ser campeões. Agitar a bandeira e tudo mais."

Logo depois os jogadores entraram em campo a pé, eretos e elegantes. Em seguida os cavalariços, com ar orgulhoso, trouxeram os pôneis, e o público começou a aplaudir. Clifford explicou logo que se tratavam de animais adultos.

"É um esporte terrivelmente caro. As montarias valem milhões."

Eliza acompanhou enquanto os jogadores se aprontavam. Todos pareciam incrivelmente fortes. Identificou entre eles o príncipe Jayant, que estava se ajeitando na sela de um magnífico pônei negro. O barulho da torcida começou a aumentar, com gritos e assovios insistentes.

Clifford chegou mais perto de Eliza. "Ele atrai o público. E seu pônei tem personalidade. É muito importante confiar no animal, ele não pode ficar agitado demais. Está vendo aqueles dois sujeitos?"

Eliza olhou na direção para a qual Clifford apontava.

"São os juízes. Tem mais um, caso haja uma discordância. No polo se preza muito a lisura."

Até ali estava sendo divertido. Apesar de sua reticência inicial,

Eliza estava gostando da novidade e de estar ao ar livre. Ela viu os dois times se alinharem um diante do outro, com os tacos em prontidão. Então o jogo começou. A intensidade foi aumentando, com os pôneis galopando pelo campo e nuvens de poeira se levantando do terreno duro. Logo ficou evidente que o pônei do príncipe parecia estar se esquivando das manobras e evoluções.

"É para ser assim mesmo?", perguntou ela.

Clifford franziu o cenho. "Ele parece meio arredio."

Eliza olhou por um momento para a torcida indiana e notou que dois homens vestidos de maneira formal, carregando espadas curvas na cintura, haviam se aproximado do campo, como se esperassem por problemas. Ela prendeu a respiração, mas nada ocorreu. Voltou a assistir fascinada à partida, mal prestando atenção em Clifford, que lhe explicava as regras e a terminologia do polo.

Alguns minutos depois, o pônei do príncipe começou a se comportar de maneira realmente perturbadora.

"Meu Deus!", exclamou Clifford, enquanto o animal trotava para um lado e para o outro, empinando, fora de controle, até que começou a dar coices.

Eliza percebeu a expressão dúbia no rosto do príncipe Jayant — um misto de desagrado e perplexidade. O burburinho começou entre ingleses e indianos, dando lugar a uma gritaria quando a sela de Jayant começou a escorregar. Em questão de segundos, ele estava caído de costas no chão, enquanto seu pônei galopava sem controle. Os outros jogadores pararam. Só ficaram olhando assustados até que dois cavalariços entraram no campo para correr atrás do pônei indomável. Eliza prendeu a respiração e apertou o braço de Clifford quando o animal entrou no meio da torcida indiana. Muitos gritavam e agitavam os braços, em estado de choque, enquanto outros corriam para escapar. De repente ouviu-se um grito agudo, e uma mulher caiu de costas na cerca. O pônei escoiceava sem parar; as pessoas corriam para sair do caminho dele, mas a mulher, caída em silêncio no chão, não esboçava o menor movimento.

Eliza viu o médico que Clifford havia apontado antes correr e debruçar-se sobre ela.

Enquanto os cavalariços finalmente acalmavam o pônei assustado, dois homens chegaram com uma maca de lona para a mulher. O médico seguiu atrás dela. Enquanto isso, o príncipe se levantou, aparentemente ileso, mas com ar de fúria no rosto, e tirou a poeira do corpo. Em seguida, saiu do campo, puxando o animal pela rédea. Os dois homens com as espadas curvas na bainha seguiram-no, e Eliza concluiu que deviam ser seus guarda-costas.

A fotógrafa que existia dentro dela estava treinada para enxergar os detalhes de uma cena. Ela notou a presença de um indiano, provavelmente um empregado do estábulo. No entanto, ele parecia ter se esgueirado por trás da torcida indiana para ir em direção a outro homem, que era alto e tinha a pose altaneira de quem pertencia à realeza. Ele deu um tapinha nas costas do empregado e abriu um sorriso de orelha a orelha. Aquilo parecera estranho a Eliza, considerando o que acabara de acontecer. Apesar do clima tenso, dois torcedores ingleses riam à socapa, entreolhando-se e piscando um para o outro.

"Que idiotas! Não tem nada de divertido nisso", disse ela. "A mulher pode ter morrido."

"Logo, logo Julian Hopkins vai dizer", respondeu Clifford.

Os ingleses conversavam, sem se incomodar, nem de longe parecendo chocados, e sem dar o menor sinal de que iriam embora. Por sua vez, os torcedores indianos balançavam a cabeça e resmungavam, ou simplesmente davam meia-volta e deixavam o campo.

"Imagino que o jogo vá ser interrompido", disse Eliza.

"Não", respondeu Clifford. "Um substituto do príncipe já está entrando, veja. Isso é permitido em caso de lesão."

"Sério? Não é um tanto indelicado?"

"O jogo tem que continuar, Eliza."

Olhando à sua volta, ela notou que o nervosismo que havia tomado conta da multidão começava a diminuir. Só podia rezar para que a mulher tivesse sobrevivido.

"Isso é muito inusitado", prosseguiu Clifford. "Muito inusitado. Nunca vi nada parecido. Bem, sem o príncipe, temos chance de ganhar. Esse é o lado bom. Depois de tudo o que aconteceu, duvido que ele vá montar outro pônei."

3

No dia seguinte, Eliza e Jayant Singh deixaram os salões de mármore e saíram para os pátios de arenito rosa entalhado, que resplandeciam à luz pálida da alvorada; dali seguiram por uma série de pavilhões intercomunicantes até um lugar onde uma brisa mais fresca soprava em meio a jardins aromáticos. Embora Eliza ainda estivesse com a partida de polo na cabeça, algo de grandioso a fez se empertigar, esticar o pescoço e caminhar altiva. Ela cobriu a cabeça com uma echarpe, que ondulou com o vento. Esse ato simples fez com que sentisse como se tivesse calçado por alguns instantes os sapatos ornados de uma rainha indiana.

"É quase como se este lugar fosse feito de sândalo", disse ela, ao chegarem a um jardim de inverno circundado por um muro em cima do qual havia pavões. Quando um deles saltou desajeitadamente até o solo, ela riu. Quem diria que a beleza poderia ser tão deselegante?

"Foi tudo plantado no século XVIII", disse o príncipe, apontando para roseiras, ciprestes, palmeiras e laranjeiras.

Eles saíram do castelo através de uma rampa que passava sob sete portões em arco. Eliza atentou para cinco fileiras de mãos, esculpidas em uma das paredes laterais sob um desses portões.

"Foram feitas a partir da impressão das mãos das *sati*", disse o príncipe, com ar despreocupado. "Ao caminhar para a pira funerária, as mulheres mergulhavam as mãos no pó vermelho e depois pressionavam-nas contra a parede para expressar devoção. Posteriormente, essas impressões eram esculpidas."

Eliza engasgou. "Que horror."

"Aqui, damos o nome de *sati* à mulher que vai morrer, mas a palavra serve para designar também o ato em si. Desde 1829 o *sati* é ilegal na Índia britânica, e pouco depois disso passou a ser ilegal também nos Estados principescos. A rainha Vitória baixou uma proibição para toda a Índia em 1861, mas mesmo assim..."

Ela já conhecia a imolação ritual das viúvas dos príncipes de Rajputana e de mulheres comuns, mas pensar naquilo lhe provocou náuseas. Acreditavam de verdade que queimar viúvas era uma forma honrosa de morrer? Era quase impossível imaginar como aquelas mulheres deviam ter se sentido.

Eliza mirou as vielas arenosas da cidade medieval, apinhadas de artesãos de todos os tipos, e pensou na primeira vez que vira os muros imensos, cheios de bastiões e torres. Ela voltou os olhos para a fortaleza. Erguendo-se sobre uma colina rochosa, inexpugnável, claramente fora construída com pedras extraídas da própria rocha onde se encontrava. Como saber quantas mulheres haviam sido mortas na fogueira dentro daqueles muros?

Os dois entraram no carro. Depois de algum tempo, ao deixarem para trás a cidade, Eliza contemplou o deserto, onde o vento levantava as areias escaldantes, deixando o ar espesso. Por quilômetro após quilômetro de planícies retilíneas, a estrada percorria uma paisagem esbranquiçada pelo sol, com uma ou outra acácia ou arbusto espinhoso pontuados muito raramente por bolsões de um verde luxuriante. Era um lugar vazio e solitário. Jayant Singh estava em silêncio, claramente concentrado em dirigir por caminhos que mal se podia divisar. Eliza relevou esse silêncio; no entanto, era impossível ignorar totalmente um homem que ocupava tanto espaço, físico e mental. Ela pressentia uma espécie de brutalidade nele, o que a incomodava, deixando-a tensa e desacorçoada. Mesmo assim, tentou puxar assunto, mas suas respostas lacônicas por fim a levaram a desistir e retornar às próprias divagações, deixando que seus sentidos fossem tomados de assalto. Só então, quando estava quase sonhando acordada com palácios, jardins e macaquinhos agitados, no momento exato em que o rosto do pai ia aparecer diante dela, Jayant começou a falar.

"Mexeram na minha sela", disse ele. Ao ouvir sua voz grossa e ardente, ela acordou de supetão. "Eu a vi ontem no polo. Tenho certeza de que deve ter se perguntado o que aconteceu."

"Lamentei o ocorrido, claro. Mas como sabe disso? Que mexeram na sela, quero dizer."

"Havia um corte na cinta. Na véspera, eu tinha inspecionado, mas ontem cheguei tarde demais para verificar de novo. A cinta é a parte mais vulnerável da selaria. Eu devia ter olhado de novo."

"E foi isso que fez o pônei escoicear?"

"Não, isso foi culpa dos espinhos de acácia que alguém colocou embaixo dela."

"Meu Deus! Acha que foi sabotagem?" Ela pensou nos dois indianos de aspecto velhaco. "O senhor poderia ter morrido."

Ele sorriu. "O mais provável seria sofrer uma fratura, mas, como pode ver, estou ótimo. Meu pônei, porém, poderia ter morrido. Isso eu não posso perdoar. E aquela pobre mulher..."

"Como ela está?"

"Acho que teve um traumatismo. Felizmente não foi nada pior."

"É enervante imaginar que tenha sido proposital."

A voz dele ficou mais soturna. "Foi uma infantilidade. Meu pônei é belíssimo, rápido, cheio de energia e agilidade. É com isso que eu me preocupo, e só Deus sabe o que poderia ter acontecido com o público. Foi ruim para a imagem do polo."

"O que pode ser feito?"

"Reclamei com Clifford Salter e os dirigentes esportivos, mas eles não têm como descobrir o culpado. Tenho minhas suspeitas, mas os visitantes eram um grupo muito heterogêneo, e a esta altura todo mundo já foi embora."

Eliza guardou para si o que pensava sobre os dois indianos que havia flagrado rindo. Embora naquela hora o príncipe tivesse dado a impressão de estar furioso, já parecia mais conformado.

"E qual é seu interesse em nós, srta. Fraser?"

"O senhor sabe. Tenho um serviço a fazer."

"É estranho que o sr. Salter tenha escolhido uma desconhecida."

Eliza ficou brava. "Não sou uma desconhecida."

Enquanto ela fervilhava por dentro, fizeram-se alguns segundos de silêncio.

"Esta viagem vai durar vários dias", prosseguiu ele, interrompendo despreocupadamente os pensamentos dela.

"O senhor poderia ter me contado antes. Só trouxe uma muda de roupa."

"Eu também."

"Banho está fora de cogitação?"

Ele soltou uma gargalhada. "Se me dessem uma libra cada vez que um europeu me faz essa pergunta... Esta noite vamos acampar, e amanhã também. Então, sim."

"E onde vamos acampar?"

"No deserto. Mas não se preocupe, não vai ficar sozinha. Uma serviçal vai acompanhá-la. Ela já está vindo, com algumas outras pessoas."

"E as tendas?"

"Já cuidamos disso. Mandamos homens na frente para armá-las. A feira de Jhalawar acontece todo mês hindu do Kartik. É um estado que os ingleses praticamente não exploram, razão pela qual minha mãe acha que vai gostar de conhecê-lo."

"Onde arranjaremos gasolina?"

Ele tirou uma das mãos do volante e fez um aceno para a imensidão do lado de fora. "Aqui e acolá. Nos pontos de parada. Foi tudo previsto."

"O senhor costuma ir tão longe só por causa de camelos?"

"Muito perspicaz. A resposta é não. Normalmente vamos a Pushkar ou Nagaur."

"Mas?"

"Negócios exigem nossa presença. Durante a feira, os peregrinos se reúnem nas margens do rio sagrado. Também vai ver fortalezas, palácios, animais selvagens e um lago tranquilo, à beira do qual possuímos um palácio de verão que herdamos de um primo. É lá que vamos nos hospedar no final. Talvez se interesse em visitar a antiga cidade dos sinos."

"Não sou uma turista, quero fotografar gente", disse Eliza, irritada. "E, de qualquer maneira, foi isso que o vice-rei encomendou, não fotos amadoras. É para os arquivos de Nova Delhi. Clifford diz que a ideia é comparar a vida nos Estados principescos à vida na Índia britânica."

"Em nosso desfavor, certamente."

Ela pareceu vexada. "De modo algum. E tenho a esperança de poder montar uma pequena exposição minha, se conseguir patrocínio."

"Bem, tome cuidado. Chatur provavelmente vai achar que é uma espiã." Ele riu. "Estaria certo?"

Eliza sentiu a raiva queimando a pele. "É claro que não. E quem é Chatur?"

"O *dewan*. É ele quem cuida de tudo."

Ela ficou em silêncio.

"Mercadores de regiões distantes de Rajputana, Madhya Pradesh e Maharashtra se encontram nessa feira. A senhorita terá seus retratos."

"E Indira?"

"O que tem ela?"

"Não quer me contar a seu respeito?"

"É melhor ver com seus próprios olhos. Aliás, retiro o que disse sobre seu cabelo. À luz do sol ele é ruivo, talvez dourado, mas não da cor do camelo."

"Cor de mel", resmungou Eliza, sem conseguir esconder um sorriso.

Eles passaram por alguns assentamentos espremidos em torno de poços artesianos e vilarejos esparsos onde camponeses plantavam milho, lentilha e painço. Ele voltou a abrir a boca depois de criações de ovelhas, cabras e até camelos que se nutriam no pasto, apontando para as terras do lado de fora da janela.

"Essa grama que está vendo, *khimp* ou *akaro*, indica que existe água debaixo da terra. Às vezes, reservas bastante grandes, mas talvez a mais de cem metros de profundidade."

"Imagino que seja caro escavar."

Ele concordou. "Algumas mulheres caminham vários quilômetros, todos os dias, em direção aos maiores açudes e reservatórios.

Água é um assunto que me interessa. Dependemos das monções para encher os reservatórios. Nos dois últimos anos choveu pouco. Isso torna a vida mais difícil. Se domar o deserto é impossível, resta fazer o melhor para preservar a vida."

"Vou precisar de água para revelar minhas fotos."

"E isso pode ser sua ruína."

Naquela noite, Eliza e o príncipe se sentaram de pernas cruzadas de frente para uma fogueira, entre homens respeitáveis usando turbantes com estampas coloridas. Soprava um vento suave e frio, uma ligeira brisa que carregava o cheiro de areia e pó, misturado com o das especiarias na panela no fogo. Surpresa com a rapidez com que fora acolhida, ela se deu conta de que aquilo se devia apenas à companhia de Jayant. Quando ele lhe ofereceu um copo de leite, ela reparou no brilho âmbar de sua pele à luz trêmula da fogueira.

"É de camela", disse ele. "Muito nutritivo, mas talha rapidamente. Por isso, beba logo."

Ela bebericou o leite e concordou que era bom.

"Mas nunca beba *asha*, o que quer que aconteça."

"O que é isso?"

Ele riu. "Uma bebida fermentada bem forte. Parece que sua cabeça vai explodir. Digo por experiência própria."

Um dos homens batia num tambor. Outro tocava baixinho uma espécie de sino de oração. À medida que a fumaça subia pelo ar, Eliza se sentia embriagada pela total atemporalidade da cena. Compartilharia a tenda com a criada sentada ao seu lado. Por isso, embora Eliza estivesse um pouco incomodada por estar no meio do nada entre tantos homens, não se sentia verdadeiramente ameaçada.

No dia seguinte, depois de uma noite surpreendentemente fria dormindo num dos *charpoys*, Eliza acordou na cama trançada com vozes e a luz prateada da madrugada. Ela se alongou, com a intenção de ficar um pouco mais ali, mas o aroma de comida foi mais tentador. Como se encontrava absolutamente faminta e sua acompanhante já estava de pé, enfiou a roupa sem nem pensar em tomar banho e saiu da tenda. Em poucos instantes, a luz já havia mudado. Ela foi acolhida por uma manhã de extraordinária beleza, com um céu do mais profundo rosa transformando-se num laranja pálido à medida que o sol subia, sem qualquer sinal de nuvem no horizonte. A luz delicada lançava um fulgor suave sobre a terra plana, que parecia se estender por vários quilômetros, o que lhe dava uma sensação forte de espaço infinito. Ela discerniu o que julgou ser um abrigo temporário de pastores de cabras, construído com estacas de madeira e coberto apenas por uma espécie de lona, que produzia uma sombra. Estava cercado por dezenas de cabras, que mastigavam arbustos esparsos. Embora a vida de nômade tivesse suas compensações, Eliza pensou em como deveria ser solitária.

Foi uma surpresa agradável quando o príncipe Jayant a cumprimentou com um sorriso que suavizava os contornos severos de seu rosto. Ele indicou com um gesto onde iam comer. Parecia que algo nele havia mudado, e ela se deu conta de que aquela outra pessoa, mais relaxada, tinha nascido para viver ao ar livre. Ele estava usando calça de estilo europeu e uma camisa folgada, verde-escura, aberta na gola. Imaginou se ele deixaria que o fotografasse mais tarde.

Durante o saboroso café da manhã, com arroz e *dal* cozidos na fogueira por um dos homens, Jayant riu e fez piadas com os demais, sem cerimônia. Era visível que gostavam dele. Eliza prestou atenção nas rugas que surgiam em volta de seus olhos com o riso, e pensou que a barba por fazer lhe dava um ar menos formal.

"O senhor costuma acampar?", perguntou ela.

"Sempre que posso. É minha fuga, sabe?"

"E precisa fugir?"

"Acho que todo mundo precisa."

Ela se deu conta da verdade daquela frase, mas também do quanto ele havia mudado. "O senhor não é muito cerimonioso. Pensei que fosse, mas não parece ser um príncipe comum."

Ele baixou levemente a cabeça. "Talvez não seja, mas ninguém esquece por completo de onde vem."

"Infelizmente é verdade."

"Acho que devia conhecer Udaipore no começo da estação chuvosa. É a cidade dos lagos, e o melhor lugar para ver as nuvens negras se formarem."

"Ouvi falar."

"Talvez eu a acompanhe até lá para que tire fotos", disse ele. "É um dos lugares mais bonitos de Rajputana."

Eles chegaram ao sopé da verdejante cordilheira Aravalli, e Eliza retesou-se ao ver os antílopes-azuis selvagens.

O príncipe deu risada. "Não se preocupe, srta. Fraser. Eles não vão se aproximar de nós. Estão acostumados com as caravanas de gente e mercadorias. Fazemos parte de antigas rotas comerciais que cruzam o deserto, trazendo produtos de muito longe. Em troca, vendemos sândalo, cobre, camelos e pedras preciosas."

"Gostaria de ter conhecido essa rota antes."

"Eram tempos perigosos, porque os estados viviam em guerra uns com os outros. A vida era bem difícil."

Eliza percebeu um grupo de urubus numa pedra isolada.

O príncipe fez uma careta. "Vê o que quero dizer? Naquela época, se alguém adoecesse, não teria a menor chance."

"Meu Deus, talvez seja sorte só ter vindo aqui agora."

"Quanto a isso, não há nenhuma dúvida. Mas veja só a beleza da paisagem. Essas colinas se estendem por vários e vários quilômetros. A vegetação é basicamente de caatinga, com árvores caducas e variedades secas de teca, mas mesmo assim temo que venha a ser desmatada."

"É mesmo?"

"Já está acontecendo."

O príncipe parecia muito sossegado enquanto continuavam a conversar sobre a vida em Rajputana. Dava para ver o quanto amava sua terra natal. Apesar de ter sido educado na Inglaterra, era evidente que ali era seu lugar. O nervosismo inicial que ela sentira na véspera se dissipara completamente. Ao final do segundo dia em sua companhia, Eliza se sentia razoavelmente à vontade.

No último dia de viagem, já próximos da feira, passaram por um homem com um enorme bigode curvo e olhar atormentado. Ele conduzia um camelo, com uma mulher montada de lado. O lenço vermelho dela esvoaçava, cobrindo rosto e cabelo. Suas tornozeleiras tilintavam. Havia uma criança pequenina em seu colo, de cabelo negro espetado. Suas roupas coloridas e brilhantes se destacavam, em forte contraste com o azul incrível do céu.

"Podemos parar?", Eliza pediu. "Preciso tirar uma foto." Era uma pena que aquelas cores não pudessem ser vistas em suas fotografias monocromáticas.

"Peça permissão ao homem antes", disse Jayant, pisando no freio. "Soube que fala o idioma. Só não entendo como."

"Vivi em Delhi na infância."

"Não, espere", disse ele, quando Eliza já abria a porta do carro. "É melhor eu pedir. Falam outro dialeto aqui."

O príncipe saiu do automóvel e, depois de um diálogo simpático com o outro homem, entregou-lhe algumas moedas e voltou para o veículo.

"Tudo certo", ele disse.

Eliza tirou a foto com a Rolleiflex, torcendo para ter captado o tormento no olhar do homem. Então seguiram viagem, passando por um lago e perturbando enormes pássaros brancos com bicos improvavelmente compridos. Quando alçaram voo, em uníssono, ela admirou a envergadura das asas e a beleza das penas negras.

"Incrível!"

"Pelicanos", disse ele. "Nunca viu?"

"Não temos pelicanos em Cotswolds", disse ela, notando que ele sorria.

"O nível da água está mais baixo do que o esperado", disse Jayant.

Ao se aproximarem da feira, Eliza tomou um susto ao ver centenas de camelos espalhados e homens sentados ao pé do fogo em pequenos grupos. Quando o príncipe parou o carro e Eliza desceu, sentiu o cheiro insuportável de fumaça e estrume. Ela tinha a expectativa de se sentir observada por todos, mas em meio à agitação ninguém notou sua presença.

"Nunca fique atrás de um camelo", disse Jayant, fazendo cara feia e puxando-a de lado. "São animais imprevisíveis. E mal-humorados."

Do outro lado de uma viela, Eliza viu bois, cabras e cavalos. "Eu não tinha entendido que aqui se negociava todo tipo de animal. Como é que cada um encontra o que está procurando?"

"Nenhum camelo se parece com outro. Quando se sabe o que se está procurando, não é complicado."

"E o senhor, o que está procurando?"

"Ah!", disse ele, fazendo uma pausa e abrindo um sorriso sarcástico. "Pode-se levar uma vida inteira para descobrir isso, e mais uma para explicar."

Ela olhou para ele. Definitivamente, aquele homem tinha um quê de filósofo. Quando olhou para os animais atrás de si, Eliza notou que havia toda uma variedade de tamanhos e cores, e fez um comentário a respeito.

"Igualzinho a nós, não acha? Algumas crias são mais difíceis, outras são mais delicadas. Bom, vamos procurar Indira."

Eliza não desgrudou do príncipe, pensando em como deveria chamá-lo. Até ali, ele insistia em chamá-la de "srta. Fraser", o que a incomodava. Por isso, resolveu perguntar.

"Pode me chamar de Jay", respondeu ele. "Todo mundo chama."

Ela franziu a testa.

"Bem, nem todo mundo, mas fique à vontade."

"Não é muito informal?"

"Não achei que tivesse apego à tradição. Com certeza não tem na maneira de se vestir. Na verdade, parece até que se veste com desleixo proposital."

Ele a observava com um olhar penetrante, e Eliza ficou chocada ao constatar a indignação que lhe causava o fato de alguém enxergá-la por dentro.

"É um tanto..."

"Não é muito inglês, imagino que queira dizer, mas não sou inglesa, por mais que em Eton tenham tentado me transformar numa."

"Queriam mesmo isso?"

"O que acha?"

Ela ficou olhando para o chão antes de erguer a cabeça ao notar que as sombras do passado se apresentavam até mesmo nos dias de sol mais forte. "Aliás, sou a sra. Cavendish. Mas estou usando meu nome de solteira, Fraser."

Ele mirou a aliança no dedo dela.

Apesar do choque com a morte de Oliver, ela não tinha perdido a fé no amor verdadeiro. Dadas as circunstâncias, poderia ter sido diferente? Já a morte do pai fora como uma facada no peito, tão funda que a impedia de viver. De comer. De dormir. E, durante vários meses, até a impedira de falar. A consciência da própria culpa a tornara presa de terríveis pesadelos.

"Sou viúva", disse ela.

Ele ergueu as sobrancelhas.

"Não tinha intenção de constrangê-lo. Simplesmente aconteceu."

"Acho melhor guardarmos isso entre nós. Há quem ainda acredite que viúvas trazem má sorte."

"Eu preferiria contar a Laxmi. Ela tem sido muito gentil, não quero que descubra depois e fique achando que vim para cá sob um falso pretexto."

Ele discordou. "As pessoas acham que sobreviver ao marido significa que não se cuidou devidamente dele, e que a culpa é de um carma negativo."

"Como se eu já não sofresse o bastante."

"O que se espera é que se pague a penitência pelo seu pecado; que só se coma arroz puro e nunca se case de novo, embora a lei agora permita um novo matrimônio. Sei que é antiquado, mas pode lhe criar problemas. Também iam querer que se vestisse de branco e raspasse a cabeça." Ele fez uma careta.

"Achei que essas crendices estivessem morrendo."

Jay inclinou a cabeça e deu de ombros, como se refutasse o que ela havia acabado de dizer. "Embora os ingleses tenham proibido o *sati*, ele ainda é praticado. É difícil acabar com velhos hábitos, srta.... sra. Cavendish."

"Acho melhor você me chamar apenas de Eliza."

Enquanto ele concordava com a cabeça, uma jovem passou correndo por ela e fez uma mesura exagerada para Jay, então começou a rir. Ela parecia muito frágil, o que fez Eliza achar, num primeiro momento, que fosse uma criança, talvez parente dele. Mas em seguida Eliza viu o rosto da jovem: era mais claro e tão extraordinariamente lindo que Eliza só podia admirar. Seus cabelos compridos, presos de maneira frouxa, ondulavam até a cintura, e os olhos eram de um verde inacreditável, não muito diferente do cinza-esverdeado da própria Eliza, mas com um contorno escuro. No entanto, enquanto os olhos da fotógrafa eram doces e suaves, os da moça eram como esmeraldas. Faiscavam, refletindo a luz enquanto ela ria e conversava entusiasmada. Ela usava uma joia no nariz, e estava coberta de colares e pingentes. Depois de algum tempo, Jay segurou a mão dela e foi até Eliza com um enorme sorriso no rosto.

"Indira", disse ele, "esta é Eliza, ou srta. Fraser, para você. Eliza, Indira."

"*Namaskār*", disse a moça, unindo as palmas das mãos junto ao peito.

Jay a interrompeu. "Ela foi educada no castelo e fala inglês bem, Eliza. Não deixe que a engane."

Mais para o fim do dia, Jay as levou de carro de volta ao palácio de verão contíguo ao lago. Não era bem como Eliza esperava: estava num estado de conservação um tanto precário. Por dentro, as paredes descascavam; por fora, desmoronavam. Ele disse que possuía um palácio em situação parecida no estado de Juraipore e que estava pensando em reformá-lo para o dia em que constituísse sua própria família.

"O nome dele é Shubharambh Bagh."

Eliza sabia que *bagh* significava um lugar com jardim e plantação, mais especificamente um pomar, e que *shubharambh* era "inauguração".

"Este lugar poderia ser bonito", prosseguiu ele. "Mas talvez deva tirar fotos do jeito que está mesmo."

Ela assentiu.

Enquanto ele lhe apresentava os corredores poeirentos e pintados de azul, ela observava com assombro genuíno as telas em treliça, ricamente trabalhadas, formando o motivo de uma folhagem saindo de um vaso alto.

"O *jali*", disse ele. "Os antigos aposentos das mulheres. As telas rendilhadas permitiam que elas olhassem para fora sem ser vistas."

A primeira coisa que Eliza pensou foi que, longe de ser mantida atrás de uma tela, Indira parecia disposta a apontar o caminho, apoderando-se de vez em quando do braço de Jay. Ela não fazia o tipo humilde, concluiu a fotógrafa. Seria possível que quisesse indicar que tinha direito adquirido sobre aquele homem? Não sentia vergonha de tocá-lo ocasionalmente, e Eliza ficou pensando se os dois seriam amantes, se Indira seria uma espécie de concubina ou se os dois se viam como irmãos. Ela lembrou-se, então, de que a moça pintava miniaturas e era uma artista de grande talento.

"Raramente usamos este espaço", disse Jay. "Por isso, durante nossa estadia, vou me encontrar com um homem interessado em comprá-lo, em nome do meu irmão. Ele odeia viajar."

"Parece que você tem palácios em toda parte."

"Minha família tem, mas eu só tenho um. Você vai adorar a *loggia* arqueada. Talvez seja mais apropriado chamar de alpendre. O piso é de mármore branco, só que infelizmente está rachando." Jay deu um suspiro. "Tudo aqui precisa de uma boa restauração."

"Deve ser bonito."

"Preciso de luz e espaço para respirar, o que nosso castelo principal, com aquele labirinto de corredores e escadarias sombrias, não proporciona. Nesse ponto, concordo plenamente com os ingleses."

No terraço da cobertura, havia grandes almofadas, circundadas por tochas acesas, com uma tela de cortinas diáfanas de um lado. Os três se refestelaram e duas moças trouxeram um banquete de frutas, *dal*, arroz e carne. Sob o céu salpicado de estrelas, os aromas da noite enchiam o ar, misturando-se com o cheiro da comida e o calor dos corpos. Assaltada por uma sensação perturbadora de magia, Eliza olhou para cima. A noite parecia brilhar ainda mais que o dia, e a brisa leve fazia as cortinas flutuarem. Quase desejando que aquilo durasse para sempre, ela se esforçou para lembrar que não estava ali para se deixar seduzir pelo encanto da Índia, e sim para captá-lo, e que o romantismo do deserto podia ser substituído de uma hora para outra por violentas tempestades de areia; que aquele deserto, num piscar de olhos, podia se tornar mortal. E embora a vida pulsasse com força, quando a morte vivia à soleira da porta, não surpreendia que se quisesse crer, como os hindus, que a vida era simplesmente uma etapa de uma jornada rumo à união com o universo. Então Indira começou a entoar uma canção de letra triste, que tocou Eliza tão fundo que ela não pôde evitar um sentimento de inveja diante de mais um talento da moça.

4

"É uma pena que não tenhamos sido apresentadas na partida de polo, mas é um enorme prazer conhecê-la", disse a mulher alta e de cabelos pretos estendendo a mão. Seus olhos azuis intensos brilhavam de alegria. "Aliás, meu nome é Dottie. Dottie Hopkins."

Eliza acabara de chegar a um coquetel com um pequeno grupo de ingleses na mansão de Clifford, na parte mais chique da cidade. O interior da casa, conforme sua expectativa, era elegante e banhado de sol. As enormes portas envidraçadas encontravam-se escancaradas, deixando entrar o cheiro da grama recém-cortada e da fumaça dos charutos. Não fosse pelo calor, ela poderia estar numa casa de campo na Inglaterra num dia de verão.

"Seu marido fez um bom trabalho com aquela pobre mulher", disse Eliza.

"Foi um pouco assustador. Ela teve uma enorme sorte, no fim das contas. Você ficou até o final?"

"Sim, mas Clifford teve que ir assim que acabou, e o acompanhei."

"Ele provavelmente teve que investigar a possibilidade de trapaça. Meu marido disse que deve ter havido alguma. Se bem que agora já esqueceram o assunto. Acham que talvez estivesse relacionado àqueles aproveitadores de ingleses. Enfim, Clifford não ia querer confusão se a culpa fosse de um de nós."

Eliza lembrou-se da cena que viu. Provavelmente não era nada, mas com certeza seria melhor guardar aquilo para si dentro do castelo.

"Bom, espero que nos tornemos amigas. Somos vizinhas." Dottie deu um sorrisinho. "Então você sabe aonde ir se..."

"Sei", disse Eliza, retribuindo o sorriso amigável de Dottie. Era uma mulher de seus trinta anos, com olhos simpáticos e aperto de mão firme.

"Clifford nos contou um monte de coisas a seu respeito."

"É mesmo?", disse Eliza, surpresa.

"Admiro você, de verdade. Morreria de medo de me aventurar sozinha... Nem sabia que existiam mulheres fotógrafas. Como foi que entrou nessa?"

Eliza sorriu. "Estávamos em lua de mel em Paris, meu falecido marido, Oliver, e eu, e fomos a duas ou três exposições."

"Meus pêsames pela sua perda."

"Obrigada... Bom, uma dessas exposições era de fotografia. Foi como um estalo quando ouvi uma fotógrafa falando a respeito do próprio trabalho. Oliver viu que eu estava interessada e comprou minha primeira câmera como presente de casamento. Então lhe devo isso. Mas ainda tenho muito a aprender, e espero tirar bom proveito da viagem."

Dottie sorriu. "Estou certa de que isso vai acontecer."

Eliza não respondeu, só balançou levemente a cabeça, grata pelo comentário.

"Bem, você é corajosa. Dá para notar. E como é lá? Morro de vontade de saber."

"O castelo?"

"Moramos aqui faz pouco tempo, mas é claro que já estive lá, como visitante, em geral quando ocorre um *durbar* ou coisa parecida. Morar no castelo deve ser absolutamente fascinante."

"Não vi o bastante para dizer muita coisa. Até agora as pessoas têm sido gentis."

"Bem, você sabe que Clifford faria qualquer coisa por você. É um homem muito bom. Ele nos ajudou tanto quando chegamos... a procurar criados, esse tipo de coisa." Ela fez uma pausa e uma cara marota. "Você já foi apresentada à marani?"

"A mulher do príncipe?"

Dottie fez que sim. "Priya."

"Ainda não."

"Ouvi fofocas a respeito dela. Se for verdade, é melhor ficar de olho vivo. E, pelo que eu soube, é um homem chamado Chatur que cuida de tudo no castelo."

"Ah, é?" Eliza lembrava que Jayant já havia falado daquele homem.

"Clifford é muito prestativo. Se me perguntar, diria que tem uma paciência de santo. Mas sempre tem problemas com esse tal de Chatur. Ele é teimoso, não cumpre ordens e odeia os ingleses."

Elas foram mais para perto da janela, onde havia sido posta uma mesa com aperitivos e jarras de ponche. Dottie encheu dois copos e pegou um pratinho de canapés. "Você come camarão?"

Eliza inclinou ligeiramente a cabeça para observá-los.

"Estão bons. São enlatados, é claro. Estamos longe demais do mar para exigir mais. Em alguns lugares vão lhe oferecer cordeiro, mas não passa de carne de bode. No castelo, siga a dieta vegetariana. É o conselho que lhe dou. Meu marido teve que cuidar de um monte de estômagos ingleses revirados nos últimos anos, então falo por experiência própria."

"Obrigada, mas, se não se importa, vou pular o camarão", disse Eliza, virando-se para examinar o salão e notando a presença de um homem musculoso de bigode bem aparado sorrindo na direção delas.

Dottie bateu palmas. "Ah, aquele é Julian. Vou apresentá-lo já, já. Ele e Clifford são bons amigos. Como Clifford parece adorá-la, acredito que vamos vê-la bastante aqui."

Eliza fez cara feia. "É mesmo? Ele me conheceu na infância, mas quase não o vi nos últimos anos. Pelo menos até pouco tempo atrás."

Dottie sorriu. "Bom, de qualquer maneira, agora você sabe onde moramos. Sinta-se à vontade para vir a qualquer hora."

"É muita gentileza sua", disse Eliza, e estava sendo sincera. Talvez de tempos em tempos precisasse de fato dar uma escapada para um mundo mais conhecido, que pelo menos compreendesse razoavelmente.

"Os homens adoram armar uma mesa de pôquer", disse Dottie, agora sorrindo como quem pede desculpas. "Já eu acho terrivelmente entediante, por isso você seria muito bem-vinda. Inglesas são tão difíceis de encontrar por estas bandas."

"Minha intenção principal é mergulhar na cultura indiana."

"Mas você vai precisar de um tempo de vez em quando. Tenho certeza disso. Bom, venha conhecer Julian. Tenho certeza de que vocês vão se dar muito bem."

No dia seguinte, Eliza revelou suas primeiras fotos e ficou satisfeita com os resultados, principalmente com a imagem do homem de olhar atormentado e da criança com cabelos pretos espetados. O homem tinha um ar atemporal, digno e ao mesmo tempo tristonho. Ela adorava a maneira como uma fotografia podia contar uma história inteira, preservada num único instante. Tinha esperança de conseguir tirar mais fotos inspiradas pelo coração, e não apenas pelo cérebro. Se pudesse sair por ali e capturar parte do mistério das pessoas comuns, já estaria satisfeita.

Ela havia recebido uma mensagem por escrito de Chatur, a quem ainda não fora apresentada, informando-a de que as primeiras fotografias tinham que ser da família real, já que qualquer outra coisa seria considerada desrespeitosa. Aquela era sua intenção, de qualquer maneira, então Eliza nem se incomodou. Faria um registro preciso de quem era quem, antes de começar a fotografar os locais mais recônditos do castelo. E, embora a única preocupação de Clifford provavelmente fossem os arquivos, ela estava decidida a lançar mão da criatividade.

Um cortesão de turbante vermelho e roupa branca a conduziu até um pátio espaçoso, cercado em três lados pelos balcões telados da *zenana*. Embora as mulheres já não fossem obrigadas a se esconder, muitas continuavam atrás das telas, e uma ponta de apreensão percorreu seu corpo quando Eliza se deu conta de que tudo o que estava fazendo era observado.

Em sua direção, caminhava um homem alto, muito ereto, com um bigode impressionante, sobrancelhas grossas não aparadas e bolsas escuras sob os olhos. Ela podia jurar que era o mesmo que vira gargalhando na partida de polo, depois do acidente do príncipe. Pensou em comentar com Clifford, mas temeu estar imaginando coisas e não quis parecer ingênua.

"Meu nome é Chatur. Sou o *dewan*, o principal representante da corte", ele afirmou, arrogante. Chatur não esperou que ela respondesse nem estendeu a mão, prosseguindo num tom soberbo: "É minha a palavra final quanto àquilo que é ou não apropriado no castelo. Sou eu quem organizo tudo. De modo que qualquer desejo da senhorita precisa passar por mim".

Embora fosse plebeu, ele tinha a postura austera de um rei. Eliza concluiu que possuía uma elevada imagem de si. Ela sustentou seu olhar, ainda que com certa dificuldade, e teve que fazer um esforço para não se deixar intimidar por algo sombrio em seus olhos pretos. Dottie já havia lhe contado de sua fama, e sua atitude parecia confirmar tudo. Ele dava a impressão de examiná-la, embora Eliza não fizesse ideia se existia motivo para aquilo.

"Se seguir minhas instruções, descobrirá o quanto posso lhe ser útil, srta. Fraser. Caso contrário, bem..." Ele afastou as mãos, dando de ombros.

"Compreendo", disse ela, decidindo que anuir era a melhor política, pelo menos no momento.

"Vamos nos encontrar com bastante frequência", Chatur prosseguiu, oferecendo algo que lembrava vagamente um sorriso. "Minha expectativa é garantir que nossa parceria seja harmoniosa. Não apreciamos forasteiros que metem o nariz nos assuntos do castelo."

"Posso lhe assegurar que não farei isso. Estou aqui apenas para tirar fotos."

"É o que diz. Mas estarei o tempo todo de olho na senhorita." Dito isso, Chatur se virou e foi embora.

Esse curto diálogo não colaborou em nada para diminuir seu nervosismo, mas Eliza decidiu não ceder.

Ela havia considerado alguns locais que poderiam propiciar uma iluminação adequada, mas lhe disseram que precisava ser naquele espaço e naquele horário, e lhe foram concedidos apenas trinta minutos para tirar as fotos. Também precisava levar em conta o cenário de fundo, dando preferência ao mais simples, ajudando o olhar a se concentrar no tema da foto: gente. No fim das contas, a maior parte de suas ideias foi vetada por Chatur por serem "altamente inapropriadas". Em consequência, foi preciso tirar a maior parte das fotos diante de uma parede cheia de detalhes decorativos. Aquilo exigia atenção especial.

Assim que identificou a posição ideal para a câmera, Eliza começou a montar o equipamento. Naquele dia, ia usar uma enorme câmera sanfona, uma Sanderson Regular. Embora não pudesse ser comparada à maior parte das câmeras de chapa, Eliza a levara como melhor meio-termo entre um equipamento mais leve e uma imagem de qualidade. Também tinha levado sua confiável Rolleiflex para ocasiões que exigissem câmera na mão. Por sorte, o mecanismo de abertura da objetiva da Sanderson lhe propiciava o controle da perspectiva e da profundidade de campo, necessário para destacar os retratados.

A montagem foi demorada, porque exigia um pesado tripé de mogno e bronze, e possivelmente o uso de flash para garantir um disparo luminoso. Ela montou a lâmpada Agfa num segundo tripé e conectou o disparador remoto, formado por um tubo comprido de borracha que terminava num bulbo que devia ser pressionado. Uma leve pressão fazia com que um isqueiro de pedra acendesse uma mistura de pó de magnésio e cloreto de potássio. Eliza caminhou de um lado para outro, estudando o local para decidir a quantidade de pó necessária. Ela teria tempo para apenas três ou quatro fotos, certamente não mais que seis. Então decidiu misturar os pós para ganhar tempo, em vez de fazê-lo foto a foto, o que implicava certo risco, porque, depois de misturado, o pó podia explodir sem aviso. Em mais de uma ocasião, aliás, tinha esturricado seus cabelos, mas, se os retratados ficassem sob a sombra de uma árvore, o flash preencheria as sombras.

Quando tudo estava preparado, como se estivessem à espera de uma deixa — o que confirmava sua sensação de estar sendo permanentemente observada —, quatro criados entraram, carregando algo que parecia um trono. Ela já tinha ouvido falar daqueles suntuosos assentos acolchoados. Era um *gaddi* em vermelho-berrante e dourado, não muito do gosto de Eliza. Se aquilo espelhava a personalidade do marajá, ela não podia deixar de pensar que Jayant e o irmão Anish eram tão diferentes quanto a água do vinho. Eliza indicou um ponto embaixo da árvore para os homens instalarem o trono, ao lado de várias cadeiras. Outro criado espalhou pétalas de rosa no local.

Ela ouviu o som poético de uma flauta, seguido pela batida pesada de um tambor, e lembrou-se de ter ouvido que, na mitologia indiana, é esse segundo instrumento que dá vida à criação. Depois, escutou o farfalhar da seda e percebeu que a família real adentrava o pátio, através de uma arcada parcialmente encoberta. Eliza ficou impressionada com a majestade daquela entrada solene, o que só aumentou sua tensão. O marajá sentou-se e só então a cumprimentou.

Anish era um homem corpulento. Enfiava os dedos gordos numa caixinha de bombons turcos, aberta no colo da mulher Priya, que tinha cara de poucos amigos. Cada vez que metia um doce na boca, uma nuvem de açúcar voava pelo ar. Seus olhos eram um pouco injetados, o que fez Eliza supor que, além de glutão, fosse beberrão. A mãe dela dizia acreditar que os excessos dos príncipes indianos se deviam à condenável prática da poligamia, que a inglesa desprezava com toda força.

Tanto Priya quanto o marido usavam inúmeros anéis, além de outras joias adornando as roupas. Por um instante, Eliza ficou feliz por não ter que registrar a cena em cores. Se ela tinha achado o *gaddi* ostentatório, aqueles dois eram cem vezes piores. Provavelmente em torno dos quarenta anos, Priya não era uma mulher bonita no sentido tradicional; a expressão no seu rosto era dura, sem qualquer esboço de sorriso. Mas ela chamava a atenção, com olhos expressivos e nariz levemente adunco. Usava uma blusa, uma saia bordada vermelha e dourada do tipo *ghagra*, um xale de seda cobrindo o cabelo, uma corrente de rubis faiscantes em volta do pescoço e, na parte de cima do braço, *poonchees*, braceletes pesados de ouro e prata.

Eliza voltou os olhos para a esquerda no instante em que Jayant entrava no pátio com um homem mais baixo, parrudo, de cabelos pretos retintos e sobrancelhas escuras. Jay estava elegante, trajando calça preta e uma jaqueta comprida, que ia até os joelhos, de colarinho alto, feito de cetim também preto e finamente bordado em ouro, mas seu estilo era mais sóbrio. Era a primeira vez que ela o via usando turbante, mas o que a deixou mais surpresa foi ver quão digno e elegante aquele "homem do mato" podia ficar. Quando ele sorriu para ela, Eliza se deu conta de que o observava fixamente. Envergonhada por ter sido flagrada, voltou a mexer na câmera. O som de passos a fez se virar. Indira tinha aparecido, saída de outra arcada parcialmente encoberta, e se aproximava de Eliza.

"Recebi ordem de lhe oferecer ajuda", disse ela. "*Theek hai?*"

"Está bem", respondeu Eliza.

Mas havia algo diferente em Indira: o jeito espevitado desaparecera. Ela olhava para o chão com uma postura muito mais cautelosa. A julgar pelo olhar no rosto da marani, era evidente que ela era a razão. Priya não cumprimentou a moça ao chegar, mas olhou para ela de forma arrogante antes de dar-lhe as costas. Eliza tentava adivinhar quem era o outro homem quando a mãe de Jay, Laxmi, e as três filhas do marajá apareceram, completando o grupo. O filho caçula dela estava estudando na Inglaterra e, portanto, não poderia comparecer.

Eliza pediu que se juntassem um pouco mais do que eles pareciam desejar. O amigo do príncipe ficou olhando de longe. Priya bufava o tempo todo, e levou alguns minutos para ficar de pé. De costas para Eliza, ela perguntou para Laxmi:

"A inglesa já terminou? Está na hora das minhas orações."

"Pode chamá-la de srta. Fraser", respondeu educadamente Laxmi. "O acordo é que tenha liberdade para fazer o que bem entender."

"Acordo entre vocês!"

"Não vamos brigar num dia tão bonito", disse o marajá. "O céu está azul, faz um tempo agradável e os passarinhos cantam. Ela pode fazer o que bem entender, mas é claro que dentro do bom senso, meu bem."

Ele sorriu para Priya, que lançou ao marido um olhar aflito e fez um muxoxo. "Você sempre atende às vontades da sua mãe."

Anish franziu a testa. "Estou certo de que a srta. Fraser não tomará muito do nosso tempo."

Eliza teve que se conter. Era um grupo difícil. "Não vai demorar. Princesa, se não se importa em se sentar de novo, vou me apressar."

Ela estava ciente de que Jayant ignorava a discussão, assobiando de forma quase inaudível. Ele posava de forma despreocupada sob o sol, como se nada o afligisse no mundo. Mas começavam a ficar evidentes as brigas e contradições no seio da família ali reunida. Eliza não tinha tempo para fazer inimigos, ainda mais depois de ter investido tanto na compra do equipamento. O serviço progredia lentamente, porque era preciso trocar a chapa a cada foto. Ela se atrapalhou mais do que de costume, até que, com uma sensação de enorme alívio, terminou o trabalho sem que as chapas emperrassem. Foi uma pequena bênção, porque, do contrário, teria que ir para uma sala escura para tentar tirá-las, o que estenderia a sessão de fotos. Ao ar livre, ela preferia usar a Rolleiflex, para obter imagens mais espontâneas, mas aquele dia se prestava à formalidade. Era com aquilo que a família real estava acostumada, e ela não queria assustá-los tão precocemente, tirando o tipo de retrato informal que no fundo preferia e que lhe haviam pedido especificamente que obtivesse. Desde o começo, Clifford disse que deveria ser o retrato mais fiel possível da vida em Rajputana, e que não poderia ser ditado por sua tendência a retratos formais e sisudos.

Enquanto a família saía, Jay chamou Anish de lado e Eliza pôde compreender que havia uma discordância entre eles. Ela ouviu o nome "Chatur" pronunciado várias vezes e, enquanto desmontava o equipamento, pôde notar com o canto do olho que Jay espumava de raiva. Em determinado momento, pôs a mão no braço do irmão, dando a impressão de usar força. Anish afastou a mão de Jay e, em seguida, falou num tom de voz alterado. "Não interfira. Como Chatur administra o castelo é problema meu, não seu."

"Mas você lhe dá poder demais."

Nessa hora Eliza mexeu o tripé e eles se deram conta de sua presença, baixando a voz, mas ficou claro para ela que Jay não concordava com Chatur.

Anish foi embora, e então seu irmão ficou em silêncio por alguns instantes, antes de passar a falar num tom mais natural. "Nada mal. Bastante impressionante até, eu diria."

"Você ainda não viu as fotos", disse ela, incomodada com seu julgamento.

"Profissional."

"E esperava outra coisa?"

"Bem, quando mandaram uma mulher..." Ele fez uma pausa e olhou para ela como quem procura as palavras, adotando então um tom mais cortês. "O que quis dizer é que não é comum. E não estamos muito acostumados a ver uma mulher da sua classe realizando um trabalho braçal."

"Mulher da minha classe?", perguntou ela, piscando.

Ele fez que sim.

"Em casa também sou uma raridade, mas quero fazer meu próprio nome", disse Eliza, pensando no quanto valorizava sua liberdade. "E nada vai me deter."

"Seu desejo de reconhecimento pode ser sua ruína."

"Assim como minha necessidade de água, imagino."

Ele deu um sorrisinho.

"Acha que não devo tentar?"

"É preciso haver equilíbrio. Filtrar aquilo que importa e o que não importa."

"E conseguiu fazer isso?"

Ele olhou para o outro lado. "Eu não diria isso. Aliás, este é meu velho amigo Devdan. Dev, para os íntimos. Nos conhecemos na feira de camelos, quando éramos garotos. Gosto de ir incógnito quando posso. Me dá uma sensação maior de liberdade."

"Sem falar que ele consegue preços melhores se os mercadores não sabem quem é", disse o outro homem, abrindo um amplo sorriso. "Eu não tinha ideia de que se tratava do príncipe quando nos conhecemos. Em todo caso, sou a dádiva dos deuses, ou pelo menos é isso que meu nome quer dizer."

"Seu nome deveria querer dizer 'espoleta', isso sim." Jay gargalhou e deu um tapa nas costas do amigo.

"Sempre a postos para uma expedição de falcoaria, uma caça a antílopes ou uma corrida de camelos. A honra acima de tudo, não é assim com os rajaputes, Jay?"

O príncipe sorriu, mas Eliza pôde notar uma sombra em seus olhos cor de âmbar. Seu ar pensativo escondia algo que a fez sentir alguma incerteza por baixo da máscara de confiança. Ela ficou esperando que ele falasse, mas só olhava para os macaquinhos que faziam barulho nas laranjeiras.

"É isso mesmo", Jay disse por fim. "Naquele tempo era assim. Antes matar-se que sair derrotado." Só depois de uma pausa meio sem jeito ele acrescentou: "Era assim antes de ficarmos tímidos".

"Vocês não me dão a impressão de timidez", disse Eliza.

"Ah, mas antes éramos terríveis", gracejou Dev. A julgar por seu olhar, devia ser verdade. Apesar de mais baixo que Jay e de seu jeito irreverente, ele era um homem que chamava a atenção. Estava sendo simpático, mas em alguns momentos ela notou que a olhava fixamente, o que a deixava incomodada. Talvez fosse só curiosidade, mas Eliza sentia dificuldade em encará-lo. Seu olhar era profundo e difícil de decifrar. Ele não parecia nem um pouco o tipo de homem que esperaria que fosse amigo de Jay.

"Você falou de equilíbrio", disse ela, olhando para Jay. "E quanto ao trabalho? Já que seu antigo papel de guerreiro não existe mais, por que não encontra uma ocupação útil?"

"Ouça só isso, Jay, ela acha que corridas de camelo não são úteis." Dev riu do próprio comentário. Aliviada com o clima mais leve, Eliza sorriu.

"É um bom argumento", disse Jay.

"Como é que você se interessou por fotografia?", perguntou Dev.

"Meu marido comprou minha primeira câmera quando estávamos em lua de mel", ela falou sem pensar, e só então olhou para Jayant.

"Você deve sentir falta dele", foi tudo o que obteve em resposta.

Ela sentiu um aperto no peito, vagaroso, como se pudesse chorar. Mas, por ora, como sempre, domou as emoções e fez um curto sinal com a cabeça.

"E o que, em especial, despertou sua curiosidade pela fotografia?"

"Era empolgante." Ela sorriu. "Vi fotos do trabalho de Man Ray, bastante experimental. Ele trabalhou com surrealistas como Marcel Duchamp. Então comecei a tentar por conta própria e descobri que era possível ver as coisas de um jeito completamente diferente através das lentes. Aprendi a me concentrar no inesperado. Foi como conhecer um mundo novo. É claro que meu marido não imaginava que isso me levaria a seguir carreira."

Ela fez uma breve pausa.

"Foi só depois que ele morreu que obtive os recursos para comprar mais equipamentos e pagar aulas."

"Sinto muito, eu não sabia", disse Dev.

"E agora..." Ela olhou para o chão. "Minha vida se resume a isso. Para mim, a fotografia não é apenas aquilo que eu vejo, mas também aquilo que sinto."

Faltava à sua resposta a força da paixão genuína que sentia. Eliza não lhes disse que só através da lente da câmera conseguia se expressar de verdade, nem que a fotografia se tornara seu refúgio. Não disse acreditar que o sucesso na carreira poderia libertá-la do sentimento de culpa. Ela queria que o pai se orgulhasse dela, e achava que trabalhando muito poderia deixar a dor para trás. Mas a verdade era que preferia abrir mão da própria vida a acabar como a mãe, mesmo que aquilo significasse aceitar uma existência solitária como o preço da busca por uma carreira. E uma coisa era certa: nunca mais ela faria concessões em nome de sentir-se menos sozinha nem sentiria vergonha pela insistência em fazer sua voz ser ouvida.

"Você está diferente", ela disse a Jay, deixando de lado os pensamentos e apontando para a jaqueta dele.

"Ah, isto? É um *achkan*. Tem origem mogol."

Ela olhou para cima, para as telas rendilhadas entalhadas no mármore, e teve novamente a sensação de estar sendo observada.

Eliza passou a maior parte do resto do dia trancada na câmara escura. No calor de Rajputana, chapas fotográficas não reveladas estragariam rapidamente, de modo que precisava revelá-las de imediato. O que não tinha previsto era o quanto o calor extremo do sol da tarde piorava a sensação de sufocamento num cômodo escuro sem ventilação, ainda mais usando luvas e máscara. O líquido revelador era uma mistura de substâncias químicas, as mais tóxicas sendo os reluzentes cristais de pirogalol, principal razão da insistência em ter a única chave da porta. Bastava ingerir ou tocar uma pequena quantidade de pirogalol para sofrer efeitos colaterais muito nocivos. Mas ela gostava de trabalhar sozinha e, embora o cheiro acre das substâncias químicas lhe desse dor de cabeça, foi em frente e acabou obtendo uma série de folhas de contato. Era o que mostraria a Clifford, na esperança de que autorizasse o envio das chapas a Delhi para a impressão final, juntamente com suas instruções rabiscadas, além de instruções relativas às dimensões desejadas.

5

Surpreendida por batidas na porta, Eliza gritou, pedindo a quem quer que fosse para esperar que já abriria. Pensou que fosse um criado trazendo algum tipo de refresco, mas quando abriu a porta deparou com Indira encostada na parede.

"Quer dar uma olhada no que eu faço?", disse a moça, com olhos flamejantes e cara animada. "Nós duas somos artistas, se considerarmos a fotografia uma arte."

Eliza concordou, gentilmente. "A única coisa que importa é se as pessoas têm vontade de ver fotos."

Ela estava ansiosa para conhecer a obra de Indira, mas a verdade é que, se lhe perguntassem, talvez respondesse que estava mais curiosa em relação à jovem em si. Havia algo diferente nela. Algo que não se encaixava. Quem era? De onde vinha aquela jovem que parecia desfrutar de liberdade no castelo, com poucas restrições? No fundo da cabeça de Eliza, persistia a dúvida quanto à natureza da sua relação com Jayant.

O lenço diáfano de Indira tremulava enquanto ela atravessava com sua beleza fluida corredores labirínticos e salas exíguas. Eliza sentia dificuldade de respirar. A sensação era agravada pelas passagens escuras e claustrofóbicas, pelos recantos sombrios e pelas incontáveis escadarias estreitas. Havia telas de *jali* por toda parte. Tendo se perdido duas vezes, ela compreendeu por que os ingleses haviam descrito aqueles palácios como repletos de intrigas e fofocas.

Apesar de tudo, como eram magníficos os pilares dourados do opulento *durbar*, o salão de recepções! Eliza engasgou ao erguer os olhos para os portões de bronze de seis metros de altura e para o teto espelhado e reluzente, incrustado de joias como rubis, safiras e esmeraldas. Era inacreditável. Na voz de Indira, havia um toque de vaidade enquanto apontava para o retrato de cada membro da família pendurado nas paredes. Ela havia pintado todos em estilo mogol arcaico, e Eliza segurou os retratos nas mãos, maravilhada com o talento da jovem.

"Imagino que, para você, fotógrafos sejam supérfluos, não?"

A moça mordeu o lábio. "Pintar é *mera pyaar*", disse ela por fim.

"Sua paixão. Eu compreendo."

"Quando pinto, é como se adentrasse um mundo interior secreto."

"É assim que eu me sinto em relação à fotografia. É meu modo de enxergar as coisas", disse Eliza, olhando Indira nos olhos e calculando cada palavra do que ia dizer. "Não vou ficar aqui para sempre. Não sou uma ameaça."

"E é só por isso mesmo que está aqui? Para tirar fotos?"

"Claro que sim. Por que mais seria?"

A moça apertou os olhos. Uma emoção breve se revelou em seu semblante, mas ela nada disse.

"E tenho certeza de que nem todo mundo gostou da ideia. Parece que a marani não gosta de mim."

Indira deu uma risadinha. "Priya não gosta de ninguém. Ela culpa a educação britânica pelo jeito de Jay. E você é britânica."

"O jeito de Jay? Como assim?"

"Por um lado, ele evita demonstrar suas emoções, o que é muito rajapute, e não reconhece nenhum tipo de vulnerabilidade. Por outro, ele é muito autoconfiante e extrovertido, e nem sempre dá ouvidos à família. Recusa todas as oportunidades de desposar princesas jovens e bonitas, e tem amigos que apoiam a desobediência civil, principalmente contra o imposto do sal, e a marcha de Gandhi. Priya nunca foi simpática aos ingleses, mas acho que teme mais uma revolução sangrenta do que eles, com o descontentamento cada vez maior da população."

"Ela está com medo, imagino", disse Eliza, conjecturando que por trás da aspereza de Priya houvesse uma fragilidade recôndita.

"Ela nunca vai admitir, mas é provável que sim."

"Costuma ser assim com aqueles que têm muito a perder. Talvez Priya esteja receosa do que pode acontecer se a Índia adquirir autonomia."

"Talvez. Mas acho que Anish já deve ter feito planos para esconder sua fortuna em algum lugar nos velhos túneis sob a fortaleza."

"É uma fortuna imensa."

Indira concordou.

"E quanto a Dev? Ele é um desses amigos de Jay que pregam a desobediência civil?"

"É bem possível. Não lhe deram licença nem para ter uma máquina de escrever. Isso já diz muito. Dev acredita que as pessoas comuns deveriam ir à escola, para que possam falar numa só voz." Indira deu de ombros. "Ou algo parecido. Com ele, a gente nunca sabe."

Eliza soltou um longo suspiro e resolveu mudar de assunto. "Como você aprendeu a pintar?"

"Com um *thakur* do meu vilarejo."

"Um nobre?"

"Isso."

"Mas você não é nobre."

Indira balançou a cabeça e olhou para os próprios pés. "Não."

Eliza tinha esperança de que a moça revelasse mais, mas ela fechou a cara. Decidida a não vascular seu passado, perguntou do que gostava na vida do castelo.

A moça ergueu os olhos, aparentemente aliviada pelo novo rumo que a conversa tomara. "Gosto de tudo, mas estou mais interessada em saber de você. Nunca quis se casar?"

Eliza sorriu por dentro. Parecia tão velha assim? Olhando para as belas miniaturas pintadas por Indira, ficou pensando em como a fotografia havia tomado conta de sua vida. Quando estava em Paris, conhecera uma mulher que estava para se tornar uma fotógrafa em toda a plenitude. Foi então que percebera que aquilo era possível. E depois que um de seus primeiros retratos amadores, de um menino de rua, foi aceito e publicado por uma revista ilustrada, ela teve a certeza de que também podia se tornar uma fotógrafa competente.

Eliza hesitou, mas então resolveu falar. Um dia talvez precisasse da amizade da moça. "Fui casada, mas meu marido morreu num acidente."

Indira ficou boquiaberta. "Você é viúva?"

Espantada com aquela reação, Eliza sentiu vertigem. Ainda não havia compreendido plenamente como era grave contar aquilo a alguém. Jay havia dito para ficar calada, mas mencionara o marido sem querer na frente de Dev e agora falara dele a Indira. O que ela tinha na cabeça?

6

Certa noite, pouco tempo depois do encontro com Indira, Eliza olhou através de uma das janelas de um corredor sem telas de *jali* e viu um pátio cheio de utensílios de cozinha. A lua pálida lançava uma luz prateada sobre tigelas, panelas e todo tipo de recipiente deixados ali. Aquilo só fez aumentar seu sentimento de que jamais conseguiria entender seu novo mundo, ou o que significava ser um rajapute.

De manhã, quando ela soube que Clifford havia chegado ao castelo, não pôde evitar pensar que ele perturbaria ainda mais seu tênue equilíbrio. Depois que foi levada a uma diminuta sala de estar, um pouco além do corredor que separava os aposentos masculinos e femininos, Clifford entrou despreocupado, segurando uma caixa grande e chata, e refestelou-se de imediato, deitando-se com os pés para cima em um luxuoso sofá de veludo.

"Vim prepará-la para o *durbar* oficial", disse ele, com seu jeito entrecortado, ajeitando os óculos de armação metálica que escorregavam no nariz. Sua predisposição a transpirar era visível, principalmente quando usava ternos pesados de linho. Sua testa brilhava. Ele tirou um lenço branco do bolso para enxugar a pele. "Vai ser um espetáculo um tanto extravagante, daqui a alguns dias. Na verdade, é uma coisa bem ligeira, com toda a pompa e circunstância, e muita gente."

"Tenho que ir?"

"Minha impressão é de que vai gostar. Dottie estará lá."

Eliza respirou fundo e, sentindo-se encorajada, decidiu expor o que pensava. "Bem, seria ótimo reencontrá-la, mas na verdade o que eu quero mesmo é me mudar do castelo."

"Para a cidade?"

Ela assentiu.

Clifford balançou a cabeça, embora sem parecer lamentar muito. "Desculpe, não é possível. A hospedaria está fechada."

Ela deu um profundo suspiro. Não ia ser fácil. "Não tenho privacidade aqui. Parece que estou sendo observada o tempo todo."

"E está. Com esses sujeitos, é uma luta permanente." Ele fez uma pausa e levantou a caixa. Ao fazer isso, a perna da calça subiu, e Eliza viu que sua pele era branca como leite, com pelos claros. Evidentemente, não havia sido feito para o sol.

"Mas você precisa lembrar sempre que somos nós que construímos impérios." Ele fez uma pausa momentânea, como que para esperar que entendesse. "Aliás, trouxe uma coisa para você."

"Como assim?"

Ele sorriu, parecendo satisfeito consigo mesmo. "Digamos apenas que é um pequeno presente meu de boas-vindas."

Eliza pegou a caixa, colocou-a sobre a mesa, desfez lentamente o laço e tirou a tampa. Não pôde segurar um pequeno susto ao ver um vestido de um tom bonito e vibrante de azul-turquesa.

"Sua mãe me disse que era sua cor favorita."

Ela franziu a testa. "Como sabia meu tamanho? Minha mãe disse também?"

"É de seda", ele disse, ignorando a pergunta. "Gostou?"

"É lindo."

"Se achar que é um tantinho decotado demais, tem um xale combinando, bordado à mão com fio de ouro. Pode jogá-lo sobre o ombro."

"Confesso que não sei o que dizer."

Houve um momento de silêncio, e ele se levantou para olhar pela janela. Se a ideia era lhe dar algum tempo para reflexão, ela sentia-se grata; talvez estivesse enganada a seu respeito. Talvez Clifford fosse mais sensível do que havia pensado. Mas Eliza não podia aceitar aquele vestido de alguém que mal conhecia, ou o que iam pensar dela? No entanto, a tentação era forte, porque nunca possuíra nada tão glamouroso.

"Conte-me mais sobre esse *durbar*", ela disse, para ganhar tempo. "Para que serve?"

"Houve um tempo em que os Estados principescos realizavam dois *durbars* importantes. Um deles era um acontecimento político, em que o marajá e os ministros se reuniam para decidir os assuntos do Estado; o outro era um acontecimento social, um espetáculo para divertir e exibir a riqueza e magnificência da corte."

"E este é do segundo tipo?"

"Exato. Como cuidamos da maior parte da administração, em parceria com o príncipe Anish, agora só há necessidade de um *durbar* suntuoso, para lembrar o esplendor ao povo." Clifford vibrava de orgulho. "Conseguimos separar a parte administrativa da cerimonial. Não podemos deixar o caos reinar."

Eliza ainda não conseguia compreender o que levara os príncipes a abrir mão de uma parte tão grande do poder, assinando tratados com os ingleses, e tinha vontade de perguntar a respeito, mas por ora estava cansada de Clifford. Sabia apenas que a Índia britânica representava três quintos do país, e que o restante era formado por quinhentos e sessenta e cinco Estados principescos sob controle "indireto" do Reino Unido.

"Não posso aceitar um presente como esse", ela resolveu dizer.

"Acho que você vai concluir que *precisa*."

Em vez de retrucar, ela mudou de assunto. "Saberia me dizer por que tiraram as panelas da cozinha ontem à noite?"

"Não dou a mínima para os encantadores e seus costumes bizarros. Mas provavelmente por causa do luar ou alguma espécie de superstição." Ele caminhou até a porta. "A propósito, o que achou de Laxmi?"

"Ela é muito gentil."

"Não é má ideia ficar atenta. Conte diretamente a mim qualquer coisa que ache suspeita."

"Minha nossa. Como o quê?"

Ele deu de ombros. "Nada em especial. É só um conselho de amigo."

"Clifford, eu estava pensando em usar algumas das melhores fotos para montar uma pequena exposição. Acha que haveria problema? Pensei em outubro, mais para o fim dos meus doze meses aqui."

"Parece razoável. Já pensou em onde montá-la?"

"Ainda não. Achei que você poderia me aconselhar a respeito."

"Bem, veremos. Só me mostre antes as selecionadas. Não quero que passe uma impressão errada do Império. De todo modo, nos vemos à noite. Não nos decepcione."

"Não decepcionarei."

"Usando esse vestido, é um alívio que a *zenana* e a *mardana* sejam separadas."

"*Mardana*?"

"Os aposentos dos homens. Para mim, você já é linda o bastante, mas, nesse vestido, vai ser um colírio para os olhos de todos. Terei que tomar conta de você."

Como Clifford lhe dera uma ideia do que esperar, Eliza se arrumou com calma na noite do *durbar*. Depois de vestir seu presente de seda, Kiri chegou para cuidar de seu penteado. Cem escovadas, suspirou Eliza. Nem uma a mais nem uma a menos. Dava quase para ouvir a voz exigente da mãe dentro da cabeça enquanto Kiri trançava cristais reluzentes em seus cabelos.

Como um relâmpago, a lembrança de quando penteava o cabelo de Anna veio-lhe à mente. Quando Eliza perguntara por que a mãe estava tão triste, a resposta fora apenas silêncio, depois lágrimas quentes pingaram em suas mãos. Ela não sabia o que fazer para consolar a mãe, mas tentara ajudá-la. Anna recusara ajuda e nada mais fora dito. Aquele breve momento ficara marcado na memória de Eliza, embora ela nunca tivesse entendido o que provocara a melancolia da mãe, além da morte do marido.

Olhando no espelho, Eliza ficou surpresa ao ver como as cores do vestido de seda se refletiam em seus olhos, que brilhavam tanto quanto as pedras em seu cabelo. Movendo-se livremente sobre os ombros, seus cabelos brilhavam como cobre polido, em contraste com a clareza leitosa de sua pele. Kiri os prendera apenas ligeiramente, e a maquiara numa versão mais suave do estilo indiano, fazendo o contorno dos olhos em cinza e dando apenas um toque de vermelho aos lábios e ao rosto.

Bem na hora em que Eliza estava pronta para sair do quarto, Laxmi entrou e deu alguma ordem a Kiri, que saiu apressada. Ao examinar Eliza, a mulher sorriu.

"Como você está bonita! Por que esconde seu brilho, minha menina?"

"Eu..."

"Deixei-a envergonhada. Perdoe-me. Mas seria bom cobrir os ombros."

"Ah! Quase esqueci", disse Eliza, correndo para o guarda-roupa, onde pendurara o xale. Ela o pegou e o estendeu para que Laxmi visse.

A mulher percorreu-o com os dedos. "É muito fino, de fato. Onde o conseguiu?"

"Clifford Salter."

"Ele é um sujeito muito decente. Não é assim que falam os ingleses?"

"Creio que sim."

"Talvez não seja o mais bem-apessoado dos homens." Laxmi a observou de cima a baixo. "Mas poderia se sair muito pior."

"Não estou à procura de marido."

"Não estão todas as mulheres à procura de marido?"

Eliza sorriu. "A senhora realmente pensa isso?"

Laxmi deu um suspiro, e Eliza pôde notar sua melancolia. "Tive sorte. Vivi um casamento muito feliz, com um homem maravilhoso. Em pé de igualdade. Isso raramente acontece nas cortes reais. Bom, mas vamos falar de você. Quais são suas esperanças e expectativas? Mesmo que não esteja procurando marido, existem muitas formas de amar. Sem amor, seu coração ficará vazio."

"No momento, amo meu trabalho."

A mulher sorriu. "Assim seja. Agora venha, deixe-me mostrar o melhor lugar para assistir à procissão. Nós, as raras mulheres de cabeça moderna, precisamos ficar juntas, principalmente em dias como hoje."

"Obrigada."

"Quanto mais amigas tiver, melhor, e não se esqueça do que eu disse a respeito de Clifford Salter. Na Índia, uma mulher branca casada tem mais liberdade do que uma solteira."

"Não vou me esquecer disso... Estava querendo perguntar à senhora sobre os sinos que ouço todo dia. São dos templos?"

"Eles chamam para as preces, ou *pujas*, como dizemos aqui. Você vai ver que, aqui em Rajputana, tudo o que fazemos se transforma, de algum jeito, num rito ou ritual. Os deuses para os quais oramos simbolizam as diferentes forças em nossas vidas. Não fazemos distinção entre a vida secular e a religiosa. Para nós, é uma coisa só."

"Entendi. É bem diferente."

"Sim, imagino que seja. Bem, aproveite a noite." Laxmi virou-se para ir embora.

"Na verdade, eu gostaria de ir a um dos vilarejos, fotografar a gente local, se possível", disse Eliza.

"Considere feito."

A arcada com colunatas que margeava o portão externo principal do castelo estava iluminada com tochas flamejantes, presas a urnas de mármore. Cada uma das urnas era vigiada por um único serviçal, vestido de branco. Depois que Laxmi a deixou sozinha, Eliza foi para um balcão observar o cenário abaixo, onde viu uma extensa fileira de *houdahs* em ouro e prata, em cima de elefantes pintados e enfeitados com joias, subindo vagarosamente a ladeira e passando por uma parede decorada com flores. Quando eles pararam, ela teve um sobressalto, mas não por conta do brilhante espetáculo que se apresentava a seus olhos. Por uma assustadora fração de segundo, voltou a ter dez anos, debruçada em outro balcão; aquele de onde acenara para o pai. Seus olhos começaram a marejar, mas Eliza se esforçou para conter as lágrimas. Não era hora de deixar aquilo acontecer. Durante anos ela se protegera contra a fragilidade, lutara para disciplinar a si mesma, endurecera por dentro e por fora. Não podia fraquejar.

"Eliza?"

Ela se virou e encontrou Jayant, vestido com um *angharki*, uma jaqueta escura, com uma fenda profunda na parte da frente e costura dourada. Os dentes, em contraste com a pele brilhosa e os lábios escuros, pareciam ainda mais brancos, e as pequenas rugas no canto dos olhos ficavam ainda mais profundas quando ele sorria. O príncipe estava de pé, absolutamente imóvel, olhando-a fixo, e o momento que passaram se encarando foi um tanto longo demais. Quando ele piscou, Eliza se deu conta de que aquele homem tinha algo de verdadeiramente autêntico, que a tocava profundamente. Ela abriu a boca para falar, mas nenhuma palavra saiu. Então, o instante chegou ao fim de repente, quando, envergonhada por ele ter notado sua fragilidade, Eliza enxugou abruptamente as lágrimas e deu um passo para trás, tentando pensar em algo que pudesse dizer para se desculpar por sua reação emotiva.

"A procissão está linda", ela conseguiu dizer.

"Você também. Quem ia acreditar? Retiro tudo o que disse sobre seu cabelo."

Ela piscava sem parar. Seria melhor se ele não fosse tão gentil.

"Permite que a acompanhe até lá embaixo?"

Eliza concordou, sentindo um misto de alívio, pelo fim daquele momento de vergonha e constrangimento, e dúvida, pelas consequências de fazer sua entrada conduzida pelo braço do belo príncipe.

Enquanto se dirigiam à larga escadaria de mármore, que descia em curva até o salão principal do *durbar*, ela tentou relaxar. Sentia-se transparente demais. Não conseguia evitar o nervosismo tão próxima dele, e não só por causa do que os outros poderiam pensar. Assim que chegaram, ela de fato atraiu o olhar de Indira. A moça estava usando um estonteante vestido vermelho, mas a maneira sombria como apertou os olhos, com ciúme, preocupou a fotógrafa. Ficou claro que Indira era apaixonada por Jay, e embora Eliza tenha olhado para o lado para ver como ele reagiria, Jay deu a impressão de mal ter percebido. Seria culpa dele? Teria deixado que a moça se apaixonasse? Ou a adoração de Indira seria o resultado natural de anos de proximidade? Eliza tinha a esperança de que fosse a última opção.

Depois que os elefantes foram aliviados de suas cargas de nobres e respectivos criados, os convidados foram conduzidos ao salão por guardas do castelo, vestidos de maneira formal. Num extremo, uma orquestra já tocava ritmos ocidentais. Enquanto todos esperavam pelo marajá e por sua esposa, Eliza balançava ao som da música. Quando Anish apareceu, usando um impressionante conjunto de joias, que cobria um *kurta* de cetim azul-escuro, o salão silenciou, como se todos ali tivessem prendido a respiração. Priya vinha longo atrás, com os olhos postos no chão, usando uma saia rosa-claro, corpete e lenço combinando, além de braceletes incrustados de joias até o alto dos braços e tornozeleiras.

A família real sentou-se em almofadas de cetim em cima dos tronos de ébano e prata dispostos num estrado na extremidade oposta à da orquestra. Com todos instalados, Laxmi, Jay e as filhas do marajá juntaram-se a eles. Um alarido brotou da multidão de aproximadamente duzentos nobres de famílias de prestígio, vindos de todas as partes, assim como um grupo disperso de cidadãos locais, e a orquestra atacou uma melodia animada.

Abriu-se um espaço e a diversão indiana começou com uma *dholan*, uma mulher que cantava e batia um tambor. Em seguida vieram dançarinas ciganas, saltitando e rodopiando com enorme graça. Eliza procurou Dottie, mas aparentemente nem ela nem Julian estavam lá. Em todo caso, apesar do mal-estar inicial, ela desfrutava plenamente da noite; as pessoas estavam sendo gentis e não se sentia um peixe fora d'água, como esperava. Em determinado momento, notou Indira e Jayant conversando, com as cabeças bem próximas. Quando a moça virou-se e saiu correndo do salão, Eliza compadeceu-se dela e resolveu verificar se estava do lado de fora.

Ela esperava encontrá-la em um dos balanços altos típicos da região, colocados para as mulheres. Figuravam em destaque nos pátios do castelo, mas aquela parte do jardim estava vazia. Por isso, Eliza caminhou até um canto iluminado de forma suave, onde se podia sentir o aroma de jasmim. Fazia mais frio do que ela imaginava. Puxando o xale sobre os ombros, ela olhou para as estrelas no alto. Um sopro leve da brisa despertou a mesma sensação mágica que vivenciara no terraço do palácio de verão, e ela desejou alguma coisa que não conseguia definir. Havia trancado o coração para a possibilidade do amor, empregado toda a sua energia em abrir-se para o mundo exterior e capturar a essência de uma cena no breve momento de uma foto. Quando funcionava, era uma experiência divina.

Quando se virou para voltar para dentro, viu Clifford caminhando na sua direção, num passo ligeiramente indeciso.

"Eliza, Eliza", disse ele. "Minha querida jovem. O que faz aqui fora?"

"Eu ia lhe perguntar o mesmo."

"Estava à sua procura." Ele estacou por um instante, depois se aproximou, com um olhar inquisitivo e falando em voz baixa. "Notou alguma coisa relevante nos últimos dias?"

Ela olhou para o chão brevemente antes de erguer a cabeça. "Poderia ser mais específico?"

"Chatur tem se comportado?"

"Acho que sim, embora pareça bastante enxerido."

Ele riu. "Ele é assim mesmo... Tem visto Anish e sua esposa com frequência?"

Ela franziu a testa. "Na verdade, não. Aonde quer chegar?"

"Só estou puxando assunto, minha querida. Podemos caminhar um pouco?"

"É claro."

Enquanto eles passavam sob os lampiões a óleo que iluminavam uma viela estreita, Clifford pouco falava, embora o silêncio não fosse espontâneo. Eliza pensava em algo para dizer quando ele abriu a boca, num tom de voz mais grave que antes.

"Eliza, eu a conheço desde que você era criança na Índia."

"É verdade."

"Embora, é claro, não a tenha visto muito depois que foram para a Inglaterra."

"Visitou nossa casa uma vez. Lembro bem."

"Tem ideia do quanto estou me tornando um entusiasta de sua pessoa?"

"Fico muito lisonjeada com isso." Ela respirou fundo e deu a si mesma tempo para pensar. "Tem sido muito gentil comigo, mas não o conheço tão bem, na verdade, e você não me conhece, pelo menos não como sou hoje."

"Eliza, não estou sendo apenas educado. Gostaria que nos conhecêssemos melhor. Entende isso?"

Ela não esperava que aquilo acontecesse. Como Laxmi tinha sido perspicaz! E como ela própria tinha sido tola por não antecipar o que estava por vir!

Ele inclinou-se para perto dela. Ao sentir seu bafo de uísque e charuto, Eliza deu um passo para trás, temendo que ele tentasse beijá-la.

"É uma mulher muito atraente. Sei que não faz tanto tempo que perdeu seu marido, mas..."

Eliza o interrompeu. "Desculpe, Clifford, mas não estou preparada."

Ele deve ter notado o olhar dela, porque estendeu a mão e tocou gentilmente seu ombro. "Eu nunca apressaria você. Dê a si mesma uma chance de me conhecer, é tudo o que peço."

"Está bem."

"É porque sou mais velho? Ainda não tenho cinquenta anos, e homens podem ter filhos até..."

Impelida pela necessidade de cortar a conversa, Eliza se apressou a dizer: "Clifford, gosto muito de você...". Mas então se interrompeu, lembrando-se de seu tornozelo branco com pelos claros e imediatamente se dando conta da tristeza no olhar dele.

"Não seria um bom começo? Gostar muito de mim, digo", argumentou ele.

Eliza não queria magoá-lo nem ofendê-lo, mas ficou sem saber o que dizer por um ou dois segundos.

"Bem, eu queria me declarar. Seria gentil se você pensasse no que eu disse. Posso lhe proporcionar um belo lar e sou um homem decente, ao contrário de..." Ele fez uma pausa.

"Ao contrário de...?"

"Esqueça. Não importa. Apenas pense no que eu disse. Minhas intenções são absolutamente sinceras."

"Como eu disse, fico muito lisonjeada."

"Por favor, leve em conta que não há muitos ingleses entre os quais escolher por aqui. Já pensou no futuro? No que vai fazer quando o projeto estiver terminado?"

"Ainda não."

"Seria bom pensar. Em todo caso, espero convencê-la de que me preocupo com seus melhores interesses."

Depois que ele foi embora, Eliza caminhou até uma piscina quadrada cercada de velas. Pequenas tendas de musselina de três faces a circundavam. A parte aberta ficava de frente para a água. Cada uma das tendas era grande o bastante para duas pessoas. Ela foi até a mais distante e jogou-se sobre uma das grossas almofadas de seda. Então ocorreu uma forte explosão, e fogos de artifício iluminaram o céu. De início, o ruído deixou Eliza tensa, mas em seguida ela desfrutou do espetáculo. Quando terminou, quase chorando pela segunda vez naquela noite, já sem compreender verdadeiramente o motivo, ela fitou o reflexo da luz da vela dançando sobre a água e sentiu-se esmagada pela solidão.

Do outro lado da piscina, notou que Jay caminhava sozinho, aparentemente imerso em pensamentos. Seus olhares se encontraram, e mais uma vez ela sentiu a conexão que experimentara logo antes de descerem juntos as escadarias até o *durbar*. Agora ele estava dando a volta na piscina, na direção de Eliza, e, ao aproximar-se, sorriu e perguntou se estava tudo bem com ela, ali fora, sozinha. A fotógrafa disse que sim, mas ele deu a impressão de hesitar antes de fazer uma reverência e ir embora.

7

Durante uma semana, mais ou menos, as coisas pareceram caminhar sem contratempos, e Eliza logo passou a minimizar as lágrimas derramadas na noite do *durbar*. Não era hora de permitir que qualquer tipo de emoção se interpusesse em seu caminho. Precisava trabalhar. Até ali, tivera o maior acesso possível ao castelo, inclusive à cozinha e aos depósitos, e até as mulheres da *zenana* vinham sendo simpáticas. Na verdade, quando ficou sabendo que Anish ainda mantinha concubinas, Eliza se viu mais atraída por aquelas mulheres, muitas das quais eram mais velhas e moravam ali desde os tempos do antigo soberano. Algumas contaram que haviam sido levadas ali ainda bebês, para ser criadas no castelo. Muitas nunca tinham saído de lá. Mas elas riam, costuravam e cantavam, e, quando estava com elas, Eliza era tomada por um espírito de camaradagem inteiramente novo.

Era muito diferente da época em que morara num internato de meninas, por causa de um homem a que a mãe se referia como "tio". O nome dele era James Langton, e Eliza sabia que não havia nenhum parentesco entre eles, embora as duas tivessem morado em um chalé dentro de sua propriedade; em troca, Anna tinha que zelar pela criadagem na ausência dele.

Até ali, Eliza não se dera conta da naturalidade com que as outras pessoas pareciam solidamente enraizadas em seus próprios mundos. Agora, porém, mesmo ciente de que as mulheres da *zenana* fofocavam a seu respeito, Eliza não se importava. Estar com elas era divertido. As colegas do internato não eram divertidas, e nenhuma delas lhe inspirara confiança. Mas ela só soube que as mulheres da *zenana* eram maledicentes depois de um dia em que Priya esteve com elas, quando percebeu que não confiavam na marani.

Bem na hora em que Eliza estava tirando uma foto de uma das concubinas mais jovens, Indira entrou no quarto portando uma bolsa e falando em inglês, para que nenhuma das outras entendesse.

"Quer ver uma coisa?", disse ela, com um enorme sorriso no rosto. Parecendo feliz consigo mesma, a moça puxou uma cadeira e se jogou nela.

"Depende."

"É uma espécie de funeral."

Ao ouvir aquela palavra, Eliza franziu a testa. Ela estava mais do que cansada de funerais.

"Você vai gostar. Prometo."

Eliza hesitou. Desde a noite do baile, em que a jovem revelara de maneira tão clara seu ciúme, ela quase não a vira.

"Kiri está chegando."

"A criada?"

Indira fez que sim. "Vamos encontrá-la na cidade."

Eliza decidiu-se a ir e começou a arrumar suas coisas. "Bem, já terminei aqui, então por que não? Só não posso demorar muito, preciso revelar as chapas assim que voltar. Tudo bem se eu levar minha Rolleiflex?"

"Se levá-la numa bolsa a tiracolo, sim."

Indira pulou da cadeira e mostrou uma coisa a Eliza. "Não vamos demorar, mas você vai ter que mudar de roupa. Trouxe trajes indianos."

"De onde?"

A moça inclinou a cabeça para o lado e deu um sorriso misterioso. "Eu consigo tudo o que quero. Agora se troque."

"Na frente de todo mundo?"

Indira deu risada. "Somos todas mulheres. Não tem nada que as outras não tenham visto. Depois você vem buscar suas roupas."

Eliza não era pudica, mas, enquanto se trocava, tentava cobrir diferentes partes do corpo e seu rosto parecia queimar de vergonha. As mulheres riam e fofocavam, falando tão depressa que a fotógrafa não conseguia acompanhar. Mas pareciam bem-humoradas, embora ver uma mulher branca seminua ficar tão corada provavelmente fosse fascinante para elas. Quando terminou, Eliza sentiu-se bem diferente vestindo a saia comprida típica e uma blusa ajustada ao corpo.

Ao saírem da *zenana*, Indira puxou Eliza para um canto do corredor. A fotógrafa pareceu perplexa, mas a outra pôs um dedo em seus lábios e, depois de um instante, disse:

"Chatur!"

Eliza lembrou-se dos olhos sombrios e das sobrancelhas cabeludas do homem que era a autoridade máxima da corte. "E daí?"

"Ele enxerga tudo. Está acostumado comigo, mas, quanto menos souber a seu respeito, melhor. Vai querer se meter em tudo o que fizer, caso não tome cuidado. Pronto. Ele já foi."

"Por que tenho que tomar tanto cuidado?"

"O *dewan* odeia novidade e ingleses. Duvido que concorde com sua presença aqui. É muito antiquado. Ele e Priya são íntimos. É melhor evitar os dois."

Indira começou a falar sobre outros assuntos. Aparentemente, o que quer que tivesse sentido no baile havia passado. Teria ela conversado com Jay a respeito? De todo modo, Eliza ficou aliviada por não ter mais problemas. Estava encantada com o que vira da vida no castelo e temia que sentimentos ruins atrapalhassem tudo. Quanto a Clifford, decidira deixá-lo em segundo plano em seus pensamentos.

Foi a primeira visita de verdade de Eliza ao centro da cidade medieval, onde encontraram Kiri, que ia acompanhá-las. Fascinada pelas cores vibrantes no labirinto de ruas sinuosas, Eliza sentiu o coração bater um pouco mais forte. Os bazares da cidade antiga pareciam partir em raios estreitos da torre principal do relógio. Eliza passou por um pouco de tudo, de tintureiros a fabricantes de marionetes; chegou a pensar que, caso se perdesse, nunca mais conseguiria sair dali. Receberia ajuda daquelas pessoas atarefadas, cada uma ocupada com sua própria vida, suas próprias alegrias e seus medos, aparentemente tão próximas e ao mesmo tempo tão distantes?

Na feira de especiarias, elas foram envolvidas pelo perfume de incenso e pelo aroma picante da carne de cabra no carvão. Depois, à medida que avançavam cada vez mais entre barracas que vendiam de doces a sáris, o som de um tambor começou a ficar mais alto, ao mesmo tempo que o cheiro de esgoto ficava mais forte.

"É alguma festividade?", perguntou Eliza, que sabia do amor dos indianos por festas, fosse a comemoração do aniversário de um deus ou de uma colheita satisfatória ou um dos vários festivais de música.

"Não exatamente."

Eliza estacou no meio da rua. "Então o quê?"

Indira sorriu para ela enquanto retomavam a caminhada. "Kiri vem de uma família de titereiros. Hoje é um dia especial para eles. Venha, ou um riquixá vai atropelar você."

"Mas você disse que..."

"Que era um funeral. E é. De certa forma."

"Você está misteriosa demais."

Indira riu, oferecendo um braço para Eliza e outro para Kiri, que sorria de orelha a orelha. "Você vai ver. Acredita em carma, ou em destino?"

"Destino? Não estou bem certa do que quer dizer."

"Eu acredito. Temos uma coisa chamada *adit chukker*, a roda invisível da fortuna. Tudo aqui é uma questão de destino. E hoje não é exceção."

Naquele momento Eliza ouviu uma voz chamar seu nome. Ela se virou e viu Dottie, correndo com o rosto corado na sua direção. "Bem que achei que fosse você", disse ela. "Nossa, estou sem fôlego. Regra número um: jamais corra num calor desses! Mas o que está tramando, vestida desse jeito?"

"Sei que é um pouco estranho, mas vou a uma espécie de funeral."

"Nossa, e não é perigoso?" Ela olhou em volta como se procurasse assaltantes escondidos nas vielas.

"Tenho certeza de que não", disse Eliza. "E tudo bem com você, Dottie? Fiquei chateada de não a encontrar no *durbar*."

"Tive uma das minhas terríveis dores de cabeça. Julian me deu algo para tomar, mas me derrubou." Dottie pegou no antebraço de Eliza e fez uma pausa. "Mas sair por aí sozinha..."

"Estou com estas duas jovens." Ela apontou para Indira e Kiri.

"O que eu quis dizer..."

"Sei o que quis dizer. Mas estou bem. De verdade."

"Clifford concordaria?"

"Provavelmente não. Por que você não vem conosco?"

Dottie sorriu. "Até que eu gostaria, mas na verdade estou com Julian. Ele está procurando um jogo de xadrez."

"Pena." Eliza deu um passo para trás e olhou para Indira.

"Outro dia, talvez?"

Eliza concordou. "Desculpe ter que sair correndo, mas não posso mais segurá-las."

"Claro. Nos vemos em breve?"

Eliza percebeu um tom sério na voz da outra e se deu conta de que Dottie talvez também se sentisse um pouco solitária. Ia fazer um esforço para entrar em contato logo.

A mulher foi embora e Eliza voltou para perto das outras moças.

Quando finalmente atingiram a periferia da cidade, chegaram à margem de um rio. Não era dos mais largos e nem de longe dos mais profundos, mas parecia haver menos poeira que na cidade, e Eliza sentiu certo frescor no ar. Em seguida, ela percebeu uma pequena multidão aglomerada para assistir a um espetáculo de marionetes.

"Foi para isso que viemos?"

"Sim."

A visão impressionante de marionetes de um metro de altura num palco em miniatura, com cabeças entalhadas em madeira e vestindo fantasias produzidas com esmero, era algo que Eliza jamais tinha visto. Parcialmente escondido, o titereiro emitia sons através de um instrumento que parecia um bambu, para esconder sua verdadeira voz, enquanto movia os membros dos bonecos manipulando os cordéis a eles amarrados. Ao lado, uma mulher tocava o tambor que Eliza tinha escutado.

"É um *dholak*", explicou Indira. "E as histórias falam a respeito de destino. E amor, guerra e honra. Pergunte a Jay sobre isso. De honra, ele entende."

Eliza ficou pensando se Indira insinuava alguma coisa, mas decidiu ignorar. Devia ser só sua imaginação.

"Essas pessoas são lavradores da região de Nagaur, conhecidos pelo nome de *kathputliwalas*. Em geral fazem as apresentações de marionetes tarde da noite, mas esta é diferente."

Eliza ouvia enquanto o titereiro assobiava, uma segunda mulher narrava a história e a primeira continuava a cantar e bater no tambor.

"Viemos para um funeral", prosseguiu Indira.

"De quem?"

"Ali está ele."

Embora não tivesse o menor desejo de ver um cadáver, Eliza não teve como não virar a cabeça para olhar. Viu apenas Kiri, sentada no chão ao lado de uma marionete deitada numa cama de seda.

"Aquele boneco está velho e gasto demais para continuar sendo usado."

Eliza assistiu ao espetáculo até o fim. O titereiro se aproximou de Kiri e deu-lhe um beijo no cocuruto. Depois, pegou a velha marionete e levou-a, carinhosamente, até a beira d'água, onde começou a orar. Eliza capturou a cena com sua câmera. Enquanto continuava as preces, o homem colocou o boneco na água com a ajuda de Kiri.

"Quanto mais longe boiar, mais felizes os deuses ficarão", disse Indira.

"Por que Kiri está ajudando?"

"O titereiro é pai dela."

"Então por que ela não vive com ele?"

"Porque não pode. Todos os criados devem morar no castelo."

Ao término, as três vagaram pelas barracas, driblando as bicicletas, as vacas adormecidas e as mercadorias espalhadas pelo pavimento, parando apenas para enrolar lenços de cores vivas no pescoço ou para experimentar colares, fazendo pose e dando risada.

"Roupas indianas ficam bem em você, Eliza."

"Mas por que tive que colocá-las? Não bastava cobrir a cabeça?"

"Sim. Mas achei que seria mais divertido assim, e que você chamaria menos atenção."

Eliza sorriu. Estava se divertindo. Mesmo ciente de que sua pele era branca; parecia estar descobrindo uma parte nova de si mesma, mais leve, e estava impressionada com o quanto Indira conhecia a cidade. Ninguém as incomodou. As ruas fervilhavam com uma mistura de mulheres ainda no *purdah* e outras não. Elas compraram *golgappe*, que eram bolinhos de farinha, e pastéis de lentilha que Indira explicou que chamavam *daalbaatichurma*, então foram comê-los num parque próximo.

Quando chegaram ao pé da colina, já estava anoitecendo, e Eliza olhou espantada para cima. A fortaleza inteira estava feericamente iluminada, como se tivesse sido pintada de ouro. Cada uma das janelas faiscava, e ocorreu a Eliza que, se não fizesse um esforço, ia se sentir num mundo de sonhos e nunca mais retornaria ao real. O dia tinha sido agradável e feliz, um momento para se alegrar com a leveza da vida sem a necessidade de se proteger. Eliza alimentou a esperança de que ela e Indira viessem a se tornar boas amigas. Fazia muito tempo que não tinha uma amiga de verdade.

8

Eliza sonhou com Oliver à noite. Quando acordou, sentimentos e memórias havia muito esquecidos ressurgiram sem freios das profundezas de seu coração. Ela não conseguia parar de pensar no dia em que o conheceu. Tinha esbarrado nele — ou melhor, tropeçado nele — por acidente, numa livraria, fazendo-o deixar cair a pilha de livros que carregava. Quando abaixou para ajudá-lo, viu que todos os livros eram sobre arte, inclusive catálogos de exposições em Londres e Paris. Ela ficou olhando as fotografias no chão, e ele se sentou ao seu lado. De início, Eliza só conseguira sacudir a cabeça, sem palavras, mas, depois de alguns momentos jogando conversa fora sobre o tempo, ambos começaram a rir. Era engraçado ficar sentada no chão com um completo desconhecido. Em seguida ele a ajudara a se levantar e a convidara a sentar-se com ele na casa de chá ao lado.

Os tempos felizes duraram pouco. Eliza pensou no dia em que tiveram uma briga violenta. Ela havia dito que queria se tornar fotógrafa. Ele ficara extremamente irritado — batera a porta e saíra para a rua sem ouvir seus argumentos. Ela sentiu um estranho frio no estômago, e depois descobriu que não era sem razão: Oliver não vira o ônibus que o matara, e ela teve que aprender a viver com uma culpa insuportável.

Uma batida na porta interrompeu suas lembranças. Para sua surpresa, Eliza encontrou o *dewan*, Chatur, à sua espera. Ele não sorria. Com um ar de desdém, segurava uma folha de papel nas mãos.

"Trouxe uma lista de pessoas que a senhorita precisa fotografar, na ordem certa. Verá que também sugeri locações apropriadas."

"Sim."

Ele deu um sorriso tranquilo. "Estou certo de que posso encontrar tempo para estar presente em cada uma dessas ocasiões, mas, caso não esteja disponível, um dos guardas acompanhará a senhorita."

Incomodada com a intromissão, Eliza franziu a testa. "Na verdade, gosto de escolher meus temas sozinha, e acreditava que teria livre acesso."

"Até certo ponto, srta. Fraser. Bem, confio que há de considerar útil esta lista. Alguns dos guardas já estão esperando para ser fotografados. Pode encontrá-los no pátio mais próximo daqui."

Ele fez uma mesura, virou-se e saiu, e Eliza ficou pensando no que Laxmi lhe havia dito. Com certeza ela estava autorizada a fazer o que bem entendesse, sem obedecer a ordens de ninguém. Ia simplesmente ignorar a lista de Chatur.

No pátio, três guardas imóveis formavam uma fila, tão parecidos que Eliza não conseguia diferenciá-los. Ela quebrava a cabeça pensando em uma foto menos formal quando Dev apareceu, olhando-a fixamente. Ela reparou no cabelo dele, mais curto que o de Jay, nos olhos, mais escuros, e no nariz, que era maior e dava ao conjunto do rosto um ar mais rústico. Também havia nele algo levemente estranho, como se sua tranquilidade estivesse por um fio, embora o sorriso permanente no rosto nada revelasse. Ele retribuiu o olhar dela, de início com ar desconfiado — mas, ao entender o que estava acontecendo, deu a impressão de se descontrair.

"Precisa de ajuda?", Dev perguntou.

"Na verdade, não, mas não consigo fazê-los relaxar. Queria muito pegá-los desprevenidos."

Dev olhou para eles, reflexivo. Então deu um sorriso. "Sei exatamente como fazer isso."

Ele tirou alguma coisa da bolsa que estava carregando, e os guardas foram imediatamente em sua direção. Dev falou algo e eles concordaram, sem fazer caso da presença de Eliza.

"É um jogo", ele explicou. "Nós o chamamos de *challas*."

Ele desenrolou um pedaço grande de lona quadrada, coberto de desenhos e casas quadradas. Em seguida, agachou-se, no que foi acompanhado pelos homens, e tirou do saquinho fichas e búzios. Eliza ficou impressionada com a beleza do tabuleiro.

"Você sabe se virar, não é mesmo?", comentou ela.

Dev estava de costas para Eliza, mas ela o viu assentir com a cabeça, dando em seguida a impressão de se esquecer da presença dela. Era esperto da parte dele, porque assim ela podia tirar as fotos que realmente queria. Mas Eliza continuava incapaz de decifrar aquele homem. Às vezes, Dev parecia quase desconfiar dela; às vezes, era muito prestativo. Por quê?

Durante um breve intervalo, ele se ergueu e foi falar com ela. "Esse jogo existe há séculos. Era usado para ensinar táticas e estratégias de guerra aos jovens."

"E você é bom nisso? Em tática, quero dizer."

Ele deu de ombros.

"O que está fazendo aqui hoje?", perguntou Eliza.

"Vim praticar falcoaria com Jay. Por favor, srta. Fraser, não torne as coisas mais difíceis para ele. A vida aqui não tem sido fácil ultimamente, e não sei se passar o tempo com a senhorita vai ser bom para a relação dele com Chatur, que já é complicada."

"Chatur é tão poderoso assim?"

Ele assentiu. "Receio que sim. Mas, mudando de assunto, Jay me contou que a senhorita já viveu na Índia."

"Só em Delhi, quando era criança, mas depois que meu pai morreu voltamos para a Inglaterra."

Ele estava olhando para baixo, mexendo com o pé nas pedrinhas, e não respondeu.

"Bem, obrigada por me ajudar. Fico muito agradecida", disse Eliza, então foi guardar seu equipamento.

No dia seguinte, ela se viu de novo a sós com Jayant. Desta vez, em um carro lateral aberto, acoplado a uma motocicleta. Ela não sabia que ele ia acompanhá-la ao vilarejo, mas aparentemente ele se oferecera, o que a surpreendeu e agradou. Jay estava usando uma túnica e calça de estilo europeu, ambas em cinza-carvão. Sua pele exalava um levíssimo perfume de sândalo, igual ao de Laxmi, mas com um toque de cedro e talvez limão.

"Gostei da moto", disse ela.

"Eu tinha uma Brough Superior de 1925, mas foi roubada no começo do ano. Esta é uma Harley-Davidson."

Eles saíram, levantando nuvens de areia. Eliza estava concentrada na estrada e decidida a aproveitar a oportunidade. Havia muita coisa que ainda não sabia a respeito de Jay e de seu mundo. Às vezes, trevas pareciam circundá-lo, mas também havia nele alegria e vigor. No entanto, alguma coisa estava errada.

"Espero que você não vá me dizer mais uma vez que é uma viagem de vários dias", ela gritou.

Ele riu. "Não vamos tão longe. Voltamos antes da hora do chá. Mas veremos muita coisa. É um vilarejo rural típico. Você vai poder ver como a vida é e fotografar rostos interessantes. Foi lá que Indi nasceu."

À medida que atravessavam o interior de Rajputana, o ar ficava surpreendentemente úmido. Eliza viu bodes pastando no meio da estrada, e eles passaram por camelos e búfalos; ela se deu conta de como estava ficando acostumada com aquele mundo novo. Gostava do cheiro da areia e do vento soprando no cabelo, que parecia preenchê-la por dentro com algo de que sentira falta por muito tempo.

"A vida aqui continua pacata como sempre foi", gritou Jay, mais alto que o barulho do motor. "Os artesãos fazem tapetes de pelo de camelo e jarras de água com o barro da região. Gosto de vir aqui por causa dos pássaros."

"Você é ornitólogo?"

"Não chego a ser, mas estamos na rota migratória de muitas espécies. Se prestar atenção, vai ver periquitos e pavões."

Enquanto ele falava, Eliza refletia, desfrutando de um novo tipo de gosto pela vida, que nunca sentira antes. Toda vez que se encontravam, ela era surpreendida.

"Se formos ao lago Olvi, veremos marrecos, garças, martins-pescadores, mergulhões e jaçanãs. E talvez grous pequenos."

"Pare!", disse ela, rindo. "Estou com calor e com a cara cheia de areia. É coisa demais para absorver, e com o ruído da moto não consigo ouvir direito."

No mesmo instante em que ele parou, ela percebeu um animal que nunca tinha visto.

"É a *chinkara*, uma gazela asiática, embora o antílope-negro seja mais comum aqui." Alguma coisa parecia ter chamado a atenção de Jay, e ele fez uma pausa, como se estivesse refletindo. "É bem verdade que muita coisa do dia a dia não mudou, mas, em relação a nós, os governantes, você precisa entender que os ingleses substituíram nossos poderes pelo sistema deles, de controle indireto."

Ela franziu a testa e criou coragem para lhe fazer perguntas. "Não entendo por que os príncipes assinaram tratados com os ingleses. Por que cederam tanto?"

"Os rajaputes originalmente vieram de uma região mais além e tiveram que conquistar as terras que hoje lhes pertencem. No fim, tudo é uma questão de laços de sangue e disputa por territórios. Os diversos clãs lutam entre si o tempo todo, na esperança de obter mais terra e riquezas. Nosso poderio militar foi aumentando por meio de casamentos arranjados."

"Na minha terra a aristocracia também só se casa entre si."

Ele deu risada.

"Os ingleses se dispuseram a assumir a responsabilidade pela segurança de nosso território, mas em troca tivemos que agir como vassalos."

"É estranho que tenham concordado."

"Acho que cansamos de brigar uns com os outros e do preço que pagamos por isso. Antes, seu povo temia a ameaça dos Estados principescos. Por isso, buscou nos manter isolados. Agora melhorou um pouco. Acho que eles aceitaram a ideia de uma relação de cooperação."

"Somos tão diferentes, não acha?", disse ela. "Os ingleses e os rajaputes."

"Sim. E são diferenças que alguns de nós têm dificuldade de compreender. Os homens educados na Inglaterra ficam confusos quando voltam para a Índia. Sem um objetivo concreto, recorrem à bebida."

"E você?"

Ele riu. "Um pé em cada mundo, sem um lugar de verdade em nenhum dos dois. Meu irmão se conformou em virar um príncipe bem-vestido. Eu não."

Os dois ficaram em silêncio por alguns instantes. Eliza aproveitou para refletir, enquanto ele acendia um cigarro. Ela saiu do carro lateral para esticar as pernas e o observou fumando, sentado de lado na moto. Seus cabelos estavam desgrenhados por causa do vento, e a mão esquerda, manchada de óleo. Jay limpou a mão na calça sem muita atenção, então sorriu para ela. Era um homem complexo, que falava com serenidade sobre a própria vida, mas Eliza não acreditava que pudesse ser feliz levando uma vida tão sem sentido. Embora fosse extremamente simpático e charmoso, ela não sabia se havia alguma coisa a mais.

"Você também não é feliz", disse ele, como se tivesse lido os pensamentos dela.

"Não sei o que você quer dizer", respondeu a fotógrafa, sentindo uma repentina irritação. Era um comentário íntimo demais. Além disso, o ar perdera a umidade fresca e o calor cada vez maior a incomodava.

"Alguma coisa em você dá a impressão de distanciamento, mas já não acha que seja verdadeiro."

"Você está sendo um pouco rude", disse ela, esforçando-se para não soar ofendida. "E, de qualquer maneira, não lhe diz respeito."

Houve uma breve pausa.

"Eu lhe avisei: não sou inglês."

"Posso notar."

"Os ingleses acham que corrigimos nossos modos mal-educados", disse ele, "mas alguns velhos costumes estão apenas enterrados."

"Como assim?"

"Acho que estou pensando em Indi. E no que poderia ter acontecido com ela."

Eliza franziu o cenho.

"Ela veio morar no castelo porque a avó ajudou a salvar minha vida. Como agradecimento, minha mãe deu à mulher um retrato em miniatura e lhe disse que, se um dia precisasse de ajuda, era só levá-lo ao castelo e perguntar pela marani."

"E?"

"Indi aprendeu a copiá-lo."

"Com a ajuda de um *thakur*?"

"Isso."

"Mas o que teria acontecido com ela?"

"Outra hora lhe conto. Agora precisamos prosseguir."

"Antes tem uma coisa que preciso lhe dizer", interrompeu ela. "Devdan me alertou para não passar muito tempo com você, porque poderia criar problemas com Chatur."

"Ele disse isso?"

"A questão é que, no dia da partida de polo, eu vi uma coisa estranha. Não falei nada porque achei que pudesse ser só imaginação. Mas Chatur e outro homem aparentemente riam da sua queda. Fiquei imaginando se..."

Ele a interrompeu. "Se Chatur estava por trás daquilo. É o que acha?"

"Pensei que só estivessem pregando uma peça, mas não poderia ser algo sério?"

Os olhos de Jayant assumiram um ar grave. Ele pareceu pensativo. Então, resmungou: "Aquele homem é uma ameaça, mas meu irmão não enxerga. Nada vai detê-lo. Já avisei Anish".

"Mas o que exatamente ele quer?"

"Manter meu irmão sob controle e ter todo o poder."

Eliza deu um suspiro. Aquilo não lhe dizia respeito.

Jay ligou de novo o motor e eles seguiram em frente. Nenhum dos dois abriu a boca até que ele estacionou a moto num local onde uma camada de poeira cobria um vilarejo de casas de terra batida. Feliz por poder esticar as pernas, Eliza desceu e examinou o entorno. Parecia que as casas tinham nascido da terra, como uma árvore ou um arbusto, e a beleza simples dos traços suaves das construções atraiu seu olhar de fotógrafa. Daquela vez, ela usaria a Rolleiflex.

"O *garh* é a residência ancestral do proprietário do terreno", disse Jay. "Ele é a primeira pessoa que vamos encontrar."

"Veremos moradores também?"

"Sim, sim, mas primeiro temos que nos apresentar ao *thakur*. Ele se interessa por arte e tem seu próprio mérito como artista. É o nobre que adotou Indi como pupila. Temos muito a lhe agradecer."

Enquanto passeavam pelo vilarejo, Eliza sorriu ao observar a mistura harmoniosa de artesãos apregoando suas obras, mulheres de porte majestoso indo buscar água no poço, crianças correndo e gritando nas ruas e até bichos pastando. Havia cães adormecidos por toda parte, e as pessoas com quem cruzaram pareciam amigáveis. Apesar dos comentários feitos por Jay um pouco antes, ela sentiu-se grata por ter sido trazida por ele, e seguia seus passos largos e tranquilos vilarejo afora.

"Esta família pertence ao mesmo clã que nós", disse Jay. "Anish, meu irmão, é o chefe do clã. Veja, ali está a fortaleza."

Eliza fitou o forte dourado, pequeno, mas muito bonito. Ao entrar, passando sob uma arcada de pedra, eles foram conduzidos a um jardim interior, onde o *thakur* estava pintando num cavalete. Era mais um daqueles homens altos e dignos que Eliza estava se acostumando a encontrar. A única diferença era que seu bigode tinha fios brancos e ele era bem mais velho do que Jay. Levantou-se da cadeira, limpou as mãos com um pano e foi na direção dos visitantes de braços abertos.

"Bem-vindos, bem-vindos", disse ele. "Jayant. Que maravilha ver você e sua encantadora companheira. O que posso servir aos dois?"

"Alguma coisa gelada", disse Jay. "Pode ser, Eliza?"

Ela concordou e juntou a palma das mãos, no gesto tradicional de cumprimento.

"Então, por favor, sentem-se."

Enquanto eles se instalavam, o *thakur* continuou a falar. "Este lugar foi construído cerca de duzentos anos atrás, concedido pelo marajá em virtude da bravura de um ancestral meu. Em troca deste terreno, ele tinha que cuidar de oito cavalos do marajá e participar das batalhas. Felizmente isso não se aplica mais a mim."

Ela sorriu. "Gostaria de tirar fotos dos moradores do vilarejo. Acha que vão se incomodar?"

"De jeito nenhum. Acredito que a fotografia virá a ser uma nova forma de arte."

"Espero que não tome o lugar da pintura, mas que as duas convivam", respondeu Eliza.

"Assim seja. Jayant me disse que fala nossa língua."

"Um pouco."

"Ela está sendo modesta."

"E Indira, como vai?", o *thakur* perguntou. Sorria, mas havia tensão em seus olhos. "Ela raramente vem aqui."

"Sei que o senhor entende o motivo."

O homem pareceu triste. "Sei, mas sinto falta da presença alegre dela. Mas não fiquemos remoendo o passado."

Eliza queria saber mais, mas alguma coisa no olhar dos dois homens a impediu de perguntar. Quando os três ficaram de pé, Jay e o *thakur* foram até o lado de fora por um instante, e ela não conseguiu escutar o que diziam.

Em seguida, ele os conduziu até a saída do forte. "Antes, este lugar era cercado por paredes de barro. Meu avô construiu os muros de pedra, mas a maior parte do *garh* ainda é original. O portão foi alargado, para permitir que um homem sentado num *houdah* no dorso de um elefante pudesse passar."

"É realmente esplêndido", disse Eliza.

Ele concordou. "Antes de tirar fotos, gostaria de conhecer a avó de Indira?"

"Adoraria."

"Vou levá-los até ela, depois deixarei vocês."

Quando chegaram ao povoado, pararam do lado de fora de uma cabana simples, com um pequeno jardim e uma roseira raquítica. O *thakur* gritou e uma senhora idosa de olhar altivo saiu, como se já estivesse esperando por eles. Enrolou um lenço no cabelo e não sorriu.

"Ela não fala inglês. Acha que consegue entendê-la?", perguntou Jay.

"Se tiver dificuldade, aviso."

Eliza concentrou-se enquanto Jay e o *thakur* falavam com a mulher. Basicamente, ela queria saber se Indira estava bem e feliz, e pareceu satisfeita com as respostas, que visivelmente a tranquilizaram. Quando Eliza ouviu uma menção a seu próprio nome, a mulher a olhou fixamente, fechando a cara e dando alguns passos para trás. Então fora embora, pondo fim à conversa. Jay e o *thakur* se entreolharam.

"O que aconteceu?", perguntou Eliza, meio sem jeito e sem saber como se sentir.

"Tenho certeza de que não é nada com que precise se preocupar", disse Jay.

Ela aceitou a resposta, mas ficou com a impressão de que havia mais alguma coisa. O *thakur* interveio para desanuviar o clima. "Deixe-me falar das rendas. Tira-se a renda da terra, como sempre se fez. Os agricultores cultivam o campo para mim e, em troca, recebem uma parte da colheita. Os pastores têm permissão para deixar os animais pastarem, em troca de uma parte da criação."

"Meu amigo Devdan teria algo a dizer sobre isso", afirmou Jay, sorrindo.

O *thakur* ergueu as mãos, fingindo espanto. "Lembre-se de que fui apresentado a seu amigo. Ele é um revolucionário, não é? Um camarada do tipo perigoso. Um *badmash*."

"Ele não é má pessoa, de verdade. Só um falastrão."

"Bem, eu ficaria de olho nele. Mas agora preciso me despedir. Prazer em conhecê-la, srta. Fraser." Com essas palavras, puxou Jay de lado para uma conversa em particular.

Depois, Jay e Eliza caminharam pelas áreas mais afastadas do povoado. Ele estava mais silencioso que antes. Eliza não sabia o motivo, mas não conseguia deixar de pensar que tinha a ver com ela. O pensamento lhe provocou um calafrio. Como estava ocupada — um rolo de filme tinha apenas seis fotogramas, por isso ela precisava o tempo todo procurar um canto escuro para trocar o rolo dentro de uma bolsa fechada —, não perguntou o que havia de errado. À medida que se enfurnavam nas vielas estreitas e ela via a vida rudimentar que as pessoas levavam naquele lugar desolado, a extrema pobreza a deixou chocada. Como podia existir um castelo tão rico enquanto aquelas pessoas definhavam numa penúria absoluta? Em algumas vielas havia crianças completamente nuas, e ela mal conseguia evitar pisar no filete de água imunda que corria por uma vala no meio da rua. As pessoas ali eram mais magras, e a miséria estava gravada nos sulcos dos rostos; ver a diferença entre aquela parte do vilarejo e a outra deixou-a muda. Não havia nada de romântico naquilo, mas Eliza tirou fotos de tudo: dos pobres, dos abandonados e dos aparentemente esquecidos. Veio-lhe a ideia de que, registrando o sofrimento dos pobres, poderia conseguir dar voz aos que não eram ouvidos.

Quando ela subiu no carro lateral, Jay perguntou se gostaria de ir a um bazar a poucos quilômetros dali, onde poderia comprar tecidos estampados com prensas de madeira entalhadas à mão. Ele próprio precisava resolver algumas pendências.

"É um lugar remoto, muito pouco visitado. Se quiser ver a autêntica Rajputana, nada melhor."

A sugestão pareceu amistosa, mas o tom solene da voz de Jay tinha uma aspereza que ela não havia notado antes. Enquanto atravessavam o trecho mais irregular da estrada até ali, Eliza pensou na avó de Indira, e decidiu pedir a Jay que lhe contasse mais a respeito da moça.

Ele encostou a motocicleta por um instante, como se estivesse em dúvida quanto ao caminho a seguir.

"Mais cedo você disse alguma coisa sobre terem enterrado o jeito antigo de ser, referindo-se a Indi. O que uma coisa tem a ver com a outra?" Sua esperança era que agora ele se sentisse em condições de contar mais.

Jay deu um suspiro profundo. "Você deve ter notado que Indi é diferente. A pele dela é um pouco mais clara. Ela não sabe quem é seu pai e foi abandonada pela mãe. Embora descenda de uma antiga linhagem de guerreiros rajaputes, pelo menos do lado materno, sofre a infâmia de quem perdeu o pai. Para nós, os laços de sangue representam tudo."

"Pobre menina", disse Eliza, sabendo como era ruim crescer sem pai. A orfandade devia ter feito Indira se sentir à deriva, e a sensação de isolamento devia ser terrível. Não admirava que a moça tivesse se afeiçoado a Jay.

Os dois ficaram em silêncio. Eliza olhou para Jay, e ele virou-se para fitá-la brevemente.

"O que foi?", perguntou ele.

"Você é tão cego que não vê que ela está apaixonada?"

O olhar dele pareceu vazio. Depois, Jay franziu as sobrancelhas e falou quase como se ela não estivesse ali. "Bobagem. Ela é como uma irmã."

Eliza soltou um leve muxoxo.

Por um instante, fez-se um silêncio constrangido.

"O interesse do *thakur* a isolou do resto dos moradores do povoado. Não fosse pela proteção dele e da avó, teria ficado marcada como *dakan*."

"E o que é isso?"

Jay a olhou como se tentasse prever sua reação.

"Uma mulher suspeita de bruxaria."

"Nos dias de hoje?"

Ele balançou a cabeça lentamente. "Uma vez uma mulher acusada de ser *dakan* foi encontrada morta com um machado nas costas. A avó de Indi agiu com rapidez e mandou-a para o castelo, juntamente com a miniatura original, além de alguns de seus quadros. Indi disse a Laxmi que não estava mais segura em casa. Por gratidão à avó dela, minha mãe a aceitou."

Eliza sentiu um calafrio de medo. "Quer dizer que podiam tê-la matado também? Foi isso que você quis dizer quando comentou que se preocupava com o que poderia ter acontecido com ela?"

"Indi é talentosa e muito bonita. Outras mulheres talvez tivessem ciúme."

"O que aconteceu depois que ela chegou ao castelo?"

"No começo trabalhou como criada, mas depois seu talento se tornou conhecido de todos, quando minha mãe lhe encomendou um retrato de cada membro da casa real. Ela virou os olhos e os ouvidos de minha mãe. Não esqueça que na época Laxmi era a marani. Não sei bem como, mas Indi ainda fica sabendo de todas as intrigas, fofocas e conspirações."

"Imagino que Laxmi tenha sido uma rainha maravilhosa."

"Foi, sim. E uma mãe maravilhosa... Até demais, às vezes."

A última parte da frase foi quase um comentário isolado, e Eliza não pôde evitar comparar Laxmi, que muito provavelmente vivera para os filhos, com Anna, pouco interessada nela. Nunca refletira muito sobre a maternidade e importava-se pouco com o assunto.

Por um instante, Jay pareceu distraído, olhando para os dois caminhos possíveis, e só então respondeu ao comentário anterior de Eliza. "Embora, é claro, os ingleses proibissem o uso dos termos 'rei' e 'rainha'. Meu pai supostamente era o 'chefe'. Também proibiram que usássemos coroas. Eram apanágio da realeza britânica."

Eliza fez uma careta. "Para ser sincera, acho quase graça nisso, mas fico me sentindo meio culpada."

Jay olhou para ela com ar sincero. "Não precisa. Do nosso lado também fizemos muita coisa errada. Se um filho de minha mãe não tivesse subido ao trono, ela, como viúva, não estaria gozando do respeito que possui."

"Entendi."

"Melhor irmos." Ele voltou para a motocicleta. "Acho que é por aqui."

Depois de mais alguns quilômetros, Jay parou a moto e desligou o motor. "Fique perto de mim, por favor", disse ele. Ele parecia caminhar despreocupado, mas, notando seus ombros travados e seu rosto tenso, Eliza soube que havia algo errado. Ele encontrou um morador local e trocou algumas palavras com ele. Jay às vezes elevava o tom de voz, mas o homem só sacudia a cabeça.

Ela ouviu uma estranha lamúria abafada. Ao olhar para uma viela lateral, viu um bode vivo pendurado pelas patas traseiras. Arrepiou-se ao ver um morador puxar uma espada e, de um só golpe, decapitar a criatura.

Jay virou-se para ela. "Volte para a moto, depressa."

"Mas acabo de ver uma..."

"Não fale agora, temos que sair correndo." Ele pôs a mão nas costas dela, quase empurrando-a.

"O que está acontecendo?"

Depois de ligar a moto, Jay virou-se para ela, com o rosto extremamente angustiado. "Eu não disse a você que os costumes antigos estavam apenas enterrados?"

"Disse."

"Algo terrível está para acontecer."

9

Enquanto Jay avançava a toda a velocidade por uma estrada de terra cada vez mais esburacada, Eliza se agarrava ao assento. Um espasmo de medo travou suas costas. Não saber o que estava acontecendo só piorava as coisas. Até então ela nunca o vira tão preocupado. A sensação que tinha era de que Jay vivia em um mundo fora do seu alcance, um reino interior, bem guardado — e que, assim como o reino de Rajputana, que talvez ela nunca viesse a compreender, aquele homem tinha várias camadas. Escondida por trás dos ritos e costumes, havia alguma coisa importante, que faria tudo se encaixar. Ela não conseguia entender o que era, e decidiu assumir a tarefa de aprender mais a respeito dos deuses hindus. Talvez aquilo a ajudasse a compreender melhor. Porém, não havia nada de místico nem de bizarro ali: apenas o drama interior de alguém que, naquele momento, a excluía de tudo.

"Conte-me, por favor", gritou ela. "O que está acontecendo?"

"Vão queimar uma viúva. O *thakur* ouviu o boato de que isso talvez fosse acontecer amanhã, mas a avó de Indira pediu que eu fosse ao vilarejo de onde acabamos de sair, e confirmei que vai ser hoje."

"Ah, Deus do céu. Mas você disse que o *sati* era ilegal! Precisamos impedir."

"Essa é minha intenção. É ilegal, mas não quer dizer que não seja mais praticado. Eles sabem que, se escolherem um local distante, os ingleses vão pensar duas vezes antes de intervir."

O sol, que agora estava bem acima deles, se abatia sobre a paisagem esbranquiçada, ameaçadoramente vazia. À beira das lágrimas, Eliza desejou estar em qualquer lugar menos ali.

"Está vendo, Eliza?", disse Jay. "Eu a alertei sobre os rituais antigos que foram enterrados. É contra isso que lutamos."

"Mas queimar uma mulher viva!"

Enquanto Jay pilotava em silêncio, Eliza observou, sentindo-se enjoada, a beleza crua das franjas do deserto. O som de tambores a alertou de que estavam chegando mais perto.

Quando Jay desceu da moto, ela fez menção de ir junto.

"Não, fique. Talvez já seja tarde demais."

"Quero ir."

Ele estacou, apenas por uma fração de segundo. "Muito bem. Mas vamos ter que correr."

Embora teoricamente seja inverno em Rajputana no mês de dezembro, podia fazer mais calor que no verão inglês, e era o caso. A testa de Eliza já gotejava de suor.

"Cubra a cabeça e o máximo que puder do rosto com o lenço."

Quando se aproximaram da multidão, o som de tambores e uma espécie de cantoria tomaram conta.

"O que está acontecendo?"

Ele fez uma pausa, ficando imóvel por um instante. "Está vendo do outro lado, atrás daquele rio, na margem quase seca?"

Eliza virou-se e viu um grupo numeroso de pessoas parcialmente encobertas.

"Preciso chegar lá sorrateiramente, mas quero que você fique aqui atrás. Não há nada que possa fazer, mas se eu disser quem sou talvez os impeça."

Eliza aceitou ficar para trás e esperou, pelo menos por alguns instantes; vendo que Jay sumira de vista e a cantoria não cessara, começou a tremer. Então saiu correndo atrás dele até alcançar um lugar atrás do prédio, onde se deu conta de que os tambores invocavam a morte.

A primeira coisa que ela viu foi Jay balançando a cabeça e discutindo com um grupo de homens. Não localizou a viúva, só um sacerdote a uns vinte metros de distância, de pé ao lado da pira funerária, balançando um objeto grande exalando incenso. Outro homem tocava um sino, cujo som era ainda mais alto que o dos tambores, enquanto outros dois derramavam óleo de jarras de argila sobre toras de madeira. Quando outro homem ainda acendeu uma tocha e aproximou-a da madeira preparada, pequenas chamas ganharam o ar instantaneamente, apagando logo em seguida. Eliza ouviu uma lamúria terrivelmente aguda e finalmente divisou uma jovem sendo arrastada.

A fotógrafa deu um passo à frente e gritou, mas ninguém sequer olhou em sua direção. Todos os olhos estavam na figura magra sendo arrastada para a pira. Tudo parecia imóvel, e, para horror de Eliza, por um instante foi como se a moça estivesse conformada com o próprio destino. Mas de repente tudo mudou, quando Jay virou as costas para os homens e correu na direção da jovem. Empurrando e dando cotoveladas, ele conseguiu romper o cordão humano.

A fogueira, de início fraca, agora estava totalmente acesa. O coração de Eliza quase parou quando Jay segurou as mãos da jovem e começou a puxá-la para longe das chamas. Os segundos passavam e Eliza conseguia sentir o odor do medo da moça. Jay lutava para puxá-la, e por um instante Eliza teve a impressão de que também morreria queimado, mas então três homens o seguraram e o afastaram dela. Ele lutou para se livrar do jugo dos executores, mas foi contido. As chamas agora subiam pelas beiradas, envolvendo a jovem, que tentava se soltar. Ela gritava sem parar na pira, cercada por um grupo de homens e uma mulher mais velha, que a empurraram com bastões compridos na direção de um objeto inerte envolto em branco.

A moça conseguiu se desvencilhar e correr para onde as chamas estavam mais fracas. Um homem ergueu a espada para golpeá-la, o que a obrigou a voltar na direção das chamas. Mais afastada, a multidão acompanhava tudo em silêncio. Eliza teve vontade de correr para o fogo e tirar a jovem de lá, mas nessa hora Jay se libertou e tentou mais uma vez alcançá-la. Era tarde demais, pois naquele instante chamas amarelas lamberam os pés da moça; sua saia pegou fogo, e logo depois o lenço e por fim os cabelos, com uma cor tão forte e brilhante que

Eliza mal conseguiu olhar. Enquanto o inferno engolfava a mulher, Eliza perdeu o rastro de Jay. Os gritos continuavam, cada vez mais desesperados.

Uma nuvem impiedosa de fumaça negra subiu pelos ares, com um cheiro que Eliza sabia que não esqueceria pelo resto da vida. O vento ficou mais forte e as chamas cresceram, rodopiando e dançando enquanto carregavam os gritos da moça até o céu intensamente azul.

Eliza caminhou trôpega para trás, depois começou a correr loucamente para longe daquela cena terrível. Quando a jovem parou de gritar, tudo o que ela ouviu foi o fogo crepitante. Em estado de choque, curvou-se para a frente. Sem conseguir enxergar por causa das lágrimas, sentiu os braços de Jay em torno de si, puxando-a para mais longe do odor de carne queimada.

"Você não deveria ter visto isso", disse ele.

Eliza se desvencilhou e começou a socá-lo no peito. "Por que isso tinha que acontecer? Por quê?"

Ele a abraçou de novo, agora mais apertado, e ela percebeu que uma de suas mãos estava queimada.

"Você se feriu."

"Não é nada."

"Eu vi o que estava tentando fazer."

Ele sacudiu a cabeça. "Cheguei tarde demais. Minha esperança era conseguir demovê-los. Achei que daria tempo."

Jay envolveu os ombros de Eliza com um dos braços e ajudou-a a voltar para a motocicleta.

Quando ela montou no carro lateral, com o coração ainda batendo no ritmo do tambor que chamava a mulher para a morte certa, começou a chorar. Ela olhou para Jay, cujos braços estavam apoiados no guidão, enquanto as mãos seguravam a testa. O peito de Eliza doía tanto que ela tinha a impressão de que sua própria voz poderia dar continuidade aos gritos desesperados da mulher.

"Ela era tão jovem", disse Jay.

Eliza não respondeu. Engoliu em seco num esforço para respirar normalmente.

"Não vamos para casa. Acho que vou levar você para meu palácio.

Fica só a uma hora do castelo de Juraipore, mas tem mais privacidade. Vamos poder conversar ali."

"Não temos nada para conversar", ela conseguiu dizer, em meio aos soluços contidos que em pouco tempo recomeçaram.

"Há muita coisa para ser dita, mas primeiro você precisa lidar com o trauma de testemunhar uma coisa assim. Já vi isso outras vezes."

Durante a viagem, nenhum dos dois abriu a boca. Cerca de uma hora depois, chegaram a um palácio de beleza decadente. Jay a conduziu através de um imenso portão, e os dois entraram num lugar bonito, cercado de edificações de pedra dourada, com portas que davam para um pátio.

"Os aposentos dos criados, os estábulos e os depósitos", disse ele.

Do lado oposto do portão, uma varanda sustentada por colunas se estirava pela extensão de um antigo edifício de dois andares. Era evidente que ali havia água, porque, ao contrário dos outros lugares onde estivera, o pátio era incrivelmente verde, e o que pareciam ser petúnias vermelhas e rosadas transbordavam de vasos dispostos nas extremidades. Uma árvore amarelada, alta, de folhas compridas e floridas, erguia-se, propiciando uma enorme sombra para os dois bancos logo abaixo.

"É uma cássia-de-sião", disse ele, ao notar que Eliza a observava. "Pode atingir vinte metros de altura. Mas ainda não chegou lá. Usamos a madeira desse tipo de árvore para fazer móveis e artesanato. Nos jardins mais à frente há outras", disse ele, apontando para além das colunas.

Enquanto atravessavam o edifício, por uma galeria e um terraço abertos na parte de trás da escadaria externa, Eliza viu os vastos jardins e o que parecia ser uma horta. Ela inspirou o ar fresco, cheirando a grama. Embora não tivesse certeza de que um dia seria capaz de lidar com o terror e a ojeriza, ir para aquele retiro silencioso tinha sido uma decisão sensata. Por um instante, ela parou para contemplar a paisagem e percebeu que as terras atrás do palácio desciam numa suave inclinação.

Jay mostrou-lhe um quarto no andar térreo. "Quando a temperatura baixar e você estiver pronta, venha me encontrar no terraço de baixo." Ele apertou a mão dela. "Até logo."

Eliza deitou-se numa cama que devia estar sem uso havia muito tempo. Sentiu o cheiro de naftalina, mas também um perfume que a fez lembrar Laxmi. Será que aquele tinha sido o quarto da mãe de Jay? Ligado ao cômodo havia um pequeno estúdio de desenho, um *dari khana*, com um enorme tapete no chão e várias almofadas. Eliza tentou pensar em outras coisas, mas tudo o que ouvia eram os gritos da mulher, repetidamente. Estrangeira numa terra estranha, esperava que a viagem pudesse ajudá-la a encontrar um rumo, mas só estava se afundando cada vez mais. Aquele não era um mundo confortável para ela ou para mulher alguma, pensou, refletindo sobre sua própria segurança. Ela também era viúva. Qual seria a sensação de ser executada de forma tão sofrida? A dor insuportável, o medo, a brutal crueldade deveriam ser muito piores do que imaginava.

Quando a luz do dia diminuiu e o céu adquiriu um tom lilás e depois róseo, ela saiu em busca de Jay. Encontrou-o segurando um uísque, esparramado numa poltrona de palha no terraço arqueado nos fundos do edifício, menor e mais íntimo que a passagem sustentada por colunas da entrada. Com ar desgostoso, ele passou a mão no rosto para afastar os cabelos rebeldes. Ela viu marcas de fuligem na testa dele.

"Antigamente vivíamos lá, na maior parte do tempo", disse ele, estendendo a mão enfaixada para as terras mais além. "Bebida?"

Um criado trouxe um drinque. Ela se sentou numa cadeira, de frente para Jay. À medida que a escuridão avançava, a lua subia, lançando uma luz prateada sobre o jardim. Os cheiros noturnos da terra e outros aromas intensos preenchiam o ar. Eliza teve a impressão de que poderia se entregar àquela sensação suave, mas Jay começou a falar.

"Algumas semanas antes da morte do meu avô, minha avó parou de comer e beber. Ela velou seu corpo e cuidou dele, mas, certa noite, bem tarde, eu a ouvi cantando 'Ram-Ram' sem parar. Ele acabara de morrer e ela já tinha anunciado que cometeria suicídio na manhã seguinte, quando ele fosse cremado. Acreditava que era uma desonra sobreviver ao marido."

Ele colocou no bolso uma caixa de fósforos que estava sobre a mesa, levantou-se e pegou um círio de dentro de uma caixa metálica pregada na parede. Tirou a caixa de fósforos, riscou um palito e acendeu o círio. Quando tocou em duas lamparinas presas à parede exterior, o cheiro de óleo queimado tomou conta do ar. A luz tremeluzia e Eliza ficou um ou dois minutos contemplando a fumaça.

"Você estava junto?"

"Eu tinha ido para lá com minha mãe, porque ela sabia que o pai não ia durar muito. Depois que ele morreu, minha avó se banhou e pôs o vestido de casamento. Ficou sentada junto ao corpo de meu avô pelo resto da noite, acompanhada apenas pelos uivos dos vira-latas. Quando o sol nasceu chegou o *devar*, o irmão do meu avô, para realizar os ritos finais. Quando uma *sati* vai para a pira, é acompanhada por uma multidão, e as pessoas começaram a chegar."

"Você assistiu a tudo?"

Ele olhava para a escuridão do lado de fora, mas se virou para Eliza. Seu olhar era sombrio, e seus lábios se retorceram num sorriso triste.

"Ela mandou me buscar, mas minha mãe interceptou o recado e ordenou que me trancassem no quarto. Minha mãe não concordava, mas eu queria ver. Por isso, fugi pela janela. Eu amava meus avós." Ele fez uma pausa e visivelmente engoliu em seco antes de continuar. "Às vezes eles amarram as mulheres, mas não foi assim com minha avó. Quando por fim cheguei, as chamas estavam devorando tudo, e não consegui nem vê-la, mas pude ouvi-la. Ficou cantando 'Ram-Ram' até morrer. O povo ainda a cultua."

Eliza ficou em silêncio por alguns momentos. Contemplou as linhas angulosas e esculpidas do rosto de Jay, com ainda mais sombras à luz do lampião, e nelas conseguiu enxergar a dor. Como ainda não havia percebido aquilo? Ele encolheu os ombros e ficou em silêncio, com a cabeça baixa, olhando para as próprias mãos e apertando o maxilar. Era uma coisa terrível para uma criança testemunhar. Devia tê-lo marcado muito, da mesma forma que a morte do pai a havia marcado.

"Quantos anos você tinha?"

"Treze. Foi uma semana antes do meu aniversário, durante as férias escolares; senão, eu estaria na Inglaterra."

Ela o observou, sentindo as lágrimas umedecerem os olhos, morta de pena pela infância que ele havia tido. "E imagino que, quando voltou para a escola, não contou para ninguém."

Ele sacudiu a cabeça e retribuiu seu olhar. Ela teve a impressão de poder enxergar dentro dele, e vice-versa. Jay desviou os olhos.

"Já achavam que eu era um selvagem ou um animal de estimação. Minha avó adorava o marido e ficou arrasada com a morte dele; à exceção de minha mãe, ninguém tentou demovê-la da ideia de se matar. A única preocupação de seu cunhado era que, se ela não fosse até o fim, traria vergonha à família."

"Por que as mulheres permitem isso?"

Ele deu de ombros. "Algumas ainda enxergam nisso a maior forma da devoção e do sacrifício feminino. Ela queria estar com o marido na outra vida. No entender dela, não havia outra solução."

"Mas é horrível."

Ele a olhou de novo, com tamanha tristeza no olhar que Eliza teve vontade de consolá-lo. Mas precisava dizer mais.

"E se não houver outra vida, Jay?"

Ele deu um longo suspiro, mas não desviou os olhos.

"Será que as mulheres têm tão pouco valor?", perguntou ela.

"Aquelas que desejam o *sati* falam disso como um ato voluntário de devoção. Você e eu poderíamos retrucar que sofreram lavagem cerebral. É certo que vivem de crenças antigas. A alternativa que têm a ser queimadas é viver como uma esposa fracassada."

"E não são coagidas?"

Ele bufou e finalmente olhou para o outro lado. Por um instante, Eliza teve a impressão de que o encanto fora quebrado. "Ah, sim. Sacerdotes que receberiam algum objeto de valor dessas mulheres as incentivam. Assim como parentes de olho em suas joias. Em alguns casos é preciso drogá-las com *bhang*, que é o que vocês chamam de maconha, ou ópio. Ou amarrá-las com barbante ao cadáver do marido. No entanto, por mais dura que seja a vida de uma viúva, muitas vezes elas tentam fugir. Se conseguem, a família inteira cai em desgraça."

"O desejo de viver é mais forte do que os laços familiares ou qualquer promessa de imortalidade?"

"Sim."

"Mas algumas acreditam de verdade. Como sua avó?"

"Acho que sim. Para algumas, é uma opção espiritual. É difícil entender, não? Mas acontece por vários motivos, nem apenas coerção ou religião. Às vezes, uma mulher deprimida ou desesperada usa isso como uma forma de suicídio, que é ilegal."

"Parece que tudo tem a ver com uma versão idealizada de como a mulher deve se comportar."

"Não é tão diferente da sua cultura, embora ela seja menos radical, claro."

"Não queimamos mulheres." Apesar da tristeza estampada no rosto, Jay a olhou atentamente. "Nem matamos bebês só porque são meninas."

"Talvez não hoje, mas é só voltar no tempo. Sabia que, depois que os ingleses proibiram o *sati*, passaram a acontecer mais casos do que antes?"

Ela balançou a cabeça e fez-se um silêncio constrangido por alguns instantes.

"O que você vai fazer?"

"Contar a Anish e depois a Chatur, sabendo que nenhum dos dois vai fazer nada. Também vou falar com Clifford Salter. Os ingleses precisam procurar os culpados, mas não vão encontrar. Os moradores do vilarejo vão protegê-los."

"Você poderia identificá-los."

"Os ingleses não vão levar isso tão longe. Sabem que a prática vai continuar a existir."

"Que mundo é este em que as mulheres continuam sendo tão maltratadas?", perguntou ela, sentindo uma angústia com a qual não sabia lidar.

Ele deu de ombros. "É a pergunta mais antiga do mundo. Não sei responder."

Eliza se deu conta do quanto estava distante de tudo ali. Ao mesmo tempo, porém, se ela quisesse ficar, sentia uma necessidade cada vez maior de compreender melhor os indianos, em vez de simplesmente julgá-los.

A noite caiu sobre o jardim como um lençol. Ela não conseguia enxergar nada, mas ouviu o rangido de galhos e de animais mexendo--se no mato. Hesitou por alguns minutos antes de abrir a boca, temendo que, se fizesse o movimento errado ou dissesse algo inadequado, os alicerces de sua existência pudessem desmoronar. Nos olhos tristes de Jay, via a si mesma, por isso quis dar a ele algo de si. Eliza sempre acreditara que, se não falasse do pai, estaria protegida, mas agora se dava conta de que vivia numa redoma prestes a se partir.

Por fim, ela rompeu o longo silêncio e olhou diretamente nos olhos dele. "Meu pai morreu quando eu tinha dez anos", disse, e seu coração começou a bater forte.

"Sinto muito."

Ela viu em seus olhos que ele estava sendo sincero.

"Eu também vi quando aconteceu."

10

Eliza abriu os olhos na manhã dourada. O ar estava tão doce e fresco que ela quase se convenceu de que nada tinha sido real, que fora apenas um pesadelo que a luz do dia felizmente derretera — não fosse pelo cheiro. Ela tinha pegado no sono ainda vestida na noite anterior; então arrancou a roupa, ainda empesteada pelo odor do sacrifício humano, e achou um vestido em um guarda-roupa alto e escuro. Então foi ao terraço à procura de Jay.

Do lado de fora, o dia estava tão parado que nem as folhas se mexiam, mas o aroma das ervas aromáticas viajava, e o cheiro de jasmim e de algo parecido com madressilva enchia o ar. Ela percebeu que a arcada que atravessava o terraço tinha a cor da areia e brilhava à luz do sol, o que havia lhe passado despercebido na noite anterior.

"Quem dera tudo pudesse ser sempre assim", disse, ao ver Jay acompanhando o criado, que carregava uma bandeja com o café da manhã.

"Assim como?"

"Sereno."

Ele olhou para o céu, como se procurasse uma resposta, e depois para ela.

"É aqui que meu coração mora", disse Jay, com os olhos brilhando de emoção. "É para cá que venho quando o mundo parece insuportável. E, por acaso, foi onde nasci."

"O quarto em que estou era da sua mãe?"

Ele fez que sim, e os dois se olharam. "Todos tivemos o coração partido. Você, eu, Indi. É isso que nos une."

Jay mergulhou em seus pensamentos, e Eliza acreditou no que ele havia dito. Ele estava com uma leve barba no rosto e ainda usava a roupa da véspera, cheirando a poeira, areia e fumaça. Embora não tivesse mais marcas negras na pele, conservava o olhar perdido.

"Precisa de roupas limpas?", perguntou ele. "Porque eu preciso."

Ela fez que sim.

"Posso dar um jeito."

"Também preciso lavar o cabelo."

Ao contrário de Clifford, Eliza acreditava cada vez menos que os ingleses na Índia haviam se sensibilizado com os costumes das raças nativas. Até então ela acreditara que a razão estava do lado britânico, mas, se eles estavam dispostos a virar as costas para tamanhos horrores, também eram culpados. É verdade que tinham se excedido para esmagar rebeliões. E, afinal de contas, que direito tinham de estar ali? Aquele pensamento terrível lhe deu um profundo enjoo. Ninguém merecia ser queimado vivo, como se não fosse nada além de um pedaço de carne. Ninguém.

Ela olhou para fora, para o lindo e desordenado jardim, e pôde sentir sua calma e tranquilidade. Era selvagem e esplendoroso, com trilhas bem conservadas e flores — rosas, jasmins e outras que ela não conhecia — para todos os lados. Não era difícil, porém, imaginar como ele poderia ser ainda mais magnífico se abrissem alguns espaços livres. Era evidente que em algum lugar também havia água, e talvez a inclinação do terreno tivesse algo a ver com aquilo.

Ela resolveu perguntar.

"Parte da água vem da chuva e é armazenada em pequenas caixas", Jay explicou. "Há *nallahs*, que são ribeirões com curso normal na época de chuva, e poços. Mas precisamos fazer mais. Construir barragens, tanques e aterros. Basicamente, precisamos de mais obras de irrigação, mas não tenho certeza do que pode ser feito."

"Você não quer fazer a diferença?"

Ele franziu a testa, mas aquilo ficou martelando em sua cabeça.

Eliza continuou a pensar em água. Talvez não pudesse melhorar a forma como as mulheres eram tratadas, mas pensar em outras maneiras de ajudar as pessoas fez com que se sentisse melhor.

"Deve haver um jeito de ajudar as pessoas."

"Faço tudo o que posso. Só emprego moradores da região e dou autorização para que venham buscar água em nossos jardins, mas uma cobrança de impostos mais justa é atribuição do meu irmão, e ele não quer."

"Mas e quanto à irrigação?"

"Bem, como eu disse..."

Ela interrompeu. "Será que você não podia construir algum tipo de sistema?", perguntou.

"Já pesquisei isso."

"Mas aqui... é o lugar perfeito. São suas próprias terras, e seria possível fazer um lago artificial nos pontos de declive, e talvez em outros lugares."

"Acha que o dinheiro cresce em árvores? Esta moto é minha, mas o carro é da minha mãe. Sou dono deste lugar decadente, que mal tenho dinheiro para reformar. Recebo uma pensão bastante generosa para viver, mas nunca poderia custear um projeto de irrigação."

"Arrecade o dinheiro, então. Quando se quer..." Ela fez uma pausa momentânea, mas não pôde se refrear. "Não enxerga a pobreza do povo?"

"Claro que sim."

"Acho que não, Jay. Você só enxerga o que quer enxergar, mas vou revelar as fotos de ontem e você vai arregalar os olhos quando as vir. Não é possível ignorar o que se vê em preto e branco. É hora de agir. Faça alguma coisa."

"Você está falando igual a Devdan."

"Bem, se a intenção dele é diminuir as desigualdades, então estou do lado dele. Aqui você tem água. É o lugar perfeito onde começar."

"E o dinheiro?"

"Arrecade. Farei tudo o que puder para ajudar."

Eliza gostava daquele retiro especial. Apesar do que havia testemunhado, ainda tinha a sensação de ter dado um passo na direção de algo que havia perdido e que a fazia pensar de outra maneira, mas não sabia dizer o que era. Talvez uma sensação de pertencimento, embora fosse algo estranho de dizer depois de ver uma coisa que só podia fazê-la sentir-se uma estrangeira.

Ela comeu coalhada com mel e bolo, então voltou para o quarto, onde haviam separado para ela um conjunto de roupas indianas. No pequeno lavabo, encontrou uma bacia de água quente e uma jarra. Lavou o cabelo, para se livrar do que restava do cheiro do dia anterior, mas não conseguiu evitar que as lágrimas voltassem. Aquela jovem não ia mais poder lavar os cabelos, ter filhos, viver. Eliza deixou os fios sem secar, vestiu-se e encontrou Jay sentado num quarto com pouca mobília, mas claro e arejado, no andar de baixo. As paredes brilhavam como cascas de ovo muito brancas.

Ele sorriu e levantou-se ao vê-la. “Seu cabelo é muito bonito.”

“Assim?” Ela levantou os cachos molhados.

Ele riu. “Quando está seco. Tem tantas cores diferentes. Às vezes parece de ouro, às vezes de fogo.”

“Nada de camelo, então?”

“Fui grosseiro. Peço desculpas.”

Ele a olhou nos olhos e, por um breve instante, Eliza teve a impressão de que poderia perdoá-lo por qualquer coisa.

“Achei que você fosse só mais uma inglesa vindo nos admirar como nativos pitorescos.”

“Nunca fui nada disso.”

Enquanto conversavam, iam caminhando. Primeiro, ele a levou ao belo corredor sustentado por colunas, sobre o qual havia falado. Era, de fato, uma *loggia*, uma grande varanda que levava do terraço a uma das pontas do jardim. Os arcos tinham arestas pontudas e os tímpanos eram delicadamente esculpidos com flores e folhas. Alguns estavam rachados, e a pedra tinha um tom levemente dourado.

“Aqui em Rajputana não faltam arenito, ardósia, mármore e outros materiais. As pedreiras de Makrana forneceram grande parte do necessário para o Taj, em Agra. Mas também temos rocha calcária de Jaisalmer e arenito vermelho, usados para construir o Forte Vermelho de Delhi. Conhece?”

"Conheço, e gostaria de voltar lá. Na verdade, talvez em algum momento eu tenha que fazer uma visita, para buscar minhas impressões quando ficarem prontas."

"Bem, não deixe de se hospedar no Imperial. É onde todos os ingleses ficam."

Ela concordou, e eles passaram por um portão amplo, chegando a uma sala estupenda, de pé-direito alto, onde a luz entrava por janelas que ela nem conseguia ver.

"As janelas ficam acima dos arcos", disse ele, ao ver que Eliza as procurava.

A parte de cima do salão era iluminada como se o sol tivesse sido criado unicamente para aquele fim, e as paredes eram tão altas que as vozes dos dois pareciam se elevar e soar diferentes.

"É um salão de recepção, mas olhe para o chão."

Ela baixou os olhos e viu que o piso de mármore estava rachado, desfazendo-se em alguns pontos.

Jay ficou em silêncio por um instante. "Quer falar sobre o que aconteceu com seu pai?"

Eliza fechou os olhos por um ou dois segundos. Quando os reabriu, ele a fitava de maneira tão gentil que ela teve que piscar para afastar a emoção.

"Foi em 23 de dezembro de 1912. É uma data que nunca vou esquecer. Ele estava sentado em um elefante, logo atrás do vice-rei, à frente de uma procissão. Minha mãe e eu estávamos tão orgulhosas. Delhi ia suceder Calcutá como capital do governo britânico, e o vice-rei ia fazer sua entrada cerimonial na cidade."

Jay olhava muito atentamente para ela, com um olhar sombrio. "Continue."

Eliza prosseguiu com calma. "Alguém jogou uma bomba. Minha mãe e eu estávamos debruçadas no balcão, assistindo. Vi meu pai cair para a frente e, quando corri para a rua, descobri que a bomba o havia matado." Ela fez uma pausa e ele estendeu o braço em sua direção.

"Foi culpa minha. Pedi que ele parasse e acenasse para mim. Se não tivesse feito isso... Bem, corri até ele e o abracei. Disse que o amava. Durante muitos anos repeti para mim mesma que meu pai tinha me ouvido. Alguém me ajudou a levantar, mas meu vestido branco novinho estava vermelho com o sangue dele."

"Sei que pode parecer uma pergunta fora de hora, Eliza, mas você acredita em destino?"

"Não estou bem certa de saber o que realmente significa", disse ela.

"Nós acreditamos que é possível alterar o próprio destino, mas certas coisas têm que ser como são. Não há alternativa."

"Como o quê?"

Jayant ficou pensativo, como se avaliando se diria algo.

Ele sorriu e fez um gesto de desdém. "Significa coisas diferentes para pessoas diferentes, creio. Só estava pensando no que significa para você."

Pouco depois, Jay a conduziu através do jardim até os estábulos nos fundos do palácio. Ela perguntou por que ainda não tinham voltado para casa.

"Sabe andar a cavalo?", perguntou Jay, com o rosto virado para o sol.

"Perdi a prática."

Ele a observou com ar altivo. "Pensei em dar um passeio rápido fora dos caminhos habituais."

Um jovem cavalariço o cumprimentou, e Jay retribuiu calorosamente. O rapaz separou dois cavalos. Eliza ainda refletia sobre o destino e por que ele lhe perguntara a respeito. Decidiu questioná-lo mais tarde.

"Cavalos do deserto", disse ele, indiferente ao que ela pensava.

Eliza ficou impressionada com as cabeças magníficas dos cavalos, que saíam de pescoços grossos e arqueados, e com suas belas orelhas curvas, até certo ponto dobradas. Mas o que mais chamou sua atenção foram os longos cílios e as belas ventas bufantes.

"O cavalo do deserto é cria do cavalo árabe."

"Será que podemos fazer isso outra hora? Preciso voltar para o castelo e revelar meu filme. Você se incomoda?"

"Só um passeio bem curto? Não se preocupe, sua montaria é bem dócil."

Ela sentiu-se dividida entre a vontade de passar mais tempo com ele e o medo de cavalgar. "Vou acabar atrapalhando você."

Diante do sorriso de Jay, Eliza entendeu que não adiantaria recusar, então assentiu, um pouco nervosa. Não cavalgava desde a adolescência, mas começava a sentir que Jay podia ser alguém confiável naquele mundo estranho, e não resistiu à oportunidade de passar um pouco mais de tempo em sua companhia.

"Podemos tentar cavalgar sem sela? Se nunca experimentou, vai ver que é muito interessante. Pode ajudá-la a superar a lembrança terrível do que aconteceu ontem."

Ela ficou quieta, mas pensou que nada poderia apagar aquilo.

"Assim se forma um elo muito maior com o animal. Está disposta a experimentar? Vai ser preciso montar como um homem."

Eliza apenas olhou para ele, sem dizer nada. Jay entendeu o silêncio como um sim e começou a ajudá-la a subir no cavalo. O coração dela batia forte.

"Veja como eu faço", disse ele, enquanto subia na montaria. "Você tem que ficar um pouco mais para a frente no cavalo. Não aperte os calcanhares ou as canelas no animal quando quiser frear ou parar. Não fique nervosa."

Eliza não queria confiar a própria vida a um cavalo.

"Vai dar tudo certo. Confie nele, ou vai sentir seu medo. Basta relaxar e desfrutar do passeio."

Antes que eles começassem, ela o olhou. "Por que falou em destino?"

Jay deu de ombros. "Aqui, pensamos nisso o tempo todo."

A resposta não a satisfez. Alguma coisa no jeito como evitou seu olhar a fez duvidar. Jay estava escondendo alguma coisa.

No início, andaram devagar, mas, embora o ritmo não fosse rápido, Eliza transpirava. Passaram por vários vilarejos miseráveis, onde ela pôde constatar o sofrimento do povo que tentava sobreviver na paisagem ressequida. Pensou de novo em como a água poderia transformar a vida das pessoas. Então, à medida que os povoados ficavam para trás, com o vento soprando em seus cabelos, ela começou a aproveitar a experiência de cavalgar pelo território mágico e rústico de Rajputana, e a sentir um vínculo mais forte com o cavalo.

Jay tinha dito a verdade. A cavalgada foi curta, e ela logo estava de volta ao carro lateral da moto.

"Gostou?", perguntou ele, antes de ligar o motor.

"Sabe que até me surpreendi?" Era verdade. Embora os gritos da mulher ainda ecoassem em sua cabeça, o passeio a deixara menos tensa.

Ele riu e olhou de novo para ela. "Você tinha que ter visto sua cara. Toda vermelha e rosada. Tive vontade de carregá-la para meu reino particular e fazê-la prisioneira."

"Você tem um reino particular?", foi tudo o que ela disse, desviando o olhar envergonhada, com o coração batendo forte.

11

De volta ao castelo, a primeira pessoa que Eliza viu foi Indira. A luz se derramava através das janelas altas do corredor, formando desenhos no chão. A fotógrafa teve a sensação de estar fora de sintonia com tanto brilho.

"Vocês demoraram mais que o previsto", disse Indira sorrindo, mas dando a impressão de estar um pouco inquieta quando as duas desceram juntas a escadaria para os quartos.

"É verdade."

Indira parou, mas Eliza continuou a andar. "Por quê? Para ir até meu povoado e voltar só é preciso um dia."

Acreditando que a moça estava apenas curiosa, Eliza virou-se e olhou para ela. "Aconteceu uma coisa."

"Com Jay?"

Eliza sentiu-se arrasada. Sua esperança era poder conversar com Indira sobre o que havia ocorrido, mas, espantada com a frieza do olhar dela, deu-se conta de que aquilo não seria possível. "Prefiro não falar."

"Você ficou no palácio dele?"

"Sim, no antigo quarto de Laxmi."

"É o quarto de Jay, agora."

"Eu não sabia."

"Onde ele dormiu, então?"

"Não sei. Bem, preciso revelar umas fotos." Eliza voltou a andar, mas Indira foi atrás dela e segurou-a pela manga.

"Essa roupa não é sua. O que aconteceu?"

Indira apertou os olhos. O olhar de ciúme e desconfiança que Eliza identificara no baile estava de volta. Surpresa com aquela hostilidade sem disfarce, ela reagiu desajeitadamente.

"Eu... eu..."

"Ele lhe cedeu o próprio quarto. É um privilégio. Nunca aconteceu comigo."

Eliza vacilou diante do tom de voz de Indira. "Sinto muito. Agora tenho que ir." Ela se desvencilhou e conseguiu ir embora, mas aquele curto diálogo deixou um gosto amargo em sua boca. Não queria que Indira virasse sua inimiga.

Por mais que Eliza tentasse, não conseguia tirar o *sati* da cabeça. O que mais havia marcado seu coração nem fora o horror do testemunho ocular, mas o cheiro terrível que penetrara em suas narinas e não saíra mais. Ela resolveu que precisava conversar com alguém, algum inglês que entendesse totalmente como estava se sentindo. Então saiu escondida do castelo e contratou um riquixá. Em quinze minutos estava sentada num sofá na sala de Dottie, tomando chá numa xícara de porcelana chinesa.

"Bom, devo dizer que é uma agradável surpresa", disse a outra mulher. "Para mim é difícil matar o tempo, embora eu tenha a impressão de que você não tem esse problema."

Eliza sacudiu a cabeça, mal escutando. A normalidade de Dottie, e de tudo que era inglês, chamou sua atenção: o vaso de ervilha-de-cheiro na mesa da sala, o piano no canto, as pinturas de cães na parede e as cortinas com estampas florais. Ela balançou a cabeça sentindo uma onda de saudade.

"Queria falar com você", disse Eliza. "Minha cabeça não para de rodar e não tenho a menor ideia do que pensar ou sentir." Sentiu um nó na garganta ao falar e puxou com força o ar. Nem sequer sabia se ia conseguir contar. Diante de uma morte como aquela, as palavras pareciam insuficientes.

"Claro!"

Eliza fitou o rosto delicado de Dottie. "Não sei se outras pessoas devem saber o que vou lhe dizer."

Dottie fez uma cara intrigada.

"Eu..." Eliza fez uma pausa. "Eu vi uma coisa."

"O quê?"

"Uma mulher morrendo queimada."

Dottie mordeu o lábio. "Que horror. Foi um acidente?"

"Não. Você não..." Ela respirou fundo. "Vi uma viúva sendo queimada na fogueira."

Dottie levou a mão de imediato à boca, e a cor desapareceu de seu rosto. "Deus do céu! Nem sei o que dizer. Você deve estar em estado de choque."

"Acho que sim. Pensei que estivesse melhor, mas não paro de sentir o cheiro da carne dela queimando. Foi a coisa mais triste que eu já vi."

"Ah, querida."

Eliza soluçou.

Dottie levantou-se e começou a caminhar pela sala. "Bem, é contra a lei, então a primeira coisa a fazer é contar a Clifford..."

"Não", interrompeu Eliza. "Não. Por favor, deixe Jay resolver. Ele disse que ainda acontece e que as autoridades não fazem absolutamente nada. Pensei que talvez pudesse cuidar disso internamente, deixando os ingleses de fora."

Dottie ficou chocada, olhando imóvel para Eliza. "Não me diga que ele a levou para ver!"

"Não. Estávamos de passagem e Jay tentou impedir."

"E?"

"Ele foi muito corajoso, até queimou a mão, mas..." Outro soluço surgiu. "Chegamos tarde demais para impedir."

Dottie foi andando até o armário de bebidas e abriu-o com a chave. "Acho que você precisa de alguma coisa mais forte que chá. Eu, pelo menos, preciso." Ela pegou uma garrafa. "Que tal conhaque?"

Eliza aceitou, e Dottie serviu o líquido cor de âmbar em duas tacinhas, virando a dela de uma vez só assim que se sentou no sofá, ao lado de Eliza.

"Meu Deus, esse povo...", disse ela. "Não estou nem aí se são as crenças deles, isso é uma aberração total. Barbárie absoluta." Dottie sacudiu a cabeça. "Bem na hora que você começa a se sentir em casa acontece uma coisa dessas."

"Não existe nada pior... Não sei o que fazer. Foi a coisa mais terrível que já vi." Eliza baixou a cabeça, sentindo lágrimas encherem seus olhos.

"Claro."

"A sensação foi tão ruim." Eliza curvou-se e cobriu o rosto com as mãos.

Dottie deu um tapinha em suas costas. "Pobre menina."

Eliza virou a cabeça para olhá-la. "Jay diz que o *sati* continua a acontecer clandestinamente, e com mais frequência agora. Mas é melhor que a denúncia parta dele."

"Foi Jay quem mandou você dizer isso?"

Eliza levantou o olhar. "Não! É claro que não."

"Porque é assassinato, Eliza. Não podemos deixá-los escapar."

"Eles já escaparam. Olha, é melhor eu ir embora. Por favor, não conte nada a ninguém por enquanto. Não quero que Clifford saiba que estive aqui. Ele só vai pôr a culpa em Jay ou tentar restringir meus movimentos."

Dottie tocou a mão dela. "Querida, não posso deixá-la ir nesse estado. Você está tremendo. Fique e coma alguma coisa. Nem que seja um sanduíche."

Eliza decidiu se ocupar revelando fotos. Quando não estava na câmara escura, perdia-se em lembranças do que tinha visto e do que Dottie dissera. Se pensava em Jay, surpreendia-se ainda mais afetuosa em relação a ele do que antes. Tinha vontade de perguntar-lhe de novo sobre destino. Ele falava em sina, sobre algo que não se tem controle? Ela jamais poderia concordar com uma visão tão fatalista da vida.

Seus pensamentos se desviaram para Indira. Precisava ter uma relação de amizade, e não de rivalidade, com a moça. Depois de algum tempo, Eliza tirou a roupa e deitou na cama, escutando os pássaros do lado de fora da janela. De início, não conseguiu se livrar das vozes do passado. Primeiro, apareceu seu pai, prometendo acenar para ela; depois, Oliver, logo antes de sair correndo de casa, fechando a porta para o casamento e para a própria vida. Por fim, exaurida por um misto de dor e trauma, ela adormeceu.

Uma batida na porta a despertou. Pensando que pudesse ser Indira ou Kiri, Eliza vestiu um robe de seda e abriu a porta, com o cabelo desarrumado. Para sua surpresa, era Jay. Os dois ficaram se olhando. Ela enrubesceu e apertou mais o robe.

"O que você quer?", perguntou.

"Minha mãe precisa falar com você."

"E por que *você* veio me dizer isso? Fiz algo errado?"

"Não. Foi ideia dela."

Durante a troca de palavras, Eliza não desviou os olhos. Mas Jay evitou seu olhar por um instante, antes de fitá-la de novo. "Eliza, eu..."

"O que foi?"

Ele estendeu a mão. "Seu cabelo é bonito."

Ela sorriu. "Você já disse isso antes."

Alguma coisa no semblante dele a fez sentir mais do que queria. Estaria brincando com ela? Eliza mexeu no cordão de prata que sempre usava, com uma pequena pedra preciosa, depois sentiu o próprio pulso disparado. A Inglaterra lhe pareceu muito distante. Na verdade, cada vez que ele olhava para ela, seu país parecia um pouco mais longe.

"Pode me esperar no corredor? Enquanto eu me visto, você pode dar uma olhada nisto." Ela deu um passo para dentro, pegou as folhas de contato e entregou-as a ele, com as mãos tremendo. Não podia deixar que a perturbasse tanto assim.

Enquanto se vestia, Eliza ouviu alguém falando em híndi do lado de fora e foi até a porta ver se conseguia descobrir o assunto.

Primeiro, reconheceu a voz baixa de Jay, mas logo em seguida uma voz feminina estridente o interrompeu. Embora não conseguisse distinguir as palavras, ficou claro que era Indira. Eliza não se considerava bonita, mas já vivenciara na pele o ciúme. Quando estava no internato, um grupo de meninas a segurara para cortar seus longos cabelos. Dali por diante, ela passou a viver aterrorizada. A última coisa de que precisava naquele momento em que se sentia tão desamparada era ser vítima da maldade alheia.

Depois de algum tempo o silêncio voltou ao corredor. Quando Eliza saiu, Jay estava andando para cima e para baixo, examinando as fotos.

"Algum problema?", perguntou ela.

"Desculpe, não consegui olhar com muita calma, mas entendi o que você quis dizer com pobreza. Acho que ficamos anestesiados, sabe? Posso ficar com isso por um tempo?" Ele deu um sorriso amarelo e balançou a cabeça. "Você tinha razão quanto a Indira também. Eu estava cego."

"É sempre mais fácil para quem está de fora reparar nessas coisas."

Ele soltou um suspiro. "Nunca a incentivei conscientemente. Não sinto a mesma coisa por ela. Seria totalmente inapropriado. Sempre a enxerguei como uma irmã mais nova." Jay a olhou de um jeito que Eliza não soube interpretar. "Quando eu me casar, será com alguém da mesma estirpe. Se alguma coisa acontecer com meu irmão, serei o soberano."

Aquilo pareceu bastante óbvio a Eliza.

"Embora Chatur fosse fazer tudo o que estivesse a seu alcance para me impedir. Tem um monte de coisas que quero mudar, e bem no topo da lista estaria uma redução de sua importância. Enfim, preciso me adequar às tradições."

"É claro. Em todo caso, isso não me diz respeito." Eliza assumiu um ar mais frio, tentando não demonstrar qualquer emoção diante do tom de voz dele ou do significado de suas palavras. Mas tinha ficado surpresa com o que ele dissera, e ficou pensando se não seria um recado para ela também.

"Agora vamos encontrar minha mãe. Ah, e já falei com Clifford Salter sobre o *sati*. Ele ficou chocado e prometeu investigar." Jay fez uma pausa. "Não contei que você estava lá. Agi certo?"

"Sim. Prefiro que ele não saiba. Não quero que fique me protegendo de tudo."

"O fato é que há muito pouco que ele pode fazer."

Jay a conduziu por infindáveis salas e corredores até o vestíbulo onde ela tinha esperado no dia de sua chegada.

"Indi pintou esta sala para minha mãe."

Eliza examinou as flores azuis, as folhas e os pergaminhos filigranados subindo pelas paredes e atravessando o teto de ponta a ponta.

"Ela é incrivelmente talentosa."

Então Laxmi apareceu, estendendo a mão a Eliza. "Que prazer vê-la. Meu filho estava me contando da viagem de vocês."

Sem saber a que parte da viagem ela estava se referindo, Eliza assentiu, podendo ouvir o ritmo irregular do próprio coração.

Ela se admirou com a beleza do salão principal em que entraram. Todas as paredes do *sheesh mahal*, um palácio de espelhos faiscantes, eram decoradas com mosaicos de vidro colorido, com anjos batendo asas pintados no teto e gesso trabalhado em ouro. Eliza nunca vira nada parecido e ficou impressionada. O chão estava forrado de almofadas de seda, mas Laxmi fez sinal para que se acomodassem em poltronas. Eliza sentou-se na ponta de uma de veludo vermelho, enquanto Jay se esparramou em uma *chaise longue*.

"Fiquei sabendo que tem planos de irrigação", disse Laxmi.

"É só uma ideia."

"E uma boa ideia, embora meu filho mais velho, Anish, talvez não concorde. Mas desde que Jayant me falou a respeito hoje de manhã, não pensei em outra coisa. Parece-me que, se quisermos manter o povo do nosso lado, precisamos melhorar suas vidas; do contrário, os ingleses ou os rebeldes vão convencê-los facilmente a se voltar contra nós. Como a senhorita sabe, é o que está acontecendo em algumas regiões, e esse tipo de inquietação só tende a aumentar. Temo por nosso reino, e venho esperando que Anish tome uma atitude, mas tenho a impressão de que preciso assumir as rédeas agora. Por isso, acabo de bolar um plano, e quero compartilhá-lo."

Jay ergueu as sobrancelhas. "Prepare-se para se surpreender."

"Minha ideia é a seguinte. Em nossas arcas, possuímos considerável quantidade de joias da família. Se conseguirmos obter uma promessa de financiamento dos ingleses, terei todo o prazer em cobrir os honorários iniciais de um engenheiro para que ele crie um plano para esse projeto."

"Temos que ser francos, mãe."

Provocada por Jay, Laxmi deu de ombros. "Assim seja."

"Eliza, a ideia de minha mãe é que, assim que o engenheiro tiver elaborado um plano, penhoremos uma parte das joias da família, partindo da garantia de que os empréstimos ingleses vão se materializar numa data posterior."

"Mas isso teria que ficar entre nós três", acrescentou Laxmi. "Meu filho mais velho não pode ficar sabendo. Jayant me garantiu que podemos confiar na sua discrição."

"É claro." Eliza pensou por um momento. "Mas é preciso que vocês tenham certeza de que o projeto será aprovado e de que haverá dinheiro disponível."

"Exatamente, e é aí que a senhorita entra. Se puder discutir o projeto com o sr. Salter e convencê-lo a cuidar da burocracia para as autorizações necessárias, teremos dado um grande passo no sentido de garantir esses empréstimos. Ele pode até nos ajudar a encontrar financiamento."

Eliza não esperava que Jay levasse tão a sério os comentários que ela havia feito, mas ficou feliz com aquilo. "Não sei quanta influência tenho, mas vou tentar."

Eles debateram a ideia durante mais meia hora, até que Jay saiu para jogar uma partida de polo e Eliza se levantou.

"Fique, Eliza. Agora que nos conhece um pouco, tem alguma pergunta que queira fazer?", disse Laxmi. "Alguma coisa que queira saber?"

Eliza ficou feliz. O que havia acontecido a deixara ansiosa em relação à própria segurança no castelo, mas ao mesmo tempo ela não conseguia se libertar da ideia de que, se quisesse se sentir mais à vontade ali, precisava saber mais.

"Queria entender um pouco melhor sua cultura", ela disse, embora a imagem da pira funerária em chamas não fenecesse.

"A cultura do castelo? Ou as rigorosas regras de etiqueta que regem nossas relações?"

Eliza pensou um pouco e decidiu não dizer nada a respeito do *sati*. "Bem, as duas coisas, mas me referia aos rituais, às orações, aos deuses. Para que eles servem? Parece haver tantos!"

“Somos uma sociedade apegada às tradições, mas nossos *pujas*, nossas orações, dão sentido ao nosso mundo. Somos hindus. Não se trata de uma religião, embora as pessoas pensem isso. É um estilo de vida.”

“Mas e se esses deuses não existirem na realidade?”

“A realidade é uma questão de interpretação. Eles existem em nossos corações e mentes. É isso que importa. Propiciam a base para vivermos a vida. Nem tudo é bom, mas sabemos onde estamos pisando. Conhecemos nosso lugar no mundo. Pode dizer o mesmo?”

Eliza pensou nos vilarejos e em suas vielas estreitas e empoeiradas, às vezes com uma vala de esgoto aberta no meio da rua. Apesar da miséria, tinha gostado das casas de terra batida, das vacas e dos cães dormindo nas ruas, e das crianças pequenas de olhos escuros que conhecera na viagem. Ela admirara a incrível elegância das mulheres: altas, eretas, com a cabeça e o rosto cobertos por levíssimos xales de musselina. Não podiam estar mais distantes da Inglaterra, não só no tempo e no espaço, mas nos costumes e na tradição.

“Não cheguei a pensar nisso, na verdade”, disse ela, voltando à pergunta de Laxmi, embora a resposta não fosse inteiramente verdadeira. De certa forma, ela não sabia qual era seu verdadeiro lugar no mundo, e teve muita vontade de contar como fora terrível presenciar a morte da viúva na fogueira e o quanto aquilo a fizera sentir-se vulnerável, já que também era viúva. Queria ser franca com aquela mulher generosa. Contar-lhe a verdade.

“E o que eu posso fazer para ajudá-la a se aclimatar melhor?”, perguntou Laxmi. “Ainda vejo uma ansiedade nos seus olhos. Se seu projeto é registrar um ano inteiro de nossa vida aqui em Juraipore, ainda tem muitos meses pela frente.”

“Gostaria que me mostrassem o castelo inteiro. E a fortaleza. Não tenho ideia de como ir de um lugar para o outro, e não quero ter que depender de outras pessoas o tempo todo.”

PARTE II

Se você chorar porque o sol desapareceu da sua vida,
as lágrimas vão impedi-lo de ver as estrelas.
Rabindranath Tagore

12

Eliza havia caído no sono ao dobrar sensual dos sinos de oração. Na manhã seguinte acordou com um sentimento de esperança mais forte do que poderia esperar. No céu azul sem nuvens, observou enquanto uma dezena de periquitos verdes voavam de uma árvore para outra, revelando no bater de asas reflexos breves de amarelo. Então, tendo achado uma escadaria que levava diretamente ao pátio, foi até lá passando sob arcadas chanfradas e delicadas colunas.

Pouco depois, Jay chegou para ajudá-la a se familiarizar mais plenamente com o castelo.

"Não esperava que fosse ser você", disse ela.

Ele fez uma mesura. "Solicitei especialmente que me concedessem a honra."

Jay foi muito formal e mostrou-lhe tudo: os salões do *durbar*, os depósitos de armas, vários tipos de sala de estar, os aposentos masculinos, as salas de banquete, os escritórios intercomunicantes, enormes bibliotecas, intermináveis salas de trabalho, estábulos, depósitos, cozinhas, e ainda mais jardins murados, até que voltaram à *zenana*. Eliza tentava mapear o lugar na memória enquanto ele explicava cada parte, mas o castelo era tão monstruosamente imenso que só podia esperar guardar uma fração dele. Se pudesse passar a caminhar desacompanhada e com alguma ideia de para onde estava indo, a sensação de peixe fora d'água diminuiria.

"Pois bem", disse Jay, quando acabaram. "Como está se sentindo? Francamente?"

"Você quer dizer depois de ter visto..."

"Sim."

"Estou superando, acho."

"Uma coisa tão terrível não some depressa. Não se acanhe se sentir necessidade de falar a respeito."

"Obrigada."

Ele sorriu. "E agora, planejei uma escapadinha para nós. Um pouco de diversão."

Eliza recuou um passo. "É mesmo? Onde?"

Jay deu um tapinha no próprio peito. "Siga-me."

Ele a conduziu até uma área escura da fortaleza, que parecia sem uso. Eliza sentiu um arrepio ao passarem por paredes de reboco descascado e subirem por escadarias estreitas. As janelas eram pequenas, e o labirinto de corredores intercomunicantes e cômodos úmidos cheirava a abandonado. Até as salas de trabalho eram mais claustrofóbicas do que o restante do castelo.

"Esta é a parte mais antiga da fortaleza. Como pode ver, não é mais usada. Cuidado com onde pisa, porque o chão logo à frente tem rachaduras."

Depois de subir por muitas outras escadarias sinuosas, por fim ele tirou uma chave do bolso e destrancou uma enorme porta adornada com cravos. A luz atingiu com força os olhos de Eliza, fazendo-a engasgar, surpresa, e vacilar por um instante. Ele estendeu a mão para segurá-la, conduzindo-a até o alto.

"Aqui é meu refúgio particular", disse Jay.

Eliza olhou a paisagem em torno, atônita com o reflexo opalino do céu azul-claro e infinito. Era uma visão gloriosa, como estar no topo do mundo, com o vento soprando no cabelo e o ar tão puro que ela sentiu uma leve embriaguez. "É bonito mesmo."

A cidade brilhava como ouro mais abaixo, e a extensa planície, pontilhada de pequenos morros, estava envolta numa névoa cinzenta. Entre esses morros e a cidade, imensos rebanhos de ovelhas vagavam livremente. Ela olhou para cima e viu um urubu voando de um lado para o outro das muralhas. Eles estavam nos fundos do castelo. Quando Eliza foi até a beirada e olhou para baixo, conseguiu distinguir o desenho geral do prédio, com seus incontáveis pátios e passagens. As pessoas pareciam minúsculas, o que a fez compreender quão alto estavam. Ela deu um passo para trás, sentindo-se tonta.

"Tudo bem?", perguntou Jay.

"Sim. É só o ar. Tão puro."

"Como o melhor champanhe."

"Verdade."

"Tenho algo mais para mostrar a você."

Ele caminhou até uma pequena estrutura arredondada, feita de tijolos, e abriu a porta. No instante seguinte, estendia para ela uma enorme pipa. Em forma de diamante, com varetas simples, era de um vermelho e laranja bem vivos, estampados com motivos detalhados. Dezenas de fitas longas e amarelas balançavam a partir de um ponto da base.

"Quer aprender a empinar? O dia está perfeito para isso, com o vento fraco."

"Deixe-me ver primeiro você fazer."

"Por que não me ajuda a lançar? Na verdade, empinamos o ano inteiro, mas principalmente do início de dezembro até o festival do Sankrat, quando não apenas exibimos nossas pipas fabulosas e nosso talento, mas enrolamos nossa linha nas dos adversários, fazendo as pipas deles caírem enquanto as nossas continuam voando."

"Espero que não esteja achando que vou competir com você", disse ela.

Ele riu. "Certamente que não."

Enquanto Eliza observava, Jay pegou o novelo de linha e pediu--lhe que segurasse a pipa. Desenrolou cerca de vinte metros e esperou, prestando atenção na direção do vento. Em seguida, pediu que ela se afastasse o suficiente para esticar a linha, e então que desse as costas para o vento, ficando de frente para a pipa.

"Agora, basta soltar", disse ele.

Ao fazer aquilo, Eliza viu a pipa se inclinar e depois decolar.

"Quando o vento passa pela superfície da pipa, divide-se em duas correntes de ar. Uma delas voa por cima, enquanto a outra vai por baixo. Basicamente, é o que a faz subir."

Jay desenrolou um pouco mais de linha, para deixar a pipa subir mais. Eliza a viu rodando e mergulhando no ar, como se tivesse ganhado vida, suas fitas traçando linhas e padrões no céu.

"Venha segurar", chamou ele.

Ela caminhou até Jay e pegou o novelo de linha. Não esperava sentir uma sacudida tão forte, e quase o deixou cair. Jay veio por trás e pôs os braços em torno dela. Em seguida, cobriu suas mãos com as dele, de modo que os dois mantivessem juntos a pipa no ar. Com o príncipe tão próximo, sentindo o tremor das mãos dele e das suas próprias, Eliza ficou com a boca seca e sentiu dificuldade para engolir. Olhou para a paisagem salpicada de verde e para a terra arenosa mais além, onde as pequenas propriedades e os povoados pareciam apenas pontinhos. Então reconheceu uma fina faixa azulada. Talvez fosse o mesmo rio onde a marionete havia sido deixada. Enquanto via tudo isso, a única coisa de que realmente se dava conta era do próprio coração batendo forte. O tempo não havia apenas parado: parecia suspenso na expectativa de que um dos dois fizesse um movimento.

A pipa foi puxada para baixo por uma rajada súbita de vento, depois voltou a subir. Eliza permaneceu imóvel, envolvida pelos braços dele, sem conseguir respirar.

"Agora eu assumo", disse Jay.

Ela se afastou.

"Obrigada."

"Queria fazer algo para que se sentisse melhor."

"Deu certo."

"Devo ficar longe por um tempo agora. Preciso restabelecer alguns contatos, talvez até na Inglaterra, e ver se consigo atrair patrocínio ou apoiadores para o projeto de irrigação. Você vai ficar bem?"

"Sim, é claro. E sempre terei minha amiga Dottie."

Foi com Jayant Singh em mente que Eliza saiu para a Residência Britânica, a grandiosa mansão de Clifford Salter na cidade, acompanhada por um guarda uniformizado e um condutor de riquixá. Ela ia lhe entregar as folhas de contato e as chapas, e pedir que auxiliasse Jay a obter as autorizações e os empréstimos para o projeto de irrigação.

O salão onde pediram que ela aguardasse parecia pertencer a uma casa de campo inglesa tradicional, com um levíssimo toque oriental. Eliza sentou-se de costas para a janela e colocou cuidadosamente sobre a mesa o envelope com as folhas de contato e o pacote com as chapas.

Quando Clifford entrou na sala usando um terno branco de linho com gravata, ela se levantou e estendeu a mão. Ele beijou-a no rosto. Seus olhos brilhavam de contentamento, fazendo-a ver quão genuína era sua alegria.

"Você está encantadora. Vou pedir um chá."

Ele puxou uma cadeira, sentou-se de frente para ela e tocou uma sineta, então passou o dedo por dentro do colarinho. "Conte-me tudo."

Eliza sorriu. "Não há muito para contar. Nos últimos dias tenho conseguido tirar fotos mais informais."

"Isso é ótimo. Queremos um gostinho real de Rajputana, e não aquelas fotografias congeladas que a chamada realeza daqui tanto aprecia. Diga, Jayant Singh recebe muitas visitas?"

"Não faço a menor ideia."

"Você não viu nada? Talvez alguém parecendo meio deslocado? Nunca se sabe quem está influenciando essa gente."

"Ele tem um amigo chamado Devdan, que de fato é diferente, mas só sei isso."

"Muito bem. E quanto a Laxmi?"

"Imagino que receba visitas, mas nunca vi ninguém."

"E Chatur?"

"Tudo o que sei dele é que é arrogante e se acha superior. Não tenho como ver se recebe visitantes incomuns. O castelo é enorme."

"É claro. Mas você ainda não me contou por que veio até aqui. A menos que..." Ele fez uma pausa. "Posso nutrir esperanças?"

Ela sacudiu a cabeça. "Sinto muito."

"Então...?"

"Jayant Singh decidiu contratar um engenheiro para elaborar planos de captação de água para irrigar os povoados adjacentes às suas terras. Ele quer levar prosperidade à região, e acredita que água é a solução."

"Entendi. Bem, água traz mesmo prosperidade. Ele pretende fazer perfurações?"

"Acho que não. A ideia está nos estágios iniciais, mas a população é pobre e tem chovido pouco. Quando vi o rosto sofrido daquelas pessoas, senti muita culpa. O fato é que precisamos da sua ajuda."

Ele contorceu a boca. "*Precisamos?*"

"Bem, Laxmi e Jay precisam, e me ofereci para fazer o que for possível. É impossível não querer ajudar depois de ver toda aquela pobreza."

"Jay? Você o chama assim?" Fez-se um silêncio constrangedor antes que Clifford continuasse a falar, não sem antes examiná-la detidamente. "Espero que não esteja acontecendo nada inapropriado entre vocês."

"É claro que não."

Ele fez cara de quem refletia. "E que ajuda seria essa?"

"Para arrecadar dinheiro e obter as licenças necessárias. Jay precisa de autorização britânica para seguir em frente, e de permissão para represar um pequeno rio."

"E imagino que conte com dinheiro britânico também."

"Exatamente."

Clifford bufou. "Eles escondem a própria riqueza e nos pedem coisas sem constrangimento!" Ele se levantou e pareceu pensar, com as mãos no bolso. "Quer ficar para o almoço? Isso me daria tempo para refletir um pouco e enviar recados a pessoas importantes, se for o caso. O que me diz?"

Eliza inclinou a cabeça. "Seria um prazer."

"Vamos para o jardim. Tem uma boa sombra lá."

Os dois sentaram-se juntos em um banco — um pouco próximos demais para o gosto de Eliza, mas era um preço pequeno a pagar se Clifford concordasse. Apesar da vontade de se afastar, ela não se mexeu, ficando calmamente sentada com as mãos no colo, esperando como Laxmi teria feito. Ela sorriu ao pensar que estava sendo influenciada daquela forma, e continuou a observar o belo gazebo, com trepadeiras e uma delicada fonte.

"Uma moeda pelos seus pensamentos", disse ele.

"Esse jardim é maravilhoso", disse Eliza, sendo recompensada por um sorriso.

"É meu orgulho e minha alegria." Ele ajeitou a gravata. "Preciso dizer que tenho uma carta para você. A julgar pelo carimbo, é da sua mãe. Entregarei antes que vá."

Eliza agradeceu, embora receber uma carta da mãe — provavelmente repleta de queixas — não fosse aquilo por que mais ansiasse.

"Então, como você tem andado, de verdade?", perguntou ele.

Um criado vestido de branco apareceu, trazendo aperitivos numa bandeja de prata. Eliza ficou olhando enquanto Clifford pegava um copo e tomava um gole. Percebia-se que era um homem minucioso, com as unhas bem aparadas e sempre impecavelmente vestido, qualquer que fosse o tempo.

"Bem, claro que é estranho", disse ela.

"Estranho? Só isso?" Ele franziu a testa. "Não a incomoda a poligamia? As concubinas? Minha expectativa era de que abominasse isso."

"Tento não pensar a respeito, mas as concubinas são simpáticas."

"E a história da idolatria?", insistiu ele.

"Laxmi me explicou. Acho que fez bastante sentido." Ela sabia que jamais conseguiria falar com Clifford da viúva queimada na fogueira.

Ele ergueu as sobrancelhas. "Espero que não esteja virando uma nativa! Nesse caso, estaria se metendo em confusão de verdade."

Se Clifford soubesse como ela estava longe daquilo... "Nem um pouco", foi tudo que disse.

Por trás dos óculos, ele piscou. "Tome cuidado, Eliza."

"Como eu disse, estou bem." Ela ergueu os olhos e o encarou, sem saber se tinha dito a verdade.

"Bem, Anish não está apto para governar. Ficamos o tempo todo reprimindo a desobediência civil e insurreições em potencial que ele mal parece perceber. É a Coroa britânica quem manda aqui, mas esse sujeito às vezes parece se esquecer disso. Nossa vontade é de tirá-lo do poder, para ser franco, e talvez você possa ajudar."

"Como?"

"Ainda não sei dizer. É só uma ideia. O pai era um bom sujeito, disposto a pôr em prática as mudanças que sugeríamos, mas ele só quer vestir sua roupa de gala ou jogar polo, embora esteja ficando gordo demais até para isso. Se não conseguirmos manter os Estados principescos do nosso lado, os rebeldes vão prevalecer."

"Rebeldes?"

"Os que defendem uma Índia independente. Não podemos permitir mais motins. A desobediência civil vem crescendo."

Fez-se um breve silêncio.

"Clifford, você é religioso? Acredita em destino?"

"Você diz uma sequência predeterminada de eventos acima do controle humano?"

"Acho que sim."

Ele balançou a cabeça. "Isso não passa de fatalismo. Se não pudermos alterar o destino, o que estamos fazendo?"

"Pois é."

"Em todo caso, não sou um homem religioso."

"Não creio que os hindus enxerguem as coisas do mesmo jeito que nós", disse Eliza.

"Não. Seria preciso perguntar a eles, mas acredito que tudo esteja ligado ao conceito de carma. Para nós, destino significa somente que alguma coisa ia acabar acontecendo de qualquer jeito. Mas eles acham que pode ter influência de atitudes passadas e presentes. Às vezes me pergunto se os mal-entendidos entre nossas culturas se devem a um simples problema de tradução."

De volta ao castelo, Eliza foi direto para seus aposentos, onde constatou, horrorizada, que a câmara escura não estava devidamente trancada. Ela podia jurar que o fizera, mas na pressa de pegar as folhas de contato e as chapas para Clifford talvez tivesse esquecido. Ela tocou o sino, chamando um *masala chai*, e depois sentou-se à escrivaninha para ler a carta da mãe.

Ao terminar, deixou-a cair no chão e cobriu o rosto com as mãos. Simplesmente não podia ser verdade. Ela estava mentindo. Só podia estar. Uma lembrança reprimida por muito tempo voltou à sua mente.

Devia ter uns oito anos, e havia sido um dia bonito e ensolarado. Eliza estava feliz por acompanhar seu *ayah*, que tinha ido comprar fitas em Chandni Chowk. Quando ele estava pagando, ela olhou pela vitrine da loja e viu seu pai na rua, segurando um enorme buquê de flores. Ao chegar em casa, perguntara animada à mãe onde estavam as flores que o pai levara, mas a mãe dissera que fazia dois dias que não o via. Eliza era bem pequena, mas alguma coisa no episódio a inquietou.

Ela pegou a carta no chão e leu de novo, com o coração mais arrasado a cada palavra.

Minha querida Eliza,

Faz muitos anos que tenho a intenção de lhe escrever esta carta. Queria lhe contar quando você se casou com Oliver, mas as palavras não me ocorriam e nunca consegui lhe falar cara a cara sobre o comportamento desprezível de seu pai. Sei que você o idolatrava, mas tudo que estou para contar é a pura verdade. Preciso contar enquanto ainda consigo, agora que minha saúde começa a ficar abalada. Mas não se preocupe, não vou lhe pedir que volte para casa, pelo menos não por enquanto.

Tudo começou quando você estava na minha barriga, alguns meses antes de nascer. Eu não tinha suspeitado de nada até que uma amiga me disse que tinha visto David beijando uma dançarina em um jardim de Delhi. Eu o amava, então me recusei a acreditar nela e não pensei mais no assunto. Achei melhor deixar de considerá-la uma amiga. Eu confiava em seu pai. Éramos felizes, então supus que fosse inveja dela. Tinha um marido jovem e atraente, enquanto ela era uma solteirona que dependia da generosidade do irmão.

Mas aos poucos comecei a perceber pequenas coisas. Seu pai chegava em casa com um leve perfume de jasmim e o colarinho um pouco desfeito. As saídas noturnas às vezes sem explicação gradualmente se transformaram em dias de ausência. Quando descobri que ele tinha enormes dívidas de jogo, fiquei até aliviada. Imagine só. Pelo menos não tinha arranjado uma amante, disse a mim mesma várias vezes. Mas receio que estivesse enganada. Logo eu ia ficar sabendo de toda a extensão da traição dele, e não apenas a mim, mas também a você.

Tudo veio à tona antes da morte de seu pai. Não apenas ele nos arruinara financeiramente com a jogatina desenfreada como malbaratara praticamente tudo o que tínhamos e contraíra novas dívidas, porque durante anos sustentara uma dançarina em um pequeno apartamento perto de Chandni Chowk. Esperava-se que, depois da morte dele, eu honrasse essas dívidas. Há mais, muito mais, mas não consigo reunir forças para contar.

Eu nunca quis arruinar a visão idealizada que você tinha dele, mas não consigo mais guardar esse segredo. Sinto muito.

Espero que esta carta a encontre em boa saúde. Mande lembranças a Clifford, por favor. Caso mostre interesse por você, espero que dê seu consentimento. Como sabe agora, não existe homem perfeito, e nem mesmo seu amado pai era assim.

Com muito amor,

Mamãe

Foi como se o chão tremesse, mas Eliza conseguiu se levantar e caminhar de um lado para o outro, perturbada com a amargura que se derramava das páginas. Qual teria sido o objetivo de sua mãe ao contar mentiras tão horríveis? Anna havia golpeado o âmago daquilo que Eliza acreditava ser, daquilo que acreditava ter sido o pai. Ela pensou em seus abraços carinhosos e em seu sorriso caloroso, então se lembrou de suas ausências. Ah, Deus! E se fosse verdade? Mas não podia ser. Devia ser outra tentativa da mãe de sabotar seu amor pelo pai. Dava até para ouvir seu tom enquanto escrevia aquelas linhas. Fosse verdade ou não, Eliza ficou arrasada; o simples fato de Anna ter escrito aquelas coisas a fazia sentir-se mal por dentro, e ela ainda dissera haver *mais*. O que era possível haver ainda? E a piora da saúde dela era séria ou não passava de uma forma pouco sutil de chantagem emocional?

Eliza saiu à procura de Jayant, mas foi informada de que ele tinha viajado e ia ficar algum tempo fora, em reuniões com os engenheiros ingleses. Ela ficou surpresa por ele nem ter esperado para saber como tinha sido a conversa com Clifford.

Ao voltar para seus aposentos, ouviu passos que pareciam vir em seu encalço. Sentiu um arrepio e virou-se, mas era só o ranger das tábuas do velho castelo. Pensou assustada na possibilidade de que alguém a estivesse escutando e observando em silêncio. Disse a si mesma que era só sua imaginação, mas tinha certeza de que havia alguma coisa rondando aqueles corredores. Seria apenas uma criada de passo silencioso? Talvez um guarda escondido? Ou então aquele castelo estava cheio de fantasmas, o que não ia deixá-la surpresa. A presença não identificada e a sensação de que era acompanhada por sombras nos corredores mal iluminados a deixaram com um sentimento subjacente e persistente de medo.

Ela partiu apressada em busca do alívio do pátio iluminado, onde Indira parecia estar iniciando um novo desenho num cavalete pequeno. O ar cheirava a rosas e jasmim. Louca para estar numa parte mais tranquila da vida do castelo, Eliza ficou alguns instantes a observá-la. Precisando desesperadamente de uma amiga naquele momento tão deprimente, decidiu aproximar-se de novo da jovem.

"É um esboço?", perguntou, com voz amistosa, enquanto dava alguns passos à frente.

Indira virou-se, mas sem sorrir. "Sim."

"Ficou bom."

Ela não respondeu, e Eliza teve a impressão de estar se esforçando à toa. "Você gostaria de aprender um pouco de fotografia? Adoraria lhe mostrar como faço para capturar um momento."

Indira olhou fixamente para ela.

"*Nahin dhanyavaad*", disse.

Então, virou as costas ostensivamente, ignorando Eliza. Tinha sido um "não, obrigada" bastante resoluto.

13

JANEIRO DE 1931

Dali por diante, Eliza dedicou-se à única coisa que podia fazer quando tinha problemas. Mergulhava no trabalho, para não sentir a dor das acusações da mãe. De pé antes do alvorecer, quando uma névoa levemente azulada lançava seu véu sobre a cidade mais abaixo, ela explorou o castelo, em busca de imagens diferentes da arquitetura exterior, cantinhos de decoração detalhada e exótica, ou contrastes fortes de luz e sombra. Eram momentos diferentes e sublimes, de solidão quase prazerosa. Ela ia à cidade, acompanhada, é claro, e conseguia capturar flagrantes de artesãos trabalhando; encontrou até um músico tocando um instrumento que parecia ter sido fabricado a partir de um coco.

De volta ao castelo, a boa notícia foi um bilhete de Clifford, avisando que a roda tinha começado a girar e que provavelmente Jay poderia dar continuidade ao projeto de irrigação. Com o coração mais tranquilo, ela passou a fotografar os criados. Todos pareciam solícitos, e ela foi convidada a passar algum tempo com as concubinas, cujos lenços rosa e laranja rodopiavam e brilhavam ao lado do esmeralda das saias e túnicas. As mulheres começaram a confiar nela, e, enquanto batiam papo e davam risadinhas, deixavam que Eliza fosse tirando as fotos descontraídas que queria. Mais tarde, elas apontavam empolgadas para as folhas de contato. Em troca, se ofereceram para iniciá-la nas dezesseis artes de ser mulher. Com medo do que aquilo poderia representar, Eliza recusou de início, mas, diante da forte insistência, não teve alternativa.

O quarto para onde a levaram ficava no andar térreo e era enorme, com piso e paredes revestidos em placas de mármore rosa-claro. As janelas, cobertas por telas de *jali* através das quais o sol desenhava formas geométricas no chão, transmitiam uma ideia mais de beleza que de segredo. Havia mais brilho que sombras. Quando as criadas chegaram com enormes bacias de água quente, que derramaram num profundo *ghangal* de cobre, Eliza sentiu-se ansiosa e animada.

Ela se sentou num banco de madeira enquanto as concubinas lavaram seu cabelo com água de coco e o corpo com água de jasmim. Ela era tímida demais para ficar nua diante das concubinas, e com tantos pares de olhos admirando-a e tantos dedos tocando sua pele branca, sorria envergonhada. As mulheres faziam comentários sobre seus seios e suas coxas, mas aos poucos ela relaxou, ficando cada vez mais lânguida. Enquanto enxugavam seu corpo e o massageavam com óleo de rosas, elas contaram suas histórias. Uma delas disse que era a terceira filha de uma família pobre sem filhos homens, de uma terra distante e inóspita.

"Você tem irmãs, então?", disse Eliza. "Eu sempre quis ter uma."

A moça sacudiu a cabeça e começou a raspar os pés de Eliza com um instrumento pontudo. "Elas foram levadas pelos lobos, então me trouxeram para cá."

"Ainda bebê?"

"Meus pais não podiam me sustentar. Para que serve uma menina?"

A moça começou a massagear os pés de Eliza com o que parecia ser manteiga, cantando baixinho enquanto trabalhava.

Outra comentou que Eliza devia usar mais joias, para não ser reconhecida como viúva. Eliza queixou-se, mas foi aconselhada a visitar o *sonar* assim que possível e comprar muitas joias dele. Eliza riu, mas prestou atenção. Durante todo o tempo que passou ali, as mulheres faziam carinho umas nas outras e caíam na gargalhada com piadas que ela não conseguia entender. Imperava um clima de devaneio caótico, e Eliza parecia entender um pouco mais daquela terra de tradições tão diferentes.

Uma das mulheres tinha feito o que chamara de *kaajal*, com uma tinta bem escura que circundava os olhos, e se ofereceu para mostrar. Eliza olhou-se no espelho e ficou espantada com a dramaticidade que acrescentava aos olhos. Pareciam mais verdes e brilhantes. Quando ela sorriu com o resultado, a mulher lhe deu um potinho numa caixa de prata, com um bastonete para aplicar.

Ela já estava no castelo desde meados de novembro, e tinha passado um Natal tranquilo na casa de Dottie. Agora fazia bastante frio à noite, o que a obrigava a usar cobertores extras. Deram-lhe um *mzai*, uma colcha estufada com algodão que tinha um forte cheiro de almíscar. Supostamente, ajudava a reter o calor do corpo. Eliza se acostumou a ficar enrolada num enorme xale de casimira no início da manhã, tirando-o apenas quando o calor do dia vinha. Ela continuava a ter a impressão de estar sendo seguida, mas não via ninguém. O castelo parecia envolto em mistério. Às vezes, parecia estar esperando que algo terrível acontecesse, e a sensação desconfortável de estar sob vigilância a deixava tensa e estressada. Atribuía tudo a ruídos vindos de outra parte, e surpreendeu-se com a saudade que sentia de Jay, desejando que fossem dele os passos que ouvia no corredor comprido, sem conseguir se livrar da sensação de que alguma coisa estava errada.

Certa manhã, bem cedo, ela ouviu uma batida na porta. Quando abriu, deparou com uma das criadas, fazendo sinal para que a acompanhasse. Num primeiro momento, não teve nenhuma intuição ruim, mas, à medida que desciam para as entranhas do castelo, sua pele começou a se arrepiar. Num lugar imenso como aquele, era difícil manter distanciamento. Não era apenas o fato de os corredores subterrâneos serem frios e sem janelas, iluminados apenas por lampiões a gás; havia algo estranho acontecendo.

A moça parou do lado de fora de uma porta escura de madeira. Eliza levou um susto quando o *dewan* abriu a porta e fez sinal para que entrasse. Ela hesitou e virou-se para ver a criada, mas guardas armados que haviam aparecido de repente no corredor bloquearam seu caminho. Eliza não gostava de Chatur e não confiava nele. Tudo, de sua postura ereta até seus lábios encurvados, transmitia desdém.

Quando ela entrou na sala escura e sufocante, ele sorriu de modo intimidador, sem qualquer simpatia. "O projeto fotográfico representa muito para a senhorita?", perguntou ele.

"Sim", respondeu ela, com a maior dignidade que conseguiu transmitir.

"É uma pena." Ele deu outro daqueles sorrisos que os olhos nunca acompanhavam, dando a impressão de que estava zombando dela. "Deve ter ouvido falar que as viúvas são consideradas culpadas aqui. Consideramos desonroso para a mulher sobreviver ao marido."

Ele estava fazendo um jogo de gato e rato, no qual ela caiu rapidamente. "Uma crença que é totalmente ridícula, no meu modo de pensar."

Chatur ignorou o comentário. "Fui informado de que é viúva, *sra. Cavendish*. Esses rumores se espalham rapidamente em nosso mundo fechado."

O coração de Eliza disparou. Quando ela abriu a boca para fazer uma pergunta, ele a impediu.

"Como fiquei sabendo disso não lhe diz respeito."

"Discordo."

"Bem, seja como for, a consequência final é que uma mulher como a senhora não pode ser autorizada a se deslocar livremente. Acreditamos que o contato com uma viúva traz extrema falta de sorte, e poucos hão de querer estar em sua companhia. Por isso mesmo, eu ou um de meus homens iremos acompanhá-la e supervisionar todas as fotografias que for tirar, o que inclui a análise de suas folhas de contato. Qualquer coisa que eu julgue inapropriada será destruída. Está claro?"

Espumando de indignação, ela não cedeu. "Perfeitamente, embora eu acredite que o residente britânico terá algo a dizer a respeito."

"Acredito que o sr. Salter encontra-se em Calcutá, e provavelmente ficará fora por algumas semanas."

"Bem, o príncipe Jay..."

"Não se deixe enganar. Ele não terá opção a não ser fazer o que eu disser. É a ordem do marajá."

"O senhor contou a ele que sou viúva."

"Conheço meu dever. Aqui, acreditamos no dever, e o primeiro dever de uma esposa é manter vivo o marido." Chatur deu uma risada sarcástica. "Bem, estamos conversados."

Ela virou-se para ir embora, mas, cansada de ficar o tempo todo conjecturando, soltou a pergunta que estava entalada em sua garganta. "Por que mandou me seguirem?"

Ele sorriu. "É imaginação sua. Não está sendo seguida, mas, caso estivesse, não seria de seu interesse deixar o castelo agora, antes que, digamos assim, algo pior viesse inesperadamente a ocorrer à senhora, ou até a terceiros? Castelos como este podem ser lugares perigosos."

O tom de ameaça a fez encolher-se. "Por que aconteceria alguma coisa?"

"É só uma figura de linguagem. Mas a senhora viu o que ocorreu no polo." Ele abriu as mãos e, com um olhar de falsa consternação, deu de ombros.

Aquilo fez Eliza ter certeza de que fora Chatur o homem por trás da queda de Jay. Agora ela estava preocupada não apenas por si própria, mas também pelo príncipe. Embora indefesa, não concederia a Chatur o prazer de perceber o quanto estava abalada, e fez o melhor que pôde para engolir o próprio medo. Aquela ameaça velada já era ruim, e agora seus movimentos seriam terrivelmente tolhidos. As coisas não podiam ficar piores.

Ela desejou que Jayant voltasse para casa. Agora que Chatur conhecia a verdade, Laxmi também saberia. Envergonhada por ter escondido sua verdadeira condição, ela se esforçou para domar a própria angústia. O que a mulher ia dizer? E, tendo cada um de seus movimentos sob a vigilância do *dewan*, que segurança teria ela no castelo? Com os olhos ardendo e as mãos transpirando, ela disse a si mesma para não agir como uma idiota. Nada de ruim poderia acontecer com ela. Ele só estava querendo amedrontá-la.

14

Eliza sabia que seu único aliado estava longe; as concubinas nunca mais a convidaram, e seu acesso dentro do castelo foi severamente restringido. De tempos em tempos, ela encontrava as filhas de Anish andando de patins, mas, como estava sempre acompanhada por um guarda, não ousava falar com elas. Era evidente que os guardas haviam recebido ordens para atrapalhá-la. Sentindo-se frustrada e presa numa armadilha, ela via o tempo escoar lentamente. Às vezes tinha a impressão de submergir num silêncio que nunca era completo.

Como as imagens que estava autorizada a fazer começaram a ficar mais formais e espaçadas, começou a sentir que sua missão estava condenada ao fracasso. Os pesadelos também voltaram, e envolviam não só o impacto tremendo de uma bomba explodindo, uma detonação que ressoava o tempo todo em sua cabeça, mas também o cheiro da carne queimada em seu rosto e em seu cabelo. Ela acordava se coçando e esfregando a pele. Quando não era aquilo, via o rosto do pai se desintegrar diante de seus olhos, apenas para ser substituído pela imagem de uma pira funerária. Então ela acordava tremendo, com a camisola grudada na pele e o cabelo pingando de tão molhado.

Na maior parte do tempo, Eliza continuava ciente de que a seguiam, e constantemente tinha a impressão de que ia deparar com alguém à espreita. Mas o que a deixava com mais medo: que de fato a estivessem seguindo ou a ideia de que algo pior poderia acontecer?

Sua esperança era que Chatur fosse um falastrão e de que não estivesse correndo perigo algum. Mas a vontade de fazer as malas e ir embora era absolutamente natural. No entanto, se ela fosse embora, o que a aguardava na Inglaterra? Tinha investido grande parte de seu dinheiro em equipamento, confiando que aquele projeto levaria a coisas maiores. Embora estivesse sendo paga mensalmente, um projeto inacabado significava que não receberia o bônus no final, e sua reputação como fotógrafa ficaria abalada.

Ela estava caminhando pelo corredor que levava ao quarto, planejando sua série seguinte de fotos, quando estacou e se refugiou rapidamente numa alcova. Havia visto um homem saindo sorrateiramente de seu quarto e trancando a porta. Quando teve certeza de que ele fora embora, correu para o cômodo. As mãos tremiam ao girar a chave na fechadura. Ele havia feito um bom trabalho para encobrir sua presença no quarto, mas, embora tudo estivesse mais ou menos no lugar, dava para notar que seus pertences haviam sido deslocados na penteadeira. Diante da evidência de que estava sendo observada, Eliza sentiu medo e muita raiva. Como ousavam entrar em seu quarto sem permissão? Ela tinha certeza de ter reconhecido aquele homem como um dos guardas de Chatur. Portanto, ele tinha que estar por trás daquilo. Eliza arrastou uma cadeira e apoiou-a contra a porta. Nada que pudesse impedi-los, no entanto.

Na manhã seguinte, depois de uma noite com medo e sem sono, o guarda a deixou sozinha do lado de fora. Eliza sentou-se em um dos balanços gigantes, onde cabiam até quatro mulheres. Enquanto arrastava os dedos dos pés no chão, ouviu uma voz e ergueu os olhos, então viu Indira caminhar em sua direção.

"Você contou a eles?", perguntou de imediato. Estava aborrecida com aquela ideia, e não conseguia esconder.

Indira franziu a testa.

Eliza elevou o tom de voz. "Você contou a eles que sou viúva?"

"É claro que não."

"Quem foi, então?"

Aquela sociedade era fechada, infestada de cochichos e rumores, e sempre se dava um jeito de conhecer os segredos. Eliza tinha consciência daquilo.

"Não sei", disse Indira, por fim.

"Bem, a verdade apareceu e estou o tempo todo sob vigilância. Não sei o que eles imaginam que posso fazer."

Indira suspirou. "Provavelmente receiam que contamine as outras mulheres. Mas posso ajudar. Conheço todos os recantos deste palácio, melhor até que os guardas. Consigo tirá-la daqui sem que eles saibam."

"Querem censurar as folhas de contato."

"Também posso tirá-las daqui."

"Você vai mesmo me ajudar?"

Indira assentiu, e Eliza nutriu a esperança de que estivesse sendo sincera. "Também posso lhe mostrar a passagem secreta entre a *zenana* e a *mardana*, os aposentos masculinos. É ótimo para entreouvir o que está acontecendo."

"O que posso fazer por você em troca?"

Indira sorriu. "Ando pensando a respeito. Sinto muito por ter sido antipática. Você me propôs mostrar como se fotografa. Ainda estaria disposta a fazer isso? Queria saber não apenas os detalhes técnicos, mas também os artísticos."

O lampejo de esperança deixou Eliza feliz. Induzida a acreditar que tudo estava bem, ela segurou a mão da moça. "Seria um prazer. De verdade. Podemos aprender a ver o mundo juntas. Vamos ajudar uma à outra."

Nos piores momentos, um único amigo pode ser o bastante, pensou Eliza ao se levantar. Ao passarem pela escadaria estreita que levava aos quartos, ela indagou a Indira sobre sua infância.

A moça parou e ficou um tempo em silêncio. "Eu amava minha avó."

"Fui apresentada a ela. Ficou sabendo disso?"

Indira fez que sim com a cabeça. "Ouvi falar."

"Jay me contou um pouco do que aconteceu. Sua avó achou que você estava correndo perigo."

"Eu usava um colar no pescoço o tempo todo. A maioria das crianças usava. Um dia, de repente, ele sumiu. Eu estava certa de que não o tinha perdido. Quando encontraram a suposta bruxa com um machado enterrado nas costas, minha avó compreendeu que meu colar tinha sido levado enquanto eu dormia, e que eu também corria perigo. É um povoado muito atrasado. Eu não tinha nem mãe nem pai, e minhas ideias eram perigosas para aquele lugar."

Eliza lembrou-se dos traços levemente arredondados das cabanas pintadas de ocre e do muro que as circundava. "Parecia bem tranquilo."

"Bem tranquilo, mas eu não era submissa, e eles achavam que eu devia ser enterrada em um pote de barro."

"O quê?"

"É o que faziam com as meninas indesejadas. Muitas recém-nascidas eram postas em potes de argila e enterradas no deserto. Pergunte ao seu residente. Os ingleses exumaram algumas delas."

Eliza engasgou, horrorizada. "Elas eram enterradas vivas?"

"Não sei. Provavelmente, porque assim não precisavam matá-las de fato. De certa forma, é compreensível. O povo é pobre, e meninas custam dinheiro. Os pais não ganham nenhum retorno pelo investimento. Depois, quando as moças vão embora para morar com a família do marido, não fica ninguém para cuidar deles na velhice. São abandonados com o coração partido, porque, é claro, com o tempo se afeiçoam. Dizem que as mães choram quando as filhas nascem, mas choram ainda mais quando têm que ir embora. E os meninos ficam."

"E o infanticídio continua a acontecer?"

Indi deu de ombros. "Você ficaria surpresa com o número de meninas que dizem que foram levadas pelos lobos."

15

FEVEREIRO

Eliza ficou apavorada ao se ver frente a frente com Chatur, no dia seguinte. Mas sabia que precisava encarar aquele homem. Retesando os ombros, decidiu expressar sua raiva e frustração.

"Por que mandou me seguirem?", perguntou, lutando para controlar o tremor na própria voz, mas sentindo o rosto corar. "Eu sei que é um de seus guardas."

Ele franziu a testa e empertigou-se, dando um passo na direção dela. "Eu a alertei de que seria acompanhada o tempo todo."

"Ah, não. Não vou deixar que se safe desse jeito. Isso é diferente. Vi uma pessoa saindo dos meus aposentos."

Ele deu um sorriso frio. "Provavelmente uma das criadas da limpeza."

Eliza o olhou nos olhos. "Era um homem."

"Sua imaginação é fértil. Se eu fosse a senhora, tomaria cuidado. E lembre-se: independentemente do que pense a meu respeito, não sou tolo. Anish não gosta de acusações levianas. Se sair por aí espalhando fofocas, ninguém vai lhe dar crédito. Vou me certificar de que seja assim."

"Fofocas!"

"A senhora não me engana. Sei que foi mandada aqui para nos vigiar. Para quem está trabalhando de verdade?"

Eliza quase riu. "Isso é absolutamente ridículo."

"É?"

"Claro que é."

"Então me diga: por acaso o sr. Salter tem feito perguntas detalhadas sobre nossa vida aqui?"

Ela baixou os olhos, mas não respondeu.

Chatur ergueu as sobrancelhas. "Creio que isso é prova suficiente. Nem preciso mencionar que não toleramos bisbilhoteiros. Eu a aconselho a tomar cuidado. E tenha um bom dia."

Eliza tinha plena consciência de que Chatur era perigoso, e a suspeita de que ela fosse uma espiã parecia algo sem sentido, criado para sabotá-la. Deveria conversar com Laxmi a respeito? E se ela não acreditasse? E se Chatur estivesse apenas propagando mentiras para minar sua credibilidade? Não. Era melhor acalmar os nervos e guardar suas suspeitas para si, até ter a oportunidade de falar com Clifford. Como quer que fosse, ela ainda precisava pedir-lhe que convencesse Anish a autorizar seu pleno acesso de novo. Como tanto ele quanto Jay estavam ausentes havia algum tempo, Eliza se sentia à deriva. O problema era que agora não lhe saía da cabeça que, desde o início, Clifford lhe fazia perguntas detalhadas em relação ao que via no castelo.

No fim das contas, foi com Jay que ela falou, quando ele apareceu de surpresa no castelo, no mesmo dia. O príncipe bateu à sua porta com uma manta cor de vinho jogada nos ombros e um olhar amistoso no rosto.

"Contente de me ver?", perguntou, sorrindo.

Eliza soltou um suspiro de alívio e teve que se segurar para que as pernas parassem de tremer. "Não imagina o quanto."

"Não vou ficar muito tempo. Vamos dar uma volta na cidade?"

"Adoraria sair", disse ela. Naquele momento, qualquer coisa era melhor que ficar no castelo. "Posso ir assim?"

"É claro, por que não? Só não deixe de se agasalhar. O ar está bem frio." Ele riu. "Embora não seja nada em comparação com Yorkshire."

"Você estava na Inglaterra, então?"

Ele fez que sim com a cabeça e estendeu o braço para que ela o segurasse.

O inverno, a rigor, não havia mudado nada. As barracas continuavam abertas nas ruas e as pessoas tocavam a vida como sempre, só que enroladas em mantas. Ninguém parecia usar jaquetas — até porque não chovia durante aquele período gelado e de céu azul brilhante.

"*Chai*?", ofereceu Jay, segurando duas xícaras da bebida quente e adocicada. "Acho que o gosto fica melhor no frio."

Eles beberam, e mais adiante ela parou para observar xales de seda muito originais, em belíssimos tons de vermelho, azul e dourado. Um xale azul-turquesa chamou sua atenção, e Eliza acariciou a textura suave da seda. Com o canto do olho, ela viu Jay abordar o vendedor. Depois de uma rápida negociação, o príncipe foi falar com ela. "É seu. Seda e casimira, segundo ele."

"Não posso aceitar."

"Claro que pode. Como uma amostra de minha estima." Ele enrolou o xale na cabeça de Eliza com delicadeza, tocando em seguida sua bochecha. "Lindo. Realça a cor dos seus olhos."

Ela sentiu o rosto enrubescendo, mas sorriu. "Obrigada."

"Então, como tem andado?"

Por um instante, Eliza vacilou. "Aconteceu muita coisa. Chatur convenceu Anish a restringir meus movimentos, mas o que mais me preocupa foi ter visto um homem deixando meus aposentos. Questionei Chatur, que negou e me acusou de espionagem. Não é um absurdo?"

"Na verdade, é insuportável. Mas o que provocou isso?"

"Chatur descobriu que sou viúva. Aparentemente, isso o autorizou a fazer o que bem entende. Acham que vou conspurcar as outras mulheres."

O rosto dele assumiu um ar preocupado, e Jay desviou os olhos. "Não é uma boa notícia. Vou falar com Anish."

"Bem, não estou certa de que vá ajudar. Se ele falar com Chatur, provavelmente só vai me odiar ainda mais. Estão vendo cada movimento que eu faço. No início, achei que fosse minha imaginação, mas agora tenho certeza."

"Vou arrumar um chaveiro, para trocar a fechadura da sua porta. Chatur não precisa saber. Só você terá a chave. Se achar que não é o bastante, talvez possa ficar na casa de sua amiga."

Eliza fez uma careta. "Dottie é simpática, mas não tenho certeza de que quero ficar tão perto de Clifford."

"Não seria o menor dos males?"

"Talvez."

"Temos que mantê-la em segurança. Vou cuidar da chave, mas ainda hoje viajo para Jaipore. Desta vez, apenas por alguns dias. Caso se sinta ameaçada na minha ausência, vá para a casa de sua amiga. E fale com Clifford, para que reverta suas interdições. Ele já está de volta."

Naquela noite, tendo se certificado de que a nova fechadura estava funcionando direito, Eliza ficou à espera de Indira. Quando a moça apareceu, trazendo roupas indianas, a fotógrafa se trocou e seguiu-a pelos corredores da parte inferior do castelo. Ela havia decidido confiar em Indi, na esperança de conseguir pelo menos esgueirar-se sem ser notada. Em troca de aulas, Indi daria um jeito para que ela pudesse sair, ou bem cedo para tirar fotos ou bem tarde para entregar as cópias impressas, como agora.

Ao ouvir uma pessoa tossindo mais além no corredor, Eliza encolheu-se, procurando um esconderijo, enquanto Indira seguiu em frente. Se fosse Chatur ou um de seus guardas leais, ela nunca conseguiria entregar as impressões a Clifford. Eliza desconfiou que o longo e inclinado corredor corria paralelo à cozinha, a julgar pelo aroma de cardamomo, pimenta e coentro temperando o ar. Mesmo naquela parte tão baixa, o perfume enjoativo do incenso das preces noturnas invadia as áreas menos iluminadas, onde era difícil respirar, também por causa do cheiro dos lampiões a óleo.

Ela ouviu uma risada, que julgou ser de Indira. Esperou um pouco mais antes de decidir correr o risco de sair dali, então a encontrou à espera.

"Estamos quase lá", sussurrou a moça.

"Minha impressão é de que estamos descendo cada vez mais."

"Quero lhe mostrar uma coisa antes de sairmos. Ainda não escureceu totalmente, então uns minutinhos a mais não vão fazer mal."

Andaram um pouco e Indi fez outra pausa. Não havia lampião ali, mas mesmo no escuro Eliza conseguiu distinguir um desenho emoldurado do castelo, pendurado em uma parede de pedra irregular. Indira tirou o quadro e colocou-o cuidadosamente no chão. Em seguida, com a ajuda de uma lixa que tirou do bolso, deslocou uma pedra pequena e pôs o ouvido no buraco na parede.

"Sua vez. Ouça."

Eliza vacilou.

Um enorme sorriso apareceu no rosto de Indira, e Eliza não pôde deixar de apreciar o entusiasmo da jovem — a maneira como ela agarrava tudo que a vida oferecia, desprezando a hierarquia.

"Vá em frente."

Eliza obedeceu. Ao encostar a lateral do rosto contra a parede gelada de pedra, não foi o frio que lhe deu um choque, e sim as vozes que escutou. Teve a impressão de que era Devdan, o amigo de Jay.

"Não vê que precisamos tomar uma decisão?", ele disse.

"Não acho que seja necessário", respondeu outro homem, cuja voz não era tão alta ou clara. "Por que seria preciso mudar alguma coisa?"

"Vamos ter que decidir."

"Você quer atrelar nossa sorte a um bando de rebeldes?" Apesar da voz abafada, Eliza teve quase certeza de que era Jay. Até onde ela sabia, porém, ele já tinha saído de Juraipore.

"É isso ou depositar sua fé num Império que está desmoronando. Quando os ingleses perderem, seus tratados não terão valor algum."

"Eles vão perder? Acredita nisso?"

"Você constatou a desobediência civil por toda parte. A Coroa britânica já era."

Fez-se silêncio, e em seguida cadeiras foram arrastadas. Eliza balançou a cabeça e virou-se para Indira. "Quantas pessoas sabem disso?"

"É um tubo de escuta. Um túnel estreito. Descobri por acaso, quando era mais jovem. Um antigo livro de registros do castelo falava dele, e deduzi onde deveria ficar."

"Então ninguém mais sabe?"

"Não posso ter certeza disso. Fortalezas como esta eram terrivelmente perigosas no passado. Repletas de intrigas e assassinatos, porque todo mundo queria assumir o trono. Quando pequena, resolvi que minha missão era descobrir os segredos do castelo. Ninguém prestava atenção em mim e eu conseguia me esconder facilmente. Então não foi tão difícil. Quando Laxmi compreendeu o que eu estava fazendo, pediu-me que ficasse de olho em Chatur, porque não confia nele."

"Onde eles estavam falando agora?"

"Jay tem um pequeno estúdio logo depois do corredor, na direção dos aposentos masculinos."

"Você devia ter contado isso a ele."

"Por que abrir mão do único poder que tenho?"

"Mas você gosta dele."

Indira bufou. "Preciso cuidar de mim mesma."

Enquanto caminhavam na direção de uma arcada baixa que levava a um de vários túneis de ligação com um pátio exterior, Eliza pensou que alguém com o passado de Indi de fato precisava encontrar formas de se proteger, independentemente do que fosse preciso e de quem precisasse trair. Talvez o apoio de Laxmi não fosse suficiente.

"Já sabe quem contou a Chatur que você é viúva?"

"Andei pensando um pouco, mas ainda não."

"Acho que pode ter sido Dev. Ele sabia?"

Eliza fez que sim, e ficou refletindo. Poderia ter sido Dev, ou, ainda pior, Jay. Ele teria deixado a verdade escapar? Era um pensamento terrível, que a fez sentir-se completamente à deriva. Não podia ser. Ou podia? Ela confiara nele, e o príncipe não tinha nada a ganhar com aquilo. Mas ela não conseguia tirar a ideia da cabeça enquanto seguia Indira até o pátio externo, onde a água, jorrando das fontes em forma de pavões, brilhava sob a luz que entrava pelas janelas. Lampiões de argila espalhados pelas trilhas guiavam os passos das duas.

"É tão bonito", disse ela, "mas mesmo assim ninguém vem aqui. Laxmi sempre cuidou de manter este lugar impecável. Foi onde morreu a única filha dela, sua caçula."

"Eu não sabia."

"Ninguém comenta isso, mas dizem que foi Anish que a empurrou quando era menino. Ela quebrou o crânio em uma das fontes."

"Que triste."

"Ela queria muito ter uma filha, até que, anos depois do nascimento dos filhos, conseguiu. Às vezes tenho a impressão de que gostaria que eu fosse essa filha perdida."

Quando escureceu de vez, elas fugiram do castelo e desapareceram pelas ruas, onde o lado oculto da vida indiana seguia, completamente alheio aos ingleses — um mundo onde tambores místicos conviviam com casas de ópio, em vielas de meio metro de largura. Quando Eliza viu a mal iluminada agitação noturna daquela parte escondida da cidade, temeu pela própria vida, mas manteve a cabeça baixa e continuou seguindo Indira. O labirinto de ruas era um atalho necessário para chegar à Residência Britânica, do outro lado da cidade. Ir pelo caminho alternativo, que evitava aquelas ruas, levaria tempo demais.

Quando se aproximavam, um carro encostou e Eliza deu um passo para trás ao ver Clifford sair. Mas ele já a tinha visto pela janela e franzia a testa. Embora ela precisasse falar com ele, teria preferido bater à sua porta a ficar à espreita na escuridão, como um bandido.

Outra pessoa desceu do carro, cuja porta o chofer de uniforme havia aberto, e Eliza viu o rosto conhecido de uma inglesa. Num primeiro momento, não soube identificá-la, mas em seguida se deu conta de que era a mulher do vice-rei. Atrás dela, saiu um homem de ar importante e cabelos grisalhos. Era evidente que Clifford tinha contatos nos mais altos escalões e que falava com o respaldo de uma autoridade mais elevada. E que participava de muitas festas e eventos sociais como aquele.

A mulher falava com Clifford com uma voz clara e áspera. Um criado apareceu e conduziu todos para dentro, enquanto Clifford fazia sinal para Eliza.

Ela caminhou na direção dele, que não parecia nem um pouco contente.

"Por Deus, Eliza! Que diabos acha que está fazendo, vagando pela noite vestida desse jeito?"

"Indira me ajudou a sair do castelo. Trouxe algumas chapas e impressões para você. Restringiram meus movimentos."

"É mesmo? Bom, vamos cuidar disso. Certamente é coisa do Anish, ou da esposa dele. Sabia que ela lava as mãos depois de tocar um inglês? Imagine só! Que afronta! Anish faria o mesmo, se dependesse dela." Ele fez uma pausa. "Na verdade, cruzar com você desse jeito me deu uma ideia. Não posso contar agora." Ele apontou para a porta por onde a mulher do vice-rei tinha acabado de passar. "Lembra que sugeri que você poderia nos ajudar?"

"Sim."

"Bem, vou dar uma passada para ter uma palavrinha com o marajá, então poderemos falar disso."

16

No dia seguinte, logo depois de ouvir os sinos matutinos do templo, Eliza foi convocada por Jay. Nervosa demais para tentar usar sozinha a passagem secreta, ela jogou o xale novo de casimira nos ombros e atravessou os corredores até seu escritório. Ele exibiu um amplo sorriso ao abrir a porta e vê-la ali, mas Eliza recuou ligeiramente.

"O que foi?", perguntou Jay. "Aconteceu alguma coisa?"

Ela o olhou fixamente, sem saber muito bem o que sentia. Ele tinha a barba por fazer, mas seus olhos cor de âmbar faiscavam, e sua pele brilhava de vitalidade. Suas dúvidas em relação a quem teria contado a Chatur continuavam a roê-la por dentro, e não tinha alternativa a não ser questioná-lo.

"Eliza, entre. Não vamos ficar conversando no corredor."

Ela fez que não com a cabeça.

"Conte-me, o que foi?"

Eliza abriu a boca, mas travou. Por um instante, ela não conseguiu encará-lo.

Jay franziu a testa. "E então?"

Ela hesitou, mas de repente as palavras saíram aos borbotões. "Preciso lhe perguntar uma coisa."

Ele sorriu. "Vá em frente."

"Foi você quem contou a Chatur que sou viúva?", perguntou, sentindo-se enjoada, mas finalmente retribuindo seu olhar.

"É claro que não. Por que pensa uma coisa dessas?"

"Indi jurou que não foi ela. Insinuou que poderia ter sido seu amigo Dev. Ele sabe a meu respeito, mas nem tinha vindo mais até ontem."

Ele fez cara de preocupação. "Dev esteve aqui?"

"Você sabe que sim."

"Isso é estranho. Até onde sei, Dev não esteve aqui na minha ausência."

"A que horas você chegou ontem?"

"Lá pela meia-noite."

Ela baixou o tom de voz. "Tive a impressão de ouvi-lo conversando com ele."

"Quando?"

"Logo antes do anoitecer."

Ele fez que não com a cabeça. "Sou inocente."

Ela refletiu. Se quem estava falando com Devdan não era Jay, quem seria, então? Era uma voz um tanto indistinguível; talvez tivesse tirado uma conclusão apressada. Podia ser Anish.

"Onde Dev estava?"

"Não podemos conversar aqui. Podemos sair para um dos pátios?"

"É claro. Mas você tem que admitir que tudo isso parece meio bizarro."

Lá fora, eles se sentaram lado a lado, no banco perto de uma das fontes. Ela olhou para o céu azul, observando os periquitos que esvoaçavam de uma árvore esbranquiçada para outra. Normalmente, a visão fugaz das penas amarelas a deixava feliz. Mas não naquele dia.

"Logo, logo vai esquentar, já é quase primavera", disse ele. "E depois vai fazer um calor insuportável."

Eliza não se sentia nem um pouco aquecida, e voltou a experimentar aquela sensação de desconforto na presença dele, principalmente agora, que todas na *zenana* deviam estar observando-os.

"Aja com naturalidade", disse ele, como se tivesse adivinhado o motivo de sua relutância. "Sorria e não fique torcendo as mãos no colo."

Ela sentiu que corava. "Nem notei que estava fazendo isso."

Jay fez uma pausa e olhou para baixo, por alguns segundos, antes de virar-se para Eliza.

"Admito que contei a seu respeito para minha mãe."

Ela virou-se para ele. "Você sabia que era importante. Confiei em você!"

"Sinto muito."

"Fui falar com Clifford em seu nome."

"E funcionou. O engenheiro chega amanhã, com os primeiros desenhos. Você vai ficar impressionada. Só que a permissão para construir a barragem vai demorar."

"Não se dá conta do que fez?"

Ele franziu o cenho. "Deixei escapar. Minha mãe a admira e compreende, Eliza, de verdade. Ela não a julgou e jamais contaria a mais ninguém."

Um acesso de raiva tomou conta dela: como Jay podia ter achado que era aceitável contar a Laxmi? Ela queria ter contado diretamente, o que já não era possível. Agora, na melhor das hipóteses, seria considerada dissimulada; e, na pior, mentirosa. Eliza baixou a cabeça e levou as mãos ao rosto.

"Não faça isso. Estamos sendo vigiados." Ele se comportava como se tudo estivesse normal, mas Eliza enxergou a preocupação em seus olhos.

Ela se levantou, ignorando o sorriso imutável no rosto dele. "Não. Você pode ser capaz de fingir, mas eu não."

"Fique, por favor."

Ela virou-lhe as costas. Jay sabia que Chatur criaria problemas se a verdade viesse à tona. Ele próprio havia dito que sempre se descobre a verdade. Agora que tinha estragado tudo, por que ela ia ajudá-lo, contando-lhe a respeito do tubo de escuta? O príncipe merecia que o espionassem.

Eliza caminhou de volta até o quarto e deitou-se, sentindo-se despedaçada. Embora estivesse possessa, a dor mais forte era a de ter sido boba a ponto de confiar em Jay. Ela se recriminou por se importar com mais um homem que a decepcionara, mas não conseguia deixar de ouvir a voz dele nem de pensar na preocupação que vira em seus olhos.

*

Solitária em sua angústia, Eliza ficou observando o sol dourado da manhã colorir a cidade de um tom pálido de rosa. Então ouviu a buzina de um carro e correu para o grande salão que dava para a entrada principal, de onde viu Clifford saindo de um imenso veículo preto. Atrás dele, um carro menor encostou. Um homem de ar juvenil esgueirou-se dele. Quando se endireitou, Eliza notou que trazia debaixo do braço um enorme rolo de papéis. Estava vestido à moda ocidental, mas a aparência revelava algum sangue indiano. Seria um anglo-indiano? Eliza supôs que devia ser o engenheiro contratado por Jay. Embora quisesse ver os projetos e um mensageiro tivesse requisitado sua presença no escritório de Jay, mandou dizer que estava indisposta e ficou andando de um lado para outro do quarto, febril e irritada, com a boca travada de indignação e sentindo-se injustiçada. Então lhe ocorreu que poderiam estar espionando os planos de Jay, e concluiu que não podia deixar aquilo acontecer. Apesar da indiscrição dele, o projeto de irrigação ia melhorar muito a vida das pessoas, e ela não podia ser a culpada pelo seu fracasso caso caísse em mãos erradas. Eliza reuniu coragem e saiu correndo pela passagem secreta que Indi lhe mostrara, passando pelos guardas atônitos e batendo, sem fôlego, à porta de Jay.

Seu estômago estava revirado quando ele abriu a porta. Ela deparou com vários olhos a fitá-la.

"Pensei que estivesse doente", disse ele, com apenas a sombra de um sorriso.

"Preciso falar com você. Mas primeiro peça que levem os projetos para os aposentos de Laxmi. É importante."

"Está bem." Ele voltou para o escritório.

Eliza ouviu vozes murmurando lá dentro, então Jay voltou. "Eles concordaram, mas meu irmão está furioso."

"Esse projeto é seu. Tem que protegê-lo. Seu escritório não é seguro."

"Eliza..."

Ela o interrompeu, puxando-o até que saíssem do alcance dos

ouvidos alheios, então falou bem baixo. "Onde contou à sua mãe que eu era viúva?"

"Que importância tem isso?"

"Responda."

"Ela veio ao meu escritório uma tarde."

Eliza balançou a cabeça. "Jay, garanto a você que este cômodo não é seguro."

Ela contou-lhe a respeito da escuta secreta.

"Deus do céu. Foi por isso que você não quis que eu revelasse os projetos ali?"

"Não sei se é preciso mantê-los em sigilo nesse estágio inicial..." Ela fez uma pausa. "Mas com quem você acha que Devdan estava falando?"

"Tem certeza de que era um homem?"

Ela fez que sim.

"Meu irmão, talvez?"

"A conversa deu a impressão de que planejavam alguma coisa contra os ingleses."

"Devia ser Dev. Se bem que eu achava que ele tinha desistido."

"Desistido do quê?"

"De mudar a cabeça das pessoas."

"Às vezes acho que seria melhor se realmente houvesse uma rebelião contra os ingleses."

Ele sorriu. "Ora, ora! Isso não é muito patriótico!"

Ela deu de ombros. "Só não gosto do jeito como Clifford e a turma dele falam."

Eliza acompanhou Jay até o apartamento de Laxmi. Aquele espaço cheio de espelhos faiscantes deixou-a mais uma vez sem fôlego. Ela reconheceu Anish, Priya, Laxmi, Clifford e o homem que vira pouco antes com o rolo de papéis — a essa altura já abertos numa grande mesa.

Laxmi sorriu. "Fico feliz que tenha podido vir, Eliza."

Ela retribuiu o sorriso, embora não apreciasse a sensação de estar tão exposta, agora que Laxmi e os demais sabiam a seu respeito. Mas ficou feliz ao ver que Chatur não estava no grupo.

"Por que essa alteração repentina?", perguntou Anish, claramente irritado com a mudança de quarto. “Qual é o motivo de tanto mistério?”

“Nenhum”, disse Jay. “Só me dei conta de que os desenhos não caberiam na mesa do meu escritório.”

“E por que a inglesa está aqui?”, perguntou Priya, com a atitude arrogante de sempre.

“Foi ela quem deu a ideia”, disse Laxmi, sorrindo calorosamente para Eliza.

“Você está deixando uma viúva inglesa ditar aquilo que fazemos?”, bufou Priya, desdenhosa. Seguiu-se um fluxo de palavras rápido demais para que Eliza pudesse acompanhar, embora ela tenha conseguido entender em linhas gerais a desaprovação da mulher.

“Até onde me lembro, você também é bastante capaz de ditar uma enorme quantidade de coisas”, retrucou Laxmi, o que Eliza conseguiu compreender.

Intimamente, ela sorriu, sentindo que as duas deviam ter contas a acertar, mas que a palavra final era sempre de Laxmi. Ficou pensando qual seria a fonte da energia daquela mulher.

“Mãe. Priya”, disse Anish. “Vamos deixar de lado nossas diferenças e discutir os projetos.”

O engenheiro deu um passo à frente. “Meu nome é Andrew Sharma. Sou formado em Londres e trabalhei em diversos projetos de irrigação por todo o Império Indiano.”

“Rajputana é diferente de tudo”, disse Anish, num tom monocórdio.

O jovem fez uma reverência. “É verdade, senhor, mas levei isso em conta.”

Anish deu um sorriso altivo. “Como sabe, muitos projetos já fracassaram. Por que o seu seria diferente?”

Uma rajada de vento levou para o quarto as fragrâncias do jardim. Eliza teve a impressão de sentir os aromas do deserto e tentou sorrir para Priya, que apenas ergueu a sobrancelha e fez uma careta antes de virar.

O jovem voltou os olhos para Clifford, que fez sinal para que continuasse. “Com todo o respeito, eles fracassaram sobretudo por terem ignorado a sabedoria da população local. Ao sondar os moradores, descobri exatamente onde os lagos devem ser escavados, qual deve ser sua profundidade e como lidar com os declives das terras do príncipe. Em algum momento vamos poder prosseguir com o represamento do rio, mas por ora é melhor manter a simplicidade. Essas pessoas conhecem muito a respeito dos problemas da terra, e onde é preciso erguer muros para impedir vazamentos. Meus planos levam tudo isso em conta."

"Por que despender todo esse tempo e dinheiro com camponeses?", disse Priya. "Não vejo a utilidade."

Eliza trançou os dedos atrás das costas, enquanto Anish se virava para Jay. "E você está preparado para assumir responsabilidade pelo projeto?"

Jay assentiu. "Estou."

"E se der errado?"

"Não creio nessa hipótese."

"E os ingleses estão dispostos a dar apoio financeiro?", Anish perguntou a Clifford.

"Até certo ponto."

Depois que todos examinaram o projeto detalhado, Clifford pediu para conversar em particular com o marajá. Eliza torceu para que ele insistisse no cancelamento de sua vigia. Em seguida, os demais foram embora; apenas Jay e Eliza ficaram com Laxmi. Jay disse a ela que, embora Anish não tivesse visto o projeto até aquele momento, apostava que daria seu aval.

"No momento, estamos usando escavadeiras antigas, a vapor, ótimas para remover pedras e terra. Mas são máquinas pesadas e complexas, que precisam de três homens para operá-las. Por isso, minha ideia é adquirir uma a diesel, mais simples e barata, assim que tiver condições. Pelo menos os operários já chegaram e a escavação está bem adiantada."

"Tentei convencê-lo a ficar", disse Laxmi, "mas é preciso que o primeiro lago fique pronto antes das chuvas de julho."

"Vai dar tempo, a menos que ocorram imprevistos", acrescentou Jay.

Laxmi estendeu as mãos para Eliza. "Venha aqui, minha querida."

A fotógrafa deu um passo à frente, mas baixou a cabeça, sentindo-se terrivelmente envergonhada. "Peço desculpas..."

"Não precisa se desculpar. Eu entendo."

Eliza ergueu os olhos e tentou sorrir. "De verdade?"

"Vamos esquecer isso. Farei o que puder para convencer as pessoas a permitir que as fotografe. Muitas delas são simples, com pouca ou nenhuma educação fora destes muros, mas, se eu explicar que, na sua cultura, ser viúva é uma coisa bem diferente, talvez compreendam. Eu soube que estava gostando de tirar fotos das concubinas."

"É verdade. Elas são tão simpáticas e divertidas!"

"Verei o que posso fazer."

Jay olhou para ela com um ar de admiração e as narinas ligeiramente infladas. "Estou perdoado, então?"

"Acho que sim."

Ele estendeu a mão. "Bem, agora é hora de deixarmos minha mãe, porque ela precisa fazer suas orações."

Jay e Eliza pegaram uma das escadarias principais que desciam até o salão onde ocorrera o grande *durbar*. Ela lhe perguntou sobre a relação entre Priya e Laxmi.

"Na Índia, as sogras às vezes são muito cruéis", disse ele.

"É o caso de Laxmi?"

"Não, mas ela foi muito maltratada pela minha avó, que a trancava sozinha no quarto durante dias, para escondê-la do meu pai."

"Mas por quê?"

"Para que não o influenciasse. Minha mãe sempre esteve à frente do próprio tempo, mas em nossa cultura a vontade dos pais tem que ser obedecida."

"Mesmo quando eles não têm razão?"

"Sim", disse Jay, com ar grave.

"E não havia nada que seu pai pudesse fazer?"

"Nossa etiqueta exige que o marido seja discreto. Minha mãe tentava agradar a sogra, mas não tinha jeito. Por sorte minha avó morreu cedo, e ela pôde desabrochar."

"Mas isso não explica a relação entre Laxmi e Priya."

"Não. Acho que minha mãe simplesmente não gosta da mulher do meu irmão."

"E talvez não confie nela."

"Pode ser."

Eles caminhavam lentamente, e Eliza ficou em dúvida sobre o que dizer. "A fechadura nova ficou boa", foi tudo em que conseguiu pensar.

Jay sorriu. "Claro que ficou... Olhe, como um pedido de desculpas, aceitaria que eu a levasse à segunda noite da comemoração do Holi, na parte antiga da cidade, no início do mês que vem?"

Eliza ficou surpresa com a forma casual como Jay fizera o convite. "Você tem permissão para entrar na cidade para isso? Achei que fosse obrigado a comemorar o Holi dentro do castelo."

"Costumo dar um jeito de fugir da comemoração aqui, depois que já estou coberto de pó colorido. É um ótimo disfarce. Se puser vestes indianas e colorir um pouco a cara e o cabelo, não vão saber quem é."

Ela refletiu por um instante. "Deve ser divertido."

"Garanto que nunca viu nada igual. Vai tocar seu coração. É um festival para deixar para trás o que já passou."

Era tudo de que ela precisava, pensou.

"Uma celebração da primavera. Tempo de ressurgimento das esperanças", acrescentou Jay.

"Não reconhecem você?"

"Se reconhecem, não importa. Mas ponho roupas velhas e ninguém espera me ver. Na vida, tudo é uma questão de expectativas, não concorda?"

17

Eliza adorava o amanhecer, e até ali não houvera nenhum sinal de sombras fugindo de seus olhos, de sussurros assustadores ou de passos furtivos. Não estava sendo vigiada, o que lhe deu esperança. Ao acordar cedo em busca da luz ideal e sair com sua Rolleiflex, pensou na proposta de Jay de levá-la à comemoração do Holi. Precisava admitir que a ideia a empolgava. Ela inspirou o ar frio da manhã e começou a fotografar os balanços gigantes do pátio. De repente, alguma coisa a assustou. Eliza olhou em volta e ouviu passos leves. De novo não, pensou, largando a câmera. Caminhou até a arcada de onde os passos pareciam vir, seguindo depois por uma passagem curta. Silêncio. Mas alguém estivera ali. Talvez uma das concubinas quisesse falar com ela, mas estivesse muito assustada. O silêncio parecia cada vez maior. Quase em pânico, ela se esforçou para ouvir algo, sem sucesso. Então virou-se e voltou para o pátio, para terminar seu trabalho, mas, ao pegar de novo a câmera, entrou em pânico. A lente estava rachada. Teria soltado a máquina rápido demais e batido a lente? Era altamente improvável, ou teria percebido. Quem poderia ter passado pelo jardim? Ela voltou para seus aposentos, refletindo a respeito.

O tempo tinha esquentado um pouco, mas nem de longe era algo parecido com as temperaturas escaldantes do verão. Eliza sabia que seria quase impossível fugir para a cidade quando viesse o calor mais forte. Preocupada em descobrir o que tinha acontecido com a máquina, ela decidiu tirar o máximo proveito do almoço para o qual Clifford a convidara, pensando em pedir-lhe indicação de onde consertar a câmera.

Ela pôs uma saia de verão rosa-claro, feita de um sedoso crepe da China, e uma blusa com mangas levemente bufantes. A saia marcava sua cintura, e era a peça de seu guarda-roupa que mais realçava suas formas. Ela usava aquela roupa quando queria chamar atenção. Ela pôs um colar de pérolas verdadeiras e, enquanto procurava brincos que combinassem, pensou que seria melhor não contar a Clifford a história do homem que invadira seu quarto, agora que a fechadura havia sido trocada. Provavelmente ele insistiria para que fosse morar com Dottie.

Ao sair, bem no ponto onde um raio de sol desenhava formas no piso de mármore, ela cruzou com Jay.

"Está muito bonita hoje", disse ele, com um largo sorriso. "Essa cor combina com você."

"Vou a um almoço", murmurou Eliza, sentindo-se um pouco exposta.

Ele fez uma mesura. "Divirta-se. A propósito, o projeto de irrigação está avançando de maneira espetacular, mas ainda precisamos finalizar a captação de recursos para terminar o primeiro lago. Do contrário, o que já fizemos vai se perder."

"E vão conseguir?"

Ele inclinou a cabeça de um jeito que não deixava clara a resposta. "Você vai ter que ver para saber."

Ela não podia dizer que preferia mil vezes passar o tempo com ele do que com Clifford, e que toparia ir naquela mesma hora. Ao pensar naquilo, enrubesceu por um breve instante.

"Você fica ainda mais bonita quando está corada", acrescentou Jay.

"Ah, por favor, pare com isso!"

"Talvez fosse bom perguntar a Clifford se ele conseguiu avançar com os patrocinadores e com a permissão para represar o rio. Quando estive em Calcutá, as negociações me pareceram bastante boas, mas desde que voltei não soube de mais nada."

Observando o caminho pela janela do carro, ela continuava chocada com a miséria. Crianças muito franzinas, com enormes olhos negros, seguiam o carro com avidez, provavelmente na esperança de receber alguma coisa quando o veículo chegasse ao destino. A julgar pelos barracos à beira da estrada, era evidente que muitas pessoas não tinham teto. Ela procurou algumas rúpias na bolsa, para distribuir quando saísse do carro. Prestava atenção nos detalhes, como sempre. Era uma fuga, um jeito de lidar com a morte do pai. Eliza conversava em sua mente com ele. Certa vez sua mãe a encontrara no jardim com uma margarida nas mãos, envolvida em um diálogo imaginário. Anna deu-lhe um tapa na mão, e a margarida caiu no chão. Depois disso, Eliza passou a manter as conversas em sua cabeça.

Eliza achava que seria um almoço festivo, com vários convidados. Mais uma vez, porém, descobriu que estaria sozinha com Clifford. Depois de um delicioso prato de frango assado com batatas e legumes ao vapor, Eliza sentou-se, saciada. Embora adorasse os pratos indianos, começava a enjoar de arroz e *dal*.

"E então", disse ele. "Ainda cabe uma torta de maçã?"

"Está tentando me engordar?"

"De jeito nenhum. Acho que você está perfeita assim."

Ela riu. "Você não me chamou aqui para dizer isso."

Ele sorriu. "Não. Só queria que soubesse que recuperou a liberdade."

"Obrigada. Isso é muito importante para mim. Mas agora preciso da sua ajuda com outra coisa."

"O quê?"

"Aconteceu uma coisa esquisita hoje de manhã. Eu me distraí só por alguns segundos e, quando vi, descobri que a lente da minha câmera estava trincada. Tem uma rachadura bem no meio dela. É a máquina que uso para fotos externas."

"Você deve ter dado uma batida sem perceber."

"Não acredito nisso, na verdade... mas onde consigo uma lente nova? Receio que o corpo da Rolleiflex tenha ficado danificado, também."

"Trouxe a câmera consigo?"

"Deixei-a na mesa do salão."

"Vou mandar levá-la para Delhi, mas devo adverti-la de que é melhor não ter pressa." Ele fez uma pausa. "Agora, quero explicar minha ideia. Pense a respeito, por favor."

"Diga."

Ele assentiu. "Bem, como você sabe, tenho feito o melhor possível para conseguir financiamento para o projeto de irrigação do seu príncipe."

"Ele não é *meu* príncipe, Clifford."

"Maneira de falar. O que eu quis dizer é que você poderia fazer algo por mim em troca."

"É claro. Qualquer coisa."

"Gostaria que ficasse de olho vivo e me relatasse qualquer coisa fora do comum que acontecer. Acho que já lhe contei que consideramos Anish um líder fraco e autocomplacente, e que não nos importaríamos de fazer algumas mudanças, se é que me entende."

"Você está me pedindo para espionar?", perguntou Eliza, sem saber como reagir àquele pedido espantoso e receosa de que as acusações de Chatur tivessem um fundo de verdade.

"É claro que não. Só fique de olhos abertos. Se acontecer qualquer coisa que a deixe em dúvida, ou que pareça estranha, compartilhe comigo. Sempre pode dar a desculpa de que precisava vir para entregar chapas ou folhas de contato."

18

MARÇO

O segundo dia de comemoração do Holi chegou. Excitada, mas ao mesmo tempo nervosa com a ideia de sair à noite com Jay, Eliza recordou sua primeira viagem com ele. Parte dela ansiava por percorrer as florestas virgens da cordilheira Aravalli, contemplando os grous voando baixo e os imensos pelicanos brancos decolando da beira d'água. O pedido de Clifford a incomodara, e Jay era agora a única pessoa em quem ainda confiava.

Naquela noite, quando chegou para a festa no castelo, Eliza percorreu o pátio com os olhos até encontrá-lo ao lado de um rapaz. Supôs que fosse seu irmão mais moço, que ainda não conhecia. Depois de mais ou menos uma hora, Jay aproximou-se, enrolado numa manta listrada de lã. Ele cochichou no ouvido dela e os dois se esgueiraram para fora do jardim, entrando em outra passagem desconhecida para Eliza. Imensamente aliviada por sair da atmosfera opressiva do castelo, ela respirou de maneira mais livre.

"Aquele era seu irmão?", perguntou.

"É. Ele estuda na Inglaterra, mas retornou para uma breve visita. É importante que não fique inglês demais, mas a viagem é longa, e ele não vem com a frequência que deveria." Jay fez uma pausa. "Bom, ninguém, a não ser a família, conhece esta saída. Segure minha mão. Receio que terá que segurá-la com força. Está bem escuro."

Ela riu. “Que honra.”

Eles caminharam lentamente, e alguma coisa no fato de estar no escuro com ele soltou sua língua. “Uma vez você me perguntou se eu acreditava em destino. Por quê?”

“É uma longa história. Um dia eu lhe conto.”

“Conte-me agora. Por favor.”

Num trecho em que o túnel era tão estreito que só uma pessoa passava por vez, ela sentiu o cheiro da terra úmida e da folhagem, e ouviu um leve gotejar de água. “É um rio subterrâneo”, disse ele, esticando o braço para trás para segurar a outra mão dela. Seus dedos apertavam os de Eliza com força. Eles pararam de andar.

“Você me contou sobre seu pai e a bomba que foi jogada naquele dia em Delhi.”

“Sim”, disse ela, ouvindo o zumbido dos insetos e tentando adivinhar o que Jay estava por dizer.

“Você se lembra de um menino indiano naquele dia?”

Ela pensou um pouco. “Acho que sim. Lá embaixo?”

“Ele ajudou você a se levantar.”

“Sim, acho que lembro.”

“Foi uma coisa terrível o que aconteceu, mas nunca esqueci a menina inglesa. Nunca esqueci você. Eu era o menino indiano.”

Aquilo parecia inacreditável. Eliza ficou feliz que ele não pudesse enxergar as lágrimas surgindo em seus olhos. Ela apertou sua mão com muita força. Embora estivesse escuro, alguma coisa inexplicável ocorreu entre eles. Os dois ficaram daquele jeito por alguns minutos, e uma sensação extraordinária de paz a inundou. Saber que ele estava lá, que compartilhara o exato instante em que ela perdera o pai, pareceu liberar alguma coisa dentro de Eliza. Ela não sabia como explicar, mas não ter estado, no fim das contas, tão solitária naqueles instantes terríveis lhe dava a sensação de poder sair da sombra da morte do pai, onde vivia. Eliza prendeu a respiração, deixando que o sentimento novo, o que quer que fosse, tomasse conta de si. Não queria se mexer nunca mais, mas fazia frio no túnel. Quando ela começou a tremer, os dois retomaram a caminhada.

“Eu estava na procissão com minha mãe”, disse ele, “num *houdah*, em cima de um dos elefantes. Desci quando ocorreu a explosão.”

"Você sabia quem eu era o tempo todo? Desde que cheguei aqui, quero dizer."

"Não de imediato, mas você me contou que tinha morado em Delhi, e eu lembrei o nome do homem que havia morrido. Depois de pesquisar um pouco, imaginei que poderia ser você."

"Por que não me disse, quando lhe contei sobre a bomba?", perguntou ela.

"Tinha a sensação de que não a conhecia o bastante. Preocupava-me como isso poderia afetá-la."

"Fico feliz que tenha me contado agora. É muito importante para mim. Estou muito agradecida."

A saída do castelo ficava escondida atrás de uma porta pesada de madeira, que rangeu quando ele a destrancou. "Cuidado com os espinhos", disse Jay enquanto saíam. Em seguida, à medida que abriam caminho rumo à cidade antiga, ele lhe deu sua manta e pediu que cobrisse a cabeça e o máximo possível do rosto. Àquela altura, porém, ela estava tão coberta do pó colorido que ninguém seria capaz de dizer que não era um deles. Na festa do castelo, nada a havia preparado para o que estava por acontecer ali, na cidade.

Era a noite que antecedia a lua cheia: por toda parte, fogueiras queimavam folhas e galhos secos do inverno, e multidões enchiam as ruas e praças. Mas era o feitiço da percussão que fazia seu sangue bater; o ritmo se infiltrava por entre o povo, que dançava e continuava a atirar pó colorido. As nuvens de pó iluminavam o ar: vermelho, azul, verde e amarelo se misturavam, voando em sopros imensos e flutuando em meio a todos. Era como se os céus tivessem aberto a caixa de lápis e esvaziado suas cores sobre o mundo abaixo. Todo aquele ruído impossibilitava qualquer conversa, mas Jay segurou sua mão com força, e ela sabia que ele não ia largá-la. Eliza tocou o próprio rosto e, quando olhou para os dedos, viu que estavam azuis. Havia pó em seu cabelo, nos cílios e na boca, e foi um alívio para ela quando pessoas nas varandas superiores das casas na beira da rua começaram a aspergir água com longas mangueiras. Mas a água servia apenas para congelar a tinta. Se Eliza não estivesse com Jay, aquela noite louca e exótica teria sido demais para ela. Mas, com ele, havia apenas breves momentos de tensão, quando o caos e o barulho ameaçavam esmagar sua sensibilidade britânica. A cidade inteira parecia rodopiar, descontrolada; mesmo assim, era a celebração mais perfeita da vida que ela já vira, e por fim ela se rendeu. Jay estava em seu habitat, rindo ao fugir da água e do pó, enquanto ela, indefesa, jogava a cabeça para trás para rir também.

Pouco depois, Jay puxou-a para uma viela fora do caminho. Eliza levou um susto ao ver as pessoas se dispersando em todas as direções, enquanto rajaputes galopavam velozmente, atravessando nuvens coloridas de rosa e vermelho, e atirando ainda mais pó sobre a multidão. Ela estava plenamente ciente da proximidade de Jay. Quando ele parou de se mexer, Eliza notou que seu próprio coração batia acelerado demais. Jay a envolveu com os dois braços e ela não pensou em nada, apenas se aninhou nele. O príncipe continuou a abraçá-la com força. O calor de seu corpo era ao mesmo tempo tão assustador e tão prazeroso que ela desejou que nunca mais a soltasse. Quando ele se afastou ligeiramente e levantou um pouco o queixo de Eliza, ela viu de imediato seus olhos cor de âmbar.

"Faz tempo que espero que você entenda como me sinto."

Ela mal conseguia respirar. A impressão era de que seu coração batia na garganta, e não no peito. Quando ele a beijou suavemente, Eliza nem soube o que pensar. O beijo ficou cada vez mais intenso; com a mão esquerda, ele sustentava sua nuca. Eliza teve a impressão de que o mundo inteiro rodava. Quando acabou, esforçou-se para encontrar o que dizer, mas desistiu. Não importava. Naquela hora, palavras não tinham importância. Era uma noite de sensações. Sob a luz de um lampião, fitou a curva de seus lábios e sua pele morena, e estendeu a mão para tocar o rosto dele. Sua pele era mais macia do que imaginara, lembrando vagamente o sândalo ou o cedro, mas o que a espantou foi a palidez da própria mão, em contraste com sua tez escura.

Ouviu-se um grande alarido, então Eliza compreendeu que alguma coisa em torno deles havia mudado. Ele sorriu ao tirar a mão dela do próprio rosto.

"Você precisa ver isto."

Eles estavam de costas para um prédio quando elefantes pintados em cores brilhantes, com ornamentos bordados na cabeça, passaram pesadamente pelo meio da rua, com sinos tilintando cada vez que erguiam uma das enormes patas. Seus condutores seguravam imensos guarda-sóis, sentados em tapetes bordados em ouro.

"Não acredito que seja possível não ter nenhuma tristeza na vida", disse Jay depois que os elefantes passaram, "mas está pronta para dizer adeus ao passado?"

Deitada na cama olhando a chegada do amanhecer, Eliza repassou cada detalhe daquela noite. Concentrou-se nos belos olhos cor de âmbar de Jay e na forma como o Holi a embriagara. Com Oliver, ela nunca tinha se sentido daquela maneira. Na verdade, pensando em tudo aquilo, mal conseguia lembrar como era com ele. Só imaginava os braços de Jay envolvendo-a. Seu corpo inteiro despertava à medida que a sensação tomava conta de si. Ela se virou de bruços, desejando sentir as mãos dele sobre sua pele, e apertou-se com força contra o colchão. O desejo era quase insuportável. Pensou, então, no que Jay lhe dissera. Estaria pronta para deixar o passado para trás? Parte dela ansiava por aquilo, mas logo depois ela se lembrou do que ele lhe contara sobre o dia da morte de seu pai. Eliza acreditava no destino como uma fórmula predeterminada para a vida? Não. Mas tinha de reconhecer que era extraordinário que ele tivesse estado presente, tantos anos atrás, no momento mais chocante de toda a sua vida. Agora que Jay estava ali, ela se esforçava para não ficar pensando demais no futuro. Só que sua cabeça ainda estava repleta de imagens, pulando de uma cena para outra, e Eliza não conseguia evitar projetar a si mesma numa espécie de futuro idealizado. Com ele. Evidentemente, era impossível. Ela sabia, o que não a impedia de mergulhar numa espécie de devaneio esperançoso.

Eliza tentou convencer a si mesma a afastar aqueles sentimentos, atribuindo-os ao encanto do Holi. Mas Jay havia tocado sua alma, e não havia argumento que pudesse enfraquecer o sentimento de conexão com ele. Era um pouco como voltar para casa, só que não para um lugar, e sim para uma pessoa...

No dia seguinte, uma criada chegou com um envelope. Assim que o abriu, Eliza viu que era um bilhete de Jay. Dizia que tinha apreciado muito a companhia dela e que esperava revê-la muito em breve. Também afirmava que ela nunca estivera tão bonita quanto coberta de pó colorido. Horas depois, quando foi convocada por Laxmi, ela receou que, de alguma forma, os acontecimentos da véspera tivessem vazado. Talvez Chatur estivesse espionando, direta ou indiretamente. Odiou a ideia de ter todos os seus movimentos vigiados, e a sensação limitadora de não saber onde se esconder. Laxmi não ia gostar do fato de que saíra pela cidade com Jay, muito menos do beijo. Ela sabia que fazia alguns anos que a mulher tentava arranjar um casamento para ele, com a esperança de uma aliança sólida com outra família real — não de Rajputana, o que aparentemente era proibido, mas de algum outro lugar do Império Indiano.

Eliza adotou uma postura resoluta enquanto caminhava para os aposentos de Laxmi. Para chegar lá, tinha que passar por quatro corredores diferentes, que costumavam ser policiados por eunucos. Eliza sabia que, por tradição, eles eram os guardiões da castidade das mulheres, ajudando a manter a marani isolada. Mas os apartamentos interiores eram sempre guardados por duas mulheres. Eliza fez sinal para elas e bateu levemente à porta. A própria Laxmi foi abri-la, e a fotógrafa ficou aliviada por ver a dama sorrir calorosamente. Talvez não tivesse ficado sabendo do que ocorrera.

"Quer um refresco?", a mulher perguntou. Ela era digna e altiva ao mesmo tempo que gentil e generosa. Como sempre, estava sendo simpática, com olhos amistosos, e os pés de galinha nos cantos eram o único sinal de envelhecimento na pele lisa de seu rosto.

Eliza pediu água.

Naquele dia, Laxmi parecia uma rainha, vestida com uma mistura de tons azuis e verdes com toques de prata. Sempre que estava em sua presença, Eliza tinha a impressão de que ela própria se sentava mais ereta. Talvez fosse por causa da grandeza das paredes, que exibiam mosaicos de vidro colorido, ou dos anjos alados pintados no teto.

"Ouvi dizer que você foi à cidade antiga para a comemoração do Holi."

Eliza tomou um gole e descansou o copo, derramando água na bela mesa de madrepérola. "Ah, mil desculpas, vou..."

Laxmi fez um gesto, dispensando o pedido de desculpas, e tocou um sinete de prata. "Sahili vai cuidar disso. Ela é muito cuidadosa. Veio trabalhar comigo quando eu era criança."

"É mesmo?"

"Ela era parte do meu dote. Veja bem, minha querida, não me oponho a que passe o tempo com meu filho. Espero que compreenda isso. Inclusive, fui eu quem sugeri que ele a levasse à feira de camelos e ao vilarejo."

Era verdade. Laxmi os tinha aproximado, embora talvez sem se dar conta do que poderia acontecer. Desejaria separá-los se soubesse de tudo?

"Ele passou muito tempo estudando na Inglaterra. Parecia entediado, e supus que um pouco de companhia inglesa lhe faria bem."

Laxmi usou um tom reconfortante, mas Eliza prendeu a respiração.

"Mas ele nunca terá condições de lhe oferecer nada mais que amizade. Compreende isso, Eliza?"

A respiração dela ficou mais curta, diante da segurança por trás do questionamento sutil de Laxmi. "Sim, é claro."

"Não só pelo fato de você ser inglesa. No passado houve muitos matrimônios entre a realeza indiana e a aristocracia europeia, ou até com a plebe. As esposas eram reconhecidas como legítimas, e os filhos como legítimos herdeiros. Então Lord Curzon sancionou uma lei pela qual nenhum filho de governante indiano com esposa europeia poderia ser aspirante ao trono."

"Eu não sabia disso."

"Jay terá que ocupar o trono se acontecer alguma coisa com Anish. Ele não tem filhos. Um reino sem herdeiro fica exposto à ocupação inglesa. Mas também há uma questão maior. Não é pelo fato de você ser inglesa, tampouco pelo fato de seus filhos não poderem herdar o título."

Eliza franziu a testa. "Não sei se entendi o que a senhora quer dizer."

"Ele não pode desposar uma viúva. A não ser que seja esposa de seu antecessor."

Por um instante, Eliza não conseguiu pensar no que dizer. "Não estou procurando um marido, Laxmi. Juro." Ela tentou afastar Jay de seus pensamentos.

"Isso é bom. Só não quero que alimente esperanças, sofra ou acabe virando pouco mais que uma concubina, talvez uma segunda ou terceira esposa, escondida do mundo. Espero que compreenda. O casamento, aqui, não é um assunto romântico. É uma questão complicada de como montar uma estratégia que melhore a sorte e a condição das duas famílias."

Fez-se um breve silêncio.

"Ouso dizer que você ficará feliz em ir embora depois dos problemas com Chatur. Sim, estou sabendo disso também... Talvez seja melhor partir antes das chuvas, em vez de ficar o ano inteiro", acrescentou Laxmi.

O último comentário atingiu Eliza com força, deixando-a atônita. Ela fitou o rosto inteligente de Laxmi, pensando qual seria a intenção da mulher. Sempre pretendera ficar até depois do início das chuvas. Não queria apenas fotografar o estágio inicial do projeto de Jay, mas também registrar as monções propriamente ditas. Todos falavam a respeito num tom tão reverente que ela queria ver com os próprios olhos. Jay recomendara que visse as nuvens se formando sobre Udaipore, a cidade dos lagos.

Eliza fez que sim com a cabeça, mas não respondeu de imediato. Parecia cedo demais. Ir embora não estava em seus planos. Clifford havia organizado tudo para um ano.

"Reconheço que gosto de Jay", ela disse, depois de alguns instantes, "mas a senhora não tem nada a temer quanto às minhas expectativas. E preciso ficar aqui para as chuvas e o início do outono."

"Assim seja, mas permita-me explicar um pouco mais, para que entenda plenamente. Estou pensando no seu bem, minha querida. O arranjo prévio exige que a marani tenha um status mais alto que uma rani. A marani tem um apartamento luxuoso, faz refeições com talheres de ouro, veste-se com as melhores roupas e é coberta de joias.

A rani, seja ela a segunda, terceira, quarta esposa ou o que for, terá apenas um quarto para chamar de seu e talvez um pequeno séquito. A concubina sequer terá um quarto para si. Como vê, status é tudo."

"Como eu disse, não alimento expectativas em relação a seu filho", Eliza respondeu de maneira um tanto abrupta.

Laxmi aprovou com a cabeça. "As mulheres de cultura europeia nunca são inteiramente aceitas pelo nosso povo. A relação com nossos governados é muito especial e específica. As pessoas comuns nunca aceitariam uma viúva, entenda."

Houve um silêncio curto. Eliza não sabia o que dizer para convencer Laxmi de que Jay estava a salvo dela.

"De qualquer forma, folgo em comunicar que consultei oráculos e sacerdotes diversos e ao que tudo indica encontrei um par promissor para meu filho. Uma moça maravilhosa, de uma família real, com um dote considerável. Espero que possam se unir muito em breve."

Laxmi falava animada, sorrindo de orelha a orelha. Eliza lutava para disfarçar seu espanto. Jay saberia? Teria concordado com aquilo? Era como se o destino tivesse ficado congelado acima dela, prestes a lançar seu castigo por aquele beijo. Ela teve vontade de sair rastejando para lamber as próprias feridas.

"Acredito que conhecemos uma à outra agora. Em todos os palácios e castelos existe um hábito renitente de espionagem. Nada se ignora, minha querida. Nada. Eu teria falado antes, mas não queria interferir enquanto não houvesse nada com que me preocupar."

"E a senhora acha que passou a haver, mesmo ele estando prestes a ficar noivo?"

"Conheço meu filho." Laxmi fez uma pausa, parecendo recear.

Eliza queria estar longe dali. Onde, não importava, desde que pudesse encontrar algum consolo e a oportunidade de acalmar o caos em sua cabeça.

"Para a mulher, pode ser complicado, você sabe. No passado, quando se descobria que uma rani ou uma concubina estava tendo um caso com outro homem, aplicava-se a pena de morte. Usávamos o medo e o respeito para governar. Mulher nenhuma no palácio ousaria mostrar o rosto a um homem que não fosse seu marido."

"E a senhora concordava com essas coisas?"

"Não diria isso. Acredito, porém, no dever da esposa de defender o casamento e a família."

"Mesmo quando o marido a trai?"

Ela riu. "Maridos sempre tiveram esposas e concubinas. O meu, por exemplo, teve trezentas. *Traições*, como você chama, faziam parte do jogo."

"E não acha que era uma desigualdade?"

"Tudo o que acho é: se a mulher não defender o casamento e a família, quem vai fazê-lo? Para nós, é diferente."

"Pouco tempo atrás, fiquei sabendo que meu pai tinha uma amante. Isso devastou minha mãe." Era a primeira vez que Eliza tocava no assunto. Na verdade, era a primeira vez que se permitia até mesmo cogitar a veracidade da acusação da mãe. Mas havia alguma coisa em Laxmi que instigava confissões.

"Homens serão sempre homens, minha querida, então é melhor arranjar um jeito de lidar com isso, não acha? Para evitar surpresas desagradáveis."

"A senhora não tem os homens em alta conta."

"Pelo contrário."

"E quanto ao ciúme? É da natureza humana."

"Muitas ranis e concubinas eram, e ainda são, boas amigas, mas é claro que há e havia ciúme."

"E o que acontece nesse caso?"

"Muitas vezes, eles terminam em envenenamento."

19

O humor de Eliza havia mudado radicalmente desde sua conversa com Laxmi. Como tinha sido tola de se deixar levar por um romantismo tão sem futuro. Decidira que sua relação com Jay ficaria restrita às ocasiões formais. Quando passou por ele naquele dia, limitou-se a inclinar a cabeça e subir apressada a escadaria. Nem se deteve para ver sua reação. Ao chegar ao quarto, fechou a porta, sentindo o coração bater forte. Estava sem fôlego, embora não tivesse corrido. Pensando no que fizera, porém, concluiu que, por trás da dignidade de Laxmi, havia uma disposição de ferro.

Talvez a mulher tivesse razão. Talvez a melhor coisa a fazer fosse acelerar o máximo possível aquele projeto. Ficar seis meses em Juraipore e depois abandonar o castelo de uma vez por todas. Dottie concordaria, não havia dúvida. Ela tiraria só mais algumas fotos da família real e outras na cidade antiga, embora aquilo exigisse a Sanderson.

Clifford havia organizado um piquenique à beira do lago, bem perto da cidade, e então ela lhe falaria de seu desejo de acelerar as coisas. O projeto de irrigação de Jay teria de seguir em frente sem a ajuda dela.

Nada que é bom dura para sempre, pensou Eliza, considerando a época em que ela e a mãe tinham deixado a Índia para morar na residência de James Langton, em Gloucestershire. Ela chegou a pensar que Langton apreciava sua presença ali, mas pouco tempo depois foi mandada para o internato, ficando para sempre com a impressão de que só queria tirá-la da sua frente.

Ao pensar no piquenique de Clifford, outra memória veio à sua mente. Ela recordou o que havia acontecido logo antes de ser mandada embora.

A única ocasião em que James Langton acompanhara Eliza e Anna num pequeno passeio, os três caminharam por campos banhados pelo sol levando uma cesta de piquenique. Era o início da primavera, e Eliza estava se sentindo muito feliz com a companhia dele, tão rara. Mas Langton não gostara das empadinhas de frango que sua mãe preparara. Quando se sentara sem querer em estrume de vaca, Eliza caíra na risada. Ele a segurara pelo cotovelo, levantou-a da toalha onde estava sentada e deu-lhe um tapa forte. Eliza devia estar com quase treze anos, e o episódio fora profundamente humilhante. Ela voltara correndo para casa, chorando por todo o caminho. Uma hora mais tarde, Anna chegara em casa, com os cabelos despenteados e a blusa abotoada de qualquer jeito. Quando mais precisara do amor e do conforto maternos, Anna tomara partido de Langton, numa traição dolorosa.

Eliza não estava com cabeça para piqueniques, mas pôs um vestido campestre verde bem claro e um chapéu de palha de aba larga. Vários conhecidos de Clifford estariam presentes, e ela se preparou mentalmente para uma tarde jogando conversa fora. Podia-se acusar os habitantes do palácio de tudo, menos de jogar conversa fora.

Para sua surpresa, não foi como as coisas se deram.

O local do piquenique não podia ser mais impressionante. Criados tiraram poltronas, uma mesa, ventiladores e enormes guarda-sóis de carroças e carretas. Tudo foi disposto de frente para um lago que brilhava sob o sol da tarde. Garças, pelicanos e cegonhas revoavam nas margens; na água havia até patos, e as árvores na beira do lago estavam repletas de pássaros cantando. Ao longe, as colinas circundantes tinham um tom azul. Era como se Clifford tivesse pensado em tudo, sem medir despesas. Julian Hopkins e Dottie estavam simpáticos como sempre, embora Eliza tivesse sentido um pouco de remorso ao abraçar a amiga. Prometera a si mesma visitá-la, mas havia algum tempo que não o fazia.

"Não está calor demais para você?", perguntou Clifford, apontando para uma cadeira sob um dos guarda-sóis. "Poderíamos ter descido até a beira do lago, mas aqui o ar está mais fresco. Espero que goste, Eliza."

"É lindo", disse ela, observando os pássaros que se agrupavam à beira d'água. "Gostaria de tirar algumas fotos depois do almoço, no final da tarde, quando o sol estiver mais baixo. Essa luz me agrada."

Os demais ficaram conversando amavelmente enquanto a mesa era posta, com toalha de linho branquíssimo e talheres de prata. Havia até mesmo duas tendas que pareciam feitas de seda, com teto de musselina e que davam para o rio.

"São *kanats*", disse Clifford, ao perceber que Eliza as observava. "Perfeitas para descansar depois de um longo almoço."

Ela levantou e foi dar uma olhada numa delas. Dentro, havia uma pilha alta de almofadas de cetim, ao lado da qual se instalaram três músicos. O ar fresco e surpreendentemente frio fez Eliza ter vontade de relaxar um pouco. No entanto, só conseguia pensar em Jay. O que acontecera na noite do Holi a deixara abalada e tensa. Ela não estava lá à procura de amor, e é claro que não se tratava daquilo. Mas o que era, então? Desejo? O que haveria de mais profundo, ligando um ao outro? Eliza ficou imóvel, pensando naquilo diante do lago, olhando sem ver. Certa vez, ele lhe dissera que o sofrimento os unia, embora tivesse incluído Indira na afirmação.

"E então?", perguntou Clifford. "O que acha?"

"Perdão?"

"Não estava escutando?"

"Desculpe, estava a quilômetros daqui." Ela gesticulou vagamente na direção da paisagem. "É tão bonito."

"Eu estava dizendo que precisamos visitar o palácio no lago de Udaipore. É o lugar mais romântico do mundo, principalmente na estação de chuvas."

"Um lugar para se apaixonar, hein, Clifford?", brincou um dos homens, cutucando outro.

Os dois outros homens que estavam numa rodinha eram militares, de um quartel bem ao sul. A mulher de um deles, que o acompanhava naquele dia, conhecia Clifford desde a infância. Tinham ido visitá-lo a caminho do Punjab, onde a irmã dela ia se casar.

"Deve ser bom estar de novo na companhia da sua gente, srta. Fraser", disse o mais jovem dos homens.

Incomodada com a ideia, Eliza apenas assentiu.

A mulher, que se chamava Gloria Whitstable, manifestou-se. "Não sei como você aguenta. Não consegui dormir uma noite sequer nesses castelos lúgubres. Fico achando que vou ser assassinada na cama."

"Na verdade", disse Eliza, sentindo a irritação crescer dentro dela, "até gostei. E ainda vou passar mais tempo lá."

"Tenho certeza de que deve ser fascinante", interveio Dottie, provocando um sorriso em Eliza.

"Tenho novidades", disse Clifford, subitamente.

"Hein?"

"Pediram-me para consultá-la sobre a possibilidade de subir até Shimla para realizar um projeto de curta duração. A oferta é boa, e você não aguentaria o calor aqui. Para ser franco, não há lugar melhor para ir do que Shimla. E lá você não teria que conviver com os indianos. Só precisaria registrar ingleses se divertindo. Você sabe: as festas de verão, as peças de teatro amador, o clube, esse tipo de coisa."

Embora estivesse cogitando perguntar a Clifford se podia encerrar mais cedo o projeto em andamento, Eliza sentiu uma pontada no coração.

"Ah, vamos sentir sua falta", disse Dottie. "Embora Shimla seja mesmo maravilhoso. Estou até com inveja."

Eliza sentiu ainda mais culpa ao lembrar a solidão que Dottie parecia sentir. Diante do silêncio dela, Clifford ficou um pouco magoado. "Agradecer não dói, Eliza. Você vai ficar menos sozinha, e posso passar por lá se encontrar tempo."

Ela ainda não sabia o que dizer. Evidentemente, seria uma forma de fugir de sua missão atual, mas não veria Jay, e a consciência da profundidade de seu sentimento a fez balançar. Era mais fácil pensar casualmente na ideia de ir embora do que encarar uma possibilidade concreta.

"Eliza?"

"Desculpe. Eu só estava pensando."

"Não imaginava que tivesse que pensar tanto. É uma oportunidade extraordinária."

"Mas ainda tenho meses pela frente aqui."

Ele deu de ombros.

"Na sua cabeça, seria mesmo um ano, Clifford?"

"Claro que sim. Só que apareceu isso."

"Bem, você se importa se eu pensar mais um pouco? Minha câmera ainda não voltou de Delhi, e eu não gostaria de deixar passar alguma coisa indispensável para o arquivo."

"Tenho certeza disso, mas fique ciente de que precisam de uma resposta até o fim da semana. Do contrário, vão procurar outra pessoa. E não há problema se retornar em setembro."

"Você terá sua resposta. Desculpe por bancar a difícil."

"Imagine. Eu compreendo."

Mas ficou claro, pelo olhar levemente incomodado em seu rosto, que Clifford não compreendia. Eliza guardou para si seus pensamentos, pouco disposta a explicá-los, ignorando o olhar dele. Na hora em que a suntuosa refeição foi servida, ela estava sem fome. Enquanto enrolava com a comida, torcia para que Clifford não pedisse que descansasse na tenda com ele.

"Aliás", disse ele, pigarreando de leve, "tem havido alguns problemas com o financiamento do projeto de irrigação."

"Pensei que tivesse dito que o dinheiro estava garantido."

Ele fez que não. "Achei que estivesse, mas não prometi nada."

"Jay tem que terminar a primeira etapa até julho, quando começam as chuvas, ou todo o trabalho terá sido em vão. As monções vão arrasar as margens se as fundações não estiverem prontas."

"Lamento. Fiz o melhor que pude."

"Então não há dinheiro?"

Ele deu de ombros novamente.

"Clifford, isto é terrível. Seria muito importante para a população."

"Para a população ou para você, Eliza?" Ele a observava fixamente, e ela sentiu que era quase impossível disfarçar o que realmente estava sentindo.

Clifford inclinou-se na direção dela, falando baixo. "Está passando por algum tipo de problema? Afeiçoou-se àquele sujeito? Seria totalmente inadequado."

O tom peremptório a fez vacilar. "Claro que não", disse Eliza, recuando e tentando adotar um ar indignado.

"Ainda bem. Ele não poderia lhe fazer nenhum bem. E minha proposta continua de pé."

"Você se refere a Shimla ou..."

"As duas coisas. Você vai ver que eu não desisto com facilidade", ele acrescentou, num tom assertivo. "E, caso você me faça feliz, eu a farei feliz, se é que me entende. E nunca se sabe..." Ele fez uma pausa, como se refletisse. "O financiamento do projeto de irrigação pode aparecer, no fim das contas."

20

Quando Eliza voltou ao castelo, já era quase noite, e ela estava de péssimo humor. As insinuações por trás das palavras de Clifford não lhe haviam escapado. O que ele dissera a deixara furiosa, mas teve que esquecer tudo assim que percebeu que havia algo acontecendo. Ela deixou de lado seus pensamentos ao ver as pessoas correndo de um lado para o outro, atravessando os jardins com o semblante sério. Ninguém prestava atenção nela. Estava decidida a fugir para o quarto para refletir sobre Shimla quando avistou Indira sob uma das arcadas sustentadas por colunas. A moça acenou e Eliza se aproximou.

"O que está acontecendo?", perguntou.

"Anish está doente."

"É grave?"

"Acho que sim. Ele está sendo acompanhado por médicos e astrólogos."

"Sabe o que ele tem?"

A moça fez que não, mas Eliza teve a clara de impressão de que havia alguma coisa a incomodando.

"Ele vai ficar bom?"

Indira sacudiu novamente a cabeça. "Ninguém sabe. O problema é que, se acontecer alguma coisa com Anish, Jay vai ter que assumir, e Chatur vai fazer de tudo para impedir isso."

"Por quê?"

“Porque Jay é um modernizador. E Chatur é o contrário. Não vai aceitar outro ponto de vista. Ele consegue manipular Anish para seus próprios fins, mas não poderia fazer o mesmo com Jay. Acho que já faz algum tempo que Chatur está preocupado com a saúde do marajá, mas vem escondendo isso da gente.”

Eliza foi embora, um pouco inquieta com o que Indira lhe dissera. Talvez a preocupação se devesse à referência de Laxmi a envenenamentos. Como a doença de Anish não tinha nenhuma relação com ela, decidiu não se meter e passar o resto da noite trabalhando na câmara escura.

Mas ela não conseguia impedir a cabeça de rodar. Tinha tentado cumprir as expectativas, primeiro enquanto filha e depois enquanto esposa, mas fracassara duplamente. Tinha feito o melhor possível para ser amorosa com Oliver: cozinhava para ele, cuidava do pequeno apartamento e tentava corresponder às suas investidas, embora geralmente acabassem em frustração para ambos. Ele era o único homem com quem Eliza estivera. No início, ela culpara a si mesma e à sua inexperiência, mas depois tivera um importante aliado: os livros. Sempre gostara de ler, e passara grande parte da infância com um livro colado ao nariz. Por isso, lendo a respeito do sexo e descobrindo coisas que a faziam corar cada vez mais, deu-se conta aos poucos de que Oliver não era, nem de longe, um amante carinhoso. Parecia que a expectativa dele era que Eliza abrisse as pernas sempre que pedisse e o aceitasse dentro de si. E, se não o fizesse, pior para ela. Era simples assim, e ela teve que se esforçar para não o odiar. Fora numa daquelas ocasiões que, num acesso de raiva, ele dissera que ela era frígida e assexuada. Em represália, Eliza jogara pela janela a aliança e lhe dissera que almejava uma carreira. No dia seguinte, tentara fazer as pazes, decorando com flores a mesa do jantar, colocando seu vestido mais bonito e aplicando perfume atrás das orelhas. Não dera certo, e ela acabara dizendo sem pensar que queria ser fotógrafa, e não importava a opinião dele. Ele saíra, batendo a porta, e fora a última vez que o vira com vida. Embora se desse conta agora de que nunca o amara, sua morte ainda a deixava triste.

Aos poucos, Eliza foi se acalmando. O silêncio total da câmara escura lhe propiciava tempo e espaço para refletir; também a reconfortava, como se o derramar mecânico das misturas químicas aplainasse as arestas em sua mente. Mas, deixando de lado a fotografia, ela tinha que encarar a realidade de que não podia oferecer nada a um homem. De que adiantava saber retratar uma pessoa como ela realmente era? De que adiantava o talento para deixar alguém à vontade para tirar um retrato mais natural? Como esposa, ela fora um desastre, e certamente não tinha vontade de se casar de novo, se aquilo representava desperdiçar a própria vida cuidando de alguém que deveria ser capaz de cuidar de si mesmo. Era evidente que Jay ia querer uma esposa subserviente, e portanto não poderia ter o menor interesse nela; estava destinado a um tipo de vida completamente diferente. Tinha sido apenas um beijo, afinal de contas, e ele devia ter beijado incontáveis mulheres. Ela sentira fascínio por Jay, nada além daquilo. Então, tentou convencer a si mesma de que não importava.

Mas Clifford a decepcionara. Ele tinha prometido ajudar no financiamento do projeto de irrigação e agora Jay ia se decepcionar. Laxmi já havia penhorado parte das joias da família para pagar o engenheiro, contratar o maquinário e dar início à construção. Seria um desastre se tudo fosse interrompido. Todos contavam com o aval de Clifford, e o fato era que ele insinuara que ainda poderia arranjar o financiamento caso lhe desse o que queria. Mas ela jamais faria aquilo.

Quando Jay apareceu em seu quarto naquela mesma noite, Eliza deixou-o entrar depois de examinar o corredor de cima a baixo. Nas mãos, ele agitava um jornal.

"Viu isso?" Ele batia no papel com o dedo. "Seu querido Winston Churchill chamou Gandhi de 'faquir seminu'."

Eliza ficou perplexa.

"Gandhi entrou na residência do vice-rei vestindo apenas um pedaço de pano. Os ingleses não gostaram dessa parte." Jay começou falando com raiva, mas depois fez uma pausa. "Pensando bem, é até engraçado. Pena que você não estava lá para tirar uma fotografia. Teria ficado rica."

"Imagino."

Ele franziu a testa e coçou a cabeça. "Alguma coisa errada? Desculpe por ser esta a primeira ocasião que tive para falar com você."

"Como está seu irmão?", perguntou Eliza, com a garganta seca, lutando para se situar em meio a um nó de sentimentos contraditórios, ao mesmo tempo morrendo de vontade de desfrutar de cada momento ao lado dele e sabendo que não era possível. Sua própria voz soava estranha. A intimidade entre os dois simplesmente desaparecera.

Jay fez uma careta, e ela não conseguiu discernir o que ele estava pensando ou sentindo.

"Ele está bem, ou vai ficar. Provavelmente é uma crise de indigestão."

"Indi parecia preocupada."

"É mesmo?" Ele fez uma pausa e atravessou o quarto para sentar-se numa poltrona. Ela desejou ser mais corajosa, mas sempre havia o medo de rejeição, de falar demais, de sofrer. Melhor manter a guarda alta. "Mas não vim aqui falar dela, nem do meu irmão."

Eliza olhou para as mãos dele e as imaginou na própria nuca durante o beijo. "Veio falar do que, então?" Ela se esforçou para que a voz não acusasse vulnerabilidade, mas teve a impressão de que ele percebeu mesmo assim.

"Fiquei pensando no que aconteceu na noite do Holi."

"Eu também", disse ela, envergonhada com a própria falta de fibra, mas aliviada por ter sido ele quem tocara no assunto.

Jay suspirou. "Fale-me de você."

Ela ficou surpresa. "Falar o quê?"

"Sempre tem alguma coisa que a reprime, não é? Percebi desde o princípio. Sei que aqui não é seu lugar, mas fiquei pensando se existe algum lugar que seja."

Ele falou num tom suave, o mesmo que usara no dia em que lhe contara que estivera ao seu lado na morte do pai. Eliza se atirou no sofá, depois sentou-se curvada, olhando para os próprios pés.

"Às vezes, é preciso correr alguns riscos."

Ela o fitou por um tempo, depois desviou o olhar. "Corri um risco vindo até aqui."

"Estou falando do seu coração." Ele fez uma pausa. "Eliza, olhe para mim."

Ela balançou a cabeça. "Clifford me ofereceu outro serviço."

"Ora, isso é bom, não é?"

"É em Shimla. Preciso dar uma resposta até o fim da semana." Ela não teve coragem de ver se o olhar de Jay revelava suas emoções.

Ele falou com a voz completamente inexpressiva: "Quando você teria que partir?".

"De imediato."

Ela o ouviu respirar profundamente. "Eliza, não sei quais são as suas expectativas."

Ela ergueu os olhos. "Fique tranquilo. Não tenho nenhuma."

"É importante compreender que sua vida está em suas próprias mãos."

"E quanto ao destino?"

"O destino é você quem faz."

"Acredita mesmo nisso?"

"Acredito. Você sabe que temos a noção de carma. O que você faz agora afeta o futuro, seja nesta vida, seja na próxima."

"Então, se eu for uma boa menina, posso voltar como uma princesa indiana. Alguém digno de ficar com um príncipe. É isso que quer dizer?"

"É claro que não." Ele abriu um amplo sorriso. "De qualquer maneira, você ia odiar. Ser uma esposa indiana, quero dizer."

Ela não sorriu, fuzilando-o com o olhar. Independentemente do que dissessem um ao outro, não faria diferença. Ela seria sempre uma viúva de passado duvidoso, e ele, o glamoroso e inacessível príncipe Jayant Singh Rathore. Um homem que incontáveis mulheres gostariam de ter. Eliza nunca chegaria aos pés de seu palácio, da Índia, ou dele. Gotas de suor afloraram em sua testa, e ela passou os dedos para enxugá-las. Sua nuca queimava.

"O que há de errado? Diga-me."

Ela puxou o ar. "Na verdade, tenho uma coisa para lhe dizer. Clifford não conseguiu o financiamento para seu projeto de irrigação."

Ela se retesou, torcendo para que ele lhe implorasse para desistir da proposta de Shimla, tentando não fraquejar diante de seu olhar.

Houve apenas silêncio.

"Por que está me encarando?", perguntou Eliza, por fim, ainda esperançosa, embora no fundo do coração já soubesse.

Quando Jay se levantou, o desânimo tomou conta dela.

"Para me lembrar bem de você depois que tiver ido embora", disse ele.

Ela lutou para não desmoronar, tamanho o sentimento de decepção e desorientação, estranhamente amainado por algo que quase parecia alívio. Estava acabado. Tudo acabado, antes mesmo de começar.

Ele se dirigiu à porta. "Se me permite, preciso refletir um pouco. Não se perturbe com isso. Agora que é uma questão de honra, não vou desistir. Preciso terminar antes das chuvas, mas ainda tenho alguns meses. Obrigado pela sua ajuda. Boa noite."

Ele fez uma mesura e saiu do quarto.

21

Eliza não dormiu bem e acordou com o estômago revirado. Pelo menos uma coisa estava clara: não podia ir embora daquele jeito. Precisava ver Jay e conversar com ele, embora não soubesse dizer até que ponto aquela necessidade era genuína e até que ponto se devia ao amor proibido. Ela tomou banho, vestiu-se rapidamente e, com o coração acelerado e as mãos transpirando, foi atrás dele. Depois de bater várias vezes na porta do apartamento sem obter resposta, restava apenas um lugar onde procurá-lo: no escritório.

Ela caminhou de volta pelo corredor principal, cada vez mais com a sensação de estar cometendo um erro; ao chegar, percebeu que a porta estava entreaberta. Agora não havia mais volta. Reuniu toda a coragem que pôde e a abriu com um empurrão. No entanto, só encontrou Dev ali, que, a julgar pelo ângulo da cadeira, parecia ter se levantado apressadamente da escrivaninha onde estivera datilografando. Eliza analisou a cena e supôs que ele estivesse à espera de Jay, embora houvesse algo estranho naquilo.

"Como entrou aqui?", perguntou ela.

"A porta estava destrancada. Jay me deixa usar a máquina de escrever de vez em quando."

"E quando chegou?", prosseguiu, notando que ele estava realmente incomodado, talvez surpreso com sua chegada.

"Ontem à noite", disse ele, recompondo-se e dobrando os papéis que tinha saído da máquina de escrever.

"Onde está Jay?"

"Não sei. Ele saiu de motocicleta bem de manhãzinha."

"É mesmo? Para onde?"

Dev deu de ombros. "Ele não disse, mas faz isso de tempos em tempos, em geral quando está preocupado com alguma coisa, ou quando não está se sentindo bem. Pode ter ido ver como está avançando o projeto de irrigação."

"Bem, é melhor eu ir, então", disse Eliza, dando um passo em direção à porta. "Tenho muita coisa a fazer."

"Já está fazendo as malas? Jay me contou que vai embora."

Eliza fez uma pausa. Não queria que sua partida fosse tema de fofoca nem um fato consumado. "Não tem nada definido ainda."

"Eu tenho uma moto. Não é tão confortável quanto a de Jay, mas, se não se incomodar de se segurar em mim, podemos ir até o palácio dele, ver se está por lá. E você ainda pode tirar umas fotos do andamento do projeto."

"Não sei se devo", disse Eliza, hesitante, não querendo que Jay pensasse que estava atrás dele. Mas então se lembrou do perfume do deserto pela manhã, e um impulso irracional tomou conta dela — quando viu, já tinha concordado.

"Vou ter que levar a câmera mais pesada, além de chapas e um tripé. Ocupa muito espaço e é mais difícil de usar, mas talvez seja melhor. Tem espaço na moto?"

"Podemos prender com um cordão."

Duas horas depois, sob o céu brilhante, Eliza segurava-se na garupa de Dev, atravessando as estradas de terra do deserto a uma velocidade alta, saltando pelos tufos de grama em meio às árvores espinhentas. Depois de dois ou três quilômetros, ela enrolou o lenço no rosto para cobrir a boca, na esperança de evitar as nuvens de areia e poeira. A moto era menor que a de Jay, e muito mais barulhenta. Chegaram ao palácio quando o sol estava a pino, com todos os ossos do corpo dela sacudidos. A construção parecia repousar sonolenta em meio à bruma, silenciosa e aparentemente deserta. Eliza tentou arrumar o cabelo desfeito, ciente de que sua aparência devia estar assustadora, o que a fez lembrar mais uma vez que aquela poderia não ter sido uma boa ideia. Ela pensou na batida surda do coração, que lhe pareceu um sinal evidente de desconforto — tinha ido por vontade própria e não lamentava o impulso, mas o que Jay ia pensar ao vê-la aparecer daquele jeito?

"Tudo bem eu vir até aqui sem avisar?", perguntou, tentando não parecer patética demais.

Dev só deu uma gargalhada. "Não se preocupe. Vamos dar uma olhada no andamento da obra."

"Não seria melhor procurar Jay antes?"

"Se ele estiver aqui, não tardará a saber que chegamos."

Os dois passaram pelo local onde Eliza se sentara com Jay vários meses antes. Ela não soube como lidar com a emoção, quase esperando vê-lo ali. Estaria mesmo noivo, ou prestes a ficar? Eliza se sentiu mal por tê-lo deixado beijá-la e até incentivado aquilo.

Ela seguiu Dev pelos tortuosos jardins, passando por uma pequena horta até chegar ao local onde a obra estava a pleno vapor. Com centenas e centenas de metros de largura, um buraco de formato oblongo havia sido parcialmente escavado. Ao ver o terreno de pedra dura, Eliza ficou atônita com a enormidade da tarefa. Havia ainda muita escavação pela frente, e em breve o tempo ia acabar. Ela notou que obras de construção já tinham sido iniciadas perto dali; provavelmente um dos muros que impediriam vazamentos. O buraco estava vazio, mas, em razão da escassez de chuvas nos dois anos anteriores, aquele era o primeiro lago que Jay precisava terminar.

"Ele vai precisar se apressar, se quiser que as margens reforçadas fiquem prontas", disse Dev. "Já esteve aqui durante as monções?"

"Quando era criança. Não me lembro de quase nada."

"É espetacular. Quando os céus se abrem, o riso e a alegria tomam conta. É o fim do calor sufocante."

"E a água finalmente chega." Ela apontou para o lago que Jay mandara escavar. "Ele pretende represar um ribeirão e construir um enorme declive, com degraus de mármore chegando até a água. Mas, depois que a obra estiver pronta, está planejando um lago muito maior, com oitocentos metros de largura por oitocentos de comprimento."

"E não tem ninguém trabalhando agora?", perguntou Dev.

Eliza fez que não e, com o coração dolorido, voltou os olhos para as escavadeiras a vapor, inertes e abandonadas. Esforçou-se para não deixar transparecer a pena que sentia ao pensar no quanto Jay deveria estar decepcionado.

"O financiamento está atrasado", disse ela, tentando disfarçar a própria dor.

"Quão atrasado?"

"Não sei. Vamos dar uma volta?"

Dev parecia imerso em pensamentos enquanto os dois caminhavam pela borda da área recém-escavada. Não que Eliza se importasse. Ela também refletia, imaginando como Jay devia se sentir ao ver a obra abandonada daquela forma. Tinha vontade de consolá-lo, mas sentiu um aperto no coração ao pensar que podia topar com ele a qualquer momento.

"Foi o financiamento inglês que secou?", perguntou Dev, depois de algum tempo.

Ela fez que sim.

Ele parou de caminhar. "Quem é que está cuidando disso?"

"Clifford Salter."

Dev bufou, depois deu uma olhada no buraco vazio. Eliza tinha a nítida impressão de que estava se segurando para não falar alguma coisa, talvez em respeito a ela, até que a ficha caiu.

"Você não gosta de mim, não é?", perguntou ela.

"Por um bom motivo, não acha?"

Eliza ergueu as sobrancelhas.

Ele deu de ombros e os dois continuaram a caminhar. "A verdade é que não tenho nada contra você, mas os ingleses não são bem-vindos. Nos doze anos desde Amritsar, o ressentimento amargou. Há agitação em toda parte."

"Sei que foi horrível o que aconteceu em Amritsar."

Ele deu a impressão de quase gemer em voz alta. "Horrível? É assim que você descreve?"

"E como você descreveria?"

"Os ingleses atiraram em milhares de indianos durante uma manifestação pacífica, por causa de uma lei injusta que determinava que não podíamos organizar reuniões com mais de cinco pessoas. Quando a multidão chegou para protestar, vocês abriram fogo. Trezentas e setenta e nove pessoas morreram e mil e quinhentas ficaram feridas. Eram alvos parados, sem saída, num parque murado." Ele fez uma pausa. "Acho que foi um pouco mais que 'horrível'."

Eliza tentou imaginar aquela cena terrível e sentiu-se mal ao pensar na perda de tantas vidas.

"Tudo isso em represália pelo assassinato de três europeus e pelo estupro de uma inglesa. Mandaram indianos rastejar no chão da rua onde ela foi atacada."

Eliza ergueu os olhos e viu como ele estava exaltado.

"Ninguém engole bem uma humilhação." Dev soltou uma risada amargurada. "Os ingleses odeiam, acima de tudo, a ideia de nossas mãos morenas e lascivas tocando a carne das mulheres brancas. Para eles, é uma aberração."

"Compreendo sua ira, de verdade", disse ela, enquanto pensava no beijo de Jay.

"Como poderia compreender?"

Ela não sabia o que dizer, consciente de que sua resposta fora inócua, mas não queria ser vista como uma representante do domínio britânico e se sentira obrigada a falar alguma coisa.

"No passado", recomeçou Dev, "os ingleses escolhiam as moças mais bonitas dos povoados, para usá-las como prostitutas. Depois, elas eram descartadas. As famílias não podiam aceitá-las de volta, tendo sido defloradas daquela forma. Como acha que as pessoas se sentiam? Então, sim, temos ressentimento."

"Sinto muito."

"Acha que isso ajuda?"

Eliza fez que não.

"Acho que a mãe de Indira pode ter sido uma dessas mulheres levadas pelos ingleses e descartada depois, quando engravidou."

"Acha que o pai dela era inglês?"

Ele deu de ombros. "Ela é mais clara, e não sabemos nada a seu respeito. A avó dela nunca comentou sua origem. Só pode ser por vergonha."

Eles recomeçaram a caminhada pela beira do lago. Eliza desejava ver Jay, mas não queria saber a verdade sobre seu noivado. Até ali, não havia nenhum sinal dele, e as palavras de Laxmi ainda ecoavam em sua cabeça.

"A mãe de Indi pode ter sido uma dessas mulheres. Eu poderia desposá-la, mas minha mãe morreria só de pensar."

"E seu pai?"

"Foi-se há muito tempo."

"Sinto muito."

Ele olhou-a fixamente, e uma sombra passou por seu rosto. "Eu também. A relação dos indianos com os ingleses passou por muitas fases. Mas agora chegou a hora de pleitear nosso direito natural."

"Você acredita nisso?"

"Acredito, e muitos ingleses também. Já em 1920 Montagu disse que não era possível continuar num país onde não se é querido."

"E o que você, pessoalmente, tem feito para acelerar nossa retirada?"

"Ultimamente não ando ativo. Tentei obter permissão de Anish para uma manifestação, mas ele não concordou. De qualquer maneira, Jay não lhe disse que sou apenas um falastrão?"

"Não foi o que ouvi dizer."

"Como assim?"

"Nada demais. Só rumores."

"Eu não me surpreenderia se os ingleses estivessem pulando fora disto" — ele fez uma careta enquanto acenava na direção do lago — "de propósito."

"E qual seria o motivo?"

"Jay por acaso já contraiu alguma dívida?"

Ela mordeu o lábio, mas não respondeu.

"Isso poderia tirar a credibilidade dele e causar problemas no palácio. Não é segredo que querem se livrar de Anish. Se Jay estiver desacreditado, seria um bom motivo para não permitir que assumisse o trono em seguida."

Eliza refletiu sobre o que Clifford havia dito. Os ingleses de fato queriam depor Anish. Por isso, colocar Jay em dificuldades financeiras, semeando discórdia no castelo, poderia ser de seu interesse. Era plausível.

"E agora?", disse ela, com as palmas das mãos viradas para cima.

"Você é quem tem que dizer."

No fim das contas, Jay não estava no palácio. Depois que voltaram, Eliza decidiu ir sorrateiramente até o tubo de escuta no corredor inferior. Ela sabia que o príncipe tinha passado a utilizá-lo, mas para ele seria embaraçoso ser visto nas entranhas do palácio. Ela tinha ido sozinha algumas vezes, mas o escritório estava sempre em silêncio. Até aquele dia, quando alguma coisa aconteceu. Ela ouviu um suspiro profundo, seguido de uma respiração pesada. Distinguiu, então, uma voz masculina. Será que Jay tinha voltado para casa?

"Você não parece contente hoje. Está cansada de mim?"

Seguiu-se um murmúrio feminino, depois um som de alguma coisa se espatifando no chão. O homem praguejou, e a mulher riu. Eliza a reconheceu.

"A porta está trancada e deixei a chave na fechadura. Ninguém vai ficar sabendo."

"Aqui, não. Já disse a você."

"Por que não imagina que sou seu adorado príncipe Jay? Achei que fosse ficar excitada neste lugar."

Eliza se deu conta de que o homem era Chatur, e teve certeza de que ele estava ali dentro com Indira.

Ela recolocou o quadro na parede e correu para os aposentos de Jay, na esperança de que ele tivesse voltado para casa. Mas o castelo era enorme, e mesmo usando a passagem secreta não era difícil se perder. Levou quase dez minutos até se encontrar. Quando finalmente chegou, não havia ninguém ali. Então saiu correndo para o escritório de Jay, sem parar para pensar se tanta pressa era de fato necessária. Indira não parecia estar em perigo real, mas Eliza não conseguia imaginar que uma mulher desejasse ficar sozinha com um homem cruel como Chatur. A porta do escritório estava trancada. Por isso, ela bateu com força, machucando a mão.

"Quem está aí?", gritou.

Nenhuma resposta. Ela esperou, e quando percebeu que Jay estava chegando pelo corredor, sentiu um nó na garganta e piscou, nervosa.

"Achei que estivesse indo embora", disse ele.

Ela fez que não. "Mudei de ideia." Então, pôs um dedo nos lábios e deu alguns passos, afastando-se da porta.

"Acabei de entreouvir Indira com Chatur", sussurrou. "Acho que ele estava lá dentro tentando dominá-la ou algo do tipo."

"Contra a vontade de Indi?"

"Não sei. Talvez ela só quisesse ir para outro lugar."

"Ela não ia querer ser entreouvida."

Jay caminhou até a porta e girou a chave na fechadura. Ao abrir a porta, porém, viram que a sala estava vazia. Ele entrou, seguido por Eliza, que àquela altura já estava começando a se perguntar se havia imaginado coisas. Jay percorreu a sala com os olhos.

Ao falar, ele adotou um tom baixo. "Tudo parece estar no lugar."

Depois de caminhar para trás da mesa, ele inclinou-se e ergueu um caco de vidro.

"Meu relógio tinha um mostrador de vidro." Ele deu uma olhada na escrivaninha. "Sumiu."

Eliza também falava sussurrando. "Ouvi alguma coisa se espatifando."

"Deus do céu, onde foi que ela se meteu agora? É melhor sairmos daqui", disse ele, abrindo a porta.

Ele examinou o corredor e continuou a falar numa voz sussurrada.

"O que você vai fazer?", perguntou Eliza.

"Avisar Chatur que sei o que está acontecendo. Isso deve encerrar a questão."

"Você não tem como se livrar dele?"

"Bem que eu gostaria. Só Anish tem poder para isso."

"Por que não conta para ele, então?"

"Ele não vai acreditar em mim, e isso só criaria mais problemas para Indi. Vou pensar em alguma coisa."

"Você a protege demais."

“Ela não tem mais ninguém no mundo além da avó, que já é idosa.”

“É só isso mesmo?”

“Tenho muito carinho por Indira, embora não da maneira que você imaginou no começo. Sinto-me culpado. Tinha me acostumado a pensar nela como uma irmã. Tenho tentado me distanciar um pouco, mas não quero que sofra.”

Consciente de que estava enrubescendo, Eliza virou. “Principalmente agora, que está para ficar noivo”, ela conseguiu dizer, embora se sentisse despedaçada por sentimentos confusos: medo, decepção, vergonha e desejo.

Ele deu uma gargalhada, jogando a cabeça para trás. “Você leva minha mãe a sério demais. Vamos embora daqui.”

Os dois foram para os aposentos dela, e ele se sentou no sofá menor.

“Sente-se a meu lado, Eliza. Juro que não estou prestes a ficar noivo nem quero estar. Agora me conte: não é verdade que está nos deixando, então? Que está *me* deixando?”

O coração dela teve um sobressalto. Eliza sorriu. “Vou ficar.”

Embora soubesse que com Jay nada poderia ser permanente, pelo menos ele se importava com sua partida. Sentou-se ao lado dele e respirou fundo. Ele pegou a mão dela e virou-a, traçando linhas na palma.

“Você pode ler meu futuro?”, perguntou Eliza.

“Ainda não”, disse ele, “mas quem sabe em breve?”

Ela sentiu um zumbido estranho na cabeça e ergueu a outra mão para ajeitar seu cabelo. Ao ver seus belos olhos cor de âmbar, Eliza ficou espantada com a intensidade com que a observavam. Ele segurou sua outra mão, ergueu-a à altura dos lábios e beijou carinhosamente a ponta dos seus dedos. Ela adorava quando ele a tocava, embora nunca o tivesse feito daquela maneira. Quanto mais perto ficava, mais viva ela se sentia, com a mente devorada pelo amor, pela esperança e pelo calor, até que o medo desapareceu por completo.

22

Horas depois, Eliza foi convocada à sala de estar de Anish, um lugar tão ricamente decorado que era difícil saber onde repousar o olhar. Ele estava sentado numa imensa almofada, com as pernas bem abertas para acomodar a barriga cada vez maior, enquanto Jay ocupava uma cadeira à sua frente. O piso estava repleto de almofadas de cetim, dispostas em torno de uma mesa baixa e grande. Eliza reparou em um *punkawallah* magro, que puxava uma corda pesada para operar um leque pesado, feito de pano esticado numa armação de madeira. Pendurado no teto, o leque batia para trás e para a frente, bem em cima da cabeça de Anish. As leves rajadas de vento chegavam até o local onde Eliza se encontrava cada vez mais desconfortável.

"Não fique de pé! Sente-se!"

Ela olhou em torno e escolheu uma cadeira de encosto duro, sentando-se ereta com as mãos nas pernas. "Como está se sentindo?", Eliza perguntou. "Lembro que ficou doente logo depois do Holi."

Ele inclinou a cabeça. "Na verdade, já tinha começado um pouco antes. Durante o Holi, porém, Chatur me trouxe uma garrafa que tinha descoberto escondida. E você é a única que poderia ter acesso a ela."

"Uma garrafa de quê?"

"Pirogalol, creio. Era o que estava escrito no rótulo. Fiquei pensando se é venenoso."

Eliza sentiu o sangue fugir da face. Os cristais de prata de pirogalol eram terrivelmente perigosos, podendo ter efeitos degenerativos de longo prazo no sistema nervoso. Era um veneno caso fosse ingerido ou absorvido pela pele. Ela mantinha as garrafas trancadas na câmara escura. Embora Indi já tivesse trabalhado ali, sempre havia alguém supervisionando, e ela não tinha uma cópia da chave. Não podia ter sido ela. Então Eliza lembrou-se do dia em que tinha encontrado a porta da câmara escura destrancada. Alguém deveria ter a chave.

Depois que ela contou o que ocorrera, Jay levantou-se, balançando os braços. "Pois bem. Anish só queria saber como o pirogalol tinha saído da câmara escura e se você o dera a alguém."

"Não. É claro que não. Mas por que alguém ia querer roubar a garrafa?"

"Não consegue imaginar?"

"Mas ninguém faria mal ao marajá, faria?"

Anish riu, mas foi uma risada curta, sarcástica, sem humor. "Temo por minha vida o tempo todo. Podemos estar no século xx, mas hábitos têm vida longa. Tenho toda uma linhagem de ancestrais envenenados que se estende bem longe no tempo. Se não soubesse que meu irmão não tem pretensões ao trono, suspeitaria dele."

Jay fez cara de enfado.

"E onde está a garrafa, agora?"

"Já joguei fora."

"Estava cheia?"

"Até a borda."

Eliza soltou um suspiro de alívio. "Bem, espero que esteja se sentindo melhor agora."

"Sim, embora alguma coisa ainda não esteja muito bem. Que fique somente entre nós, mas vou pedir ao sr. Salter uma indicação de um bom pneumologista. Não quero que o castelo se preocupe sem motivo."

Ela se levantou. "Salter é vizinho de um médico. Ele poderá ajudar."

"Obrigado. Agora, só para o caso de alguma outra pessoa ter a chave", acrescentou Anish, "conte as garrafas e certifique-se de trocar a fechadura ainda hoje. Jay vai ajudá-la."

Enquanto caminhavam pelo corredor, Jay fez uma pausa e olhou Eliza nos olhos.

Ela sorriu para ele. "Você soube que fui ver o projeto com Dev?"

"Sim." Ele se apoderou de sua mão. "Não tenho palavras para expressar minha alegria por ter ficado."

Aquele homem tocava sua alma como ninguém mais. Ele a fazia sentir-se mais real, como se tivesse encontrado um lugar onde se encaixava. Eliza pensou que estava cansada de fugir: do internato e da mãe, primeiro casando-se com Oliver com apenas dezessete anos e depois ao viajar para Rajputana. As feições pálidas e atormentadas de Anna vieram à sua cabeça.

"No que está pensando?", disse Jay.

Ela balançou a cabeça. "Não é nada."

"Então", disse ele, "conte-me mais sobre esse veneno. Não é perigoso usá-lo?"

"O pirogalol pode causar convulsões e efeitos gastrointestinais terríveis no longo prazo. E até matar."

"E no curto prazo?"

"Irritação na pele e nos olhos. Sempre uso luvas, para não ficar com os dedos pretos, e uma máscara. Fico assustada só de pensar no que poderia ter acontecido."

"Mostre-me seus dedos."

Ela levantou as mãos.

Ele sorriu. "Não sei quem pode ter roubado a garrafa, mas vamos arrumar uma fechadura nova nos depósitos do castelo."

"Algum progresso?", perguntou ela, tentando não pensar no pirogalol.

"Na busca por financiadores? Ainda não."

"Eu poderia falar com Clifford de novo, mas acho que não vai adiantar muito."

"Não quero vê-la implorando."

Ela deu um suspiro. "Talvez seja sua única alternativa."

"Tenho alguns contatos. Pessoas com quem estudei na Inglaterra. O tempo não é meu aliado, mas, quando eu tiver resolvido essa questão, por que você não vem comigo para o palácio?" Ele sorriu, amigável. “Fique por alguns dias. Depois que colocarmos o projeto para andar de novo, a temperatura já vai ter começado a subir, e lá é mais fresco. Você poderá tirar fotos e teremos a oportunidade de conversar direito.”

“Eu adoraria.”

“E talvez eu precise de uma mãozinha com a administração, se você não se importar.”

“Claro. Posso lhe perguntar se conversou com Indi sobre Chatur?”

“Ela admitiu que ele lhe pediu para obter informações.”

“E...?”

“Fez cara de ofendida e não quis falar sobre o resto, mas conversei com Chatur.” Ele fez uma pausa. “Acho que um de seus homens pode ter roubado o pirogalol. Duvido que tenha encontrado por acaso, escondido em algum lugar.”

“Mas por que dá-lo a Anish?”

“Para sabotar você.”

Alguns dias depois, quando Eliza chegou à residência de Clifford, encontrou-o sentado na parte sombreada do jardim, embaixo da varanda. Ele se levantou, mas pareceu menos simpático que das outras vezes.

“O que posso fazer por você?”, perguntou, bebericando o que parecia ser gim. “Aceita uma bebida?”, acrescentou, ao notá-la olhando.

“Só uma limonada para mim, por favor.” Ela fez uma pausa. “Clifford, vou direto ao assunto.”

“Seria muito amável se algum dia viesse me ver sem algum interesse.”

Eliza pensou rápido. “Na verdade, trago informações sobre Anish.”

Clifford ergueu os olhos.

“Ele não está bem”, disse Eliza.

“Eu soube que teve indigestão ou coisa do tipo depois do Holi.”

“Não só isso. Ele tem um problema no peito. Vai lhe pedir uma indicação de um bom médico ocidental. Imagino que queira manter o problema longe dos olhares do castelo.”

"Que interessante! Vou pedir uma recomendação a Julian Hopkins. Se eu puder colocar um homem nosso lá dentro, vai ajudar muito. Obrigado. Mantenha-me informado se souber de mais alguma coisa."

Eliza sorriu. "Fico contente por ter sido útil, mas você tem razão: tenho um interesse nisso."

"O projeto de irrigação?"

Ela fez que sim.

"Bem, por acaso, tenho uma solução. Mas, para dar certo, depende de você."

"De mim?"

"Quero que reconsidere minha proposta de casamento. Gosto muito de você, Eliza."

Ela olhou as próprias unhas, desejando estar longe dali, mas Clifford a encarava fixamente, à espera de uma resposta. Eliza ficou pensando se seria melhor fingir um pouco de interesse.

"Se eu concordar, esse investidor em potencial..."

"... certamente entrará no jogo. Mas ele não quer apenas ver evidências detalhadas de que o investimento terá retorno. Também precisa ganhar dinheiro."

"Concordo em repensar. Mas só isso."

Clifford levantou-se e estendeu as duas mãos para ela. Eliza se levantou e deixou que segurasse suas mãos e a beijasse.

23

SHUBHARAMBH BAGH, ABRIL

Jay e Eliza estavam no palácio dele. Desde o momento em que chegara, ele trabalhara incessantemente, mantendo-se das sete da manhã até tarde da noite atrás da enorme escrivaninha do escritório. Diversas pastas e rascunhos espalhavam-se à sua volta, enquanto Jay repassava as plantas do projeto de irrigação. A segunda etapa já havia sido projetada, assim como o projeto de represamento do rio, mas ainda não haviam sido concedidas as licenças para o início das obras. A impressão era de que o governo britânico estava sendo lento de propósito.

O tempo todo ele era procurado, fosse por moradores dos povoados fazendo reivindicações, fosse por ingleses de ar austero, ou ainda ricos comerciantes indianos de outros estados e da Índia britânica. Tratava a todos com a mesma naturalidade e boas maneiras, e Eliza percebeu nele uma determinação que não tinha visto antes. Aquilo a fazia admirá-lo ainda mais. Tentando não se intrometer, ela se contentava em ajudar com a burocracia, e às vezes se surpreendia com ele olhando para ela de um jeito intenso, que dizia muita coisa, embora não trocassem palavra alguma. Então ele notava que estava sendo observado e baixava a cabeça. Quando ela lhe entregava um papel, ele roçava sem querer na sua mão, despertando algo nela. Eliza sonhava em ser beijada por ele de novo, e podia jurar que Jay também, principalmente quando o fitava e ele lhe dava um de seus sorrisos lentos e sedutores. Cada dia que passava era um tormento, e ela temia que ele estivesse arrependido do que ocorrera entre os dois. Impotente diante do desejo, entregava-se ao prazer quase insuportável de estar em sua companhia, à espera de algo mais.

Certa vez, num início de noite mais fresco, na hora em que os sinos do templo começaram a dobrar, eles saíram para dar uma olhada na obra. Jay pôs um braço em sua cintura, segurando-a bem de perto enquanto observavam o buraco, e ela soube que era o momento. Ele a virou em sua direção e beijou-a com doçura.

"Andava querendo fazer isso de novo", disse, separando-se dela e pondo a mão no peito. "Estou tão contente que esteja aqui. Espero ter um pouco mais de tempo agora."

"Está tudo bem."

"Não, não está. Você merece mais."

Ele a abraçou mais forte e passou os dedos pelos seus cabelos. "Perdoe-me por andar ocupado. Às vezes tenho a impressão de que tudo isso é um capricho dos deuses."

"Só que você não é muito religioso, não é?", disse ela, pegando na mão dele e levando-a aos lábios. Eliza beijou as pontas dos dedos dele e soltou sua mão.

"A força da nossa sociedade sempre se deveu à nossa coragem e resiliência."

"E às suas crenças? No carma, por exemplo?"

Eles caminharam um pouco mais, de braços dados.

"O carma desempenha um papel crucial na vida de todos os seres vivos. Acreditamos que não nascemos apenas uma vez, mas que existimos desde sempre. Nos livros sagrados, Krishna afirma: nunca houve um momento em que eu não estivesse aqui e nunca haverá um em que deixarei de existir."

"Acho que compreendo."

"Mas o carma tem passado e futuro. Podemos influenciar o que acontece. E agora é o momento de mudar as coisas na Índia", disse ele.

"E você está contribuindo para isso."

"Não me refiro apenas a melhorar a vida dos lavradores e camponeses, mas também aos ingleses. Até mesmo em nossos palácios e *havelis* somos separados dos europeus, que são nossos hóspedes. Eles pegam as melhores cadeiras e os melhores lugares na mesa, relegando-nos ao segundo plano. Querem levar vantagem em tudo. Tem ideia de como isso nos faz sentir?"

Jay parou de andar. Seu olhar penetrante a tirava de prumo. Embora ela quisesse beijá-lo de novo, sentia a energia represada dentro dele e tinha a clara sensação de que realmente precisava falar.

"Deve ser muito humilhante", Eliza disse, por fim.

"Nós nos sentimos como marionetes nas mãos dos representantes do governo. Não passamos de uma pequena parte do teatro que é o Império Britânico. Os ingleses concordaram em nos dar o status de 'domínio' em 1929, mas isso apenas suscitou a questão delicada da concessão de direitos iguais a hindus e muçulmanos. Por isso, não tem havido progresso."

"O que precisa acontecer?"

"Precisamos de uma liberdade que não seja maculada pelas diferenças religiosas. E de uma retirada completa e irrevogável dos ingleses."

Ela ficou totalmente imóvel. "Compreendo. De verdade."

Ele a olhou com tristeza. "Odeio ter que ir de chapéu na mão falar com gente como Clifford Salter. Sei que os ingleses vêm restituindo nosso poder, mas não é o bastante. Queremos ver o dia em que nós, indianos, governaremos nossa própria nação."

"Vai acontecer, Jay, porque tem de acontecer. Até eu vejo isso."

Ele acariciou o rosto de Eliza com a palma da mão. "Fico feliz com isso. Antes eu frequentava a Câmara dos Príncipes, na esperança de fazer alguma diferença. Durante algum tempo, até assumi um papel de protagonista. Somos representados pela Câmara desde 1920."

"E por que saiu de lá?"

"Acima de tudo, por desilusão. Não há equidade entre os ingleses e nós. O que quer que façamos, somos proibidos de divulgar nossos encontros e impunemente ameaçados. A Câmara dos Príncipes tem as mãos atadas."

Ele a convidara a ficar por apenas alguns dias, e ela não queria abusar da hospitalidade. Então, um pouco mais tarde, quando o sol se punha, mas o céu ainda estava azul, Eliza perguntou se não era a hora de ir embora.

Jay a olhou surpreso. "Você quer ir embora?"

Ela desviou o olhar, e em seguida sacudiu a cabeça, com as palavras presas na garganta.

"Fique. Tenho mais uma coisa para lhe contar. Você viu um grupo de homens que veio e foi embora?"

"É claro."

"Consegui dinheiro emprestado com os representantes do comércio e ampliei o projeto."

Ela riu. "E eu pensando que você estava procurando maneiras de reduzir custos."

"No começo eu estava, mas Bikaner me incentivou. Ele se propôs a construir nove projetos de irrigação, além de linhas férreas e hospitais. Vou dar tantos empregos quanto puder às pessoas da região. Alguns começam a trabalhar amanhã, dando continuidade à escavação. Outros vão erguer os muros e escavar canais diretos de irrigação para os povoados."

Eliza reagiu àquele entusiasmo inabalável com um sentimento tão forte de esperança que chegou a temer que seu coração fosse explodir.

"Bikaner construiu o canal de Ganga, que traz água do Punjab. Estamos longe demais para isso, mas há um ribeirão não muito longe das minhas terras. Só precisamos de licença para represá-lo."

"Você acertou os detalhes com o investidor que Clifford comentou comigo?"

"Sim. Acredito que nos próximos cinco anos vamos criar cinquenta novos povoados, e que o trabalho produzido por eles não apenas pagará o investimento, mas propiciará uma receita estável."

Eliza ficou contente, embora não tivesse revelado a Jay o preço a pagar por aquilo. "Bem", disse ela, afastando o pensamento. "Faltam menos de quatro meses para as chuvas chegarem."

"É."

"Fico pensando em como está Indi."

"Ela voltou a seu povoado."

Eliza ficou surpresa. "De vez?"

"Não. A avó está muito doente, e Indi foi cuidar dela. Mas sempre vai ter um lugar no castelo."

"Mas em que condições? Como presa de homens iguais a Chatur? Ela precisa ter sua própria vida, um marido, uma família."

"Engraçado você falar de família."

"Como assim?"

"Abandonou sua própria mãe sozinha. Ou foi o que me disse."

"Eu não tinha como ajudá-la. Tentei, mas, se tivesse ficado, minha própria vida teria sido destruída. Ela é alcoólatra."

Por um instante, ele olhou para o chão, depois para Eliza. "Aqui, acreditamos que é dever dos filhos zelar pelos pais."

Eliza ficou tensa. "Em qualquer situação?"

Ele fez que sim. "Isso a incomoda?"

Ela permaneceu em silêncio, pensativa. Ele não fazia ideia de como era Anna Fraser ou de como era ver a própria mãe cometer um lento suicídio.

"Eu tentei e fracassei", Eliza disse por fim.

Ele estendeu as mãos para ela. "Não estou julgando você."

"É como se estivesse." Aborrecida e irritada, ela se recusou a pegar nas mãos dele.

"Eliza, por favor. Só estou dizendo que aqui é diferente."

Ela virou e saiu andando. Um minuto depois, ele envolveu-a com os braços por trás. "Eliza. Eliza."

Em seguida, virou-a e encostou os lábios em seu pescoço. Eliza sentiu um arrepio, reagindo de imediato à mão que ele pôs em seu ombro. Sua respiração ficou mais curta e ela entreabriu os lábios. Quando se beijaram, a impressão era de ter sido desde sempre o destino de ambos. Enquanto voltavam para o palácio de mãos dadas, ela afastou todas as dúvidas da cabeça. Ele lhe cedera seus próprios aposentos e, quando chegaram ao *dari khana*, onde várias almofadas haviam sido empilhadas no chão, sobre um imenso tapete, pediu que ela ficasse imóvel enquanto a despia, beijando-a na parte interna dos braços e no ventre, com incrível lentidão. Embora ela estivesse desesperada para deitar-se com ele nas almofadas, sabia o que Jay estava fazendo.

Quando, por fim, ficou nua diante dele, Jay beijou seus seios, então deu um passo para trás. "Como você se sente?"

"Enlouquecida. Insegura. Aterrorizada."

"Que bom", disse ele.

Então, ela deitou-se de costas sobre o tapete. A luz do quarto havia esmaecido, e a escuridão era quase total. Desejosa de ver o rosto dele, ela lamentou que o abajur não estivesse aceso. Mas agora Jay estava sobre ela, e os dois corpos se moviam num só ritmo. Eliza se esqueceu do abajur. Ele afastou o corpo por um instante e explorou o rosto dela com os dedos. "Ainda posso ver seus lindos olhos", ele disse, "mesmo no escuro."

Quando seus dedos se introduziram nela, Eliza soltou um suspiro. No momento seguinte estavam fazendo amor, de um jeito que ela nunca imaginara possível: com um sentimento tão forte de conexão que o ar parecia fugir dos pulmões. Ela tentou falar, mas não conseguiu. Ao final, eles se deitaram na cama, ambos pingando de suor, com as pernas entrelaçadas. Eliza tinha perdido a capacidade de raciocinar. Queria aquele homem e nada mais importava. Nunca desejara tanto algo ou alguém. Cada pedaço de seu corpo o desejava, e ela não estava disposta a perdê-lo.

"Minha linda inglesa", disse ele, traçando com os dedos o contorno do queixo de Eliza. "Ainda insegura?"

Ela riu. "Quer mesmo saber?"

"Devo acender o abajur?"

"Agora não", respondeu ela. "Quero sentir você do meu lado."

Jay parecia estar pensando, até que falou. "Você é corajosa. Não sei se estou à sua altura."

"Não seja tolo. É claro que sim. Não sou nem um pouco corajosa."

Antes de adormecer, Eliza ficou completamente imóvel, escutando a respiração dele e o silêncio da noite no deserto.

Quando Eliza acordou, viu que ele continuava ali. Seu coração deu um salto de alegria ao se dar conta disso. Ela ficou a observá-lo enquanto dormia. Jay parecia o mesmo de antes, com seus longuíssimos cílios, a mesma pele lindamente morena. Tudo nele e em seu entorno parecia igual, no entanto as coisas haviam acabado de mudar entre os dois.

Ela tocou muito de leve seu rosto, para não acordá-lo, mas o bastante para senti-lo. Então chegou mais perto e beijou o lóbulo da sua orelha. Correu a unha do dedo do pescoço até o ventre dele, que soltou um gemido. Sua mão continuou a descer, e Jay enrijeceu sob seu domínio. Nunca tinha feito aquilo com Oliver, mas agora queria, e começou a mexer a mão. Ele gemeu um pouco mais, e ela gostou de como se sentiu. De poder fazer aquilo. Talvez as dezesseis artes de ser mulher não fossem tão ruins assim, pensou, com um sorriso irônico.

De repente, Jay a puxou para cima dele. "O que está fazendo comigo?", perguntou.

"Não deu para notar?"

"Quem diria que por trás de tanto pudor inglês se escondia uma devassa?"

"E quem diria que você não tinha nada de cavalheiro e nobre?"

Depois daquela noite, seus dias no palácio mudaram. Dia após dia, eles trabalhavam e faziam amor; almoçavam e faziam amor. Caminhavam e faziam amor. Às vezes passavam o dia inteiro fazendo amor. Enquanto permanecessem ali, o resto do mundo não existiria. Só o projeto e os dois. Eliza nunca fora tão feliz. Acordava animada e ia dormir com um sorriso no rosto. Por que ninguém nunca havia dito a ela que aquilo era possível? O pensamento a fez imaginar como seus pais conviviam. Não era possível que alguém que tivesse vivido aquilo, pelo menos uma vez na vida, não pudesse amar a vida para sempre.

Quando não estavam conversando sobre irrigação ou sobre o passado, liam e falavam de livros. Jay contou que não tinha lido nenhum dos clássicos russos, e ela disse que ele precisava ler *Guerra e paz* e *Memórias de um caçador*. Ela contou que era apaixonada por Thomas Hardy e Henry James, mas que não conseguia ler Dickens. O poeta favorito dele era John Donne, que ela também adorava, e Eliza amava Emily Dickinson, de quem ele nunca tinha ouvido falar. Jay perguntou se ela havia lido Tagore. Quando Eliza disse que não, propôs-se a emprestar-lhe um exemplar. Os dois gostavam de cinema. Também falaram de comida e de seus lugares favoritos. Ele adorava as praças de Londres. Tinha um amigo que morava na elegante Orme Square. Ela riu e disse que nunca tivera amigos tão ricos. Jay disse que não ia contar a ela suas façanhas sexuais da adolescência, e ela garantiu que preferia não saber.

Em nenhum momento ele disse que a amava, e vice-versa.

Eliza sabia que a conexão entre os dois ia muito além de sexo, livros ou filmes. Pela primeira vez na vida ela realmente acreditava na existência de uma ligação entre duas almas; que de fato existem pessoas que você conhece profundamente. Pode ser que encontre algumas delas por apenas uma ou duas horas; pode ser que se tornem amigas para sempre. O pensamento a fez reconhecer que a Índia a estava transformando. Antes, ela nunca tinha pensado em alma. Para ela, os relacionamentos eram uma coisa complicada, que era melhor evitar, e não aquele processo triunfal de revelar outro ser humano, ao mesmo tempo que era relevado. Havia uma distância entre os dois, mas era como viver sem muros ou fronteiras, a ponto de não saberem onde ele terminava e ela começava. E, quanto mais próximos se tornavam, mais crescia em Eliza a ideia de que sentia que estavam se despedindo toda vez que faziam amor.

Certa noite, quando por fim se sentiu segura para permitir que Jay penetrasse em seu mundo interior, a dor da morte do pai a envolveu até se transformar numa espécie de pânico. Todas as tentativas de controlar aquele sentimento fracassaram, fazendo-a concluir que a única coisa a fazer era se deixar engolir por ele. Ou sobreviveria, ou afundaria de vez. Cada espasmo de emoção aumentava a dor, provocando um aperto no peito que a impedia de respirar. Tudo o que conseguia sentir era a cabeça girando à medida que a dor, por tanto tempo reprimida, a consumia, e ela finalmente reagia a suas necessidades mais profundas. Jay segurou-a nos braços para acalentá-la enquanto ela chorava. Foi como se nunca tivesse chorado pelo pai, e só a presença dele tornasse aquilo possível.

Depois de enxugar as lágrimas de Eliza com os dedos, Jay afastou-se ligeiramente para olhar para ela. "A única coisa que pode curar tanta dor é liberar as lágrimas que você já não consegue mais conter. Para conhecer o amor verdadeiro, é preciso se deixar levar por ele."

"Será que nos deixamos levar?", perguntou ela.

Ele sorriu. "Ainda não."

"E você entende alguma coisa disso?"

Jay balançou a cabeça. "Talvez aprendamos juntos."

Quando Jay precisou convencer os moradores da região de que o projeto beneficiaria as pessoas comuns, os dois foram de povoado em povoado a cavalo. Embora, de início, as pessoas ficassem reticentes, depois de algumas visitas passaram a abrir largos sorrisos sempre que os viam chegar. A gravidade da seca fizera com que a colheita fosse perdida por dois anos seguidos e o gado morresse. Eliza não conseguia entender como os lavradores sobreviviam, até que ficou sabendo que Jay concedia pequenos empréstimos a eles. Tinha a impressão de que ele daria um excelente governante. Não ficaria no palácio, entupindo-se de iguarias turcas. Era forte e atlético, e, quanto mais o conhecia, mais ela se dava conta de que estava verdadeiramente apaixonada. Deixou até de pensar na advertência de Laxmi. Enquanto Anish continuasse vivo, não ia pensar no futuro.

Eles iam sozinhos naquelas viagens, exceção feita a um dos criados mais fiéis de Jay. Acampavam em tendas diminutas, em geral armadas ao lado de uma pequena fogueira. Na volta de uma delas, desceram das montarias e Jay saiu para juntar madeira e acender o fogo. A certa distância das tendas havia algumas árvores pequenas, com passarinhos verdes pulando de galho em galho, e mais ao longe dava para ver as areias do deserto. Quando Jay voltou, trazendo um feixe debaixo do braço, ela ficou observando a concentração em seu rosto enquanto ele montava e acendia a fogueira, e não pôde conter o sorriso. Na hora em que a fogueira ficou plenamente acesa, já era noite, mas a escuridão não era total, e Eliza sentou-se para admirar as chamas tremeluzindo em seu rosto.

"O que foi?"

"Estava pensando no seu pai. Sei tão pouco a respeito dele."

"Era um verdadeiro gigante. Um reformista, ao contrário do pai dele, que quase nos fez perder o poder. Gostaria de ser como meu pai. Com sua ajuda, acho que posso conseguir."

"Com minha ajuda?"

"Formamos uma boa dupla, não acha?"

Ela sorriu. "Assim espero."

"Já meu avô paterno... os ingleses o acusaram de incompetência e ele angariou fama de corrupto e cruel."

"O que ele fez?"

"Uma das esposas dele cometeu suicídio do jeito mais terrível, mas dizem que na verdade ele a matou. Não fosse sua morte repentina, os ingleses iam depô-lo e talvez perdêssemos o reino. Por sorte, meu pai era um homem honrado e tornou-se um bom governante. Ele serviu no Exército britânico e conseguiu transitar entre nossas duas culturas com elegância e serenidade. Lembro-me dele vestido de seda com brocado e com uma pena comprida no turbante."

"Você se parece com ele?"

"Um pouco. Onde quer que fosse, ele estava sempre acompanhado por uma escolta magnífica. Quando recebíamos visitas da nobreza, chegavam em carruagens prateadas puxadas por bois."

"Seu pai era tão espontâneo quanto você?"

"Os tempos mudaram, e ele não foi educado na Inglaterra."

"Gosto mais de você quando estamos na natureza."

"Ele gostava de esportes, como eu, e levou nosso estado a um patamar mais alto ao se casar com minha mãe. Ela vinha de uma família da alta realeza. As coisas sempre foram assim, entende? Aqui, o casamento é um matrimônio entre famílias, não apenas entre dois indivíduos. Toda a reputação do clã está em jogo."

Ele parou de falar e ficou olhando para a fogueira, aparentemente perdido em pensamentos.

Embora já tivesse dito que não estava noivo, não chegou a dizer que nunca noivaria, e a ideia voltou à cabeça de Eliza.

"Posso perguntar uma coisa?", disse ela.

"Sou todo ouvidos."

"E a história do seu casamento arranjado?"

Ele virou-se para olhá-la, e Eliza viu tanta tristeza nos olhos dele que teve que compartilhar.

"É tudo tão novo entre nós. Não vamos pensar nisso agora."

Embora ela não quisesse estragar tudo, não conseguia deixar de pensar a respeito.

"Conte-me mais sobre sua mãe", disse ele.

Eliza deu um suspiro. "Ela teve problema com bebida durante muitos anos. Acho que a morte do meu pai a destruiu. Era orgulhosa, mas não tinha dinheiro ou força. Dependia da caridade de James Langton. Embora dissesse que era meu tio, os dois não eram parentes. Ela o conheceu antes de se casar com meu pai. Quando voltamos para a Inglaterra, ele se tornou seu amante."

"Deve ter sido difícil para você."

"Eu só tinha a ela. Nenhum parente, ou pelo menos nenhum que fosse nos visitar. Eu amava meu pai, mas minha relação com minha mãe sempre foi difícil. Ela mandou uma carta para mim aqui, dizendo coisas horríveis sobre ele, acusando-o de nos arruinar com sua jogatina desenfreada e de ter mantido uma amante durante vários anos."

"Talvez exista alguma vantagem em ter mais de uma esposa." Ele fez uma pausa para avaliar o semblante dela. "Não é preciso ter amantes."

Eliza sabia que Jay estava brincando, pelo menos em parte, mas não pôde deixar de retrucar com raiva: "Só que não é uma via de mão dupla. Ninguém parou para pensar que talvez nós também quiséssemos ter mais de um marido".

Ele fez cara de falsa indignação e respondeu: "Mas isso seria um absurdo! Para que uma mulher poderia querer dois homens quando pode ter um só?".

Mesmo contrariada, ela não pôde conter o sorriso. "Não seja bobo!"

"Você está chamando um rajá de bobo? Só existe um castigo para isso. Venha aqui!"

"E se eu não quiser?"

"Vou amarrá-la na cama durante várias luas."

"Para isso vai ter que me pegar primeiro." Ela se levantou de um salto e correu para a escuridão, escondendo-se atrás de um arbusto espinhento e prendendo a respiração. Eliza o ouvia à sua procura, mas não enxergava quase nada. A única luz vinha das estrelas.

Ela ouviu o uivo triste de um chacal à distância. Então sentiu uma picada na perna e deu um grito.

Sem saber exatamente onde Eliza estava, Jay correu na direção da voz. "Está tudo bem? Você não devia ter corrido para o escuro à noite. Tem todo tipo de bicho por aí."

"Acho que fui mordida, mas não está doendo muito."

"Você deu um grito."

"Foi de susto, só isso."

"Mas doeu?"

"Para ser sincera, foi só uma picada. Talvez de formiga."

Agora ele a segurava pelo braço. "Tem certeza de que não foi uma cobra?"

"Não faço ideia. Estava escuro."

"Uma mordida de cobra teria doído. Acho melhor levá-la de volta, por precaução."

"Está escuro demais. Juro que vou ficar bem. Só quero me deitar."

Eles se recolheram logo depois disso, mas, cerca de uma hora depois, Eliza acordou com cólicas. Sentou-se na cama e curvou-se, tentando não acordar Jay e prestando atenção no silêncio, que assustava mais do que apaziguava. Pelo resto da noite fria do deserto, ela ficou deitada, tremendo na cama improvisada, o mais próximo de Jay que podia sem acordá-lo. Estava enjoada e queria levantar, mas, tensa demais para sair da tenda, ficou onde estava até a luz pálida do alvorecer começar a surgir. Quando Jay finalmente acordou, bastou vê-la para tomar um susto.

"Como está se sentindo."

"Enjoada. E com muita dor de barriga. Será que foi algo que comi?"

Mas ele a olhava de um jeito tão sério que a ansiedade começou a tomar conta dela.

"Deixe-me dar outra olhada naquela mordida."

Ele havia tentado encontrá-la à luz de um lampião a óleo e parecera muito aliviado ao não achar nada.

"Sério?"

Ela mostrou-lhe o local no tornozelo.

"Não acho que seja mordida de cobra. Mas a área em volta ficou vermelha, e está um pouco inchada."

"O que você acha que é?"

Ele sacudiu a cabeça. "Não tenho certeza. Tem algum outro sintoma?"

"Dor no peito."

"Dói quando respira?"

"Um pouco."

Jay levantou a lona da entrada da tenda e chamou o criado. Em seguida, sussurrou-lhe algo, rápido demais para que Eliza compreendesse o sentido.

"O que você disse a ele?", ela perguntou quando ele voltou.

"Mandei buscar a avó de Indi. Deve levar uma hora ou duas, mas não há ninguém melhor. Ele foi com a moto. É mais rápida que o camelo."

"Acha que é grave?" Eliza tentou sorrir, mas não conseguiu.

Ele tomou suas mãos, esfregando-as e aquecendo-as, mas não disse nada.

"Achei que a *daadee ma* de Indi estivesse doente."

"Espero que esteja bem o bastante para vir."

"Não acha melhor voltar para casa?"

"Não quero movê-la, muito menos no dorso de um camelo ou numa moto. Não se preocupe com nada. Consegue tomar um pouco de água?"

Ela tentou levantar a cabeça, mas caiu de novo no travesseiro. "Dói tudo."

Ele envolveu seus ombros com o braço. "Recoste-se em mim e dê alguns golinhos."

Com a outra mão, ele levou a xícara em seus lábios.

"Estou tonta", disse ela, escorregando de volta para a cama. Uma vez deitada, porém, não parou de se mexer.

"Fique parada", disse ele, segurando-a pelos braços.

O tempo todo, Jay ficou a seu lado, salvo por um instante em que foi ver se a avó de Indi estava chegando. Mesmo se sentindo tão mal, ela se admirava por estarem tão próximos. A sensação era estranha. Mas ao mesmo tempo parecia a coisa certa.

"Você não respondeu se acha que é grave."

Ele sorriu. "Não sou médico, mas tenho certeza de que não é. Então, relaxe e descanse."

Ela tentou se sentar. "Sinto como se tudo estivesse rodando."

"Deve ter sido o gim que tomou ontem à noite."

"Não tomei..." Então o quarto inteiro rodopiou. Ela sentiu que estava viajando por um túnel escuro, a toda a velocidade, e que Jay a segurou quando caiu para a frente. E depois mais nada.

Quando acordou, Jay estava deitado a seu lado. A primeira coisa de que teve consciência foi da mão dele acariciando de leve seu cabelo. Depois, notou sua respiração, lenta e regular. Naquele momento delicioso, chegou a esquecer que estava doente, mas, quando se sentou, vomitou. Ele se levantou de um salto, puxou a coberta, enrolou-a e jogou-a para fora da tenda. Então, tirou uma espécie de pele animal de algum lugar.

"É tudo que tenho até o dia esquentar um pouco mais. Como está se sentindo?"

"Não sei direito. E se eu vomitar de novo?"

"Vamos torcer para que não aconteça. Mas você precisa beber água. Não quero que fique desidratada."

Ele tocou sua testa e sua nuca. "Está transpirando muito."

"Minha cabeça dói."

"Vamos torcer para que ela chegue logo."

"Mas o que pode fazer?"

"Ela sabe tudo sobre o deserto e o que ele faz com a gente."

"Será que vai conseguir me curar?"

"Não se preocupe. Vai dar tudo certo. Agora não se mexa." Embora Jay estivesse falando em um tom tranquilizador, Eliza percebia a preocupação em seus olhos. Ela soltou o ar lentamente e ficou imóvel. Tinha apenas uma vaga noção do tempo que passava. Os minutos pareciam horas, e as horas passavam como um raio.

Às vezes ele lhe perguntava como se sentia, e às vezes ela lhe perguntava no que estava pensando. Mas Eliza sabia que nenhum dos dois estava dizendo a verdade. Ele garantia que ia ficar tudo bem, mas seus olhos o traíam. Ela afirmava que estava se sentindo melhor, mesmo sem estar. Quando estava completamente lúcida, lembrou que não haviam conversado sobre o que aconteceria depois das chuvas.

Enquanto Eliza murmurava algo sobre a chuva, Jay parecia cada vez mais preocupado, andando de um lado para outro da tenda, quando não estava sentado ao lado dela. Por fim, porém, ela ouviu o som de uma motocicleta e pessoas falando em voz alta. Logo depois, a velha senhora entrou, andando com a ajuda de um cajado. A primeira coisa que fez foi olhar para o local da mordida e franzir a testa.

"Dois pontinhos vermelhos", disse ela, claramente, para que Eliza pudesse entender. "Aranha, viúva-negra."

Jay ficou visivelmente aliviado, e soltou um longo e lento suspiro. "Achei que pudesse ser isso."

"Você fez bem em não a mover. Não seria bom que o veneno se espalhasse."

"Então temos que ficar aqui?"

"Por hoje, sim. Mas é só mantê-la sem febre. A picada só mata as crianças muito pequenas e velhos."

"Mas a reação dela foi grave, não foi?"

"Sim, igualzinho à sua. Quando era pequeno, eu lhe dei um remédio de ervas, o que não tenho comigo hoje. Não vai ser agradável, mas ela vai sobreviver."

Jay assentiu.

"Abane-a e aplique um pano úmido frio sobre a pele, na nuca, no peito e no rosto. E dê a ela um pouco de água com sal."

"É estranho que isso também tenha acontecido com ela", disse Jay, enquanto acompanhava a velha senhora até a saída.

"Você ama essa mulher?", ela perguntou, mas Eliza não ouviu a resposta.

Alguns minutos depois ele entrou, sorrindo de orelha a orelha. "Vamos ficar aqui por hoje. Caso se sinta bem, voltaremos amanhã de manhã."

"Como ela estava?"

"Muito mais magra e bem mais frágil."

"Me sinto péssima por tê-la feito fazer essa viagem tão longa."

"Não se preocupe. Ela gostou de vir. Agora, por favor, beba. Temos que evitar uma desidratação."

Eliza concordou. Dava para sentir sua temperatura subindo, e ela sabia que o calor podia ficar insuportável.

"A impressão é que tem um machado no meu crânio. Devo estar com uma cara péssima."

"Minha pobre inglesa. Por pior que seja o machado, sua cara nunca poderia ficar péssima."

"Não foi o que você pensou quando me conheceu."

Ela não tinha forças para rir, mas ele sorriu. "Agora ouça. Antes das chuvas, vou levá-la a Udaipore, para ver sua chegada. Pense nas monções. Pense em não ficar com febre. Isso ajuda."

"Por que chamam de viúva-negra?"

"Porque têm essa cor e devoram os maridos."

Apesar da dor, ela sorriu para ele.

Dois dias depois, de volta ao palácio de Jay, os dois se encararam em silêncio no quarto por alguns momentos. Então, ela desabotoou lentamente a camisa dele, que fechou os olhos. Quem estava no comando? Quem dava as ordens? Quem determinava o ritmo? De alguma forma as coisas iam se equilibrando, e Eliza achava isso bom, gostando da sensação de poder.

"Tem certeza de que está bem?", perguntou ele.

Ela riu.

"Qual é a graça?", perguntou ele, abrindo os olhos.

"Estou bem."

Numa fração de segundos, ou pelo menos foi essa a impressão, ele já estava dentro dela. Era como mergulhar num mundo novo, que não pertencia a nenhum dos dois, tendo sido construído por ambos, sem espaço para mais ninguém. Era um mundo que, uma vez erguido, não podia mais se perder; e que continuaria a existir mesmo depois que eles se fossem. Aquilo lhe dava vontade de se perder em Jay, até descobrir o que a fazia ser quem era.

Horas depois, com braços e pernas entrelaçados, ele correu os dedos pelas costas de Eliza.

“Olhe para mim”, disse.

Ela abriu os olhos, então sorriu e segurou a mão dele.

“Por que está sorrindo?”, perguntou Jay.

“Não sei. De alegria, acho.”

Ele sorriu também. “Adoro ouvir sua risada.”

“Você me faz rir”, disse ela.

“Não sei se isso é bom ou ruim.”

“É bom. É tão bom!”

Ele a beijou e ela olhou-o bem dentro dos olhos, depois percorreu seu cabelo com os dedos. Jay ficou arrepiado e apertou-a contra si. Às vezes Eliza ficava preocupada por não saber onde aquilo ia dar, mas, quando estava com ele, não se importava. Lentamente, virou o corpo em seus braços, encostando os lábios em seu rosto.

“Obrigada”, sussurrou.

“Por...?”

“Por ser você. Por estar aqui. Por...” Ela fez uma pausa.

“Por...?”

“Por algo que nunca esperei sentir.” Eliza se espreguiçou. “Queria que isto durasse para sempre.”

Ele não respondeu, mas passou a mão na parte interna de sua coxa.

“Mas íamos ficar com fome”, ela acrescentou.

“Já estou com fome. Você não?”

“Sim, mas não tenho de sair daqui. Comer parece banal.”

“Banal é bom.”

“Mas não tão bom quanto amar.”

Jay fez uma careta. “Hummm. Deixe-me pensar. Comida ou amor?”

Eliza cutucou as costelas dele.

“Ei!”, disse ele, rindo e trazendo-a para junto de si para abraçá-la.

Ela gostava do seu abraço, do seu sorriso, da sua gargalhada e até de quando ficava zangado. Parecia que não havia nada nele que a desagradasse.

"Você me deseja?", perguntou Eliza, reunindo coragem. "Quero dizer, de verdade?"

"Já não deixei isso claro?"

PARTE III

Não é de luz que precisamos, mas de fogo;
não é da chuva tranquila, mas do trovão.
Precisamos da tempestade,
do redemoinho e do terremoto.
Frederick Douglass

24

Recuperada da mordida da aranha e cheia de amor por Jay, Eliza não tardou a voltar ao castelo de Juraipore. Dottie ficara sabendo que ela não passara bem e reunira coragem para ir até o castelo. Ela entrou nos aposentos de Eliza com um buquê de flores nas mãos.

"Tenho que reconhecer que você está com uma cara ótima. Estava esperando encontrá-la pálida e debilitada."

Eliza sorriu e recostou-se no sofá, sentindo-se extasiada.

Dottie a olhou fixamente. "Ah, meu Deus! Clifford a pediu em casamento?"

"Clifford?"

Dottie depositou as flores numa mesinha de canto. "Você está com cara de quem acabou de dizer sim."

"Não."

"Então o que foi?" Ela baixou o tom de voz. "Ou devo perguntar quem?" Houve uma breve pausa, então Dottie levou a mão subitamente à boca. "Você não... ou será que sim?"

Eliza não respondeu.

"Você está apaixonada por um deles. É isso, não é?"

Incapaz de conter o sorriso, Eliza fez que sim. "Jay."

Dottie ficou olhando para ela, com as mãos nos quadris. "Bom, é a raposa no meio do galinheiro. Dos dois lados."

"Você não pode se alegrar um pouco por mim?"

Dottie dirigiu-se até a janela e olhou para fora antes de virar-se de novo para Eliza. "Meu bem, isso vai acabar em lágrimas. Esse tipo de coisa sempre acaba. Embora eu imagine que deva ser deliciosamente romântico." Ela disse a última frase num tom de voz melancólico.

"Será que você poderia falar com Clifford, para prepará-lo?", pediu Eliza.

Dottie balançou a cabeça. "Não, querida. Realmente, não posso. Acho que deve pôr um fim nisso antes que vá mais longe."

"Não consigo."

"Acho que não quer, isso sim. Não a culpo, para ser franca. Deve ser excitante. Mas ele nunca vai se casar com você. Precisa ser uma igual."

"Não tenho tanta certeza."

"Eu tenho, e isso vai manchar sua reputação."

"Mas já fui casada. Não sou exatamente uma virgem."

Dottie atravessou o quarto para sentar-se ao lado de Eliza no sofá, então segurou a mão dela. "As pessoas perdoam um marido morto, mas não uma mulher abandonada, principalmente quando o homem em questão não é um dos nossos."

Eliza deu um suspiro. Não era o que ela queria escutar.

"Por favor, querida. Ponha um fim nisso, e logo."

Jay dera a Eliza a chave de seu escritório para que ela pudesse usá-lo quando bem entendesse para trabalhar. Ela pensou que poderia tirar retratos individuais de cada membro da família, além de outras pessoas, embora suas melhores fotos sempre fossem de gente da cidade ou do próprio deserto. Parecia haver alguma coisa que destacava as pessoas na natureza, como num alto-relevo.

Indira havia voltado da casa da avó, e Eliza ficara aliviada ao saber que a viagem da velha senhora pelo deserto numa motocicleta não a fragilizara ainda mais.

"Você deve estar feliz", disse Eliza, no estúdio, enquanto montava sua câmera no tripé para fotografar Indira. A Rolleiflex ainda não tinha sido devolvida.

"Odeio ver vovó definhando desse jeito", disse Indira. "Para ser franca, não acho que ela tenha melhorado muito. Está se fazendo de forte, mas não come quase nada."

"Você não quis ficar?"

"Ela insistiu para que eu voltasse..." Indira fez uma breve pausa, depois disse: "E então? Faz séculos que você viajou".

Eliza pensou em Jay e na conversa com Dottie, e conseguiu manter uma expressão neutra. "Estou ajudando Jay com o projeto de irrigação. O novo investidor precisa assinar alguns papéis antes da liberação do dinheiro. Isso deve acontecer a qualquer momento, aí a obra vai ser acelerada de verdade."

"Adoraria ver como está progredindo."

"Tenho certeza de que Jay pode levá-la. Agora, poderia se sentar na escrivaninha?"

"Na escrivaninha?"

"Quero fazer um retrato informal."

Indira a obedeceu. "E se eu fingir que estou lendo um livro?"

"Boa ideia."

Ela pegou um exemplar aberto sobre a escrivaninha de Jay e fingiu, o melhor que pôde, estar totalmente mergulhada nele.

"Agora levante os olhos para mim e sorria."

A moça fez o que lhe foi pedido. Uma vez mais, Eliza ficou estupefata com sua beleza. Uma parte dela queria tocar no assunto de seu relacionamento com Chatur, mas, como Jay já havia tratado daquilo, decidiu não se envolver.

"Quer uma foto de pé também?", perguntou Indira.

"Só mais uma com o livro nas mãos antes."

"*Hē bhagavā*", disse Indira, ao virar a página. "Por que Jay está lendo sobre substâncias tóxicas?"

"Não faço ideia", disse Eliza, mudando de assunto. "Você soube que sua avó foi ajudar quando fui mordida?"

"Ela me contou. Na verdade, foi estranho; falou muito de você. Mas é raro alguém morrer por causa de uma picada de viúva-negra."

"Acho que tive uma reação extrema. Jay foi incrível." Eliza não pôde conter o sorriso ao lembrar o cuidado, a gentileza e a consideração dele.

"Ah, é claro que sim", disse Indira, dando um sorriso frio.

"Indi, eu..."

"Ah, não se preocupe; dá para ver nos seus olhos. Nos dele também, aliás. Mas fique atenta. Se eu consigo notar, todo mundo consegue."

"Sinto muito. No início, éramos apenas amigos."

"Não tem problema. Já superei. Mas não se apaixone por ele. Você não é a primeira, Eliza, nem de longe. E Laxmi não vai gostar nem um pouco."

"Ela não sabe", disse Eliza, o mais calma que seu coração acelerado permitiu. Na sua cabeça, repassava as pernas dele, tão escuras em contraste com a brancura dos lençóis, entrelaçadas com as suas.

Indira fez uma careta e balançou a cabeça. "Ela pode ser toda gentil com você, mas acha que os filhinhos queridos nunca fazem nada de errado. Não se deixe enganar, Laxmi não vai permitir que isso continue. É melhor tomar cuidado."

Eliza olhou para as próprias unhas. Quando falou, foi numa voz bem baixa. "Você quer dizer que não sou a primeira inglesa?"

"É claro. Mas ele deve ter lhe contado sobre elas. Não é o que fazem os enamorados? Contam coisas um ao outro. E, de qualquer maneira, você não é virgem, então que importa? Em geral, ele prefere as casadas. Dura menos tempo."

Eliza engoliu em seco. Quantas teria havido?

"É por isso que Jay estava lendo sobre substâncias tóxicas?", perguntou Indira.

"Como assim?"

"Para envenenar Laxmi." Indira jogou a cabeça para trás numa gargalhada, mas Eliza ficou horrorizada. Provavelmente, Jay estava apenas se informando sobre o pirogalol.

Bem nessa hora, ele entrou. Eliza notou a tensão em seus olhos ao ver o rosto dela.

"Eu estava brincando, Eliza", disse Indira.

"Algum problema?", ele perguntou, olhando de uma para a outra.

Eliza fez que não. "Foi só uma piada que não entendi."

Ele franziu a testa. "Só isso?"

"Relaxe", estrilou Indira. "Nossa, você está tenso. Anda fazendo algo que não deveria, Jay?"

"Indira sabe de nós", disse Eliza, achando melhor contar logo.

Ele deu de ombros. "Ia acontecer mais cedo ou mais tarde. Onde quer que eu fique, Eliza?", Jay perguntou, afastando-se de Indira.

"Sentado à escrivaninha. Pode ser?"

"Boa ideia", disse Indira. "O príncipe em sua mesa. Os ingleses vão adorar."

Jay riu, mas Eliza sabia exatamente no que ele estava pensando. Pouco antes de voltarem do seu palácio, ela o encontrara andando para cima e para baixo no escritório. Jay pedira que Eliza o ajudasse com alguns papéis, mas, quando ela deu alguns passos em sua direção, ele a pegou e a pôs sentada na escrivaninha. Então, beijou seu pescoço.

"Achei que estava precisando de mim", dissera Eliza, olhando para os papéis.

"Preciso, sim, mais do que imagina."

Ela riu enquanto ele desabotoava sua blusa e levantava sua saia.

"Que bom que você não está usando calça hoje", ele disse.

Eliza o ajudara a tirar sua roupa de baixo e em seguida ele tirara a própria calça. Ela abaixara a cabeça e beijara-lhe o ventre. Então jogara a cabeça para trás e olhara para o teto, com a cabeça vazia, sentindo apenas os lábios dele roçando sua pele e suas mãos nos seios. Quando já não aguentava mais, ela envolvera o pescoço dele e o puxara para si. A papelada saíra voando enquanto faziam amor. Ao final, estavam tão suados que foram para o quarto dela, onde ela enxugara a umidade da pele dele. Jay fizera o mesmo com Eliza, mas não terminou por ali. Ele lavara o cabelo dela, massageando suavemente o couro cabeludo.

— Massagem capilar indiana — dissera.

Jay a fizera sentar-se num banquinho e ficara séculos massageando sua cabeça, seu pescoço, seus ombros, até ela ter a impressão de que seus músculos estavam liquefeitos. Depois ele a carregara até a cama, onde tinham feito amor de novo, tão lentamente que Eliza pensara ter saído do próprio corpo.

Eliza estava no processo de descobrir do que ele gostava, notando como suspirava quando o tocava, como gostava que ela se mexesse quando a penetrava, mas Jay parecia já saber exatamente o que ela queria, antes mesmo dela própria. Durante aqueles últimos dias no palácio, eles não haviam conseguido se conter. Tinham vivido num mundo à parte, abrigados de tudo que pudesse magoá-los, o que só tornava tudo ainda mais bonito. O pôr do sol era esplêndido; o amanhecer, comovente; o vento carregava a fragrância do jasmim; o dia, brilhante. Seu amor por Jay, pela vida e por seu belo palácio havia se expandido até se transformar em tudo o que existia e viria a existir.

"O que está acontecendo conosco?", perguntara Eliza. Ele respondera que era resultado do pavor de perdê-la depois que fora mordida. Jay tinha que torná-la verdadeiramente sua.

"Também quero que seja meu", dissera ela. "*Hamesha.*"

"Sempre", afirmara ele.

Eliza voltou à realidade, de pé naquele cômodo com ele e Indira, como num choque. Sabia que a lembrança devia tê-la enrubescido, e ficou pensando se voltaria a olhar para uma escrivaninha da mesma maneira de antes.

Jay percebeu sua face corada e piscou, mas Indira a notou também. "Por favor... Se querem manter segredo, chega dessa troca de olhares."

Eliza não tinha se dado conta de que faziam aquilo, mas fazia parte de estar apaixonado: a loucura efervescente e inebriante que deixa as pessoas indefesas — tão envolvidas pela outra que se torna incapaz de perceber qualquer outra coisa. Embora Eliza soubesse que era perigoso, não tinha vontade de parar. Nunca mais. Ela concluiu que precisava se comportar de maneira mais discreta, embora no fundo do coração não tivesse certeza se queria manter aquilo em segredo. Se eles explicassem que se amavam, Laxmi talvez compreendesse. Então os comentários de Indira sobre os casos anteriores de Jay voltaram à sua mente. Seria ele do tipo que se apaixonava e desapaixonava de uma hora para a outra? Enquanto fazia a si mesma aquela pergunta, Eliza olhou para ele e viu o brilho do amor em seus olhos. Não. Jay não podia ser aquele tipo de homem.

25

No dia seguinte, Eliza ficou surpresa quando uma criada disse que Clifford a esperava no salão do *durbar*.

Já fazia calor, embora não passasse de dez da manhã, então pôs uma roupa de verão que ela própria havia costurado, verde-vivo com bolinhas brancas: um corpete justo que levou bastante tempo para colocar, mangas curtas e colarinho branquíssimo. Então, caminhou até o salão, onde deparou com Clifford andando de um lado para o outro, de costas para ela. Eliza deteve-se por alguns instantes, observando-o. Como seus ombros eram curvados e tensos! Ela o imaginou despido, e não pôde evitar a comparação do corpo pálido com o de Jay, cuja pele quando iluminada pelo abajur brilhava como cobre polido. Ela se viu tocando seu amado do jeito que ele gostava, fazendo seu corpo derreter-se e mover-se com o dela, como se o encaixe fosse perfeito.

Ela sentiu pena de Clifford, mas, quando ele se virou para vê-la, recuou, diante do ar de aparente triunfo nos olhos dele.

"Então você resolveu não ir a Shimla."

"Você sabe que sim. Ainda tenho o que fazer aqui."

"Como o quê?"

Embora soubesse que ele estava tentando envergonhá-la, recusou-se a baixar os olhos e sustentou o olhar.

"E então?", perguntou ele.

Ela respirou fundo. "Estou ocupada, Clifford. Aconteceu alguma coisa?"

"Sim. Eis sua câmera de volta." Ele entregou uma caixa a Eliza.

"Obrigada. Alguma outra coisa?"

"Ah, sim. Certamente. Suas cópias impressas logo estarão de volta." Ele não fez menção de sair.

"E...?"

"Vamos até o jardim."

Do lado de fora, o calor já era escaldante, e Eliza começou a transpirar. "Como aguenta usar esse terno de linho?", perguntou.

"Não se preocupe comigo. Estou acostumado."

Eles se instalaram num banco sob uma árvore frondosa. Os pássaros dormiam, de modo que só se ouvia a água caindo de uma pequena fonte e um jardineiro movendo-se lentamente do outro lado do jardim, cuidando das flores.

"Você deve estar se perguntando por que estou aqui."

Eliza olhou para o azul infinito do céu e desejou que Clifford fosse embora. Queria ficar sozinha, pensando em Jay. Gostava de repassar cada momento que os dois haviam compartilhado, quando um arrepio tomava conta do seu corpo. Era como um vício recordar aqueles momentos excitantes demais para dividir com alguém, embora soubesse que em breve teria que contar alguma coisa às pessoas. Com aquilo, referia-se a Laxmi. Eliza estava perdida nos próprios pensamentos quando Clifford falou de novo, e por um instante achou que tivesse escutado errado.

"Pode repetir o que disse?"

"É bem provável que Jayant Singh seja preso."

Ela virou o corpo na direção dele, achando que devia ser uma piada, mas Clifford não estava sorrindo.

"Por quê?"

Ele retraiu o queixo. "Por suspeita de insurreição."

"Não seja ridículo. Ele é quase tão britânico quanto nós."

"Mas não onde mais importa." Ele apontou para o peito. "O coração dele é indiano de cabo a rabo. Qualquer pessoa flagrada distribuindo folhetos subversivos pode ser presa por tempo indeterminado. Sem possibilidade de recurso. No caso de um membro da família real, perde para sempre o direito de governar."

"Mas ele não faria nada desse tipo", disse ela, sentindo as lágrimas surgirem no olho e implorando a si mesma para não chorar.

"Como você sabe disso?"

"Eu sei e pronto. Ele é bom e honesto."

"E você tem passado tempo demais com ele."

Ela retesou-se. "Isso não é da sua conta."

"A mãe dele sabe?"

Eliza desviou o olhar, sabendo que seus olhos trairiam a verdade.

"Bem que imaginei. Ela não vai ficar muito contente."

"Clifford, por favor, não conte nada. Estou pedindo como amiga."

Ele sorriu de um jeito maroto. "Veremos."

Eliza odiava aquela expressão e outras frases desdenhosas que a mãe costumava usar para fazê-la sentir-se insignificante, dando a entender que tudo o que ela pedia era de pouca ou nenhuma importância.

"Como achar melhor, Clifford", disse, levantando. "Não me importo. Fique à vontade."

Ele olhou para cima, para a galeria que circundava o jardim, escondida atrás de telas de *jali*. "Nunca se sabe quem está observando. Pessoalmente, não consigo imaginar como alguém pode querer ficar num lugar como este. Não dê motivo para fofocarem. Acalme-se e sente-se. Não foi por isso que eu vim."

Aquele era o motivo pelo qual a tinha levado para fora. Ele sabia que estariam no campo de visão da *zenana* e que ela não poderia fazer uma cena na frente das mulheres.

"Agora sorria e seja uma boa menina", prosseguiu ele, dando um tapinha no banco. Eliza respirou fundo, arrepiada, mas sentou-se, embora sua vontade fosse de dar um tapa naquela cara presunçosa.

"O que foi que Jay fez?"

"Ainda não posso contar."

"Você não tem nenhuma prova, não é?", perguntou, encarando-o.

"Esteja certa de que tenho tudo de que preciso para colocar seu príncipe atrás das grades por um longo período."

Embora estivesse fazendo um calor terrível, um calafrio percorreu o corpo dela. Mas só podia ser um blefe. Ela teve um mau pressentimento, que pareceu piorar a cada minuto. Primeiro tinham sido aquelas coisas todas que Indira dissera sobre os casos de Jay; mas não conseguia acreditar no que Clifford dizia.

"Por que está contando essas mentiras?", perguntou. "Isso não vai mudar minha opinião sobre você."

"Preciso que me leve ao escritório de Jay quando ele não estiver lá. Consegue fazer isso? Sem que sejamos vistos?"

"Por quê?"

"Tenho que verificar uma coisa."

Ela apertou os olhos. "Você quer que eu o ajude a provar que ele não é fiel aos ingleses?"

"É um jeito de ver as coisas. Ou talvez acabemos provando o contrário."

"Que é uma acusação ridícula e fabricada."

"Exatamente."

"Quem o está acusando?"

"Não posso contar."

"Muito bem. Suponho que não tenha muita escolha."

"Você tem a chave?"

Eliza assentiu.

"Ele deve confiar mesmo em você."

Os dois caminharam lentamente ao longo dos corredores compridos e das paredes espessas. Para Eliza, o ar refrescante trouxe pouco alívio. Ela abriu a porta do escritório e os dois entraram. Clifford foi direto para a escrivaninha, onde se sentou, puxando a máquina de escrever para perto de si. "Onde ele deixa papel?"

"Na segunda gaveta. Por quê?"

Ele não respondeu, mas abriu a gaveta, puxou uma folha e inseriu-a na máquina, rodando-a lentamente. O ruído irritou Eliza, que não pôde conter a sensação de que Clifford demorava-se de propósito — qualquer que fosse sua intenção. Ele datilografou algumas frases, rodou a folha de papel até o fim e tirou-a da máquina.

"Acho que é o suficiente", disse, enquanto se levantava e colocava a folha no bolso.

"O que foi que você escreveu?"

"Pode olhar. Nada importante, garanto."

Ele mostrou-lhe o papel e ela leu algumas frases sem sentido, sobre Kent ser o jardim da Inglaterra.

"Kent não é sua cidade natal?"

"É."

"O que isso tem a ver com Jay?"

"Absolutamente nada. Agora preciso ir embora."

Eliza ficou perplexa. "Mas você disse que queria dar uma olhada no escritório dele!"

"Vi tudo o que precisava. Muito obrigado."

"Não vai me explicar?"

"Outra hora." Ele acenou alegremente, deixando-a sem saber o que pensar. Teria tornado as coisas piores ou melhores para Jay?

Como se não fosse o bastante, no dia seguinte Eliza foi convocada aos aposentos externos do marajá. Quando chegou, ele já estava sentado em um pequeno *gaddi*, com Priya ao lado. Jay e Laxmi estavam de pé diante dele. A postura de Jay — braços cruzados, pernas bem abertas — era um sinal de problemas. Chatur também estava ali, sentado numa cadeira de encosto alto, de costas para a parede.

"Obrigado por ter vindo", disse Anish, fazendo sinal para que Eliza se aproximasse, mas sem indicar que se sentasse. Priya evitou o olhar dela, e Jay apenas fez um aceno com a cabeça. Laxmi desviou o rosto, mas Eliza achou que seus olhos pareciam vermelhos. O que estava acontecendo?

"Você assume a responsabilidade por isso?", perguntou Anish.

"Sim. Foi tudo obra minha", disse Jay.

"E você, mãe?"

"Eu..."

"Ela não teve nada a ver com isso", interrompeu Jay.

Laxmi sacudiu a cabeça, mas permaneceu em silêncio.

"E como conseguiu se apoderar da chave, sem a ajuda da sua *mãe*?", acrescentou Priya, num tom depreciativo.

Jay baixou os olhos. Então, levantou a cabeça e encarou o olhar furioso de Anish. "Eu sabia onde ela guardava."

"E o penhor que você assumiu com as joias da família? Minha herança, para ser bem direto. E não sua."

Priya fez menção de dizer algo, mas Anish ergueu a mão, como que a advertindo para ficar em silêncio. Se um olhar pudesse matar, o marajá cairia duro na hora.

Laxmi levantou pesadamente os ombros. "Foi sugestão minha. Não é culpa de Jayant."

Priya ergueu-se repentinamente. "Repita isso!"

Laxmi ajeitou os ombros e encarou a nora. "Eu dei a chave a ele! Foi ideia minha penhorar as joias. A irrigação de nossas terras é crucial para que a população sobreviva a outra seca. Você não estava fazendo nada, Anish. Seu pai teria vergonha. Não percebe que os ingleses vão acusá-lo de incompetência e perderemos tudo?"

"Mãe!", disse Anish, num tom estupefato.

"Mãe", repetiu Jay, triste. "Não posso deixá-la assumir a culpa."

Priya sentou-se. "Mande-a sair. Por favor, Anish."

Laxmi prosseguiu. "Eu o alertei, Anish. Você não fez reformas nem chegou a um acordo mais justo para a gestão das terras. O povo vai se insurgir contra nós se não fizermos nada. Você sabe que a Conferência dos Súditos dos Estados existe apenas para enfraquecer os príncipes."

Anish olhou para as próprias mãos e brincou com os anéis que estava usando, que eram pelo menos dois em cada dedo. Priya o olhava com uma cara horrível. Eliza podia perceber que Anish era fraco e a mulher o desprezava por isso.

"Você quer que os camponeses recorram aos ingleses, e não a nós?", perguntou Laxmi.

"Bobagem. Você está se aborrecendo sem motivo", disse Anish. "E é claro que não tem culpa pelo roubo das joias. É responsabilidade de Jay, não sua."

Priya soltou um muxoxo, ruidoso o bastante para que todos ouvissem, então falou: "Quando o penhor vai ser restituído?".

"Tivemos que prorrogá-lo quando os ingleses nos deixaram, mas conseguimos encontrar outros investidores, e a papelada deve ser assinada em questão de dias", confirmou Jay.

"E quanto vocês devem?"

Jay engoliu em seco. "Muita coisa, irmão."

Anish engasgou. Sua cara ficou vermelha. Apertando o próprio peito, ele se encolheu, como se estivesse sentindo dor. Laxmi deu um passo à frente, mas Priya a deteve e disse em um tom amargo:

"Já aconteceu antes. Vai passar. Aquele médico inglês que o residente enviou não serviu para nada. O sr. Hopkins disse que meu marido precisava perder peso e fazer mais exercícios. Só precisávamos de um remédio."

"Não se exalte demais, meu filho", disse Laxmi, balançando a cabeça com tristeza.

Eliza viu que Anish aos poucos recobrava a cor normal e começava a parecer melhor. Ela se deu conta de que Clifford devia ter imaginado que o marajá apoiaria a prisão de Jay pelo roubo das joias. Não tinha nada a ver com papéis subversivos, e Eliza receou que Anish de fato prestasse queixa. Mas ela não entendia por que Clifford precisara usar a máquina de escrever de Jay para datilografar um parágrafo sobre Kent. Se a questão eram as joias, onde ficava a infidelidade à Coroa britânica?

Anish apontou para Jay. "Eu o considero o único responsável. O que uma mulher sabe dessas coisas? Se o penhor for devolvido até o fim da semana, posso esquecer o ocorrido. Caso contrário, vou destituí-lo de suas terras como compensação. Está claro?"

Eliza prendeu a respiração quando Jay fez que sim com a cabeça.

"Por que trouxe Eliza até aqui?", ele perguntou em seguida.

"Por que ela está por trás disso tudo", disse Priya.

Anish a ignorou. "Porque preciso que ela seja testemunha dos documentos que elaborei explicando o que vai acontecer caso seu penhor não seja restituído a tempo. Chatur também vai assinar."

Durante toda aquela conversa, Eliza sentira-se incomodada, mas agora podia respirar. Bastaria que a papelada dos empréstimos fosse assinada a tempo para que o penhor fosse restituído, e tudo terminaria bem. Ela olhou para Jay como se perguntasse se devia assinar. Ele assentiu e desviou os olhos.

Chatur sorriu para Eliza, o que fez seu sangue gelar.

26

Eliza olhava pela janela na esperança de que o entregador chegasse logo com suas impressões fotográficas vindas de Delhi. Apesar do calor escaldante, adorava admirar os macaquinhos pulando de galho em galho, e a vista panorâmica dos telhados retilíneos da cidade dourada continuava tirando seu fôlego. As casinhas em formato cúbico, coladas aos muros da fortaleza, agora pareciam quase brancas, brilhando no calor. No céu prateado, revoadas de periquitos verdes alçavam voo e mergulhavam.

Ela percebeu um comboio de carros ziguezagueando morro acima. Quando o primeiro carro buzinou e parou, Clifford e outro homem desceram, ambos vestindo ternos escuros e bastante formais. O carro de trás encostou e dois oficiais do Exército britânico saíram dele, ambos enxugando a testa com lenços brancos. Quem quer que estivesse no terceiro carro, nele ficou. Eliza continuou observando até que os homens desapareceram de seu campo de visão ao entrar no castelo. Intrigada, ela desceu correndo a escadaria principal, quase levando um tombo nos três últimos degraus.

No salão não havia ninguém, tampouco no pátio. Um estranho silêncio imperava no castelo. Ela sentou-se em um dos balanços, sentindo o aroma de jasmim cada vez mais forte, e ficou à espreita. O cheiro das especiarias já estava no ar: gengibre, coentro e cardamomo. Estava acostumada ao ar carregado de temperos e ao perfume das flores, e não queria ir embora de Rajputana.

Nem ela nem Jay haviam discutido o futuro, além da necessidade de garantir que a primeira etapa do projeto fosse completada a tempo. A impressão era de que aquilo aconteceria tão logo a papelada fosse assinada. Jay havia prometido que, assim que terminasse a primeira etapa, ia levá-la a Udaipore, onde veriam o firmamento escurecer e as nuvens surgirem antes que o céu se abrisse de novo. Eliza pensava naquilo de olhos fechados, mas abriu-os bem a tempo de ver Jay caminhando em direção à saída, cercado pelos dois oficiais do Exército. Ele virou para ela e mexeu os lábios de modo a formar as palavras "Não se preocupe". Eliza ficou paralisada. Tinha que se preocupar. Jay caminhava com as costas eretas e o queixo levantado, majestoso da cabeça aos pés, enquanto os soldados o seguravam pelos cotovelos. Era uma visão incômoda. Estava claro que tinha sido preso. Ela se virou e viu Laxmi, com ar desolado, ao lado de uma triunfante Priya, então correu na direção da mãe de Jay.

"Não há nada que possamos fazer?"

"Só podemos depositar nossa fé nos deuses."

Eliza olhou fixamente para ela. "Isso é loucura. Deve haver alguma coisa. Vou falar com Clifford Salter. Tenho certeza de que vai ajudar."

"Foi ele quem mandou prender meu filho."

"Mas Anish disse que ia esperar até a assinatura dos papéis. Jay precisa ir a Delhi amanhã para isso. Como vai fazer isso, se estiver preso? Por que Anish não esperou?"

Laxmi mordeu o lábio. "Isso não tem nada a ver com o penhor ou as joias. Meu filho está sendo acusado de tentativa de sabotagem, de redigir panfletos incendiários contra os ingleses e de incitar a insurreição."

Eliza voltou a fitá-la. "Mas isso é absolutamente ridículo. É claro que Jay não faria algo do tipo. E o que ele teria sabotado, exatamente?"

"O projeto de irrigação."

Eliza quase deu uma gargalhada. "Não faz o menor sentido. Preciso fazer alguma coisa."

Ela fez menção de correr atrás dos soldados. Priya fez uma careta e Laxmi a segurou pela manga. "Não exponha a si própria e a nós."

Eliza estava possessa. "É só com isso que a senhora se importa? Não vai reagir?"

"Não desse jeito. Se sair correndo atrás de seus compatriotas, estará fazendo o jogo deles. Porte-se de maneira digna e ganhe tempo para refletir. Ainda tem muito a aprender. Venha."

Eliza deixou Priya plantada e seguiu Laxmi. Quando chegaram à *zenana*, a mulher fez sinal para que ela a acompanhasse até sua sala de visitas. Numa atitude pouco comum, Laxmi não se sentou, mas tocou uma campainha e ficou andando de um lado para o outro. Eliza tinha um milhão de perguntas na cabeça, mas, por respeito à mulher, segurou a língua. A prisão de um integrante da realeza era algo extremamente raro, e a mãe de Jay devia estar terrivelmente preocupada. Talvez até assustada. Eliza esperou que ela falasse. Depois de uns dez minutos, trouxeram chá, e Laxmi finalmente sentou-se.

"Achei que pudesse ser uma influência positiva para meu filho, mas veja só o que aconteceu!"

Eliza ficou estupefata. "Está pondo a culpa em mim?"

"Lembra-se de quando eu disse que o sr. Salter era um homem adequado para você?"

"Isso nunca esteve em cogitação."

Laxmi a ignorou e prosseguiu com sua linha de raciocínio. "E também lhe disse que havia encontrado a parceira ideal para meu filho."

Eliza ficou boquiaberta. "Quer mesmo falar de casamento quando Jay acaba de ser arrastado para fora do palácio como um bandido qualquer?"

"Ele não foi arrastado. Vamos nos ater aos fatos."

Uma vez mais Eliza teve que ouvir um discurso sobre as perspectivas matrimoniais dele, e sobre tudo o que ia acontecer se casasse com alguém inferior.

"Não se importa com a felicidade de Jay?", Eliza perguntou quando Laxmi terminou de falar.

A mulher sorriu. "O amor romântico passa pela vida tão rápido quanto uma libélula. São as semelhanças na criação que solidificam um casamento. Diferenças demais acabam por destruí-lo."

"Não sou tão diferente de Jay."

"É diferente o bastante. Meu filho pode achar que a ama..."

“Ele disse isso?”

Laxmi não respondeu. “Como eu estava dizendo, o que quer que ele pense agora é resultado do desejo, não do amor.”

“Como pode dizer isso?”

“Porque eu mesma passei por essa situação.”

Eliza respirou fundo, depois soltou tudo de uma vez. “Por favor, podemos não falar desse assunto agora? O que vamos fazer a respeito de Jay?”

“As duas coisas estão conectadas, minha cara.” Laxmi a encarava fixamente. “Receio que o sr. Salter tenha provas. Ele me mostrou um panfleto datilografado na máquina de Jay. A letra ‘j’ fica presa. Não aparece direito.”

“Ele jamais teria feito algo assim. Alguém deve ter entrado lá.”

“Pode até ser, mas eles têm uma prova, e o mal está feito.”

“Mas não é justo”, disse Eliza, à beira das lágrimas.

“Raramente este mundo é justo, minha cara. Mas fico contente por ver que acredita em Jayant. Agora, tenho uma ideia para resolver esta situação. Se eu lhe contar o que quero que faça, promete que obedecerá palavra por palavra?”

“É claro. Farei qualquer coisa que possa ajudá-lo.”

“Mas não vai gostar do que tenho a dizer.”

Toda espécie de pensamento passou pela cabeça de Eliza, mas ela assentiu. “Não importa. Basta pedir.”

“Vai ter que agir rápido, porque Priya está decidida a convencer Anish a expulsá-la do castelo. Chatur também. Desde o início, nenhum deles a queria aqui, e ambos acham que vem sendo uma influência negativa sobre Jayant. E devo dizer que, no fim das contas, estou inclinada a concordar.”

Fez-se uma breve pausa, enquanto Eliza processava tudo.

“Bem, minha ideia exige que a senhorita fale de novo com o sr. Salter... e talvez um pouco mais.”

Eliza fitava Laxmi enquanto a mulher explicava sua ideia. Quando terminou, a fotógrafa ficou muda. Não haveria outra solução?

Eliza saiu horrorizada para pensar em seu quarto. Ficou inerte grande parte do dia, olhando pela janela e pensando em como as coisas haviam chegado àquele ponto. Repassou cada momento que vivera com Jay. Tinha certeza de que ele retribuía seu amor: seu carinho e sua paixão eram diferentes de qualquer coisa que já havia experimentado. Tudo o que ela queria era passar o resto da vida ao lado dele, e aquilo era algo que nunca esperara sentir. Sua intenção inicial era dedicar a vida ao trabalho, mas os dois se sentiam à vontade juntos, em paz no silêncio — e o risco tornava tudo mais excitante. Às vezes a tensão que sentia quando faziam amor era tão forte que parecia que queriam arrancar pedaços do outro. Aquilo parecia surgir da necessidade imperiosa de penetrar na alma do parceiro, como se estivessem tentando virar uma coisa só. Em outros momentos, tudo era doce e tranquilo, e Eliza relaxava no corpo de Jay de uma maneira lânguida e nova. Agora, ela estava deitada no próprio quarto, nua, e sabia que não era o desejo que movia Jay. Ele próprio dissera aquilo. Acreditava em destino.

Então ela se lembrou do que ele havia dito sobre uma Índia independente, governada pelos indianos. Teria sido ele mesmo o responsável pelos panfletos ilegais?

Então alguém bateu à porta, e ela deu um salto. Eliza teve vontade de ignorar, mas lembrou que poderiam ser notícias de Jay, então jogou um roupão sobre o corpo e abriu.

"Indi?", exclamou ao vê-la. "Você está com uma cara péssima. Tem notícias de Jay?"

A moça fez que não. Seus olhos estavam vermelhos de tanto chorar. "É minha avó. Ela está doente de novo, preciso ir embora."

"Sinto muito."

"Mas não foi por isso que vim. Trouxe isto para você", ela disse, entregando um envelope.

Indi foi embora e Eliza examinou o selo. Era da Inglaterra, mas a letra não era da mãe. Ela o abriu e encontrou apenas uma folha de papel.

Na mesma hora, viu que era de James Langton.

Minha cara Eliza,

Nunca achei uma boa ideia que você fizesse as malas e abandonasse sua mãe numa hora de necessidade. Enquanto estava do outro lado do mundo (num capricho, devo acrescentar), fiquei ausente durante vários meses, por conta de um importante negócio imobiliário.

Ao voltar para casa, descobri que sua mãe havia sofrido um derrame. Ela está internada, e os médicos acham que não foi o primeiro.

Já havia sintomas. A fala arrastada talvez não se devesse inteiramente ao gim, como você dizia. Depois da morte precoce do seu pai, você deveria ter ficado em casa para cuidar de Anna. Fiz tudo o que pude. Precisa voltar para casa imediatamente, seja para cuidar dela, caso sobreviva, seja para seu enterro.

Quanto a mim, estou para contrair núpcias, de modo que não posso me encarregar desse fardo.

Atenciosamente,

James Langton

Uma dor lancinante no peito impedia Eliza de respirar. Além da culpa que sentia por causa do pai e de Oliver, agora acontecia aquilo. Era uma péssima filha, que abandonara a mãe no pior momento possível, o que a fez sentir-se terrivelmente desnaturada. Ela devia estar aterrorizada. Era claro que precisava voltar para cuidar dela em seus últimos dias. Não havia escolha. Mesmo assim, não conseguia deixar de lembrar o quanto tentara convencer a mãe a beber menos. Escondera as garrafas, ficara de olho nela, passara noites em claro. Nada adiantara. Anna Fraser estava determinada a se autodestruir. E como poderia reunir forças para abandonar o gim sem ter outra coisa para ocupar seu lugar? Eliza vira o jeito como usava o álcool para dissimular a solidão e os demônios interiores que assombravam sua existência. Eliza tinha consciência de que o alcoolismo da mãe era uma doença da mente, do corpo e dos sentimentos. Não havia auxílio para aquilo na medicina, não havia instituição que pudesse ajudar; sua mãe tinha se entregado ao próprio vício, enquanto o mundo fingia não ver e a acusava de covarde. Eliza também a achava fraca — uma alcoólatra imprevisível, de quem não se podia cuidar. Mas talvez seu pai tivesse parte da culpa. Talvez Anna não estivesse mentindo. Talvez não tivesse sido a morte de David que provocara sua decadência, mas sua infidelidade. E talvez *mais*. O que *mais* poderia ter acontecido?

Eliza foi até o armário e o examinou, sentindo cheiro de naftalina. Pegou o vestido de seda que Clifford lhe dera. Tão bonito. Tão perfeito. Ao ler de novo a carta, ocorreu-lhe que vivia num paraíso povoado de mentiras. Jay entrara em sua mente e mexera com sua cabeça. Apesar de dividida entre ajudar o homem que amava e sua pobre mãe, agonizando solitária, sabia qual era seu dever. Ao olhar pela última vez a vista da janela, Eliza começou a chorar.

27

Eliza mal conseguira dormir e já tinha que encarar sua decisão. No fim, havia de fato apenas uma última coisa que lhe restava fazer por Jay antes de partir para a Inglaterra. Com enorme dor no coração, faria o que Laxmi lhe pedira. Primeiro, poria um vestido europeu convencional, com colarinho curto e cintura marcada, e prenderia o cabelo. Depois, calçaria seu melhor par de saltos altos, aplicaria um pouco de ruge e batom, passaria as últimas gotas de seu Chanel nº 5 atrás das orelhas, e reuniria toda a sua coragem.

Ela havia pedido um carro. Enquanto esperava no portão do castelo, pensou em seu período ali, desde o momento em que chegara, nervosa e insegura em relação ao que lhe reservava o futuro, até a terrível visão de Jay sendo levado embora. Aqueles meses haviam sido repletos de altos e baixos, mas acima de tudo ela se lembraria para sempre da felicidade que nunca havia imaginado ser possível. E agora lá estava ela, sem que nada tivesse realmente mudado.

O carro chegou e, mais rápido do que gostaria, ela foi deixada na entrada da Residência Britânica. Antes de bater à porta, olhou para a cidade atrás de si. Era uma região elegante, de *havelis* sofisticados, onde viviam ricos comerciantes e erguiam-se orgulhosamente edifícios britânicos, cercados por jardins viçosos com forte perfume de flores. Eliza respirou fundo. Se batesse bem de leve, o criado não escutaria e ela não teria que seguir adiante com aquilo. Queria poder voltar no tempo, para os dias que passara com Jay em seu palácio, os mais felizes de sua vida. Mas aquilo não era possível, por mais que praguejasse contra a marcha do destino ou implorasse. Precisava fazer aquilo. Assim, bateu vigorosamente na porta, com os nós dos dedos. De que adiantava adiar o inevitável?

O criado mostrou-lhe a varanda coberta nos fundos da casa. Ela acomodou-se calmamente e sentou bem ereta, conseguindo controlar as emoções. Ficou assistindo aos passarinhos dando bicadas na trilha de pedregulhos; olhou para cima, para as manchas azuis no céu, em meio aos galhos de jasmim. Aquele lugar era um festival de flores, e Eliza imaginou como Clifford conseguia dispor de tanta água para mantê-las frescas. Ventava muito pouco, e ela começou a sentir calor. Olhou em volta, com a ideia de levantar-se e ir para dentro, onde provavelmente haveria um ventilador.

O criado trouxe uma jarra de limonada gelada e dois copos de cristal numa bandeja de prata.

"O senhor está vindo", disse, fazendo uma pequena mesura para Eliza.

Ela ouviu passos e, ao virar-se, viu Clifford, cujo rosto estava corado.

"Está fazendo um calor terrível", disse ele, sentando-se de frente para ela. "Vamos tomar isto e depois entrar, se não se importa."

"De modo algum."

Durante alguns minutos eles ficaram sem falar, e Eliza desfrutou da sensação do copo gelado contra a palma da mão quente. Sentindo um princípio de dor de cabeça devido ao calor, teve vontade de passar o copo na testa, mas não o fez. Seus ombros e seu pescoço estavam rígidos devido à tensão. Conseguiria continuar? Todas as células de seu corpo a mandavam ir embora, mas ela permaneceu sentada, torcendo para que seu conflito interno não transparecesse.

"Vamos entrar?", perguntou Clifford, estendendo-lhe a mão.

Eliza assentiu e deixou que ele a conduzisse para dentro, passando para uma pequena sala de estar onde o aguardara em outras ocasiões.

Clifford fez sinal indicando onde ela devia se sentar, e Eliza refestelou-se numa poltrona de assento muito macio, com almofadas que quase a engoliram. Erguendo o próprio corpo para sentar-se na beirada da poltrona, pensou que havia feito mal, porque era fundamental manter-se ereta e no controle.

"Este verão vai ser um inferno, não acha?", disse ela.

"Você poderia estar em Shimla", respondeu ele, com o semblante impassível.

"Eu sei."

Fez-se um silêncio prolongado e incômodo, durante o qual Eliza pensou em como poderia começar seu discurso. Por fim, resolveu simplesmente falar.

"Clifford." Ela engoliu em seco rapidamente antes de prosseguir. Não havia volta. "Gostaria de aceitar sua outra oferta, se ainda estiver de pé."

Ele franziu a testa.

"O que quero dizer é..."

"Acho que sei o que quer dizer."

"E então?"

Ele parecia desgostoso, o que fez Eliza pensar, por um instante, que talvez fosse tarde demais. Ela olhou para ele, à espera de alguma reação, mas não conseguiu ler a expressão em seu rosto.

"Estou dizendo que aceito sua proposta de casamento." Ela fez uma pausa. "Se me aceitar."

Ele continuava a olhar para ela, sem dizer nada, então abriu um sorriso. "Eu sabia que ia cair em si."

Por dentro, Eliza teve nojo, mas tentou não demonstrar.

Clifford levantou-se e aproximou-se de onde ela ainda estava sentada, impassível, nervosa e triste. Ele deu a impressão de não reparar e estendeu a mão para Eliza, que se deixou levantar. "Você fez de mim um homem felicíssimo. Não vou decepcioná-la."

Ela baixou a cabeça por um instante, depois encarou-o. Sentia um nó na garganta. Conseguiria falar, ou só emitiria um som abafado? Com uma expressão intrigada, ele inclinou a cabeça, como se já soubesse que ela ia dizer algo mais, mas não sabia o quê.

"É por causa da sua mãe? Podemos trazê-la para cá, se quiser. Ou talvez eu consiga ser transferido para Londres. Como preferir. Seu desejo é uma ordem.", prosseguiu ele, como se nada pudesse estragar aquele momento.

Clifford curvou-se para beijá-la, mas Eliza balançou a cabeça e recuou, tomada pela culpa. Antes de falar, limpou a garganta. "Receio que haja uma condição."

Houve uma breve pausa, e ela ouviu o piar de algum passarinho no jardim. Provavelmente uma *oloo*, pensou, que lhe parecia o nome perfeito para uma coruja. Era estranho como coisas daquele tipo se infiltravam na sua cabeça, até mesmo em horas como aquela. Eliza se recompôs e reuniu toda a sua coragem.

"Eu me caso com você desde que liberte Jay sem macular sua reputação. Todas as acusações contra ele têm que ser retiradas, e preciso da sua garantia de que não será preso de novo."

"Fico contente em saber que decidiu não jogar sua vida fora por um indiano, mas você dificulta muito as coisas para mim, Eliza."

Ela engoliu em seco. "Sinto muito."

Clifford sacudiu a cabeça. "Preciso de tempo para pensar."

"Não há tempo. Ele tem que ser solto hoje. Precisa assinar os acordos com os investidores em Delhi, ou vai perder tudo e o projeto de irrigação vai fracassar."

"Ele significa tanto assim para você?"

"Sim, mas o projeto de irrigação também. Jay quer fazer o bem, Clifford, você precisa entender isso. Quando o conheci, a vida dele parecia sem propósito. Agora, tem um objetivo, e é algo bom. Sabe que ele nunca sabotaria o próprio projeto. Não faz sentido."

"E os panfletos?"

Eliza pensou por um momento, mas não podia deixar de sentir que Chatur estava metido naquela história.

"Acho que alguém armou para ele", disse. "Se eu fosse você, interrogaria Chatur."

"Apostaria sua vida nisso?"

"Sim."

"E está disposta a se casar comigo para garantir a soltura de Jay." Clifford estacou por um momento, antes de olhar em seus olhos. "Eliza, posso perguntar uma coisa?"

Ela assentiu.

"Acha que um dia pode vir a me amar?"

Ela conseguiu perceber a tristeza nos olhos dele. Com a memória de Jay gravada em todo o seu ser, não pôde dizer que sim. "Prometo tentar."

"Bem, talvez eu tenha que me contentar com isso. Sendo assim, pode considerar o príncipe Jayant um homem livre. Mas nosso pequeno acordo nunca deverá ser mencionado, ou minha reputação ficaria arruinada. Compreende?"

"É claro."

"Estou falando sério, Eliza. Nem ele poderá saber."

Ela assentiu.

Clifford foi até o escritório dar um telefonema e voltou em seguida.

"Pois bem", ele disse. "O que acha de uma pequena viagem até Shimla, só nós dois? Podemos ir depois de amanhã, se você precisar de tempo."

"Clifford, tenho que ir para a Inglaterra. Vou para o castelo fazer as malas."

Ele franziu a testa.

"Ah, meu Deus! É tanta coisa que me esqueci de lhe contar. Minha mãe está hospitalizada e gravemente doente. Não tenho alternativa a não ser ir vê-la. Ela não tem ninguém."

Ele pareceu decepcionado, mas concordou. "É claro."

"Espero conseguir pegar as últimas cópias das minhas fotos na gráfica quando passar por Delhi."

"Algumas já estão a caminho, creio, mas se informe quando estiver lá. Também tenho as primeiras chapas. Vou ajudá-la com os preparativos e arcar com o custo de uma acomodação de primeira classe no *Viceroy of India*. É o navio mais rápido. Cuide apenas de estar em Delhi assim que puder. A passagem será entregue no hotel." Ele fez uma pausa. "Conhece o Imperial?"

"Conheço, mas nunca fiquei lá."

"Vá para lá e espere que a passagem chegue. Deve levar apenas alguns dias. Vou telegrafar à companhia de navegação."

"Não posso aceitar tudo isso."

"Faço questão. Quando você voltar, estou certo de que Julian Hopkins e Dottie vão convidá-la a ficar com eles até o casamento. Tem ideia de quanto tempo vai precisar ficar na Inglaterra?"

"O tempo que for necessário."

"Tenho uma coisa para você", disse ele, abrindo uma gaveta na escrivaninha de mogno em frente à porta. Ele pegou uma pequena caixa revestida de veludo e entregou a Eliza. "Espero que caiba."

Ela a abriu e viu um anel de ouro, diamantes e rubis.

"Era da minha mãe. Gosta?"

Eliza fez que sim e deixou que o colocasse em seu dedo, ignorando as lágrimas que queriam surgir no canto dos olhos.

"Vou mandar publicar um anúncio no *Times*", disse Clifford. "Receio que não haverá um carro disponível nos próximos dias. Pode ir de trem para Delhi?"

Eliza concordou, e ele pareceu não notar que tudo o que ela mais queria era se encolher e morrer.

28

MAIO

Clifford era um homem bastante digno, ainda que lhe faltasse um pouco de sensibilidade, já que nem notou o desespero que tomou conta do rosto de Eliza ao aceitar desposá-lo. Ou talvez tivesse percebido, mas não quisesse reconhecer. Estava satisfeito com sua própria visão de mundo, definida por seu ponto de vista rígido em tudo o que dizia respeito à Índia. Eliza estava decidida a encontrar um jeito de suportar aquilo, mas e se morresse um pouco toda vez que ele a tocasse? Tentou se consolar, como se pudesse, de alguma maneira, forçar-se a esquecer o que realmente sentia. Se não fosse tarde demais, eles teriam filhos; ela poderia ser mãe e propiciar aos filhos uma vida confortável. E continuaria a trabalhar como fotógrafa.

Mas sua alma ansiava pela paixão e pela felicidade que vivenciara com Jay. Era como se lhe tivessem oferecido um vislumbre do paraíso por detrás da porta de uma prisão só para a fecharem de novo. Talvez nunca passasse de uma euforia de curta duração, mas agora ela não teria como saber. Com uma sensação dolorida de aperto no peito, empacotou os pertences que precisaria levar para a Inglaterra. Seu desejo era não colocar na mala a lembrança de suas mãos em seu corpo, de seus lábios em sua boca, de sua voz e do seu jeito. Mas era impossível. Jamais conseguiria tirar da bagagem suas emoções. Tampouco poderia esquecer o aroma de sândalo e limão. Ou a visão de seus olhos cor de âmbar. Ela fora ingênua e tola por acreditar que um futuro com Jay era possível.

Eliza consolou-se ao pensar que não ia decepcionar Laxmi e que Jay estaria livre para completar seu projeto. Então ouviu uma leve batida na porta, e a mãe dele entrou, usando um lenço que flutuava solto em seu entorno. Era a segunda vez que ela entrava em seus aposentos.

Ela estendeu as mãos para Eliza. "Estarei para sempre em dívida por aquilo que fez hoje."

Eliza engoliu o nó na garganta e assentiu, mas, temendo deixar entrever um pouco de sua terrível solidão interior, não se aproximou e manteve os olhos baixos.

"Sei o quanto deve ter sido difícil", acrescentou Laxmi.

Eliza ergueu os olhos. "A senhora não faz ideia."

"Acho que faço. Você fez algo profundamente generoso. Libertou meu filho. Ninguém mais poderia ter feito isso."

"Não tive escolha."

"Talvez. Mas nem todos teriam agido assim. Você mostrou grande valor. Se as coisas tivessem se dado de outra forma, eu teria tido orgulho de chamá-la de nora. De filha."

As lágrimas encheram os olhos de Eliza, e a tristeza embargou sua voz quando ela tentou responder, sem sucesso.

"Às vezes a vida nos coloca diante de escolhas impossíveis. Sei que se importa profundamente com meu filho, e ele com você", prosseguiu Laxmi, "mas espero que compreenda que tenho um dever."

"Obrigada por todo o seu apoio durante minha estadia aqui", disse Eliza, ainda com um nó na garganta. Admirava enormemente Laxmi, mesmo sendo um obstáculo entre ela própria e Jay.

"Lamento que o final não tenha sido mais feliz."

"Estou indo para a Inglaterra. Minha mãe está muito doente."

"Faço votos de que sua viagem transcorra em segurança. Espero que um dia compreenda minha posição."

Eliza não conseguiu responder.

"Venha aqui, minha querida."

Eliza aproximou-se e Laxmi envolveu-a com os braços. Justamente quando pensou que não ia mais chorar, as lágrimas escorreram.

*

A viagem para Delhi, que levaria a noite inteira, começou à tarde. Fazia um calor quase insuportável no trem. O vagão estava repleto de moradores da região. Ela não gostava da influência que a Inglaterra tinha sobre aqueles homens e mulheres, e não queria fazer parte daquilo. No entanto, casando-se com Clifford, teria que ficar de bico calado. Cada vez mais, dava-se conta de que os ingleses tinham que ir embora do país. Só lhe restava torcer para que o movimento nacionalista tomasse o poder sem uma carnificina. Como muita gente, tinha certeza de que aquilo ia ocorrer, porque, do jeito que as coisas andavam, como poderia ser diferente?

Seu vestido já estava empapado de suor, e o tempo todo ela tinha que enxugar a testa. Tirou o anel de noivado, com medo de que os dedos inchassem; ou pelo menos foi a desculpa que deu a si mesma. Ocorreu-lhe que o único jeito de aguentar a longa e entediante viagem em um trem lotado era pensar em todas as belas fotos que tinha feito. Aquilo ninguém poderia tirar dela.

As imagens pareciam surgir do nada. Quanto mais ela preenchia a mente, mais delas surgiam. Primeiro, o acampamento rústico onde estivera com Jay; os homens enrolados nos cobertores, de madrugada, sentados de pernas cruzadas perto da pequena fogueira. Os açudes diminutos onde meninos davam de beber a búfalos. O lago, ao amanhecer e ao fim da tarde. Os rostos dos rajaputes e de seus camelos. As cores do castelo, que lembravam pedras preciosas. A iluminação noturna de conto de fadas. O jeito como a luz refletia na água das fontes dos jardins. Os periquitos e as libélulas. As concubinas penteando o cabelo. As mulheres, com sua postura ereta, sua dignidade e suas roupas coloridas. Os retratos da família real e de Indira, parecendo olhar para o mundo como se tivessem conhecimento de tudo.

Então, ela pensou nas chuvas, que estavam por chegar, e lamentou não poder ver a cor negra do céu e o estrondo torrencial das monções. Morria de vontade de estar em Udaipore, a cidade dos lagos cercados pela cordilheira Aravalli, e na fortaleza no topo da colina, de onde assistiria a tudo. Não imaginara que deixaria a Índia antes das chuvas, e no entanto lá estava ela. Indo embora. Suas têmporas latejavam de tristeza. Eliza não conseguia abstrair o som das rodas do trem chocando-se contra os trilhos, tão insistente que o tac-tac-tac parecia vir de dentro de sua cabeça. Ela levou a mão à boca, temendo que a dor represada encontrasse um jeito de escapar. O tempo, sombrio e vazio, a estava afastando do homem que amava, forçando-a a casar-se com outro. O ruído do movimento do trem parecia fazer troça de seus sonhos desfeitos.

Seus pensamentos divagaram então para a mãe, agonizando sozinha no hospital, encarando a morte sem ninguém para amá-la. Viver uma vida inteira e terminar sem uma pessoa sequer ao lado era um destino digno de pena. Por mais desnaturada que tivesse sido como mãe, Anna merecia melhor sorte. E, embora Eliza sentisse um aperto no coração, faria o melhor por ela. Seria uma filha obsequiosa, grata por ter uma última chance de fazer as pazes.

Na chegada a Delhi, o tempo estava péssimo. Uma espécie de névoa quente e pegajosa pairava sobre a cidade. Seu quarto no Imperial era diminuto, mas confortável. Ao abrir a porta do banheiro, ela deparou com uma banheira à moda antiga, instalada sobre um piso de ladrilhos pretos e brancos, além da pia e do vaso de praxe, e um imenso espelho. Ela deixou as pesadas cortinas do quarto abertas para poder ver o céu quando se deitasse, rezando para conseguir dormir um pouco antes da etapa seguinte da viagem — que não sabia se seria logo ou só dali a alguns dias. Eliza esperava conseguir apanhar as cópias de algumas de suas fotos na gráfica no dia seguinte para mostrá-las à mãe e talvez despertar o interesse de algum jornal local. Agora, a única coisa que podia fazer era pensar num jeito de arejar um pouco a cabeça exausta e dar a ela uma oportunidade de se recuperar da dor que não passava desde que saíra de Juraipore.

Embora o ventilador do quarto estivesse funcionando, não fazia nada além de espalhar ar quente. Depois de algum tempo, ela fechou as cortinas para barrar a luz. Ainda com o corpo rígido por causa da tensão da viagem, deitou-se no lençol de cetim azul-claro. Então ficou fritando na cama, tentando encontrar uma posição confortável e sem conseguir parar de pensar.

Só agora, às vésperas de ir embora, ela se dera conta do quanto passara a pensar na Índia como seu lar, como na infância. Pelo menos seria lá que viveria com Clifford. A Inglaterra jamais conseguiria tocá-la como aquele país palpitante e indômito.

Eliza voltou a colocar o anel de noivado, e em seguida girou-o no dedo, para que parecesse uma aliança de casamento. Não pôde evitar a sensação de ser uma propriedade, e tirou-o de novo. Voltou a pensar no dia em que tocara no assunto do voto feminino com sua mãe.

Elevando o tom de voz, Anna fora peremptória e fizera cara de nojo. "A mulher não precisa votar", dissera. "Para isso existe o marido. O que é que a gente entende de política?"

"Mãe, acha que não podemos nos instruir e tomar nossas próprias decisões?"

"O que você precisa, Eliza, é de um marido, não do voto. Como eu já disse tantas vezes, não dá para trabalhar e ser esposa. Não se pode ter tudo."

Depois daquilo, Eliza desistiu. Nada ia convencer a mãe. Pouco tempo depois ela literalmente esbarrou em Oliver na livraria, e o casamento se tornou uma escapatória.

Depois de uma hora pensando no passado, Eliza levantou-se, tomou banho e pôs uma roupa limpa. Já que não conseguia descansar, era melhor fazer alguma coisa.

Pediu um carro com motorista e, ao sair, constatou que a névoa se dissipara, de modo que poderia ver a parte nova da cidade antes que escurecesse. Sua primeira parada seria para admirar o esplendor arquitetônico da nova sede do governo britânico. A obra terminara em fevereiro, e seria sua primeira chance de contemplá-la.

Eliza ficou surpresa ao passar por uma imponente estrada de pedrinhas, que levava a uma série impressionante de cúpulas e torres, em rosa, vermelho, creme e branco. Quando o carro passou sob uma imensa arcada, ela ficou impressionada com os enormes gramados, pontilhados de árvores, dos dois lados de uma grande avenida central, batizada de Caminho Real, e uma rede de canais de água brilhante, que pareciam acompanhar a pista. O motorista explicou-lhe que tinham dois quilômetros de extensão, talvez três. Não tinha certeza, mas sabia que postes iluminavam os dois lados do início ao fim. Todos os edifícios no final da avenida eram grandiosos, mas o que realmente tirou o fôlego de Eliza foi a residência palaciana do vice-rei. Banhado em luz, o edifício de pedra brilhava. Novinho em folha, dava a impressão de que os ingleses acreditavam que continuariam a reinar sobre a Índia por muitos anos.

Aquele era o resultado final da entrada triunfante em Delhi em 1912, comemorando a transferência da sede do poder britânico. O dia terrível em que uma bomba fora jogada e matara David Fraser. Eliza contemplou as fontes reluzentes enquanto o sol que se punha coloria o céu de rosa e desejou poder desfrutar mais plenamente daquela nova cidade; mas aquele lugar, para ela, estava marcado pela tragédia. Então, com a escuridão caindo, pediu ao motorista que lhe mostrasse as avenidas que irradiavam daquele ponto central — avenidas margeadas por casarões espaçosos com jardins repletos de flores. Depois, no caminho de volta para o hotel, o céu ficou negro e a cidade explodiu num espetáculo de luzes faiscantes, como se refletissem na Terra o piscar das estrelas no céu.

Na manhã seguinte, Eliza estava para entrar no Imperial depois de ir até a gráfica e encontrá-la fechada quando, impelida por alguma coisa que não saberia descrever, virou-se para trás. Uma fração de segundo depois, ouviu um som abrupto de explosão, como um disparo de canhão. Ela se espantou ao avistar uma imensa bola de fumaça saindo da janela inferior de um prédio do outro lado da rua. A explosão aparentemente não produzira eco, mas foi seguida pelo som de vidro partido e de tijolos e alvenaria caindo. Horrorizada, Eliza viu as chamas avançarem ao longo das janelas de madeira do primeiro andar. Em poucos minutos os vidros se foram e línguas amarelas e alaranjadas subiram e lamberam o ar. Em meio à poeira e à fumaça que subia em espirais, não conseguia distinguir o que havia sido danificado, mas a impressão era de que algo explodira dentro do prédio onde estariam suas impressões fotográficas. As chamas podiam ser vistas em todas as janelas dos dois andares. Ouviu-se o som de vidro se estilhaçando, e, depois de um enorme sibilo, destroços voaram pelos ares e começaram a chover sobre a rua. Rolos enormes de fumaça preta subiram ao céu, e as barracas em torno do edifício ficaram cobertas de cinzas e foram cercadas por fumaça branca.

Ela deu alguns passos adiante, torcendo para que ninguém estivesse ferido, ou coisa pior. Foi então que se lembrou de que o prédio ainda estava fechado. Ninguém parecia estar caído no chão, morto ou ferido, pelo menos não daquele lado da rua. Só podia ouvir gente tossindo ou engasgando, e o crepitar do fogo. Instantes depois, uma multidão de rostos enegrecidos aglomerou-se do lado da rua onde ficava o Imperial; alguns tinham cortes nos braços e no rosto, claramente provocados pelos estilhaços. Eliza ficou observando para ver se havia alguém a quem pudesse oferecer ajuda, mas a fumaça cada vez mais pesada a fez parar. No centro da rua, havia menos fumaça, e foi só então que ela o viu, sozinho, de pé, coberto de poeira. Correu na direção dele, que finalmente a viu.

29

Jay sorriu para ela sem muito ânimo. Logo em seguida, desabou no chão à sua frente. Com o coração pulando para fora da boca, Eliza ajoelhou-se ao seu lado no chão de pedrinhas escuras, tocando seu rosto e pedindo que abrisse os olhos. Não houve reação. Com um aperto no peito, ela disse várias vezes que o socorro estava chegando e que ele precisava aguentar, que estava bem ao seu lado e não ia deixar que nada lhe acontecesse.

Um funcionário do hotel apareceu e sugeriu que voltasse para dentro, devido ao risco de queda de alvenaria ou algo pior, mas Eliza se recusou.

"O socorro já vai chegar", disse ele, antes de se refugiar do perigo.

Só Eliza e Jay continuavam no meio da rua, mas ela conseguia ouvir pessoas falando atrás deles, nos degraus do Imperial — choravam assustadas ou aliviadas por estarem a salvo, ou contavam suas versões da história. Eliza ignorou o barulho e concentrou-se em Jay.

Ele ainda respirava, o que a confortou um pouco. Não parecia ter sofrido ferimentos no corpo. Ela ficou pensando se teria levado alguma pancada na cabeça. Não tirava os olhos do rosto dele, à espera do mais leve sinal de movimento. Ouviu o badalar de sinos e um homem afastando a multidão. No momento em que chegava um homem de jaleco branco, Jay abriu os olhos, aparentemente recobrando a consciência.

"Assinei os papéis", disse ele, tentando erguer a cabeça. "Conseguimos."

Eliza olhou para ele, sem conseguir conter o sorriso. "É isso que tem a me dizer?"

Jay tentou sorrir de volta, mas logo em seguida deu a impressão de se encolher e voltou a perder os sentidos. Eliza começou a chorar.

"Ele ainda está respirando?", perguntou o médico ajoelhando-se ao seu lado.

"Sim", respondeu ela. "O que ele tem? Vai ficar bem, não vai?"

"Ainda não tenho como afirmar." Ele auscultou o peito de Jay, depois ergueu os olhos para Eliza. "A respiração está um pouco fraca e o coração está acelerado. Você o conhece?"

"Ele é Jayant Singh Rathore, um rajá de Juraipore."

"E você é...?"

"Uma amiga", disse ela, em vez de: *Sou apaixonada por ele.*

"Bem, é um caso de internação."

"Posso acompanhá-lo?" Ele não respondeu. "Por favor!"

"Não é o procedimento regular, já que não são parentes, mas acho que tudo bem."

No hospital, Eliza não saiu do lado de Jay. Pelo resto do dia e da noite, ficou sentada, sozinha, em uma cadeira de madeira, fazendo todo esforço para não chorar. *Você tem que viver*, sussurrava, como se o tempo se resumisse àquele único instante. *Você tem que viver. Não pode morrer.* Era insuportável a ideia de que aquele homem tão forte pudesse tombar de tal forma. Ela se agarrava ao fato de ele ser jovem e saudável. Se havia uma pessoa capaz de sair daquela, certamente seria Jay. Eliza buscava alguma cor nas maçãs do rosto pálidas, ou um sinal de que o sangue voltara a seus lábios azulados, ou o mais leve movimento de suas pálpebras. Mas nada ocorria. Ele permanecia pálido e praticamente sem vida.

Ela se lembrou de Clifford. Pensou então na mãe, também deitada numa cama de hospital. Até aquele instante, estivera completamente ausente de seus pensamentos. O que quer que acontecesse, ela ainda precisaria ir embora.

No dia seguinte, pediu a uma enfermeira que providenciasse o envio de um telegrama a Laxmi, e o médico a instruiu a voltar para o hotel para comer e dormir. Eliza tentou fazer as duas coisas, mas a comida lhe revirava o estômago, e, quando tentou dormir, acordou transpirando, com a atormentada cabeça explodindo de tanta ansiedade. Foi só então que se deu conta de que suas impressões e chapas deviam ter sido completamente destruídas na explosão.

Depois de algumas horas tentando inutilmente descansar, tomou um banho, trocou de roupa e desceu até o saguão do hotel para perguntar se sua passagem havia chegado, rezando pelo contrário. A recepcionista entregou a Eliza um envelope com o bilhete de trem para dali a apenas duas horas. Ela subiu correndo as escadas, fez a mala e chamou um motorista para levá-la ao hospital. Precisava ver Jay antes de partir. Precisava saber se ia ficar bem.

O médico levou-a até uma sala e fez sinal para que se sentasse. "Ele recuperou a consciência."

Eliza respirou fundo e seus olhos começaram a se encher de lágrimas.

"Ele sofreu um ferimento interno, mas tenho esperanças de que se recupere."

Ela cobriu a boca para esconder o tremor nos lábios.

"Está muito enfraquecido, mas ficou perguntando por você. Por favor, não o fatigue. Embora eu tenha explicado um pouco do que aconteceu, ele não tem nenhuma lembrança do incêndio. Não diga nada que possa aborrecê-lo."

Ela assentiu, sentindo no coração um misto de esperança e temor.

"Vou conceder-lhes alguns minutos e depois virei buscá-la. Ele ainda está num estado de fragilidade."

Eliza concordou e enxugou as lágrimas, envergonhada. Ele ia viver. Era tudo o que importava. Queria correr até ele, mas respirou fundo várias vezes, levantou-se da cadeira e esforçou-se para caminhar tranquilamente e de cabeça erguida. Sentiu o nó na garganta aumentando, mas disse a si mesma para permanecer serena, como faria Laxmi.

Quando chegou ao pé do leito, os olhos dele estavam fechados. Por um instante terrível, receou que o médico estivesse enganado e que Jay não fosse se recuperar, mas, ao ouvi-la puxar a cadeira, ele abriu os olhos. Sua pele e seus lábios estavam um pouco menos pálidos. Ela o fitava à procura de sinais de que a reconhecera.

"Eliza."

Ela engoliu o nó na garganta e seus olhos marejaram. Ele falou numa voz muito baixa e suave, o que lhe deu vontade de envolvê-lo nos braços e apertá-lo com força até que estivesse forte de novo.

"Não fale, vai se cansar", disse ela.

"De uma hora para outra Clifford Salter providenciou minha soltura."

Ela estendeu o braço, e Jay segurou sua mão, então levou-a aos lábios e beijou-a. Fez-se um silêncio prolongado. Ele fechou os olhos e continuou a segurar sua mão.

"Nada disso importa agora", disse ela.

Ele abriu os olhos e deu um sorriso alegre. "Vamos embora. Só você e eu. Podemos acampar antes das chuvas, e depois seguir para Udaipore."

Ela piscou. "Minha mãe está doente. Preciso ir para a Inglaterra."

"Na sua volta, então?"

Ela concordou, sabendo que não podia lhe contar que ia se casar com Clifford e que nunca poderia explicar o motivo. Pelo menos não estava com o anel de noivado. Não podia fazer nada que pudesse prejudicar a convalescença de Jay.

"Eu te amo", ele disse, suavemente. "*Main tumhe pyar karta hu aur karta rahunga.*"

"Também te amo. Para sempre. De todo o meu coração."

Eles ficaram um tempo assim. Ele muito enfraquecido, ela tentando demonstrar coragem. *Pelo menos Jay está vivo*, pensou Eliza. *Vivo.*

Ela ouviu um pigarro e, ao virar-se, deu com o médico entrando no quarto.

Ele mostrava o relógio. "Sinto muito, o tempo acabou. O paciente está muito fraco."

Eliza anuiu e levantou-se. Então se inclinou sobre Jay e beijou-o nos lábios muito de leve.

"Adeus, Jay."

Ele não disse nada, só levantou a mão e passou a ponta dos dedos em seu cabelo.

Na rua, do lado de fora, arrasada com tudo o que acontecera, Eliza desabou no chão de uma viela. Sentia-se oca, como se seu corpo tivesse se liquefeito e escoado. Tudo tinha sido destroçado: sua esperança de uma exposição em outubro e todo o projeto fotográfico; e, pior ainda, sua relação com Jay. Ela nunca poderia contar-lhe a verdade. Enfiou o rosto entre as mãos e, com a impressão de que nunca mais ia acordar daquele pesadelo, deixou os soluços escaparem sem controle.

PARTE IV

Só conhecem o amor aqueles que o amor destrói.
Rumi, *Masnavi*

30

GLOUCESTERSHIRE, INGLATERRA

Eliza olhou para o imenso céu acima da colina ladeada por árvores atrás da casa cercada por um muro de pedra. No canto de uma encruzilhada estreita, o calcário tinha um brilho amarelado sob a luz do fim de tarde. Eliza acompanhou com os olhos a estrada repleta de faias, que descia vale abaixo, no caminho da casa de James Langton. Era uma paisagem verde, bonita e revigorante, embora já tivesse vivido dias melhores. Ela viu o topo da torre do relógio erguendo-se por sobre os antigos estábulos. A casa propriamente dita ficava encoberta por abetos escuros. Deu uma última olhada no céu, pegou sua mala, tateou à procura da chave reserva debaixo de uma pedra e abriu a porta dos fundos, com a tinta descascando.

Dentro, fazia silêncio.

Ela entrou na cozinha, onde a louça lavada fora empilhada sem muito cuidado. Havia panelas sujas em cima do fogão, e a lata de lixo estava transbordando. Sua mãe estaria ali ou ainda no hospital? Foi conferir a sala de visitas e encontrou-a bagunçada. Teria sido levada às pressas para o hospital, deixando tudo aquilo para trás? Eliza começou a arrumar tudo, pensando em pedir um táxi mais tarde para levá-la ao hospital, até que ouviu uma voz enfraquecida chamando.

"Olá! Quem está aí?"

A mãe devia estar no andar de cima. Sem saber em que estado ia encontrá-la, Eliza subiu cautelosamente os degraus, andando na ponta dos pés até chegar ao quarto. A porta estava ligeiramente entreaberta. Ela entrou no cômodo frio e escuro, então viu a mãe deitada na cama, completamente vestida, mas muito pálida. "Cheguei ontem do hospital", disse ela, em voz baixa. Eliza aproximou-se e segurou sua mão esquerda. "O que os médicos disseram?"

"Ah, você sabe. Isto e aquilo."

Acariciou sua mão, notando o quanto tremia, e falou baixinho: "Não sei, não. Você vai ter que me contar".

"Estou tão cansada, querida. Ligue para o médico. Ele vai lhe contar. Depois conversamos." Sua voz parecia tão esquálida quanto ela própria. A mãe fechou os olhos e Eliza recolocou com cuidado a mão ao lado do corpo. Era como se estivesse de alguma forma presa em seu frágil corpo, dando a Eliza a sensação de não ter como alcançá-la.

Ela abriu a janela, desceu a escada e encontrou o número de telefone do médico em um caderninho na mesa da sala. Ficou pensando se a mãe tinha noção do que estava acontecendo. Então ligou para o consultório e depois sentou-se no chão com as mãos na cabeça. Durante a internação, havia sido constatado um câncer incurável. Não havia nada que os médicos pudessem fazer. O derrame fora pequeno; o que a estava matando era o câncer. "Espero que você fique em casa com ela", dissera o médico. "Queríamos que permanecesse no hospital, mas sua mãe insistiu em voltar. Ela não vai durar muito."

No dia seguinte, enquanto a mãe dormia, Eliza decidiu caminhar para espairecer. Pensou nela e depois em Jay, rezando para que ele se recuperasse totalmente dos ferimentos. Perder ambos seria insuportável.

Ela seguiu pela alameda, caminhando ao longo de sebes e percebendo que as terras de Cotswold estavam mais do que nunca irregulares, brilhando em infinitos tons de verde. Nas elevações mais altas, acima da grama nas margens da estrada, ovelhas pastavam na colcha de retalhos de pequenas propriedades verdejantes. Acima, o céu, com sua mistura de azul, branco e cinza, brilhava com a umidade refletida pelo sol. Ela prosseguiu até chegar ao bosque, no alto do morro atrás da casa, onde imensas árvores pareciam marchar na direção do horizonte num sombrio passo militar. Depois de passar entre elas, correu para o outro lado, até um bosque de jacintos selvagens, onde, quando criança, costumava rolar.

Quando ficou cansada e sentiu dores nos pés e nas pernas devido ao esforço, sentou-se num tronco e tentou imaginar o futuro com Clifford. Ainda queria fazer muitas coisas como fotógrafa. Dar voz aos que não a tinham era o que a motivava. Tentando adotar um estado de espírito mais positivo, Eliza lembrou, otimista, que a câmera a fazia esquecer todo o resto. Resolveu que deveria dar uma caminhada até o vale, do outro lado de Cleeve Hill, e tirar fotos ali, ou seguir o caminho perfilado de árvores escuras até Winchcombe, ou ainda até subir o Belas Knap, o túmulo pré-histórico que ela amava desde a infância.

Caminhar a fazia espairecer; à luz do dia, o presente era administrável.

Quando maio deu lugar a junho, foi com alívio que ela constatou que sua mãe parecia ter melhorado o bastante para sentar-se no jardim. Certo dia, quando estavam sentadas do lado de fora e uma leve brisa justificava o uso de um cardigã, ela indagou sobre sua estadia no hospital.

A mãe deu uma pequena risada. "Até que foi boa."

Ela falou num tom ligeiro, como quem comenta uma visita rápida a uma cidade vizinha.

Eliza tocou a manga da blusa da mãe, como quem dizia que ela podia ser honesta. "Fizeram você parar de beber, não?"

"Sim. E, desde que você chegou, não tomei um gole sequer."

Aquilo poderia ter acontecido antes, pensou Eliza, no silêncio que se seguiu. Mas agora que a mãe estava mais desperta e encarava a verdade, poderia haver uma chance, por mais diminuta que fosse.

"Fico contente que esteja um pouco melhor", disse Eliza. "De verdade."

"Mas ando solitária."

"Agora estou aqui."

Nada mais foi dito, mas Eliza olhou para sua frágil mãe e sentiu tristeza no coração.

Eliza continuava a ser solícita com a mãe adoecida, e o passatempo preferido de Anna passou a ser ficar sentada recordando os velhos tempos.

"Você se lembra de como foram maravilhosos aqueles primeiros tempos em Delhi?", disse ela num fim de tarde, com as sombras aumentando.

Eliza pensou um pouco. Lembrou-se dos macacos trepando nas paredes do jardim, saltitando nas árvores e às vezes até entrando na cozinha para roubar comida. Ela os adorava.

"E o jardim?", lembrou Anna.

"Todas aquelas flores tão vivas..."

"Sim."

Eliza olhou para a mãe e viu lágrimas em seus olhos.

"Era bom na Índia. Lembra aquelas lojas em Chandni Chowk?"

Anna sorriu. "Vendiam de tudo."

"Sim. Papai dizia que até óleo de cobra."

"Eu lembro."

E assim passavam-se os dias, mas à noite a falta de Jay perturbava seu sono. Até os períodos de sono eram interrompidos por pesadelos com explosões, em que ela o via coberto de fuligem da cabeça aos pés, às vezes morto. À noite, Eliza escrevia cartas. Era a única coisa que podia fazer sem despertar a mãe. Mas pela manhã ela as rasgava e jogava na velha lareira. Precisava fazer alguma coisa para se livrar da dor, encontrar um jeito de fugir dos próprios pensamentos. Mas as perguntas não paravam de voltar. O que aconteceria quando se casasse com Clifford? E se não fosse capaz de manter sua promessa?

O aperto no peito de Eliza não diminuía.

Mas os morros e vales arredondados de Gloucestershire estavam bonitos, como sempre acontecia naquela época do ano, quando as sebes cresciam e todas as árvores ficavam verdes e renovadas. O céu azul servia de consolo, assim como o ar levemente úmido e a luz suave do sol, tão diferentes do calor escaldante e do ar seco e abrasador de Rajputana. Ela repetia a si mesma, sem parar, que ficaria com a mãe pelo tempo que fosse necessário.

Enquanto os dias passavam em tédio e isolamento, as palavras de Jay ecoavam em sua cabeça. *Eu te amo.* Eliza dizia a si mesma que ia esquecê-lo. Tiraria lindas fotografias e assim superaria tudo. Ficaria em segurança atrás da lente da câmera, olhando para um mundo que não corresponderia. Como havia feito na infância, resolveu que era melhor manter a dor reprimida, intocada, controlada. Mesmo que nunca mais vivesse a felicidade autêntica, teria suas lembranças.

Anna não comeu quase nada, mas, quando Eliza sugeriu que talvez gostasse de acompanhá-la em uma de suas caminhadas, ela concordou e sugeriu um piquenique. Saíram da casa por um portão nos fundos do jardim, que levava a um caminho de paralelepípedos, passando ao largo do pomar. Na infância, um dos passatempos preferidos de Eliza era trepar nas macieiras nodosas e sentar-se nos galhos para comer frutas roubadas. Aquilo lhe proporcionava uma espécie de prazer secreto, que acabara quando James a surpreendera ali um dia. Ele não gostava que crianças subissem em suas preciosas macieiras. Com o coração acelerado, ela tentara descer rápido demais, e, embora já o tivesse feito muitas vezes antes, seu pé ficara preso num galho e ela caíra. Não quebrara nada, mas sofrera uma torção feia no tornozelo e ainda ouvira uma série de sermões sobre meninas que subiam em árvores.

Depois de algumas centenas de metros, as duas saíram do caminho e entraram no pomar. Eliza estendeu uma antiga toalha de mesa xadrez para que Anna se sentasse e abriu a cesta de piquenique.

"Onde arrumou isto?", perguntou.

"Faz anos que tenho."

"Nunca usamos?"

"Uma vez só."

"Que bom que estamos usando agora." Eliza engoliu a própria

tristeza ao pensar que provavelmente seria a última vez. Lembrou-se, então, do outro piquenique, com James Langton. Ela olhou para o céu e viu alguns pássaros preguiçosos voando sem muita vontade de uma árvore para outra. O mundo inteiro parecia ter parado. Eliza tirou o cardigã. "Esquentou, não foi?"

A mãe estava com a cabeça inclinada.

"Mãe?"

Anna ergueu os olhos. "Desculpe."

"Pelo quê?"

Ela sacudiu a mão. "Não sei. Pelos piqueniques que não fizemos. Por tudo."

"Estou viva, não estou?"

Anna sorriu, como se de repente tivesse se lembrado de alguma coisa e estivesse ansiosa para compartilhar com a filha.

"Suba na árvore. Vamos, suba." Ela olhou em volta, animada. "Ali, aquela ali. Suba naquela."

Deliciada com a súbita alegria da mãe, Eliza ficou de pé. "Está falando sério?"

Anna fez que sim.

"Não tenho certeza se ainda consigo", disse Eliza, calculando a altura da possível queda.

"Eu nunca soube de onde vinham seus joelhos ralados."

"Até que me achou na árvore."

Anna assentiu.

"Bem, lá vamos nós."

Eliza conseguiu apoiar o pé com facilidade, e em poucos segundos estava em seu galho favorito. Testou-o, para ver se era forte o bastante para suportar seu peso adulto. Então, arrastou-se um pouco e sentou--se, balançando as pernas.

A risada da mãe chegou aos seus ouvidos.

"Eu costumava cantar quando sentava aqui em cima", disse Eliza. Em seguida, começou a entoar uma cantiga de infância, que depois de um momento a mãe acompanhou. As duas cantaram no volume máximo até a música acabar num acesso de riso e, para Anna, dor no baço.

Eliza desceu depressa da árvore. "Tudo bem com você?"

Anna fez que sim.

"O que aconteceu com ele?"

"James?"

Fez-se um silêncio repentino.

Anna olhou para Eliza como quem avalia o que deve dizer. "Foi embora com a nova mulher."

"Bem, não vamos estragar um dia tão bonito pensando nele. Vamos comer."

A mãe bateu palmas. "Espero que tenha refresco de gengibre. Adoro."

"Nunca soube disso."

"Tem muitas coisas que você não sabe. Muitas e muitas."

Para alegria de Eliza, o relacionamento com a mãe continuou na mesma toada, com Anna mais feliz do que ela jamais vira. Era como se não conseguisse parar de falar, como a água subitamente liberada de um cano entupido. Então, o carteiro apareceu. Anna não recebia muita correspondência. Na verdade, nada havia sido entregue desde que Eliza voltara para casa. Ela recebeu de imediato o selo indiano. Vinha se perguntando se Clifford ia escrever. Até ali, longe dos olhos, longe do coração. Que fossem notícias de Jay, era mais do que poderia esperar.

Eliza ouviu a voz estridente da mãe.

"Tem carta para mim?"

O envelope estava de fato endereçado a Anna. Por uma fração de segundo, cogitou abri-la e dizer que se enganara. Mas Eliza o entregou assim que a mãe entrou na pequena sala de visitas.

Anna pegou o envelope e subiu para o quarto, deixando-a perplexa. Ela não havia reconhecido a letra, mas com certeza era de Clifford. Quem mais saberia seu endereço? Mas por que escrever para Anna, e não diretamente a ela?

Como a mãe não voltava do quarto, Eliza concluiu que devia ter tirado um cochilo, e resolveu limpar o velho sótão, onde ficava todo tipo de tralha indesejada. Não se importou com a poeira nem com o cheiro de sândalo, embora nunca houvesse estado tão pronunciado.

Ela se sentiu como nos dias solitários de verão, quando subia correndo as escadas para se enfiar embaixo do lençol se a mãe saía para beber. Depois de algum tempo, Eliza ficava na ponta dos pés para espiar pela parte de baixo da pequena mansarda. Os terrenos em frente pareciam imensos, habitados por lavradores robustos.

Notou que agora estavam divididos em pequenos lotes retangulares, em seguida afastou alguns rolos de papel de parede e trocou caixas de lugar. No fundo, havia um baú de couro com botões de metal e duas cintas de lona no meio. Ela se abaixou para desafivelá-las e girou a chave. A tampa era mais leve do que parecia.

Eliza não sabia o que esperava encontrar, mas ficou surpresa ao deparar com uma garrafinha de óleo de sândalo, pensando que pelo menos havia encontrado a fonte do aroma. Também havia uma pasta. Ela tirou-a dali e pegou a garrafa para cheirá-la. O odor despertava a memória da pele de Jay e parecia espalhar-se em torno dela como se fosse ele próprio. Ela pôs a garrafa de volta no lugar, dizendo a si mesma que precisava seguir em frente com a vida, superar a perda, reaprender a viver. Mas não conseguia apagar seus sentimentos com tanta facilidade. Pelo menos enquanto estivesse com a mãe não teria que encarar a realidade de seu casamento futuro. E, embora estivesse fazendo um enorme esforço para não pensar em Jay, quando se deu conta de que aquele pedacinho da Índia tinha vivido por tantos anos dentro de um baú, ocorreu-lhe mais uma vez que uma mão invisível a levara até a Índia. Tinha que haver uma razão. Não podia ter sido em vão.

Uma etiqueta de bagagem na parte da frente da pasta indicava: *Hotel Imperial, Delhi*. Dentro, havia algo retangular embalado em papel branco, atado com um barbante. Eliza abriu e encontrou uma fotografia emoldurada, desbotada e manchada, de duas pessoas com uma criança pequena. Virou-a e viu o nome de um estúdio de fotografia de Delhi.

Mais tarde, foi até o quarto de Anna, curiosa para saber quem eram as pessoas na foto. Sofreu um baque ao abrir a porta, porque o lugar recendia a gim. Ela tirou da testa úmida da mãe os fios de cabelo escuros e ralos — tão diferentes de sua própria farta cabeleira —, sentindo uma tristeza insuportável. Sentiu somente pena, sem julgá-la. Então olhou em torno, à procura da carta, supondo que alguma coisa nela a tivesse aborrecido, e não tardou a encontrá-la na lata de lixo, rasgada. Juntou as partes e leu que Clifford a informava de seu noivado com Eliza. Ela perdera as esperanças de ter alguma notícia da explosão em Delhi. Era pouco provável que Clifford contasse a Anna o que acontecera com Jay, mas ele poderia ter mencionado se suas chapas ou impressões estavam ou não a salvo.

A tarde arrastada chegava ao fim, e as sombras do lado de fora começavam a aumentar. Eliza estava pensando no que fazer para o jantar quando ouviu a mãe acordar.

"Você vai me deixar." Era uma afirmação, não uma pergunta, dita numa voz embaralhada.

"Ainda não, mãe. Não enquanto..."

Mas Anna a interrompeu. "Você sempre vai embora. É o que você faz."

"E o que você faz é beber. Por quê? Por que agora? Achei que estivesse feliz."

Ela aguardou uma resposta, mas Anna apenas bufou e virou a cabeça.

"Mãe?"

"Não sou feliz desde seus cinco anos."

"Mas não é culpa minha", disse Eliza, temendo que as antigas recriminações fossem recomeçar.

"Você leu a carta?"

Eliza assentiu. "Eu ia lhe contar do casamento."

Anna apertou os lábios antes de responder. "E mesmo assim acabei sabendo por Clifford."

"Sinto muito. De verdade." Ela estendeu a mão para Anna, mas, vendo que a mãe não a pegava, acabou por baixá-la.

Anna tossiu levemente, e então começou a falar. "Você tinha só cinco anos quando eu soube do seu pai."

"Que ele jogava?"

"Que tinha uma amante."

"Você disse que havia mais coisas. O que mais?"

Anna sacudiu a cabeça e fechou os olhos. Como não voltou a abri--los, Eliza concluiu que devia ter adormecido. Já havia escurecido e estava esfriando. Pegou mais um cobertor para a mãe e desceu para a sala.

Dois dias depois, Anna ainda não havia se recuperado o bastante para descer. Eliza cuidava dela durante o dia e, à noite, deixava abertas as portas dos dois quartos, para o caso de precisar dela. Certa noite Eliza a ouviu chamando e foi correndo vê-la.

Ela acendeu o abajur a tempo de ver Anna balançando a cabeça. Era um movimento lento e triste.

"Tenho uma pequena conta no correio de Cheltenham. É uma soma modesta, mas deve ser sua."

"Não se preocupe com isso agora."

Com um nó na garganta, Eliza engoliu em seco. Viu a mãe abrir os olhos, murmurar mais alguma coisa e fechá-los de novo. Ela continuou balbuciando, mas era impossível entendê-la. Eliza teve a péssima sensação de voltar a todas as ocasiões anteriores em que ela bebera. Respirou fundo. Agora, era diferente. O quarto estava terrivelmente silencioso, exceto pela respiração difícil da mãe, e as duas ficaram quietas. Então, Anna gemeu, franziu as sobrancelhas e agitou as mãos.

"Precisa de alguma coisa?"

Anna sorriu de leve. Quando falou, sua voz estava fraca, mais um sopro que qualquer outra coisa. Eliza tentou consolá-la, mas a mãe a olhava fixamente, com os olhos marejados.

"Fiz uma coisa errada."

"Por favor, não se aborreça. Que importância tem isso agora?"

"É importante." Anna fez uma pausa, porque as lágrimas transbordavam.

Eliza não sabia ao certo o que dizer.

Anna enxugou as lágrimas e deu um tapinha na mão da filha, mas logo em seguida começou a tossir e ficou algum tempo sem falar. Quando conseguiu, tinha o rosto alterado e um olhar feroz. O coração de Eliza quase parou ao notar um resquício da antiga raiva da mãe, mas durou apenas alguns instantes, e seu olhar logo voltou a parecer vago. Estava ficando difícil pensar nela de outra forma.

Anna agarrou a mão da filha e tentou sorrir, mas seus olhos estavam úmidos e vermelhos. "Por favor. É tarde demais para mim, mas se você..."

Fez-se um breve silêncio, enquanto Eliza tentava entender o que ela queria dizer.

Anna recomeçou a tossir, e Eliza levou-lhe à boca um copo de água. Depois de tentar tomar um gole, ela emitiu um pequeno ruído, que não chegava a ser um gemido, parecendo mais o uivo de um animal acossado, então falou: "Você pode consertar".

"Não entendo."

Anna respirou fundo, fazendo força para não tossir, e falou num tom premente e ofegante: "Quero que encontre sua irmã".

Eliza ficou literalmente boquiaberta. Que irmã? Até onde sabia, eram só ela e a mãe. Anna adormeceu de novo, com a respiração muito fraca. Eliza ficou alguns minutos a contemplá-la, então desceu lentamente as escadas.

Horas depois, ela levou a garrafa de óleo para o quarto, a fim de perfumá-lo, mas o ar ainda estava empesteado com o odor da doença. A mãe começou a chorar diante do cheiro, então Eliza pegou a garrafa e jogou o óleo pelo ralo, onde não ia incomodar ninguém.

Ela tentou indagar sobre a irmã, mas Anna parecia ter esquecido completamente o assunto. Só a fitava como se não a reconhecesse. Então, do nada, sussurrou: "Meia-irmã. Encontrei aquela coisinha imunda em casa, um dia". Então ela pareceu distante demais para dizer qualquer coisa. Eliza via a vida da mãe apagar-se diante dela.

Então, sem nenhum aviso perceptível, quando Eliza estava fora do quarto preparando uma xícara de chá, o coração de Anna parou de bater, aos sessenta anos. Eliza conteve um soluço e segurou sua mão. Então começou a cantar para a mãe falecida, e chorou como nunca antes. Era tarde demais. Não havia mais volta.

31

ÍNDIA, JULHO

De posse apenas da pequena fotografia que encontrara, Eliza voltou para a Índia. Fazia apenas dois meses que ela havia partido, mas parecia que tinha passado uma vida inteira. A casa não pertencia a Anna, de modo que, depois que o óbito foi registrado e o enterro, modesto e triste, se deu, ela não tinha mais nenhum motivo para ficar.

Hospedou-se no Imperial, em Delhi, e tentou encontrar a pista do estúdio de fotografia onde a foto que encontrou havia sido tirada. Infelizmente, fazia tempo que não existia mais, e Eliza ficou pensando se um dia descobriria se a mãe estava simplesmente delirando ou se havia contado a verdade sobre a meia-irmã. O homem da foto parecia seu pai, embora não estivesse longe da lembrança que tinha dele.

Depois de Calcutá e Delhi, Eliza seguiu viagem até Juraipore, onde Clifford foi buscá-la na estação. Ela indagou-lhe a respeito da explosão, e ele contou que Jay havia se recuperado dos ferimentos. Eliza ficou imensamente grata pela notícia e agradeceu-lhe pela gentileza. Fazia um calor inacreditável, e Clifford, que já era rosado, ficou com o rosto vermelho, o que lhe deu um pouco de pena. Ela havia prometido tentar amá-lo, mas nunca seria capaz. Antes de levá-la até a casa de Julian e Dottie, ele contou que suas impressões e chapas estavam intactas. À exceção de um pacote, já haviam sido enviadas de volta para ele, em Juraipore. Ela deu um suspiro de alívio. Quando ele a beijou, Eliza teve que fazer força para afastar toda e qualquer ideia de uma intimidade maior. Com os aromas de Rajputana chegando sem filtro a suas narinas, era mais fácil enterrar o sentimento de luto pela morte da mãe. Era o máximo que ela conseguia fazer, e mesmo assim não evitava uma sensação cada vez maior de desesperança.

Eliza passou dois dias atribulada com um pequeno coquetel, um chá e uma noitada de bridge. Depois, o tempo esquentou tanto que ninguém saía de casa. Embora desse a impressão de estar vivendo normalmente, tinha a sensação de que os fundamentos de sua própria vida estavam sendo lentamente desgastados. Em pouco tempo já havia praticamente esquecido a umidade do ar inglês e se acostumado com o ar seco do deserto.

Certa manhã, ela acordou com uma imagem assustadora na cabeça, dela mesma como uma bola de fogo vermelha dentro de uma gaiola dourada em chamas. Acordou aos soluços, e Dottie foi vê-la.

A mulher tinha um jeito maternal, mesmo não tendo filhos. Tratava o marido como uma criança, e agora fazia o mesmo com Eliza. Era bem-intencionada, mas a outra só queria tapar os ouvidos e gritar para que fosse embora e a deixasse sozinha. Não era justo, uma vez que Dottie sempre fora a gentileza em pessoa, mas Eliza queria viver a própria dor, e não ser consolada. Embora Dottie fizesse o melhor para convencê-la a se vestir e descer, Eliza virou o rosto para a parede, consumida por uma ira silenciosa.

Algumas horas depois, ouviu o ruído pesado de passos na escada e uma leve batida na porta. Imaginou que pudesse ser Jay e, num breve momento de loucura, chegou a nutrir essa esperança, sentando-se rapidamente na cama. Quando Clifford entrou, porém, recusou-se a olhar para ele.

"Vamos, querida", disse ele. "Estou feliz que esteja aqui, mas vejo que não está nada bem."

Ela não respondeu. Sequer moveu um músculo.

"O vice-rei deve passar aqui na semana que vem. Preciso que esteja em plena forma."

Ela rolou na cama na direção dele e abriu os olhos. "Não sou um cavalo, Clifford."

Eliza notou a exasperação no olhar dele, mas não podia fazer nada a respeito. Ficou pensando se Clifford saberia alguma coisa sobre sua irmã, mas, quando tocou no assunto, ele fez uma cara inexpressiva e disse que Anna devia estar delirando. Eliza deixou o assunto de lado.

Ela suportou seus beijos molhados, e ele não exigiu mais nada. Sentia-se enjoada só de pensar no que estava por vir. Toda vez que ele lhe pedia para marcar a data do casamento, Eliza dava uma desculpa. A mãe tinha acabado de morrer. Estava quente demais. O fim do ano se aproximava.

Quando não estava sentindo uma dor lancinante pela falta de Jay, Eliza pensava na mãe, esmagada e destroçada pela vida. Era insuportável. Imaginava se tinha havido um dia em que alguma luz brilhara dentro dela. Teria sido feliz em algum momento? Se a resposta fosse sim, seu pai teria roubado aquela luz? Teria Eliza sido tão dedicada ao pai que nunca pensara na mãe?

Não conseguia afastar os pensamentos da meia-irmã, o que a deixava inquieta. Mais um dia se passou, depois outro. Eliza foi ao banheiro, debruçou-se na pia e olhou para o espelho. Examinou a pele descorada e o cabelo malcuidado, e concluiu que as mudanças não eram positivas. Então entrou no banho e saiu dele um pouco mais animada.

As cortinas do quarto estavam bem fechadas, porque Eliza reclamara que a luz incomodava seus olhos. Dottie entrou com uma caixa. "Muito bem, Eliza", disse ela. "Isto é para você, mas primeiro vou abrir as cortinas. O ar aqui dentro está viciado, e você precisa de um pouco de ar e de luz."

Eliza olhou para a única réstia de luz visível no pequeno espaço entre as cortinas; feria seus olhos como uma faca, o que a fez virar as costas.

"Se quiser se virar, tudo bem, mas vou arejar este quarto", disse Dottie.

Eliza ouviu o som das cortinas sendo puxadas e viu a luz inundar o quarto.

Dottie aproximou-se dela. "Você lavou o cabelo!"

"Lavei."

"É um bom começo." Ela deu um tapinha na mão da amiga. "Agora vamos abrir a caixa."

Elas se sentaram em um pequeno sofá de dois lugares, perto da janela, com vista para o jardim. "É de Clifford", disse Dottie, num tom de voz neutro.

Eliza abriu a caixa e o invólucro de couro que estava dentro dela, e ficou surpresa ao deparar com uma Leica modelo C, "Schraubgewinde", acompanhada por um conjunto completo de lentes e um telêmetro que podia ser acoplado à parte de cima.

"Não é atencioso da parte dele?", apontou Dottie. "Você poderia ter se saído bem pior."

Eliza piscou, sentindo uma centelha de ânimo. Uma câmera nova poderia fazer toda a diferença. "Deve ter custado uma fortuna. Não posso acreditar."

"Sei que ele não é o amor da sua vida", prosseguiu Dottie, "mas certamente isto prova o quanto se importa com você."

"Como sabe que ele não é o amor da minha vida?"

"Querida, você me contou, lembra? De qualquer maneira, está escrito nos seus olhos. E também já passei por isso, à minha maneira."

Espantada com uma confissão tão íntima, Eliza ficou encarando a amiga.

"Não me olhe desse jeito", disse Dottie. "Ele tinha um cargo menor, não comissionado, no Exército britânico. Era de Londres, totalmente inadequado... mas eu o amava."

"Não estou te julgando. Como poderia?"

"Não costumo contar isso a muita gente, e confio que você não vai sair espalhando por aí, mas fiquei grávida. A vergonha acabou com minha mãe, por isso aceitei me casar com Julian."

"E o bebê?", perguntou Eliza, sentindo-se insegura.

"Tive um aborto espontâneo."

"Sinto muito." Houve um silêncio momentâneo. "Você nunca quis ter outro?"

"Durante muito tempo foi como se eu tivesse morrido por dentro, mas Julian e eu temos sido felizes desde então, e eu o amo de verdade."

"Não quero ser inconveniente, mas por que não tiveram filhos?"

"Receio que Julian não possa."

"Você sabia disso quando se casou com ele?"

Dottie fez que não com a cabeça, e seus olhos se encheram de lágrimas. Eliza passou os braços em torno dos ombros da amiga. "Sabe, quando eu estava na Inglaterra, minha mãe disse que tenho uma meia--irmã."

"É mesmo? Sabe onde ela está?"

"Não sei nem se é verdade."

"Eu gostaria de ser sua irmã", disse Dottie.

Clifford entrou e as encontrou sentadas com cara de choro.

"Santo Deus, Dottie, espero que não tenha pegado a doença do choro de Eliza", disse.

Eliza sorriu, enquanto Dottie enxugava as lágrimas.

"Não seja ridículo, Clifford", disse Eliza. "Não há nada de errado com Dottie."

"E então? Gostou da câmera?"

Ela levantou-se e aproximou-se dele.

"Adorei. Obrigada."

Com ar satisfeito, Clifford lhe deu um beijo na bochecha.

A máquina fotográfica revelou-se exatamente aquilo de que Eliza necessitava. Ela começou a tirar fotos do jardim, da casa e de Dottie, depois reivindicou junto a Clifford um criado que a acompanhasse quando saísse para explorar a cidade antiga. Lá, tirou fotos de rostos, flores, comidas e de tudo o que via. Um dia, pensou ter visto Indira, mas estava enganada; aquilo só aumentou sua determinação de voltar ao castelo para reaver seu equipamento.

Certa tarde, ela vagou sem rumo, então se sentou calmamente no jardim de Dottie, banhado pelo sol, pensando em como tocar no assunto com Clifford. Quando ele se aproximou, com passos largos e um enorme sorriso no rosto, Eliza se deu conta de que deveria ter sentado em uma das poltronas.

Ele se acomodou ao seu lado, mas nada disse. Eliza ficou a observá-lo por alguns instantes, tentando ficar calma e se segurando para não afastar o corpo.

"O que foi?", ela perguntou. "Dá para perceber que quer me contar alguma coisa."

"Quero mesmo", disse ele, e seu olhar a fez vacilar. "Tomei a dianteira e marquei a data."

"Ah." Eliza olhava para os próprios pés, enquanto arrumava as pregas da saia. Tentou pensar em algo mais a dizer, mas nada lhe ocorreu.

"Não parece muito contente."

Ela piscou, tentando afastar as lágrimas que começavam a surgir, e respirou calma e profundamente. Clifford devia ter plena consciência de que ela vinha procrastinando. Caso contrário, era ainda mais insensível do que ela imaginava.

Ele continuava à espera de uma resposta. Eliza ergueu os olhos, mas só via Jay, tão nítido que doía. Não conseguia explicar aquela atração. Não se devia apenas ao fato de Jay ser bonito e inteligente, mas também à sua sensibilidade. À maneira como se importava com ela, como se tudo o que pudesse dizer tivesse um interesse sem limites.

"Quando?", perguntou por fim.

"Outubro. Vai estar menos quente até lá."

"Onde?"

"Aqui em Juraipore."

Ali, não. Não debaixo do nariz de Jay! Ela se esforçou para disfarçar o próprio horror. Notou que torcia as mãos sobre as pernas e se controlou. "Tão rápido assim?"

"Não estamos ficando mais jovens. Se quisermos ouvir pezinhos correndo pela casa... bem, quanto antes começarmos, melhor."

Ela corou e fechou os olhos, tentando fingir que não havia entendido. Era julho, o que significava que teria apenas três meses. Só de pensar naquilo, via Jay ainda mais intensamente.

"Eu esperava trabalhar um pouco mais como fotógrafa antes de ter filhos", disse, numa voz serena, como se sua sugestão fosse absolutamente normal.

"Eliza, você já tem trinta anos. Não é realista ficarmos adiando."

Ela arregalou os olhos. "Mas eu tinha planos de fotografar o mundo inteiro. No mínimo, Paris e Londres."

Clifford segurou sua mão. "Você não está me escutando. Eu disse não. Você vai ser esposa e mãe, e vai ser excelente nas duas coisas. Fique tranquila, vou mantê-la plenamente ocupada." Ele deu um tapinha na mão dela e soltou-a. "A fotografia pode ser um hobby."

Eliza levantou-se e o encarou, sentindo a determinação dentro de si. "Se vamos nos casar, Clifford, preciso deixar uma coisa bem clara. Não vou aceitar ordens. Amanhã vou até o castelo buscar minhas coisas. Vai me ceder um veículo ou prefere que eu siga numa carroça puxada por um camelo? Foi assim que cheguei à Índia."

Ela se afastou e ouviu seus passos, mas, quando se virou, percebeu que ele tinha saído do jardim.

Quando Chatur a encontrou no alto da rampa comprida que levava ao portão principal, todo o discurso que vinha ensaiando desapareceu de sua mente. Ele acenou com algumas folhas de papel fotográfico, as quais Eliza usava para as folhas de contato.

Ela franziu a testa. "O que é isso? Por que está preto?" Chatur levantou os dedos manchados e entregou-lhe as folhas. Eliza fungou. "Por que queimaram?"

Chatur exibiu um semblante condoído. "Sinto muitíssimo. Houve um incêndio."

Ela sentiu o cheiro de fumaça, mentira e trapaça no ar. "Não acredito em você", disse. "Onde?"

"A câmara escura ardeu em chamas, assim como seu antigo quarto."

"Perdi todo o meu equipamento e todas as minhas roupas?", Eliza falou numa voz fraca e sofrida, como se um soco lhe tivesse tirado o fôlego.

"Restaram apenas cinzas." Ele balançou a cabeça. "É mesmo uma pena."

Ela apertou os olhos e inclinou a cabeça para o lado, de modo que ficasse claro que não acreditava. Em seguida, limpou o suor que pingava da testa, sentindo o mal-estar piorar.

"Quando foi que isso aconteceu?", perguntou ela.

Uma vez mais ele fez uma cara sentida. "Ontem à noite, e ei-la aqui hoje. Tão perto e tão distante. É mesmo uma pena."

Não havia nada a ganhar levando a discussão adiante, mas o ar calculista nos olhos dele só aumentava a determinação dela. O rosto de Eliza ficou tenso, mas ela foi incapaz de pensar numa resposta apropriada. Ela olhou para o imponente castelo, virou as costas para Chatur e entrou no carro sem se despedir.

De volta à casa de Dottie, o desânimo tomou conta dela. Parecia que toda vez que conseguia sair do poço do desespero alguma coisa a empurrava de volta. Eliza fechou os olhos, imaginando um poço de verdade, bem profundo. Em Rajputana, os poços artesianos no passado eram usados tanto para suicídios quanto para assassinatos, e provavelmente ainda eram. Pensar naquilo ajudou-a a livrar-se do pânico, mas Eliza ainda se sentia dilacerada. Sem o equipamento e as roupas, tudo o que lhe restava era a poupança de Oliver, as quantias mensais que ele havia economizado e a pequena conta bancária que a mãe havia lhe deixado nos correios de Cheltenham. Nem de longe uma fortuna.

Ela estava sentindo tanta raiva e frustração que praguejou alto e chutou a parede. Sem fôlego e sem saber como se livrar de tanto ódio, prostrou-se na cama, com a cara enfiada no colchão, e começou a socar o travesseiro, como se ele fosse o demoníaco Chatur.

Dottie provavelmente a escutou, porque foi até o quarto e se aboletou no chão, ao lado da cama. Eliza virou-se para vê-la. Sorrindo, Dottie perguntou o motivo de tanto barulho. Eliza exaltou-se. "Os desgraçados destruíram todo o meu equipamento."

"Quem?"

"Chatur e seus seguidores. Queimaram tudo. De início, não acreditei, mas é exatamente o tipo de coisa que fariam. Só não entendo como sabiam que eu iria lá hoje."

"Talvez Clifford tenha telefonado para avisá-los, ainda que com boas intenções. De qualquer maneira, tem condições de comprar um equipamento novo, não?"

Eliza balançou a cabeça, e em seguida acrescentou: "Também perdi minhas roupas. Só me sobrou o que tenho aqui."

Dottie abriu um sorriso conspiratório. "Não precisa se desesperar. Venha."

Eliza ficou intrigada, mas fez o que Dottie pediu. As duas saíram do quarto e foram até um pequeno cômodo nos fundos da casa.

"O que é isso?", ela perguntou, olhando em volta.

"Todas essas roupas estão pequenas demais para mim. É uma pena, porque algumas são realmente bonitas. Experimente e pegue quantas quiser."

"Tem certeza?"

"É pouco provável que eu volte a ficar assim magra. E acho que a maior parte das roupas não está tão fora de moda."

"Somos mais ou menos da mesma altura, não?"

"Talvez eu seja um pouquinho mais alta, mas podemos ajustá-las."

Ao fim de uma hora, Eliza estava morrendo de calor, mas satisfeita por ter arranjado três blusas, duas saias e dois vestidos. Infelizmente, Dottie não tinha calças, mas ela poderia comprar algumas nos calorentos bazares. Dottie sugeriu que uma de suas criadas indianas poderia acompanhá-la, assim garantiriam preços mais baixos.

E foi exatamente o que fizeram. Depois de duas horas na selva do bazar sob o calor insuportável, Eliza conseguiu achar tudo de que precisava. Embora as ruas fedessem a peixe e esgoto, ela se divertiu. No fim do dia, na hora de voltar para a casa de Dottie, o céu estava com um brilho rosado, e pouco depois o sol desapareceu por completo.

32

Eliza e Dottie estavam ocupadas reorganizando a biblioteca quando ouviram uma batida forte na porta da frente. Embora ainda fosse cedo, já havia um pequeno ventilador arejando a sala e fazendo uma nuvem de poeira dançar à luz do sol. Dottie comentou que, pouco antes da estação das chuvas, com o calor insuportável e irredutível, todo mundo ficava rabugento.

"Eu atendo", ela disse, limpando as mãos no avental e colocando-o embaixo de uma almofada.

Eliza ergueu as sobrancelhas.

"Bem, nunca se sabe", ela disse, sorrindo.

Eliza ficou olhando pela janela para uma enorme figueira-dos-pagodes no jardim. Imaginou-se sentada sob sua sombra, mesmo sabendo que de pouco adiantaria, com o ar tão seco que sugava até a umidade do seu corpo.

Minutos depois, Dottie voltou, segurando um pequeno envelope. "Para você", disse. "Do castelo."

Eliza pegou-o e examinou-o, com um pressentimento ruim.

"Não vai abrir?", perguntou Dottie.

"Vou, claro. É só que..."

"O que foi?"

"Talvez seja bobagem minha." Depois de abrir o envelope, ela tirou uma única folha de papel dele. Ao ler, sentiu que as pernas começaram a tremer. Então sentou e leu tudo de novo, ainda sem conseguir acreditar.

"Más notícias?", perguntou Dottie.

"Não sei ao certo."

"Então me conte."

Eliza hesitou, sem saber se deveria ou não revelar tudo. Depois de alguns instantes, decidiu falar. Não havia vantagem nenhuma em guardar segredo. "Jay quer me ver. Está acampado em algum lugar."

Dottie empalideceu e sentou-se perto de Eliza. "Acha que é uma boa ideia?"

Ela balançou a cabeça negativamente.

"O que exatamente ele escreveu?"

Eliza entregou o bilhete a Dottie, que o leu e ergueu os olhos. "Que presunçoso! Ele acha que você vai simplesmente largar tudo."

Eliza concordou. "Não posso ir."

"Não."

Fez-se um silêncio prolongado, quebrado em seguida por Dottie. "Mas você também não consegue suportar a ideia de não ir, né?", ela disse, fitando Eliza com um sorriso amarelo.

Eliza inclinou a cabeça, excessivamente repleta de emoções para conseguir responder.

"Pelo que ele diz aqui", comentou Dottie, dando uma batidinha no bilhete antes de devolvê-lo, "você só tem uma hora até que o carro chegue para buscá-la."

"Não posso ir. Clifford ficaria furioso."

"Sem dúvida."

"Você ia me odiar. Todos iam."

"Eu nunca poderia odiá-la. Você é minha única amiga em Rajputana. Eu estava ansiosa para que virasse minha vizinha, mas entendo. Observei-a com Clifford. Vi como evita o toque dele, mesmo se esforçando para disfarçar."

Eliza ficou envergonhada, mas até a voz dele a irritava. Ela fez uma careta. "E se Jay não me quiser?"

"É um risco. Se decidir voltar, precisa terminar tudo com Jay. De uma vez por todas. Não quero ser indelicada, mas tem que tomar uma decisão e assumi-la."

As duas se levantaram e se abraçaram.

"Você tem sido muito boa para mim, Dottie."

Ela sorriu. "Estarei sempre aqui. Vou dizer a Clifford que você saiu para espairecer um pouco."

Com o sol quase a pino, Eliza foi ao encontro de Jay. Ela não podia prever o que aconteceria, mas deixar de ir seria como virar as costas para si mesma. Durante a viagem, a imagem dele queimava em sua mente, deixando-a irrequieta.

Eliza baixou o vidro do carro e viu um mendigo sorrindo. Lançou-lhe algumas rúpias, sentindo que era um bom augúrio. Estaria virando uma nativa, como costumavam dizer os ingleses? Se fosse o caso, não se importava. Sentia-se livre, com o sangue a correr alegre pelas veias. Serei incrivelmente, maravilhosamente nativa, murmurou para si mesma, deixando as palavras fervilharem na cabeça até ficar tonta.

O nervosismo persistia quando passaram por uma cáfila. Mais adiante, ela avistou lavradores e meninos tocando gado. O motorista seguiu através de vilarejos com cabanas de terra batida e telhados de palha. Foi só então que as dúvidas começaram a atravessar sua mente. O que tinha na cabeça? Jay havia estalado os dedos e ela saíra correndo atrás dele. Ouvia uma voz em sua cabeça. Era a mãe, repreendendo-a, dizendo que não devia ser tão boba. Era um pensamento que ia bem mais longe, até os dias difíceis e desagradáveis em que era preciso tratar a mãe com cuidado e em que o pai não voltava para casa.

A cabeça de Eliza era um mundo de trevas, mas, enquanto um vento abrasador soprava poeira em seus olhos, ela decidiu se afastar daquilo. Ansiava pela luz do sol, e mais do que tudo queria se mostrar orgulhosa ao lado de Jay.

Também queria ser como a fotógrafa que havia encontrado em Paris. Mesmo que um dia viesse a se casar, Eliza tinha a sensação de que ainda não havia alcançado o bastante. Não sabia como ou quando, mas precisava recuperar seu equipamento no castelo, para saber quanto realmente tinha se perdido. Independentemente do que acontecesse entre ela e Jay, ainda seria possível montar a exposição no Hotel Imperial, mesmo que tivesse que fazê-lo por conta própria e em menor escala.

O calor, pesado e inclemente, a exauria, mas um sorriso se mantinha em seu rosto. O primeiro sinal de que estavam chegando ao destino foi uma névoa que pairava imóvel num céu azul estonteante. Ela espantou um enxame de moscas e sentiu o cheiro de carvão em brasa e o aroma irresistível de carne grelhada.

Quando finalmente avistou o acampamento, experimentou os primeiros sintomas de autêntica apreensão: o coração disparado e as palmas das mãos úmidas. A beleza despojada do deserto cintilava, e em meio a ela fora erguida uma enorme tenda listrada de vermelho e prateado, circundada por uma dezena de tochas acesas. Seria uma recepção especial para ela, ou o acampamento só fora planejado daquele jeito? Ela era parte crucial daquele cenário ou não?

Olhou em torno, tentando encontrar Jay, mas tudo o que viu foi uma enorme revoada de pássaros ganhando o céu, acima da tenda. Para ela, foi um momento de decepção devastadora. Talvez ele ainda estivesse por chegar, pensou, enquanto o motorista a ajudava a descer e carregava sua mala . "Espere", ela gritou. "Eu levo."

"Seu quarto fica à direita", disse o homem.

Ela ficou surpresa. Não fazia ideia de que uma tenda podia abrigar mais de um quarto. Mas aquela era enorme. A entrada estava fechada com um botão. Quando ela abriu as cortinas de musselina leve, deu com um pequeno vestíbulo. Então, afastou uma cortina mais pesada, do lado direito, e entrou no quarto.

Todo o interior tinha cortinas de seda cor de rubi, presas ao topo da tenda, mais ou menos como deveriam ser as tendas dos circos. Mas foi a cama que mais a impressionou. A armação era pintada de dourado, e a colcha e os travesseiros eram prateados. Pétalas de rosa haviam sido espalhadas sobre ela e pelo chão em volta, que estava atapetado, com um dos *kilims* mais lindamente tecidos que já tinha visto. Havia até uma *chaise longue*, uma poltrona, uma mesinha e uma penteadeira.

Eliza sentou-se na cama, maravilhada, mas também um pouco perplexa. O quarto estava perfumado, e ao inspirar ela percebeu que queimadores de óleo haviam sido afixados em dois cantos, e que o aroma era de rosas e de algum tipo de laranja. Era quase inacreditável. Eliza se lembrou do piquenique simples com a mãe, e desejou que ela pudesse ver aquilo. Sentada na beira da cama, tremia de nervosismo. Por que Jay a levara até ali? Teria sido ele mesmo quem escrevera o bilhete?

Ela escutou um leve ruído e ergueu os olhos. Jay havia acabado de entrar no quarto e tinha o semblante sério. Em sua mente, surgiu brevemente a imagem das mãos dele, correndo com fluidez pelo seu corpo, o que lhe deixou arrepiada. Mas Jay parecia mais distante que o sol no inverno inglês. Ela se segurou para não chorar. Em que ele estaria pensando? Por que não dizia nada?

"Vejo que se recuperou da explosão", disse Eliza, nervosa.

Ele ergueu as sobrancelhas.

"Já sabia que você estava bem, claro. Foi uma bomba?"

A testa dele estava franzida. "Então é disso que vamos falar? Talvez depois possamos comentar o tempo."

Ela fez uma careta diante do leve sarcasmo, então engoliu em seco e o encarou. Antes, teria sido capaz de entregar a própria vida por um vislumbre daqueles olhos cor de âmbar e cílios negros; agora, contentava-se em não se retrair diante deles.

"Por que você se afastou? Só fiquei sabendo onde estava por intermédio de minha cunhada."

"Priya lhe contou?"

"Ela nunca perde uma oportunidade de exibir sua superioridade ou de mostrar que sabe de tudo."

"Desculpe."

"Conte-me o motivo."

Eliza soltou um longo suspiro e desejou poder mencionar seu acordo com Clifford. O que mais queria era dizer: *Fiz isso por amor. Fiz isso por você.*

Estava quente demais, e ela enxugou o suor das sobrancelhas. "Vou me casar com Clifford em outubro", disse, sem poder encarar Jay.

Ele deu alguns passos na direção dela. Eliza sentiu o perfume de sândalo, insuportavelmente sugestivo. Quando Jay respondeu, foi com uma ponta de raiva. "Isso é tudo que eu representava para você, tudo o que representávamos um para o outro? Como pôde fazer tal coisa?"

Ela odiava desperdiçar aqueles momentos preciosos com ele, mas percebeu que era exatamente o que estava fazendo.

"Muito bem", disse ele. "Estarei de volta amanhã, e providenciarei para que a levem de volta a seu noivo." Jay praticamente cuspia as palavras. "Nesse meio-tempo, uma criada irá assisti-la." Dito isso, ele saiu.

Eliza caiu de costas na cama e reparou que o teto da tenda era estampado com estrelas prateadas. Deixou as lágrimas caírem. O que havia de errado com ela? Tinha feito tudo aquilo porque o amava, mas era como se o rejeitasse. A menos que rompesse o noivado com Clifford, porém, não era uma mulher livre. Mesmo não sendo apegada a convenções, não podia ser tão temerária ou insensível. Mas e se tivesse perdido Jay para sempre? A ideia a fez chorar ainda mais.

Tentou dizer a si mesma que fora afortunada por conhecê-lo; encontraria uma forma de manter a memória dele a salvo. Não importava se nunca mais pudessem ficar juntos. Ela havia conhecido o amor, ao contrário de muitos. Porém, também pensava: até que ponto o conhecera? Em que medida ele era verdadeiro e em que medida era uma idealização? Talvez não importasse, pois, enquanto pudesse recordar sua voz grave e profunda, sempre possuiria um pedacinho dele. Jay era o único homem que amara, à exceção do pai, independentemente do que tivesse feito. Jamais esqueceria aquele amor imperfeito e indômito, nem a forma como seu coração acelerava. Nunca tocaria no assunto ou tentaria se justificar, e aprenderia a viver sem Jay.

Quando Kiri entrou, Eliza reconheceu de imediato.

"Senhora." Ela fez a tradicional saudação com as palmas das mãos unidas.

"Estou tão feliz de ver você", disse Eliza, sufocando a própria tristeza.

Kiri aproximou-se e ajoelhou-se ao pé da cama. "Dê-me suas mãos, *memsahib*."

"Ah, por favor, não me chame assim."

"Como devo chamá-la?"

"Que tal Eliza?"

Kiri sorriu. "Não posso. Que tal 'senhora'?"

Eliza sorriu. "Está ótimo."

"Vamos tomar um banho e lavar seu cabelo. Vai se sentir melhor."

"Onde?"

Kiri se levantou e apontou para uma das cortinas. "Há um banheiro ali. Venha." Eliza acompanhou-a até um espaçoso toalete, com uma banheira de metal polido, um sanitário de porcelana e chão acarpetado. Sobre uma mesinha, havia uma pilha de almofadas e algumas toalhas.

"Vamos deixá-la bem bonita."

"Não estou bem certa de que servirá de alguma coisa, mas estou exausta, e talvez um banho ajude."

"As coisas pioraram muito no castelo desde que a senhora foi embora."

Apesar da vergonha, Eliza perguntou: "O que acha que Jay sente por mim?"

Kiri riu. "A senhora não sabe?"

Eliza fez que não.

"À menor menção do seu nome, ele sai da sala. Quando a mãe propõe casamento com uma princesa distante, grita com ela. Precisava ver a cara dele. Bem, a senhora viu."

Enquanto Kiri ensaboava sua pele, Eliza fechou os olhos. Depois, já com o cabelo livre da poeira do deserto, vestiu um roupão de seda azul-turquesa que combinava com seus olhos e pantufas bordadas. Kiri indicou um lugar no extremo oposto do banheiro.

"Devo ir para lá?", perguntou Eliza.

"Sim, e não posso acompanhá-la."

Eliza deu um passo à frente. Concluiu que Jay não havia ido embora e que estaria à sua espera do outro lado da cortina. Ela fez uma pausa e olhou de novo para trás, mas Kiri tinha os olhos baixos.

Eliza puxou a cortina e avançou com passos cautelosos. Ao chegar ao lado dele da tenda — decorada em azul bem escuro e bordado com fios cobre —, não o viu. O piso havia sido atapetado de um azul mais claro. Com os olhos baixos, a primeira coisa que Eliza localizou foram seus pés. Ele estava do outro lado de uma espécie de armário alto, que encobria sua visão. Os olhos dela se adaptaram à escuridão do quarto iluminado apenas por velas e lampiões a óleo, e Eliza o viu dar um passo à frente.

"Já está escurecendo", disse Jay. "Posso acender as luzes, se preferir."

Ela fez que não com a cabeça. "Está bom assim."

Fez-se então um longo silêncio, e os dois ficaram se encarando. Em seguida, ele a conduziu até uma cama coberta de travesseiros.

"Vamos só ficar sentados juntos, tudo bem?", perguntou ele, com a voz embargada.

Era uma cama baixa. Nenhum dos dois abriu a boca. Apesar da postura digna de Jay, ela sentia sua tristeza comportada, o que só fazia aumentar a dela própria.

Estavam deitados de costas quando ele pegou sua mão.

"Você não ia embora?", perguntou Eliza.

Ele não respondeu.

"Jay?"

Ele deu um suspiro profundo e virou-se para ela. "Eliza, olhe para mim."

Ela mudou de posição, de modo a encará-lo. Quase desmoronou ao ver a dor em seus olhos. Sentiu as lágrimas aflorarem, mas tentou se controlar.

Ele deu um sorriso. "Conte-me a verdade, minha querida, por favor. Por quê?"

"Clifford?"

Ele assentiu, mas o que soltou a língua de Eliza foi a intensidade de seus olhos. Ela se deu conta de que era incapaz de mentir para Jay. Agora que estava com ele, voltava a um mundo onde podia ser mais autêntica.

"Ele prometeu libertá-lo da prisão, com imunidade total contra futuras acusações."

"Se você concordasse em se casar com ele?"

Eliza fez que sim. "Em defesa dele, devo dizer que a ideia foi da sua mãe. Mas não fique bravo com ela", acrescentou, ao ver seu maxilar retesado. "Só queria protegê-lo."

"Muito bem. Se acha que foi isso que aconteceu, vamos falar de outra coisa. Estive com Devdan. Ele admitiu que Chatur o procurou, pedindo ajuda para armar contra mim com os panfletos."

"Por que Dev concordaria em fazer isso?"

"Ele tinha seus motivos."

"Quais?"

"Não posso dizer."

Ela deu de ombros. "E não se sente traído?"

"Acho que Dev ficou numa situação difícil." Ele abriu um sorriso irônico. "E Chatur lhe prometeu uma máquina de escrever e uma autorização de uso, o que deve ter achado irresistível."

"Santo Deus!"

"Chatur esteve por trás de tudo. Fazia meses que queria me ver fora do caminho."

Eliza sentiu-se mal. "Eu sabia que Chatur era ardiloso, mas Dev..."

"Não sei. De verdade. Ele sempre foi um bom amigo. Conversamos, e acho que está tudo bem."

"Como pode ser tão cego? Ele é capaz de tudo."

"O pai dele era assim, não Dev."

"O que o pai dele fez?"

Jay balançou a cabeça. "Tudo o que posso contar é que não foi uma coisa boa."

"E o que vai acontecer com Chatur?"

"Anish ainda está pensando."

"É mesmo?", perguntou ela, incrédula.

"Mas agora quero que você descanse, alimente-se e durma. Espero que consiga arejar a cabeça."

Ainda havia uma questão que martelava sua cabeça.

"Você sabe que não podemos dormir juntos enquanto eu estiver noiva."

Ele pôs um dedo em seus lábios. "Não diga nada. Deite-se até a hora do jantar."

Durante dois dias, o calor foi escaldante. Eles conversavam até ficar quente demais, então ficavam deitados lado a lado, inquietos, mas sem se tocar: Jay deitado de costas, com as mãos atrás da cabeça; Eliza encolhida ao seu lado. As horas se dissolviam, preenchidas por sentimentos disformes impossíveis de descrever com palavras.

"O que é isso?", perguntou ela, depois de algum tempo em silêncio.

Ele a contemplou por alguns segundos. "Somos você e eu. Precisa ser mais?"

"É tão diferente. Não sei."

"Temos que dar um nome?"

"Não sei."

Então Jay contou a ela que o projeto de irrigação estava quase terminado, e que ele o deixara nas mãos de um arrependido Dev. Eliza ainda desconfiava dele, mas, quando indagou a respeito, Jay a tranquilizou, dizendo que Dev jamais faria algo que pudesse prejudicar o projeto. Também lhe contou que a explosão que ela testemunhara em Delhi fora causada por uma velha lâmpada a óleo que tinham esquecido acesa e ateara fogo a substâncias químicas mal armazenadas. Portanto, não havia sido um atentado. Eliza gostou de saber daquilo. Teria sido demais testemunhar duas bombas, ambas em Delhi, a segunda um eco aterrador da primeira.

Eles dormiam separados, cada um de seu lado da tenda. Na segunda noite, quando ela o ouviu se mexendo, foi difícil conter a vontade de ir vê-lo. Na calmaria quente da noite, manteve-se resoluta, suportando a saudade excruciante. No meio da madrugada, Eliza saiu para contemplar as estrelas, e viu que a fogueira ainda ardia, para manter os bichos à distância, brilhando como um farol na escuridão do deserto. Ela voltou rapidamente para dentro, sentindo a força da terra sob os pés.

Na terceira manhã, Eliza estava sentada de pernas cruzadas diante da fogueira, sentindo a privação de sono. Então Jay apareceu, ainda de roupão. À luz da fogueira, sua pele brilhava. O cabelo ainda estava úmido do banho, e as olheiras traíam seu cansaço. Ele tampouco havia dormido.

Quando Jay se agachou a seu lado, a parte de cima do roupão se abriu, e ela teve vontade de tocar seu peito, mas não o fez. Queria sentir a conexão entre a batida do coração de ambos, assim como da respiração... Mas só perguntou quanto de seu equipamento havia sido destruído pelo incêndio no castelo.

Jay fez uma cara perplexa, e Eliza se explicou:

"Chatur me disse que um incêndio destruiu meu quarto e a câmara escura."

"Não soube disso. E teria sido avisado."

"Então ele mentiu", disse Eliza.

"Não surpreende."

"Bem", disse ela, sentindo o coração fraquejar, mas logo recobrando o controle das emoções. "Decidi escrever para Clifford."

Nenhum dos dois havia tocado no assunto do noivado desde que ela contara a verdade a Jay, mas a questão estava presente o tempo todo, como uma sombra escura impossível de ignorar.

"E...?", disse ele. Ela notou que seus olhos se iluminaram de esperança, indicando que Jay também era vulnerável, apesar de sua força e masculinidade.

"Vou romper o noivado. Você tem um mensageiro que eu possa usar?"

"Vou mandá-lo ainda hoje."

Eliza achou irresistível a reação alegre de Jay, e sorriu. "Só preciso ficar sozinha durante uma hora e estará feito."

Quando ele saiu, ela começou a escrever, e uma sensação extraordinária de esperança preencheu seu coração. As monções estavam chegando; ela o sentia no ar e no sangue. Graças a Deus. Não achava que suportaria o calor por muito mais tempo. As chuvas seriam uma bênção e um alívio.

Jay entrou na tenda ao fim do prazo estipulado, acompanhado por um homem.

"A carta está pronta?"

Eliza assentiu. "Aqui está."

"O mensageiro também vai avisar à sua amiga Dottie que você está em segurança."

Eliza abriu um amplo sorriso quando ele pegou sua mão.

"Agora, temos que nos apressar. É preciso desfazer o acampamento antes das chuvas. Vamos tomar o caminho de Udaipore, minha adorável inglesa."

33

UDAIPORE

O calor de chumbo não dera trégua, mas, a caminho de Udaipore, era evidente que a chuva estava para cair, com o céu já escuro. Pela primeira vez desde que chegara à Índia, em novembro, Eliza viu os céus ficarem repentinamente agitados, com uma massa de nuvens negras crescendo e rodopiando. Era novo, empolgante, diferente. Ela desejou estar com a câmera para captar a visão daquelas nuvens escuras e estranhamente iluminadas arrastando-se sobre a distante cordilheira. Ao primeiro sinal do estrondo violento de um trovão, Eliza sentiu o sangue ferver, viajando na garupa da moto de Jay em direção às chuvas.

"E se a tempestade cair antes de chegarmos?", gritou ela.

"Vamos ficar molhados!"

Eliza riu. No delírio feliz de estar perto dele de novo, inspirou seu aroma de sândalo e limão. Muita coisa havia acontecido antes das chuvas, e um novo capítulo estava para se abrir diante dela, justamente quando os céus pareciam a ponto de fazer o mesmo.

À medida que se aproximavam de Juraipore, o nível de expectativa de Eliza só fazia aumentar. Ela ansiava por ver a romântica cidade dos lagos, com a cordilheira espraiando-se. E agora teria a oportunidade. Rajadas quentes de vento agitavam o capim. Mesmo morrendo de vontade de bater palmas e saltitar como uma criança, ela tinha que se agarrar firme a Jay. Por fim, eles alcançaram um forte que parecia nascer de dentro do topo da montanha, como era tão comum nesse tipo de lugar. Jay encostou a moto, desceu e ajudou-a. Enquanto Eliza se ajeitava, contemplou as arcadas, cúpulas e torres da fortaleza.

"Este é o lugar ideal para assistir às monções", disse Jay.

Ela olhou para baixo e mal pôde conter o espanto quando viu um palácio que parecia flutuar no lago espelhado. Era um lugar romântico e absolutamente encantador.

"Você já esteve mesmo dentro do palácio do lago?", perguntou ela, como se fosse impossível que fosse real e alguém pudesse ir até lá.

Ele ergueu as sobrancelhas, como quem diz: *É claro.*

Depois de contemplar a deslumbrante vista panorâmica da cidade, a bagagem dos dois foi levada para dentro, e ele a acompanhou até um pavilhão com grandes arcos e colunas, atrás dos quais se erguia o palácio.

"Vamos ver daqui", disse Jay, no momento em que as primeiras gotas de chuva começavam a cair.

"É o começo?", perguntou Eliza, esticando as mãos para sentir os primeiros pingos.

"Pode ser."

As nuvens que se avolumavam haviam agora adquirido o mais extraordinário tom de púrpura. Então, de uma vez só, raios encheram todo o céu. Ela tomou um susto e estendeu a mão.

"Maravilhoso, não?", disse Jay.

"Mal posso acreditar que um lugar como este exista."

Jay riu e apertou sua mão. Eliza reclinou-se nele e sentiu nas costas as batidas do seu coração.

"Este lugar é cercado de florestas, lagos e montanhas, como você pode ver. Quando a chuva terminar, vou lhe mostrar as ruas e vielas da cidade antiga."

"Dá a impressão de ter saído das páginas de um conto de fadas."

"É o palácio real de verão."

"Podemos nadar depois das chuvas?"

"Se não se incomodar com um ou outro jacaré."

No começo caíram apenas algumas gotas de chuva, mas então eles ouviram o estrondo todo-poderoso de um trovão, tão alto que o mundo pareceu tremer de medo. Só aí os céus se abriram. Lâminas de chuva martelavam a cidade abaixo, chocando-se contra o lago, e por toda parte a terra seca começou a desprender um aroma incrivelmente doce. Ela ouvia Jay falar, mas o barulho era tão alto que não captou suas palavras.

Eles ficaram ali de pé durante uma hora inteira. A chuva ainda caía como se a tempestade fosse consumir toda a água do mundo, e o céu faiscava. De repente, o ar ficou esbranquiçado, com uma cortina de chuva tão espessa que impedia a vista da cidade, do lago e do palácio. Só quando os trovões pararam ele a virou para si. Agora que a escuridão começava a cair, com a chuva espessa, ela mal conseguia ver o rosto dele, a não ser pelos olhos brilhantes.

"Está pronta?", perguntou ele. "Isto é só uma trégua."

"Estou. Vamos."

Enquanto ele a acompanhava de volta ao palácio, Eliza perguntou onde estava o proprietário e se ele não se importava por estarem ali.

"É um velho amigo. E não se preocupe, está tudo acertado."

"Você sabia que eu viria?"

"Eu tinha esperança."

Quando chegaram ao quarto, ela encontrou uma enorme cama com dossel, e as cortinas das janelas abertas.

"Quer que eu as feche?", perguntou ele.

Ela fez que não e caminhou até elas.

"Então vamos deixar as janelas abertas também, para que possamos escutar...", disse ele.

Ela riu. "Você é mesmo um romântico, Jayant Singh Rathore."

"Isso é ruim?"

Eliza correu até ele e enlaçou seu pescoço. Jay se desvencilhou e conduziu-a da janela até a cama. Quando ela se deitou nos travesseiros, ele puxou sua saia e suas meias, tocando suas pernas. "Seda?", ele perguntou.

"Meu único par. Foi Dottie quem me deu." Mas ela não conseguia conter o riso; era como se a alegria que tomara conta de si tivesse sido reprimida por tanto tempo que não tivesse outra opção a não ser deixar extravasar agora, tremendo e se arrepiando. Jay também ria, e em pouco tempo ela estava gargalhando e chorando ao mesmo tempo, enquanto ele enxugava suas lágrimas. Quando por fim ela parou, ele terminou de despi-la e ficou a contemplá-la.

"Tão linda", disse. "Parece porcelana."

Totalmente embriagada pela noite, Eliza tinha consciência da sensação de libertação — do que, ela não sabia, mas era maravilhoso e diferente de tudo o que vivera até então.

"Minha vez de tirar sua roupa", disse.

"Primeiro, quero tocá-la."

Eliza fechou os olhos enquanto os dedos de Jay passavam muito delicadamente pela sua pele, começando pelos dedos dos pés e indo até as pálpebras, uma sensação tão única que a fez se perder completamente. Havia algo de eterno em Jay, como a terra de onde ele vinha. Quando estava com ele daquele jeito, Eliza sentia-se atraída para seu mundo, como se também pertencesse àquele espaço de momentos atemporais e duradouros.

Depois que ela o despiu, fizeram amor longa e lentamente. Eliza não tinha ideia de quanto tempo tinha passado. Do lado de fora, a tempestade se abatia, proporcionando um pano de fundo para seu coração acelerado. Ao final, ela se deitou ao lado de Jay. Ambos estavam encharcados de suor. Eliza ficou pensando se precisava dizer alguma coisa, mas sentiu com tanta intensidade seu amor por ele que não ousou falar, por medo de arruinar o momento.

Naquela noite, fariam amor mais de uma vez. Enquanto a tempestade continuava a cair com força e o vento soprava a chuva por entre as molduras das vidraças, eles experimentaram um sentimento de urgência. Sentindo o gosto dele, Eliza pensou que aqueles eram os momentos mais belos e excitantes de toda a sua vida. Os ruídos que faziam jamais poderiam ser ouvidos do lado de fora, abafados pela monção, mas ela não ia se importar se o mundo inteiro os ouvisse. Pensou nas pessoas na cidade abaixo, todas sorridentes com alívio e deleite pela chegada das chuvas, e em quantos bebês estariam sendo feitos naquela noite.

No dia seguinte, durante uma calmaria mais prolongada, Jay desceu com ela até a cidade antiga. Eliza ficou espantada com a elevação das águas enquanto caminhavam ao longo da margem oriental do lago Pichola, cercado por palácios, templos, escadarias para banhos no rio chamadas *ghats*, e os tons ocre e púrpura da arborizada cordilheira Aravalli.

Mas não era apenas o lago. Cursos d'água desciam pelas valas e pelos barrancos que levavam até ele; tudo estava úmido e brilhava ao sol da manhã. Jay explicou que costumavam chamar a cidade de Veneza do Oriente, e que seus lagos geralmente tranquilos eram cercados de jardins maravilhosos.

"É magnífico durante a estação de monções. Como Udaipore tem cinco grandes lagos, todos ficam cheios. E os palácios ficam ainda mais brilhantes."

"Deve ser o cenário mais romântico de toda a Índia."

Ele riu e procurou a mão dela. "Então, estamos no lugar certo."

"Tudo bem andarmos desse jeito em público?"

"Você se importa com o que as pessoas pensam?"

"É que aqui é diferente. Não se espera isso de você, não é?"

"Acho que ninguém liga. A chuva desperta uma espécie de rebeldia nas pessoas. Todas as restrições de praxe são atiradas pela janela."

"Fico contente que esteja tão mais fresco agora."

Ele fez um gesto amplo com o braço direito. "Veja só isto. A cidade foi fundada pelo rei Maharana Udai Singh II em 1559."

"É maravilhoso, mas é só isso?", perguntou ela. "A chuva acabou?"

Ele pareceu surpreso. "Espero que não. Precisamos de muitíssimo mais. Só foi o bastante para rejuvenescer os morros e deixá-los verdejantes, mas precisamos encher o novo lago."

"Meu Deus, eu tinha quase esquecido."

As chuvas de fato recomeçaram, e naquela segunda noite ela percebeu que o deixavam mais leve. Como não se dera conta da preocupação dele com a possibilidade de que não acontecessem? Estando acostumada às chuvas perpétuas da Inglaterra, era fácil esquecer que, ali, elas poderiam marcar a diferença entre a vida e a morte.

Os dois passaram juntos outra noite maravilhosa, conversando no escuro, como fazem os amantes no estágio exploratório de um relacionamento. Era diferente de quando haviam estado juntos no palácio dele. Agora eles se abriam mais francamente do que nunca. Jay lhe contou como chorava à noite no travesseiro no período da infância em que havia morado na Inglaterra, como odiava a insípida comida inglesa e o terrível esnobismo dos britânicos, e como haviam ficado tristes quando Laxmi perdera a filha pequena.

"Acho que foi por isso que nos afeiçoamos tanto a Indi. Não que ela pudesse tomar o lugar da minha irmã. Foi duro para minha mãe. Um filho é como uma parte sua. O que fazer quando se perde essa parte?"

"Não sei se era assim para minha mãe."

Eliza lhe contou que nunca se sentira amada pela mãe. E que nunca havia tido um instante de real intimidade com Oliver, sempre receando a hora de ir para a cama à noite. Depois que ele adormecia, ela costumava ir para a sala, onde ficava sentada a maior parte da noite, indo dormir só de manhã, depois que ele saía de casa. Ela chorou ao dizer que não sabia que as coisas poderiam ser tão diferentes. Então, com o som da chuva ao fundo, caiu no sono.

Na manhã seguinte, eles acordaram com o barulho forte de batidas na porta do quarto.

Jay pulou da cama, pegou um roupão e abriu a porta. Eliza puxou o lençol para cobrir a cabeça. Nunca se sentira tão feliz, mas uma coisa era os criados terem ciência de seu relacionamento; outra, bem diferente, era verem-na desnuda na cama de Jay. Ela ouviu a porta se fechar e ficou surpresa quando ele não voltou de imediato para a cama. Tirou o lençol do rosto e o encontrou de pé, imóvel, junto à janela, olhando em silêncio a vista.

"O que foi?", perguntou Eliza, sentindo um nó no estômago e revelando uma ponta de ansiedade.

Ele virou-se e mostrou uma folha de papel. "Aqui", disse, com uma voz monocórdia. "Leia."

Eliza levantou da cama e foi até ele. Então leu, mal conseguindo compreender o que aquilo representava para eles.

"Sinto muito."

"Tenho que ir", disse Jay, olhando para ela com tanta tristeza que Eliza teve um arrepio.

"Agora?"

Ele fez que sim, sombrio.

"E quando volta?"

"Vamos sentar."

"Não. Conte-me."

"Se Anish está morto, não tenho alternativa a não ser ir embora. Compreende?"

"É claro que entendo", disse ela, tentando não soar como uma criança mimada.

"Tenho que assumir o trono o mais rapidamente possível."

"Mas você volta?"

Ele sacudiu novamente a cabeça. "Não sei se posso. Muito menos logo."

"E quanto a mim?"

"Vamos dar um jeito." Ele colocou uma carteira na mesa de cabeceira. "Caso precise de dinheiro."

"Dar um jeito? Mas que jeito?", perguntou ela, ignorando o dinheiro.

"Ainda não sei, Eliza. Mas tem um cavalo me esperando e preciso ir."

"Você vai cavalgar num tempo desses?"

"É mais seguro que a moto."

"Mais seguro?"

Ela sentou-se na cadeira perto da janela, mal podendo acreditar que aquilo estava acontecendo. "Você perdeu seu irmão. Priya e sua mãe devem estar arrasadas. Compreendo que elas precisem de você."

"Não é só isso", prosseguiu ele. "Se eu não assumir minha posição, os ingleses vão tomar nosso reino. Já estavam loucos para se livrar de Anish, e esta pode ser a oportunidade perfeita." Ele começou a se vestir rapidamente, e ela assistiu a tudo, anestesiada, sabendo que Jay tinha razão e que não havia nada que pudesse fazer.

"E quanto a nós?"

"Temos que deixar a poeira assentar. Providenciarei um carro para levá-la ao meu palácio assim que o tempo permitir. Enquanto as coisas estiverem turbulentas, é melhor que fique lá."

"Você vai me encontrar lá?"

"Pode ser que eu tenha que morar no castelo de Juraipore, pelo menos no início."

"Então depois vou para lá?"

Ele fechou os olhos por um instante, sem responder.

"Jay?"

Jay foi até ela e abraçou-a com força, mas Eliza o afastou. "Então não vamos nem poder viver juntos? Você vai se casar com uma princesa?"

Mais uma vez, ele não respondeu.

Ela o olhou fixamente, horrorizada com tudo aquilo, desesperada por alguma palavra de conforto. Apesar de sentir pela perda de Jay, um acesso de raiva a fazia tremer.

Como ele continuou em silêncio, ela se virou e saiu correndo do quarto, da fortaleza e, mais do que tudo, de Jay. As lágrimas queimavam em seu rosto, mas ela não se importava em mal poder enxergar o chão à frente, com toda a chuva. Perdida na escuridão da tempestade inclemente, voltou sua raiva contra si mesma. Fora estúpida e ingênua deixando-se seduzir pelo cenário romântico.

Quando voltou para o castelo, ensopada e enlameada da cabeça aos pés, Jay já tinha ido embora. Desejara aquilo, porque não teria suportado vê-lo de novo. Mas, agora que ele realmente tinha partido, era como se o coração tivesse sido cortado ao meio. Sentiu-se tão suja e dilacerada que não havia esperança de encontrar uma maneira de aliviar o sofrimento. O momento mais maravilhoso de sua vida tinha se transformado no pior. Amar Jay parecia natural, mas o resultado fora aquele. Sua infância solitária distorcera tudo o que tinha vindo depois, mas Jay conseguira tocá-la. Como seria capaz de aceitar que estava acabado? Sozinha no quarto que eles haviam dividido, seu ânimo murchou diante das esperanças estilhaçadas. O que ela ia fazer com aquele amor, que preenchia todo o seu ser? Para onde iria? Eliza pensou em algo que Jay havia dito certa vez — "Para conhecer o amor verdadeiro, é preciso se deixar levar por ele" —, mas aquilo não servia de consolo. Ela entrelaçou as mãos, contorcendo-as em meio ao desespero.

Pelo resto do dia, recusou-se a comer. Quando a luz do sol começou a diminuir, foi até a janela e ficou olhando o céu ficar púrpura, e depois preto. Talvez um dia se lembrasse sem dor daquelas noites em Udaipore. Talvez um dia conseguisse finalmente esquecer a batida do coração dele quando estavam deitados, pele contra pele. Jay havia tocado seu corpo e, mais do que isso, havia tocado sua alma. A poeira acumulada do deserto tinha sido levada, e a terra fora amolecida pela chuva, mas doía ter compartilhado as monções com ele, apenas para perder tudo em seguida.

34

Na primeira manhã no palácio de Jay, Eliza desfez a mala e observou o quarto à sua volta. Sentia-se profundamente triste e maltratada, e ficou contente por não ter tido que encarar Dev ao chegar, na noite anterior, depois da longa jornada, prejudicada pela chuva intermitente. As montanhas azuis da cordilheira Aravalli estavam mais verdes do que nunca, e agora a vista da janela de seu quarto brilhava com energia renovada. Por alguns instantes, foi agradável assistir ao brilho opalino do amanhecer nas terras de Jay. Mas agora sentia um peso no coração.

Ela repassou o filme de sua chegada ao castelo de Juraipore, em novembro do ano anterior: o belo quarto de pé-direito alto, onde vira Jay pela primeira vez, com um falcão, e achara que ele fosse um forasteiro; os quartos onde fora recebida por Laxmi; as joias, as adagas e os cristais de valor inestimável que brilhavam nos armários; o banheiro de mármore onde as concubinas haviam lavado seus cabelos; o túnel por onde se esgueirara com Jay, a caminho da comemoração do Holi na cidade. Ficou pensando naquelas coisas até que a cabeça começou a girar, com imagens e emoções chocando-se entre si, e então parou. Doía demais.

Depois de se vestir e tomar o café da manhã preparado para ela — Jay mantinha uma pequena equipe de serviçais mesmo em sua ausência —, Eliza enfiou as botas e foi caminhar pelo jardim e pelo pomar, em direção ao lago artificial. O cheiro da terra ainda úmida a fez cambalear. O ar estava maravilhosamente agradável. Era como se a chuva tivesse transformado tudo: as flores selvagens, as folhas das árvores e o aroma de musgo pareciam competir por sua atenção. Mas o que lhe causou verdadeiro espanto foi a visão de uma enorme extensão de água brilhando à luz da manhã. O lago estava cheio, exatamente como Jay desejava; as barragens e fortificações tinham resistido; e todas as comportas estavam no devido lugar. Quando fossem abertas, a água correria por canais especialmente construídos em meio às terras de Jay, até os limites de diversos povoados. Era um êxito fenomenal, e o coração dela ficou um pouco mais alegre ao testemunhá-lo, pois havia desempenhado um papel naquilo. Sabia que a intenção de Jay era escavar outro lago no ano seguinte, e que tinha planos de fazer ainda mais. Tudo aquilo tinha começado com um comentário casual dela, na primeira vez que ele a levara até lá.

Eliza recordava aquele período como quando sua atração por Jay começou a se manifestar. Abraçando o próprio corpo, ela contemplou a água, ouvindo o bramir das cabras ao longe. Não percebeu os passos que se aproximavam por trás até que alguém pigarreou.

"Então aí está você", disse ela ao se virar, lamentando intimamente.

Dev não respondeu de imediato. Era quase como se estivesse refletindo sobre o que dizer. "Aqui você vai encontrar o que está procurando, se se permitir", disse ele, por fim, surpreendendo-a.

"Não estou procurando nada."

"Todos estamos à procura de alguma coisa. Vi quando chegou ontem à noite, mas achei melhor deixá-la instalar-se."

Ela permaneceu em silêncio, com a expressão imóvel, estudando seu rosto. Havia algo diferente nele. O olhar havia perdido o brilho, e ele tinha um ar cansado e aflito. Eliza esperava que a confiança de Jay naquele homem não fosse em vão, mas mesmo assim tinha dificuldade em perdoar sua participação no complô para implicá-lo em malfeitos.

"Pensei...", começou ele, mas logo caiu em silêncio.

"Pensou...?"

"Você não ia se casar com o sr. Salter?"

Sua pele se eriçou de irritação com a referência ao nome de Clifford. "Isso não lhe diz respeito."

Dev sacudiu a cabeça. "Não deveria ter voltado aqui."

"Para a Índia?"

Ele concordou, e Eliza reparou em seus olhos — podia ver neles a hostilidade mal disfarçada, embora estivesse ciente de que havia mais alguma coisa, que não estava lá antes. Ela tomara a decisão de tentar enxergá-lo com bons olhos, em nome de Jay, e, embora ele não facilitasse as coisas, Eliza tinha de reconhecer que estava curiosa.

"Está tomando conta da propriedade para Jay?"

"É minha penitência. Ele deve ter lhe contado."

Ela assentiu, mas não disse nada.

"Jay e eu nos conhecemos há muito tempo. O que eu fiz foi errado, mas ele me perdoou."

Eliza olhou para o chão e balançou a cabeça. "Não entendo como pode ter feito uma coisa dessas, principalmente com alguém que foi tão bom com você."

"É complicado." Ele não disse mais nada. Quando ela ergueu os olhos depois dessa resposta evasiva, Dev virou as costas e foi embora.

Eliza voltou para o quarto com a intenção de refazer a mala. Não queria ficar ali tendo Dev como única companhia. Sentou-se pensativa na cama. Uma coisa estava dolorosamente clara: precisava trancar o próprio coração e manter-se ocupada. Mas, embora não tivesse mais nada para fazer ali, ir embora era difícil, principalmente com aquele perfume de sândalo ainda tomando conta do quarto. Ela por fim ficou de pé e começou a juntar as roupas numa pilha pequena, na beira da cama.

Olhou pela janela, para o dia quente e iluminado, mas, arrasada por dentro, não conseguiu apreciá-lo. Apesar do incômodo, sabia que era a única que podia decidir o próprio destino: aquilo não cabia a Clifford, à mãe ou a Jay. Tentou fazer a mala, mas como era possível que as coisas que trouxera da casa de Dottie já não coubessem nela? Eliza tirou tudo e recomeçou. Ao terminar, juntou às suas coisas a carteira que Jay havia lhe deixado. Embora sua vontade fosse jogá-la no primeiro poço que encontrasse, o bom senso prevalecera. Ainda que não quisesse dever favores a Jay, o dinheiro poderia ser útil.

No instante em que fechou a mala, Dev abriu a porta. Ele estava com uma cara diferente, talvez um pouco mais vulnerável, e certamente mais tímido que antes.

"Podemos falar?", perguntou.

Eliza franziu a testa.

"Não temos muito a dizer", respondeu ela, sem querer perder tempo com ele. Embora não tivesse apreciado o desprezo de Dev pelos ingleses em seus encontros anteriores, Eliza o compreendia. Mas aquele não era o momento para discutir os argumentos em favor da independência das colônias, ainda que concordasse com ele em quase tudo.

Dev ergueu a mão. "Receio que tenhamos."

"Ah, é?"

"Vamos pegar um café e ir até o terraço."

Ela pensou por um instante. Em meio àquele turbilhão de emoções, tomar café com Dev não era uma ideia atraente. Mesmo assim, acabou aceitando. Não podia determinar com precisão o que enxergara em seus olhos, mas, enquanto afastava uma mosca que zumbia em seu ouvido, ficou pensando se seria culpa.

Eles caminharam até o terraço. Depois que um criado trouxe o café, ela viu que alguma coisa havia mudado em Dev. Era como se ele parecesse menor e estivesse à deriva.

"Você nunca gostou de mim", disse ela.

"Não era você. Era..." Ele fez uma pausa.

"O quê?"

Dev baixou a cabeça por um instante. Quando voltou a erguê-la, Eliza pôde ver suas olheiras. "Realmente não sei como dizer isso", ele respondeu, num tom de voz terrivelmente desanimado.

Ela sorriu. "Descobri que o melhor jeito é simplesmente botar para fora, o que quer que seja."

"Deve saber que meu pai morreu", ele começou. "Bem..." Ele fez outra pausa.

"Você disse que ele não morava com vocês", interrompeu Eliza. "Que eram só você e sua mãe."

"Ele fez uma coisa, mas durante vários anos não fui capaz de encará-la. Então você apareceu, e tudo voltou."

"Jay me contou que seu pai se meteu numa encrenca."

Dev balançou a cabeça, depois olhou para um jardim externo, coberto de vegetação. "Ele fugiu. Nunca soubemos para onde. Até hoje não sabemos."

"Mas o que isso tem a ver comigo?"

Fez-se um longo silêncio, durante o qual Eliza se mexia, nervosa, e Dev olhava taciturno para as próprias mãos.

"E então?", disse ela, por fim.

Como Dev continuava em silêncio, Eliza fez menção de levantar.

"Não, espere", disse ele.

Ela olhou para Dev. "Pelo amor de Deus, fale de uma vez."

"Para onde pretende ir?", perguntou ele.

"Pensei em Jaipore, talvez, para tirar algumas fotos da cidade rosada. Também tenho que voltar ao castelo para recuperar meu equipamento."

Ele a olhou fixamente, como se não tivesse prestado atenção em uma palavra sequer, então voltou a falar. "Foi meu pai quem jogou a bomba que matou seu pai."

Ela sentou-se com um estrondo. "Repita isso."

"Meu pai matou seu pai. Sinto muito, Eliza." Ele disse aquilo num tom tão monocórdio que ela teve dificuldade para captar o sentido de suas palavras.

"Tem certeza?"

Era a conversa mais estranha que já tivera na vida. Com o coração totalmente descompassado, ela apertou a mão contra o peito. O que era aquilo? O que ele estava querendo dizer? Sua mente começou a rodar, a tal ponto que ela mal sabia o que pensar ou sentir. O deserto em volta girava. Embora lhe faltasse clareza, uma sensação arrepiante em sua pele lhe dizia que ele estava falando a verdade.

"Isso não pode estar certo", disse ela, apesar de tudo.

Dev assentiu e a olhou com tanta tristeza que Eliza quase se aproximou para consolá-lo. O que ele pretendia ao lhe contar aquilo? Enfraquecê-la? Como esperava que reagisse? *Meu pai matou seu pai.* Meu pai. Seu pai. As palavras reverberavam em sua cabeça.

Por fim, recobrou a voz. "Há quanto tempo você sabe?"

"Que ele jogou a bomba? Há alguns anos, embora tenham me pedido para nunca falar disso."

"Eu quis dizer há quanto tempo sabe quem eu sou."

"Desde que Jay me contou o que aconteceu com seu pai." Ele balançou a cabeça. "Quando criança, eu precisava de alguém para culpar pela ausência do meu pai. Convenci a mim mesmo de que nada era culpa dele. É estranho, eu sei, mas na época foi a única maneira que encontrei de lidar com a questão."

"E depois, quando cheguei aqui?"

"Foi como se a lógica que eu havia construído tivesse desmoronado de uma hora para outra. Meu pai era um assassino e o seu era a vítima."

Eles ficaram em silêncio por alguns minutos, enquanto Eliza tentava compreender o sentido de tudo aquilo. Depois de tantos anos...

"Você nunca mais ouviu falar dele?", perguntou ela, por fim.

"Nunca."

"E como você soube que ele tinha feito aquilo? Havia alguma prova? Pode ter sido só um boato, uma especulação."

"Um dos conspiradores contou à minha mãe, para que compreendesse por que ele tinha fugido. Ela me disse que os ingleses queriam enforcá-lo. Só tempos depois é que me contou o que realmente tinha acontecido."

Ele estava sentado, com a expressão tão perturbada que Eliza sentiu-se compelida a dizer uma palavra de consolo, mesmo não parecendo a coisa certa a fazer.

"Dev, você não é seu pai."

"Não sei. Descobri toda a verdade quando tinha treze ou catorze anos, e às vezes tenho a impressão de que preciso continuar aquilo que ele iniciou. Quando Chatur pediu minha ajuda, sabia que era errado, mas também tive a certeza de que não ia dar certo, de que nada ia acontecer com Jay."

"Mas ele foi preso."

"Foi aí que me dei conta de como tinha sido idiota. Disse a Chatur que ia revelar o envolvimento dele a menos que convencesse Clifford a libertar Jay."

"Mas seu próprio envolvimento também viria à tona, não?"

"Sim. Mas há outra coisa. Chatur sabia do meu pai e ameaçou contar a você se eu não o ajudasse. Tive vergonha. Não queria que mais ninguém soubesse. Por isso o ajudei."

"Depois ele foi falar com Clifford? Confessou que era você que estava por trás dos panfletos, e não Jay? Que tinha sido um engano?"

"Sim, e também explicou que eu nunca havia tido a intenção de distribuí-los, inventando que era apenas uma brincadeira imbecil da minha parte."

"Clifford não prendeu você."

"Não. Jay cuidou para que eu viesse para cá."

"Por que está me contando isso agora?"

"Porque você vai embora, e pode ser que não haja outra oportunidade. Achei que precisava saber. Tinha que colocar isso para fora."

"Você sabe que testemunhei o que aconteceu?"

Ele fez que sim. "Sinto muitíssimo."

Por mais estranho que parecesse, Eliza soube que precisava apertar a mão dele. Ao fazê-lo, foi recompensada com um sorriso de sinceridade. Mas não pôde deixar de pensar que Clifford deveria ter contado a ela. Quando voltasse a Juraipore, certamente iria cobrá-lo. Ele escondera a verdade sobre a pessoa por trás do atentado em Delhi, e ela não ia deixá-lo se safar tão facilmente.

35

O motorista e o carro que Jay havia providenciado em Udaipore para levá-la a seu palácio ainda estavam à sua disposição. Depois que Dev foi embora do terraço, Eliza decidiu ficar mais um dia. Sua confissão havia mudado as coisas. Contemplando a paisagem banhada de sol, que o calor fazia tremer, Eliza lamentou profundamente todo o sofrimento dele na infância. Mas estava contente que tivesse lhe contado tudo e não podia evitar a sensação de que as pontas soltas relacionadas à morte do pai estavam sendo amarradas. A manhã havia assumido um ar estranho, quase irreal, e, apesar das chuvas, o clima continuava abafado.

Ela entrou, passando por um corredor com telas de mármore rendilhadas em treliça, voltando para o salão de janelas amplas, onde a luz que vinha de cima dava a impressão de que o teto era na verdade o céu. Muita coisa acontecera desde a primeira vez que Jay lhe apresentara aquele lugar, e Eliza tinha que reconhecer que era difícil sair dali. As paredes douradas brilhavam, e era fácil imaginar os dias de glória do passado, quando aquele lugar era um refúgio para a família real. Mas ela sabia que Jay não dispunha dos fundos para restaurar o palácio, que investira todos os seus recursos no projeto de irrigação. Quando ia pegar a bolsa onde estava a Leica que Clifford havia lhe dado, viu Jay de pé na porta.

“Não achei que você viria tão rápido”, disse ela. “Pensei que fosse ficar mais tempo no castelo de Juraipore.”

“Bem, como pode ver, aqui estou”, disse ele. “Que bom que a encontrei. Consegui reunir todo o seu equipamento no castelo. Chegará hoje à tarde."

Ela não disse nada. Ficou apenas olhando para cima. Por que ele conversava como se tudo estivesse normal entre os dois? Fez-se silêncio, como se o ar tivesse sido sugado da sala, deixando apenas o calor.

"Eliza?"

"Obrigada", disse ela, num tom seco. "Então o incêndio era mesmo uma invenção."

Ele fez que sim e deu alguns passos na direção dela. Embora quisesse recuar, Eliza permaneceu onde estava. "Como foi a viagem?", perguntou.

Ele ergueu as sobrancelhas. "Precisamos ser tão britânicos? Não temos coisas mais importantes a discutir?"

"Me diga você."

"Ah."

Eles ficaram olhando um para o outro, até que por fim ela rompeu o silêncio. "E então? Vai ser marajá?"

Jay assentiu.

"Entendi. Muito bem. Eu estava prestes a ir embora. Se puder providenciar o envio do meu equipamento, ficarei muito grata." Ela não conseguiu esconder o ressentimento na voz. Virou as costas e começou a sair, mas ele foi atrás.

"Eliza." Jay procurou sua mão, mas ela virou-se para encará-lo.

"Confiei em você, Jay. Só em você."

"E pode continuar confiando."

Eliza se esforçou para ignorar a expressão de súplica no rosto dele enquanto falava.

"Você sabia que eu teria que assumir caso alguma coisa acontecesse com Anish."

"É verdade. Fui boba de achar que alguma coisa havia mudado. Agora, se não se importa, preciso ir."

"Eliza, aqui é diferente. O desejo pessoal não pode ficar em primeiro plano. O dever predomina."

"Bem, não se preocupe. O *desejo pessoal* aqui vai facilitar as coisas para você."

"Escute", insistiu ele. "Tem mais uma coisa."

"O que mais pode haver, Jay? Está tudo perfeitamente esclarecido."

Ele balançou a cabeça, dando quase a impressão de estremecer. "More aqui. Não quero que vá embora. Virei o máximo que puder."

Alguma coisa retesou-se dentro dela. Seu maxilar ficou tenso. "Não serei sua concubina."

"Não estou pedindo isso."

"E o que está pedindo então? Sabe muito bem que terá que se casar com uma indiana, para ter herdeiros." Eliza sabia que estava parecendo amarga, mas não se importava.

Não houve resposta.

"Acha que vou ficar morando aqui pelo resto da vida", prosseguiu ela, "à espera de suas visitas cada vez mais raras?"

Ele respondeu com ar pensativo: "Acho que você terá um belo lugar para morar, um projeto de irrigação para gerir, se desejar, e uma carreira de fotógrafa".

Então, foi a vez de Eliza balançar a cabeça. "Por que não me falou sobre o pai de Dev?"

"Achei que ia chateá-la."

"Você achou que eu não fosse entender."

"Talvez. Olhe, e se eu reformar este lugar para você? Pense por um momento, você poderia ser dona de tudo isto." Jay fez um gesto amplo com o braço.

"Acredita mesmo que pode me comprar?"

"Pelo amor de Deus, Eliza. Você deve saber que eu não quis dizer isso. Só não quero perdê-la."

Ela inspirou fundo. "Jay, você já me perdeu. Perdemos um ao outro." Os dois ficaram em silêncio. Embora quisesse dar um safanão nele, simplesmente não conseguia ficar zangada.

"Jamais vou esquecê-lo, Jay. Vou amá-lo para sempre. Mas não é para ser. Francamente, acho que sempre soubemos disso." Ela estendeu a mão. Ele a segurou e a puxou para si, depois a apertou nos braços pela última vez. Quando se separaram, lágrimas turvaram sua visão, e Eliza notou que os olhos de Jay também estavam úmidos. Embora tentada a amolecer, ela fez força para manter-se firme. Permanecer naquele castelo não traria nada de bom. Poderia dar certo no começo, mas com o tempo as coisas mudariam. Ela precisava ser capaz de controlar as próprias emoções e se fortalecer.

"Você é uma pessoa maravilhosa, Eliza. Por favor, nunca se esqueça disso."

Ela manteve o olhar no rosto perturbado de Jay. "Mandarei um recado a Laxmi dizendo para onde quero que enviem o equipamento."

"Para onde acha que vai?"

"Primeiro preciso ver Clifford, depois quero ir a Jaipore. Então vou montar a exposição, se conseguir reunir impressões suficientes. Vai ser antes do que eu estava planejando, e depois acho que terei que voltar à Inglaterra. Ainda não sei."

"Você está com a carteira que lhe deixei em Udaipore?"

Ela assentiu. "Eu não queria trazê-la, mas vou precisar dela para pagar pela montagem e pelas molduras."

"Se houver alguma coisa que eu possa fazer, qualquer coisa, é só dizer."

Eliza sorriu em meio às lágrimas. Então virou-se e foi embora. Sentiu-se mais triste do que nunca, mas não fazia sentido adiar aquele momento.

36

Quando Eliza chegou à casa de Dottie, ficou surpresa ao encontrar malas e baús empilhados no jardim de entrada e todas as cortinas fechadas. A amiga contava as malas, com um ar esgotado. Seu cabelo tinha se soltado dos grampos e as bochechas estavam rosadas. Quando avistou Eliza, endireitou-se e conseguiu dar um sorriso.

"O que está acontecendo?", perguntou Eliza.

Dottie deu um suspiro profundo e tirou algumas mechas de cabelo dos olhos. "Estamos sendo transferidos."

Eliza ficou perplexa. "Mas por que tão cedo? Não faz tanto tempo que estão aqui. Pensei que fossem ficar um período mais longo."

"Surgiram rumores de que Anish morreu por causa do tratamento que meu marido indicou."

Eliza bufou. "Isso é ridículo. Ele morreu porque era obeso e não se cuidava."

Dottie deu de ombros. "Seja como for, estamos indo para o sul. Pouco tempo atrás, a palavra de um médico era a lei. Agora, a impressão é de que podem nos trocar quando quiserem. De qualquer maneira, já falamos muito de mim. Como você está?"

Eliza havia ensaiado as palavras, mas nem por isso era mais fácil pronunciá-las.

"Está tudo terminado com Jay."

A reação da amiga parecia uma mistura de pena e alívio.

"E Clifford?", perguntou Dottie, com ar entristecido. "Sem você, ele anda sem rumo."

Eliza balançou a cabeça. "Não vou voltar para Clifford, mas preciso falar com ele. Sabe se está lá dentro?" Ela olhou para a mansão do outro lado da rua.

"Vi um carro estacionar mais cedo, mas estava meio distraída." Dottie apontou para as malas espalhadas por toda parte. "Perdemos alguns objetos de valor na mudança para cá, e não quero de jeito nenhum que aconteça de novo."

"Então é melhor não a reter. Posso dar uma mãozinha depois, se quiser."

"Não se preocupe. Está tudo sob controle." Dottie deu um passo para trás e ergueu os olhos para a casa. "É uma pena, porém. Este é o lugar mais bonito em que já morei. Vou sentir falta. E de você também."

As duas se abraçaram.

"Gostaria de poder ficar", disse Dottie ao se despedir. "Não é fácil ser esposa. Bem na hora em que você começa a fincar raízes, tem que se mudar de novo. Os homens não se importam. Têm o trabalho e o clube deles. E acho que ter filhos ajuda, mas no meu caso..."

"Ah, Dottie, queria poder ajudar."

"O que quer que aconteça, Eliza, agarre-se ao seu trabalho."

"Obrigada por tudo. Você vai manter contato, não?"

Dottie sorriu. "Clifford pode lhe passar nosso novo endereço. Cuide-se, e boa sorte. Adorei conhecê-la. Promete que vai continuar com a fotografia?"

"Pode apostar."

Depois que Dottie voltou para dentro, Eliza caminhou até uma entrada lateral para a casa de Clifford. Não quis bater na porta da frente; queria lhe surpreender, na esperança de que aquilo lhe desse alguma vantagem num diálogo que prometia ser delicado. Ela olhou para o céu brilhante, protegendo os olhos com as mãos. Quando era criança, costumava brincar com o pai de procurar formas nas nuvens. Mas não havia uma nuvem sequer à vista.

Ao abrir o portão, houve um forte rangido, e na mesma hora ela o viu no jardim. Clifford percebeu sua presença e ficou parado, com o regador na mão, imóvel, como se tivesse virado uma estátua.

"Olá", disse Eliza, consciente de uma apreensão cada vez maior.

Ele pareceu recompor-se e deu alguns passos na direção dela. "Não esperava vê-la."

Eliza percebeu que as bochechas dele ficaram coradas. "Imagino que não."

Clifford deu um sorriso amarelo. "Você voltou?"

"Não para ficar."

"Ah... então?"

"Podemos sentar na sombra? Está meio quente."

Ele apontou para o banco embaixo da figueira-dos-pagodes. "Está bom ali?"

Ela assentiu e Clifford chamou o criado para pedir *lassi* gelado.

Depois de se acomodarem no banco, Eliza contemplou o jardim. As chuvas recentes tinham renovado tudo, e soprava uma ligeira brisa. A grama brilhava mais do que antes, e as árvores estavam mais verdes; até as flores tinham mais viço. Ela pensou em como era impressionante a diferença que a água fazia. Mas não era daquilo que ia falar. Precisava de respostas. Por mais nervosa que estivesse, nada ia detê-la.

"Então?", disse Clifford, virando-se para encará-la. "O que pretendia, indo embora daquele jeito? Sei com quem você estava. Não acreditei nem por um minuto naquela história que Dottie inventou."

"Sinto muito."

"Imagino que sinta. E justamente com Jayant Singh!"

Ela não disse nada.

"Os homens aqui na Índia são bastante efeminados, com todas aquelas joias e roupas afetadas. Não sei como se deixou levar."

Ela retesou-se e, farta da arrogância e do preconceito britânicos, não pôde esconder sua irritação.

"Se você um dia se casar com um indiano, cairá no ostracismo nas duas comunidades. A miscigenação é condenada por todos. É uma traição aos princípios imperiais."

"Não quero discutir isso com você. Formei minha própria opinião a respeito dos ingleses na Índia, e tudo que tenho a dizer é que vejo as coisas de maneira muito diferente. Este país não é nosso, Clifford, é deles, e os indianos têm o direito de fazer as coisas como quiserem. E meu relacionamento com Jay não diz respeito a mais ninguém."

"Se é isso que você pensa, devo dizer que estou desapontado."

"Tudo bem. Mas agora preciso lhe fazer algumas perguntas, e ficaria contente com respostas sinceras."

"Tendo a achar que quem tem que fazer perguntas sou eu. Afinal de contas, foi você quem fugiu e rompeu nosso noivado por carta. Não teve nem a decência de fazer isso cara a cara."

Eliza sabia que ele tinha razão e não deixava de sentir vergonha, mas aquilo não ia detê-la. "Lamento de verdade por isso, mas não foi planejado", disse ela, encarando-o.

Ele fungou. "Então qual era o plano? Ter um caso com o príncipe e depois voltar rastejando para o bom e velho Clifford? Achei que fosse melhor que isso."

"Não havia nenhum plano", disse Eliza, com certa tristeza.

Os dois ficaram em silêncio por alguns instantes, até que ele voltou a falar. "Acho difícil perdoá-la por convencer Dottie a mentir por você."

Eliza não contou que a mentira tinha sido ideia da amiga. "Por favor, não vamos ficar brigando", disse. "Tenho coisas mais importantes na cabeça. Por que você mentiu de forma tão descarada sobre a prisão de Jay?"

Ele olhou para ela com ar de dúvida, mas não disse nada.

"Você já sabia que ele ia ser libertado quando vim falar com você. Chatur lhe disse que tinha havido um erro e que o culpado era Dev. Não imagino que tenha confessado o próprio envolvimento, mas você não prendeu Dev. Por que não?"

Quando olhou para Clifford, ela viu que parecia estudar seu rosto, como a buscar pistas que lhe dissessem o quanto realmente sabia. Eliza se recompôs, sem querer se mostrar insegura.

"Sim. Eu sei a verdade", ela disse diante do silêncio dele. "E, mais do que isso: acho que sei por que permitiu que isso acontecesse."

"Ah, é?"

"Você sabia que eu viria correndo na hora em que prendesse Jay, não sabia?"

Clifford balançou levemente a cabeça. "Não foi bem assim."

"Chega de mentiras. Você estava contando que eu concordasse em me casar com você para garantir a soltura dele."

"E no entanto nem precisei convencê-la. Foi você quem me propôs isso."

Ela o olhou fixamente. "Não acredito que me enganou!"

O maxilar de Clifford ficou tenso, e ele desviou o olhar.

"Você também sabia que, se Jay fosse considerado culpado, seria impedido para sempre de governar. Mas acho que não acreditava que a coisa iria tão longe."

"Reconheço que desde o começo farejei um golpe. E, antes mesmo de Chatur aparecer para me contar que tinha sido Dev, a menina veio correndo me dizer a verdade e implorar a libertação de Jay..."

Eliza franziu a testa. "Menina? Que menina?"

Ele se levantou, afastou-se alguns passos e então virou, olhando para ela sem falar nada, como se alguma coisa estivesse rodando em sua cabeça.

"Que menina, Clifford?"

"Indira, é claro."

"Indi? Ela estava envolvida nisso também?"

"Não. Dev deixou escapar o que ele e Chatur tinham aprontado. Ela nunca faria mal a Jay, embora talvez tivesse motivo para querer fazer mal a você." Ele fez uma pausa. "Sua própria irmã."

A brisa parou e tudo ficou em silêncio no jardim. Eliza conseguia escutar seus batimentos cardíacos, mas sua boca ficou seca e ela não conseguiu encontrar as palavras que buscava. Do que Clifford estava falando?

"Indira é sua meia-irmã", disse ele, devagar, como se ela tivesse problemas de raciocínio. "É filha bastarda de seu pai."

Eliza se levantou, mas suas pernas tremeram e ela precisou se segurar no braço do banco. "Você está inventando isso", disse. "Para me provocar." Mas sua voz soou vazia, e alguma coisa lhe dizia que era verdade. Ela pensou na foto que encontrara no sótão da casa da mãe. Cobrindo a boca com a mão, desejou que fosse apenas uma brincadeira dele. Mas Clifford balançou a cabeça.

"Lamento", disse ele. "É a verdade."

Ela teve vontade de urrar, mas não quis lhe dar a alegria de saber que tinha conseguido machucá-la. De certa forma, não o culpava, pois o havia magoado primeiro. Eliza se esforçou para se endireitar. Da mesma forma que Jay estava presente nela cada vez que respirava, deu-se conta de que Indira também. Ficou pensando em como podia ter sido tão cega.

"Você está bem?", perguntou Clifford, educado. Nada, porém, podia apaziguá-la.

Ela virou-se contra ele, com raiva. "Por que não me contou antes?"

"Não queria magoá-la. De verdade. Eu me importava genuinamente com você."

"Não sou feita de vidro."

"Ela é ilegítima. Dificilmente vocês poderiam ser próximas."

Eliza sentou-se de novo. "Sempre quis uma irmã. Minha vida inteira." Então ela se lembrou do que sua mãe havia dito sobre rejeitar aquela *coisinha imunda*. Era tudo verdade, o marido fora infiel. Cada palavra de acusação dita pela mãe era verdadeira. Enquanto pensava naquilo, Eliza ignorava Clifford, mas agora, ao se lembrar do que Dev lhe havia dito, sentiu um arrepio na pele.

"Indi não é o único segredo que você guardou de mim, não é?", disse, com frieza.

"Não sei do que está falando", ele respondeu num tom casual, enquanto pegava uma tesoura caída na grama e começava a aparar um arbusto próximo.

Eliza tremeu, explodindo de raiva. "Pelo amor de Deus, não pode ser sincero pelo menos uma vez? Sabe que foi o pai de Dev que jogou a bomba que matou meu pai. Que foi por isso que Dev concordou em ajudar Chatur. Ele tinha medo de que a verdade fosse descoberta."

Clifford fez uma pausa momentânea, depois seu tom de voz ficou mais sério. "Eu só queria protegê-la, Eliza. De que adiantaria saber disso? Nunca conseguimos encontrá-lo." Ele falava calmamente, como se tivesse ensaiado bastante aquelas palavras.

"Não cabia a você decidir, principalmente quanto a Indi", disse Eliza.

"Eu prometi à sua mãe."

"E mesmo assim deu um jeito para que eu viesse à Índia, sabendo que minha irmã estava aqui. Por que fez isso?"

Ele não respondeu de imediato. Parecia nervoso. "Não imaginei que você pudesse vir a descobrir."

"Quem mais sabe? Indi, obviamente, mas e quanto aos outros? Estão todos rindo da minha cara?"

Ele olhou para baixo, franzindo as sobrancelhas. "Eu nunca teria deixado isso acontecer. Ninguém sabe, Eliza. Juro a você. Indi só tomou conhecimento há pouco tempo. Pouco antes de morrer, a avó dela lhe contou a verdade."

Eliza não respondeu, mas olhou para o céu que escurecia e então curvou-se, com a cabeça entre as mãos. Era demais para suportar. Ela não sabia o que sentir em relação à irmã, tampouco tinha qualquer ideia de como lidar com aquilo. Sentia-se trancada dentro do próprio corpo. Com a necessidade de proteger-se de emoções tão desconhecidas, teve a impressão de que as paredes à sua volta tinham ficado mais sólidas. Olhou para cima. O jardim, que antes parecia tão bonito, fresco e agradável, tinha se tornado um lugar de sombras que se mexiam.

Ela notou que Clifford a observava. Seu rosto tinha mudado, e seu jeito rígido pareceu mais relaxado.

"Afinal, eu vim aqui tirar fotos para um arquivo ou era parte inconsciente de um complô para espionar a família real?"

"Tirar fotos para o arquivo, é claro. Estou com todas as suas impressões finais. Aquelas que você escolher serão emolduradas e depois enviadas para onde determinar. Está bem assim? Se quiser completar o projeto, tudo irá para os arquivos."

"Obrigada."

"As impressões vão ficar na casa de Dottie. Não creio que tenha a intenção de se hospedar aqui."

"Preciso lhe devolver a Leica."

"Não. Foi um presente. Para mim, não tem utilidade."

"É muito generoso da sua parte. Obrigada. Vou lhe restituir o valor um dia."

Ele estendeu a mão. "Eliza..."

Ela sacudiu a cabeça. "Não se aproxime mais." Eliza sabia que qualquer coisa que Clifford dissesse ia fazê-la chorar. Por isso, levantou-se e foi embora.

As malas de Dottie já estavam sendo colocadas no carro. Ela saiu correndo da casa para chamar Eliza.

"Estamos saindo neste instante. Clifford lhe deu o endereço?"

Eliza fez que não, e Dottie notou que havia algo errado. "Deus do céu", disse ela. "O que foi desta vez? Parece que viu um fantasma."

Mesmo que quisesse, Eliza não teria conseguido falar. Ela tinha chegado a Rajputana cheia de expectativas, mas nem em um milhão de anos teria pensado que descobriria uma irmã.

"Fique com estas chaves", dizia Dottie. "São dois quartos, e ainda estão arrumados. A mobília não é nossa. Fique o tempo que precisar. O aluguel está pago até o final do mês que vem."

Eliza assentiu. "Obrigada. Ainda tenho que selecionar minhas últimas impressões. Vou fazer isso aqui."

"Só um segundo, vou anotar nosso novo endereço." Dottie correu para dentro e voltou com um papelzinho dobrado. "Não sei o que aconteceu para você ter ficado com essa cara, mas, se precisar de uma amiga, me escreva. E vá me ver."

Eliza engoliu o nó cada vez maior na garganta e desejou que a amiga não estivesse indo embora. Ao mesmo tempo, percebeu que talvez nunca pudesse lhe contar tudo.

As duas se abraçaram. Depois de alguns instantes, Dottie entrou no carro que a esperava e partiu. Eliza ficou observando o veículo sumir ao longe. Com a amiga, tudo parecera terrivelmente silencioso, mas agora os ruídos de Juraipore a tomaram de assalto: crianças gritando, lavradores apregoando seus produtos, moradores cuidando da vida. Tapou os ouvidos e correu para dentro.

37

Eliza passou uma noite inquieta na casa de Dottie. Sonhou com todo tipo de coisa: que tinha ficado presa em um incêndio fora de controle no deserto; que estava procurando os doces que o pai costumava esconder no bolso; que, quando erguia os olhos, não era o rosto dele que encontrava, mas o de Chatur. Dizem que os sonhos são uma maneira de lidar com nossos problemas, mas os de Eliza eram numerosos demais para resolver. No entanto, ela acordara decidida a falar com Indira, mesmo que o pensamento a aterrorizasse.

Quando foi ao castelo buscar as fotografias que pretendia emoldurar, maravilhou-se mais uma vez com a visão das imensas fortificações elevando-se sob o céu amarelado e das ameias que pareciam estender-se por quilômetros. Um criado de uniforme a conduziu ao longo dos corredores de paredes de estuque polido, brilhando levemente. Ela ainda não sabia se Indira estava lá ou se tinha voltado para o povoado. Eles passaram por um jardim florido cercado por uma varanda de mármore, no centro do qual uma fonte faiscava à luz do sol. Depois, entraram numa parte do castelo que não conhecia. O ar cheirava menos a jasmim e mais a cardamomo e especiarias. O criado lhe explicou que aquele era o jardim de ervas, e que aquela parte do castelo ficava atrás da cozinha.

"Por aqui", disse ele, conduzindo-a até uma escadaria parcialmente encoberta. Subiram até o topo, de onde prosseguiram por uma série alucinante de pátios interligados, cercados dos dois lados por paredes altas e arcos em forma de concha. Quando chegaram a um prédio pequeno em formato de torre, ele abriu uma porta, que por sua vez dava acesso a outra escadaria íngreme e sinuosa.

"Por aqui?", perguntou Eliza, sentindo certo desconforto. O homem assentiu e começou a subir. No topo, ele puxou uma corda, tocando um sino preso numa porta pintada de azul-claro. Eliza não sabia o que esperar, mas ouviu o ruído de uma tornozeleira e ficou aliviada ao ver Indira aparecer.

"Estes são seus aposentos?", perguntou Eliza, surpresa.

"Meu quarto."

"Por que vamos falar aqui?"

"Entre. Você vai ver."

Eliza seguiu Indira pelo interior do que seria um cômodo octogonal não fosse a parte que estava conectada ao prédio principal. Inquieta, ficou aliviada ao sentir a brisa fresca que entrava por cinco janelas altas e estreitas. Nada a ver com os corredores escuros e sombrios da *zenana*, que eram divididos entre os apartamentos de Laxmi, de Priya e das concubinas. Era um lugar encantador, arejado e agradável. Hipnotizada, Eliza teve a sensação de ter chegado às nuvens.

"Era uma torre de observação", explicou Indira. "Venha ver a vista."

Eliza atravessou o quarto até uma das janelas e descortinou um panorama magnífico da cidade inteira, estendendo-se mais abaixo e até a planície além.

"É pequeno, mas adoro ficar aqui no alto. Principalmente depois que puseram vidro nas janelas."

Não havia mobília, exceto por um *charpoy* colorido, coberto de almofadas, um tapete no chão, um baú e várias almofadas quadradas.

Indira fez sinal para que se sentassem, mas Eliza ficou onde podia contemplar a vista. Conseguia ouvir o som dos sinos das cabras e o murmúrio das árvores, acompanhado por uma fragrância inebriante que se elevava da terra. Viu manchas de cores brilhantes à distância e percebeu que eram lenços femininos, esvoaçando enquanto secavam nos varais.

Com relutância, afastou-se e virou-se para encarar Indira, agachando-se numa das almofadas alguns instantes depois. “Estou vendo por que gosta tanto daqui”, disse.

O que realmente queria dizer era: *como ousa ser filha do meu pai?*, mas sabia que tanta petulância em nada ajudaria. Apesar disso, não conseguia nem começar a destrinchar emoções tão confusas.

Indira também ficou em silêncio, mas se sentou, dobrando e desdobrando o lenço comprido que costumava usar para cobrir a cabeça. Naquele dia, vestia saia, blusa e sandálias. O cabelo estava solto. A torre parecia o lugar perfeito para ela, como se fosse uma donzela esperando ser salva — o que de certa forma era. Um sentimento de pena tomou conta de Eliza. Aquela moça franzina, com pés e mãos tão pequenos, não tinha começado a vida com sorte. A avó tinha feito o possível para compensar a ausência do pai e da mãe, mas aquilo bastava?

“Você ficou sabendo, então?”, perguntou Indira. “Dá para ver nos seus olhos.”

Eliza pensou que talvez tivesse notado um abrandamento. Uma abertura que ela própria não quisesse ou não pudesse admitir. Enfiou a unha na palma da mão. “Não consigo falar sobre isso.”

Ficaram em silêncio durante vários minutos. Eliza ainda prestava atenção nos sons do mundo exterior que eventualmente chegavam ali.

“Conte-me sobre sua infância”, disse, por fim.

“Se está falando do nosso pai...”

Eliza ficou visivelmente incomodada, e Indira pediu desculpas.

“Não. Vá em frente.”

“Não me lembro dele.”

“E da sua mãe?”

“A última vez que a vi, não tinha nem três anos. Acho que era dançarina, mas minha avó nunca falava dela. Dizia que trouxera desgraça à família. Tive sorte por ter cuidado de mim.”

Outro silêncio constrangido. Era como se nenhuma das duas achasse tranquila aquela conversa. Embora sentisse necessidade de estar ali, Eliza queria estar a quilômetros de distância. Qualquer lugar serviria, desde que não precisasse encarar a verdade.

“Você vai continuar aqui?”, perguntou Eliza.

“Não quero voltar para o vilarejo.”

"Jay vai deixar você ficar?" Ela pronunciou o nome dele num tom neutro, sem qualquer resquício de emoção.

"Acho que sim."

Eliza deu de ombros, e a pena que sentira por um breve instante voltou a dar lugar ao ressentimento. "Tem uma coisa que eu queria perguntar", disse, mudando de assunto. "Aquela garrafa de pirogalol que foi roubada. Você não... bem, o que quero dizer é... você teve alguma coisa a ver com a morte de Anish?"

Os olhos de Indira se arregalaram por alguns segundos. Então, ela caiu na gargalhada. "Está perguntando se eu matei Anish para que Jay virasse marajá e o caso de vocês terminasse?"

A reação incisiva de Indira fez com que sentisse certa vergonha.

A moça sacudiu a cabeça, com os olhos cheios de lágrimas de tanto rir. "Não sou uma assassina, Eliza. Posso ser um monte de coisas, mas não isso. Reconheço que fui eu quem quebrou sua câmera, no entanto."

Eliza engasgou. "Você me fez sofrer."

"Sinto muito. Achei que podia convencê-la a ir embora assim."

"Pensei que fôssemos amigas."

Ela olhou para baixo. "Naquela época, eu não sabia quem você era."

"Então tudo bem magoar alguém que não era sua..." Ela parou, incapaz de pronunciar a palavra. "Mas foi você quem roubou o pirogalol?"

"Chatur me pediu."

"Mas por quê?"

"Para criar um transtorno. Para dar a impressão de que você era um risco para todos nós."

"Então a culpa foi de Chatur."

Indira assentiu.

"Tenho muito pouco poder. Eu precisava dele. Desculpe por não ter contado a Jay. Agora Priya tem planos para ele..."

Eliza ficou estupefata. "Priya?"

"Ela está acostumada a ter poder na corte, e é normal que uma marani se casa com o irmão do falecido marido."

"Meu Deus! Nunca pensei nisso. Mas Jay a despreza."

"Você ainda não entendeu? Para nós, o casamento não tem nada a ver com paixão: é uma questão de dever e de família."

Eliza suspirou. Compreenderia a Índia um dia? "E como fica o amor?", perguntou ela.

"Um aprende a amar o outro. É assim que dura."

"E quem vai arranjar um casamento para você?"

Indira sacudiu a cabeça. "Gosto de Dev, mas não tenho dote além da casa da minha avó. Você viu. É uma cabana de barro que não vale nada. Então acho que ficarei sozinha."

Eliza assentiu, e de repente se deu conta da importância que uma aliança com Chatur representava para Indira. Sem nenhum status ou poder próprio, ela não tinha muita escolha. Eliza resolveu que tinha que dizer alguma coisa a respeito de sua própria relação com Jay. Havia sido mais que um simples romance. Ela sabia daquilo e Jay também, mas queria que Indira soubesse.

"Eu amo Jay", disse. "Sempre amarei."

"Ele sente o mesmo, estou certa disso."

"Mas e Priya? Só de pensar, fico enojada."

"Tudo o que sei é que Jay sempre surpreende. Ele encara a vida do jeito dele, e sempre vai fazer apenas o que acredita ser o certo."

"O que quer que seja?"

Indira assentiu, e Eliza ficou pensando num jeito de ajudar a moça. Então, teve uma ideia. "Você está envolvida com o movimento pela independência?", perguntou ela. "Isso mudaria tudo para as pessoas comuns. Hoje, vejo que o único caminho é a autonomia. Só espero que seja atingida de maneira pacífica."

"Bem, nesse aspecto, Dev é muito convincente. Ele me persuadiu de que o mundo, tal como o conhecemos, está para acabar, ainda que não hoje ou amanhã."

Eliza sorriu. "Ele está falando do fim do mundo ou da Índia britânica?"

"Da Índia britânica, claro, e Dev acredita que os Estados principescos também vão acabar. Mas é claro que a maior parte dos príncipes está lutando para preservar seus assentos. Quem pode culpá-los?"

"Jay vai ser um governante justo enquanto o reino durar."

Houve uma breve pausa, e Eliza adivinhou o que viria a seguir.

"Fale-me dele... fale-me do seu pai, por favor."

Eliza respirou fundo e suspirou. Sempre gostara de recordá-lo, mas agora seu amor estava tão misturado com raiva e ressentimento que mal sabia por onde começar. Lembrou-se de como odiava quando ele a levava a rodeios de porcos. Então pensou no dia em que a levou a uma caçada, mais agradável. Eles ficaram vendo de uma plataforma alta, mas, quando o vice-rei atirou num lindo elefante, ela chorou, deixando o pai constrangido.

"Eu o amava", foi tudo que conseguiu dizer.

"E sua mãe?"

"A infidelidade dele arruinou sua vida."

"Você deve me odiar."

Eliza olhou para Indira, tão solitária. "Quando Clifford me contou, fiquei fora de mim."

Uma vaga e súbita lembrança do pai a fez estacar, e ela imaginou se era real: David segurando a mão de uma indiana. Ou era jovem demais para compreender o significado daquilo?

"Ainda está brava comigo?", perguntou Indira.

Eliza estava perdida em seus próprios pensamentos, e não respondeu.

"Ainda está brava comigo?", repetiu Indira.

Eliza suspirou. "Com você, com meu pai, com Clifford, por ter me contado. O pior de tudo foi a raiva que senti da minha mãe, por ter se deixado destruir pelo que meu pai fez." Depois de uma pausa, ela prosseguiu. "Minha mãe tinha um problema com bebida."

"Sinto muito."

"E eu a culpava por tudo. Achava que meu pai era perfeito. Como fui tola." Eliza se levantou; doía demais. "Talvez seja hora de ir embora."

"Mas já? Por que não vem comigo até o terraço ver a vista?"

"Para você me empurrar de lá?", disse Eliza, sorrindo.

O rosto de Indira não se alterou. Então, ao se levantar, ela soltou uma risada. "Quem sabe? Venha. Lá em cima, é como se eu ficasse além dos problemas. Agora, que o sol está a pino, é a melhor hora."

Indi tomou a mão de Eliza e levou-a por um atalho. Elas subiram alguns degraus e passaram por uma porta, e então foi como se estivessem no topo do mundo. Indira abriu os braços e rodopiou, rindo e gritando. "Vamos lá, Eliza, você também!", exortava, sem parar. Eliza hesitou, mas não conseguiu resistir. A sensação de girar era libertadora. Livrando-se de todos os pensamentos, Eliza sentiu-se livre. Começou a rodopiar cada vez mais rápido, vendo a incrível paisagem passar rapidamente. Sabia que naquele lugar, bem acima da cidade, tudo podia ser perdoado, e que aquela moça que tinha tão pouco era sangue do seu sangue.

Ela ouviu o dobrar dos sinos e vacilou, tropeçando e caindo no chão. Igualzinho à vida, pensou: ela o deixa subir e depois o joga no chão. Ficou observando Indira, que ainda rodopiava e gritava. Avistou uma águia voando bem alto, na imensidão brilhante do céu azul-claro. Mesmo suada e com calor, sentia a brisa secando sua pele. Naquela hora, apesar de tudo o que havia ocorrido, teve a sensação de que um dia voltaria a ser feliz.

Quando Indira parou, Eliza levantou-se e caminhou na direção dela. Então estendeu os braços e abraçou a irmã. Quando se separaram, encarou os brilhantes olhos verdes da moça.

"Você não está sozinha", disse. "Tem a mim, *bahan*, para sempre. Prometo."

38

JAIPORE

As avenidas largas que atravessavam os portões em arcada da cidade de Jaipore estavam repletas de soldados e filas de camelos adornados com sedas, fitas e pompons. Eliza passou sob um arco e em seguida sob outro, pintado de um rosa vivo e decorado com detalhadas flores brancas. Ela se lembrou da cidade de sua infância e estava preparada para se decepcionar, mas Jaipore era tudo o que tinha imaginado e um pouco mais. Além disso, os *havelis*, palácios e balcões brilhavam em diferentes tons.

Ela tinha chegado no auge de um festival hindu e teve sorte de encontrar um quarto vago para além das arcadas em cúspide de um belo hotel, bem no coração da cidade. Era um tanto irônico que estivesse ali durante o Teej, parte de uma série de três festivais durante os meses das monções, período em que as mulheres faziam preces a Parvati e a Shiva em busca da bênção da felicidade conjugal. O festival era dedicado ao amor e à devoção da esposa ao marido, algo que Eliza provavelmente nunca conheceria. Ela só entendia da parte do *amor*.

Eliza já tinha notado os pequenos insetos avermelhados que brotavam da terra durante as chuvas, mas não se dera conta de que o Teej havia sido batizado por causa deles. Mas o gerente do *haveli*, um homem baixinho e animado com olhos pretos penetrantes, lhe explicara tudo. Ela ficou sabendo que, no norte da Índia, o Teej comemorava a chegada das monções; em Rajputana, também celebrava o alívio do calor abrasador do verão; e que naquele ano a chuva tinha demorado tanto a passar que o festival havia começado mais tarde. O homem sabia um monte de coisas — na verdade, falava tanto que deixava Eliza tonta —, e acrescentou que, embora o jejum fosse indispensável durante o Teej, o que dava vida e alegria ao festival eram as mulheres cantando e dançando. Eliza decidiu sair para ver por conta própria, levando consigo a Leica nova.

Ela deparou com uma cidade borbulhando com gente exuberante. Vislumbrou os balanços que haviam sido pendurados nos galhos das árvores mais altas e decorados com calêndulas. Ainda achava um pouco estranho que fossem para mulheres adultas, mas bastou olhar os rostos para constatar sua alegria. Eliza percebeu que as mulheres tinham as mãos enfeitadas com complexas tatuagens de hena e os corpos cheios de joias. Ou esperavam encontrar um parceiro, pensou, ou estavam rezando pela saúde do que já tinham.

Eliza descobriu que um parque de diversões havia sido montado a uma curta distância do *haveli*. Então pegou a Leica nova, pronta para captar a imagem de uma roda-gigante e das fileiras de quiosques vendendo bonecas e enfeites. A cidade inteira parecia estar ali. Os adultos gritavam uns com os outros e riam, enquanto as crianças abriam caminho em meio à multidão. Eliza perguntava às pessoas se podia fotografá-las. A maioria assentia e sorria, felizes por ser retratada em suas melhores roupas. Curiosamente, toda vez que ia tirar uma foto, as pessoas ficavam sérias. Ela registrou elefantes pintados e ornamentados, alinhados nas avenidas largas e retilíneas, portando *houdahs* de seda. Mais adiante, avistou sobre o pavimento estatuetas de Shiva e Parvati vestidas com roupas de veludo para vender. Devia ser maravilhoso fazer parte de uma comunidade que compartilha suas crenças religiosas, pensou ela num instante solitário. Eliza deixara de acreditar em Deus no dia em que a bomba voara pelos ares e levara para sempre seu pai.

À medida que a noite começava a cair, a cidade, iluminada por centenas e centenas de vasinhos de barro contendo apenas óleo e um pavio, parecia saída diretamente das páginas de um conto de fadas. O palácio local tinha um brilho rosa profundo, e os fortes no alto do morro se impunham contra o roxo escuro da cordilheira Aravalli. Eliza via toda aquela beleza, mas para ela parecia manchada por uma forte melancolia: uma constatação de que jamais poderia fazer parte daquilo de verdade. Não pôde evitar pensar em Jay e lembrar de tudo o que tinham vivido. Sempre pensaria com carinho nos dias que passara com ele. Mas era hora de seguir em frente. E, embora uma parte dela tivesse vontade de fugir, ficou assistindo às danças. A visão de tantas mulheres bonitas se mexendo como se suas próprias vidas dependessem daquilo deixou-a mais animada.

Eliza ficou surpresa quando uma das mulheres mais próximas agarrou-a pela mão e levou-a até o meio da multidão. Inicialmente ela se sentiu envergonhada e desajeitada. Não estava vestida para aquele tipo de extravagância, mas bastaram alguns minutos para relaxar.

Naquela noite, Eliza dormiu como uma criança. No dia seguinte, decidiu vestir sua melhor roupa indiana. Fez um contorno de *kaajal* nos olhos, como lhe fora ensinado pelas concubinas, e admirou-se uma vez mais com a maneira como aquilo ressaltava o verde deles. Aplicou um pouco de ruge nas bochechas e batom nos lábios e prendeu o cabelo com fitas coloridas na base da nuca.

Ela planejava descer para tomar café na varanda, que tinha vista para um jardim luxuriante. Depois, daria uma volta pela cidade. Prometera a si mesma que ia tentar se enturmar.

Ao empurrar a porta pesada da varanda, constatou que o local estava vazio. Ou tinha chegado cedo ou tarde demais. Perguntou-se se era o caso de procurar alguém. Mas um criado apareceu, colocou uma rosa vermelha num vaso em sua mesa e saiu. Ela estava perdida em pensamentos quando ouviu uma voz masculina. Por alguns instantes, ficou totalmente imóvel. Não podia ser ele! Virou-se então para o lado e o viu, sorridente, com os olhos cor de âmbar cheios de carinho.

"Jay?"

Ele encostou um dedo nos próprios lábios e chegou mais perto.

Ajoelhou-se e tirou uma caixinha do bolso da túnica. Abriu-a e segurou-a para que ela visse.

Eliza estava diante do mais belo anel de safira que podia imaginar. Ele ficou olhando para seu rosto, solene.

"O fato", disse Jay, "é que não consigo viver sem você."

Eliza não pôde impedir que as lágrimas brotassem. Incapaz de entender que aquilo estava mesmo acontecendo, limitou-se a assentir com a cabeça, sem palavras.

"Desculpe tê-la feito passar por tudo isso. Achei que estivesse fazendo a coisa certa. Queria me desculpar e perguntar se me perdoa."

Eliza ficou sem palavras por um instante. Então sorriu. "Vamos ter que concordar em perdoar um ao outro."

"Venha", disse ele, erguendo-se e estendendo os braços para ela. "Vamos reconstruir nossa confiança um no outro, nos dias de luz e de trevas."

E então ela foi até ele. Enquanto se abraçavam, Eliza sentiu o coração de Jay contra o seu, feliz mesmo ainda surpresa. Os dois ficaram sentados em silêncio durante algum tempo. Era um momento precioso demais para estragar com perguntas. O sol se infiltrava entre as árvores. Eliza observou os passarinhos que voavam pelo jardim e um casal de macaquinhos barulhentos que se balançavam nos galhos. Queria guardar aquela lembrança. Queria poder se lembrar daquele momento pelo resto da vida. Porque era perfeito, e momentos de perfeição não aconteciam com tanta frequência. Perguntas iam e vinham em sua cabeça, e mais tarde ela ia fazê-las, mas naquele instante só segurava a mão de Jay e sentia uma espécie de paz sublime, como se soubesse que nada mais podia dar errado de novo. Passaram-se vários minutos sem que nenhum dos dois falasse.

Ele foi o primeiro a interromper o silêncio. "Já tomou café?"

"Sabe que nem lembro? Acho que perdi a capacidade de pensar. Em todo caso, não estou com fome agora."

"Então podemos dar uma caminhada, enquanto a cidade ainda está tranquila e não faz calor?"

Eles saíram do *haveli* por uma viela estreita, onde só havia alguns gatos deitados de maneira indolente, que nem se deram ao trabalho de sair do caminho. Alcançaram, então, as ruas de Jaipore. A luz do início da manhã revelava a beleza da cidade. Tudo parecia brilhar. O rosa dos edifícios parecia ainda mais delicado que na véspera. A maior parte das lojas ainda estava fechada. Quando passaram pelo Palácio dos Quatro Ventos, Eliza fez a pergunta que não a abandonava.

"Como, Jay? Como isso é possível?"

"Meu irmão mais novo vai virar marajá, sob a regência de Laxmi. Ela terá controle total até ele atingir a maioridade, e eu serei seu tutor."

"Sua mãe concordou com isso?"

"Ela adora você, Eliza. Quando viu como eu estava decidido, deu sua bênção. Apresentamos aos ingleses como fato consumado, por isso eles não tiveram muito como se opor."

"Mas e quanto a Priya?" Ela contorceu a boca e ergueu as sobrancelhas, para que Jay entendesse que era uma provocação. "Achei que ela fosse virar sua esposa."

"Nunca. Agora Priya vai ter que assumir um papel secundário, ou será vestida de branco e enviada de volta para sua família."

"Sinto certa pena dela."

Jay passou o braço sobre seus ombros. "E esse é um dos motivos pelos quais te amo."

"O que aconteceu com Chatur?"

"Ele foi destituído de poder e obrigado a deixar o castelo. Nomeei um novo *dewan*."

"Viva!"

"Agora, a pergunta mais urgente é: onde vamos nos casar?"

"Você está falando sério que desistiu de ser marajá por minha causa? Tem certeza?"

Ele riu. "Não mude de assunto. Onde? Você pode ter um casamento de conto de fadas aqui, no palácio da cidade — a família é nossa amiga. Ou podemos fazer uma coisa mais discreta em Delhi. O palácio fica no centro de Jaipore e é bem impressionante. Daria para acreditar que é uma cidade à parte. Tem de tudo, de jardins de ciprestes e palmeiras a estábulos. Empregam tecelões cuja única função é tecer roupas de seda bordadas com flores douradas para os elefantes. Podemos usar leopardos adestrados na nossa processão nupcial."

"Chega!"

"Prefere Delhi?"

Ela assentiu. "O palácio da cidade parece fantástico e deve ser o sonho de toda moça, mas acho que um casamento de conto de fadas seria um acontecimento triste para mim, que não tenho família."

Ele ficou parado, olhando-a nos olhos. "Tirando Indi."

"Ela contou a você?"

Ele assentiu. "Eu devia ter percebido. Vocês têm os mesmos olhos."

"Mais ou menos, só que os meus têm a cor dos lagos, e os dela brilham como esmeraldas."

"Vocês têm olhos lindos e são lindas... lembra que um dia eu lhe disse que você, Indi e eu estávamos ligados?"

"Acha que era nosso destino ficar juntos?"

"Quem sabe? As coisas às vezes dão certo de um jeito estranho e inesperado."

"Está bom assim, não está? Você e eu?"

Ele riu. "Está maravilhoso. E para Indi. Como ela vai passar a ser minha cunhada, posso me responsabilizar por seu dote."

"Antes não podia?"

"Não seria tão fácil. Ficamos presos a certas tradições."

Eliza sentiu-se tão feliz que não pôde evitar um sorriso. "Fico tão feliz que a tenha perdoado."

"E agora a mãe de Dev não vai mais poder se opor ao casamento deles."

Eliza teve um lampejo repentino de ansiedade. "Tenho medo de que um dia você fique com raiva de mim. Por ter abdicado da oportunidade de governar."

"Você se preocupa demais. Acho que tudo vai mudar muito em breve na Índia, e bem mais do que nos damos conta agora. De qualquer maneira, só o projeto de irrigação já é coisa demais para mim."

"É verdade."

"A propósito, preciso da sua ajuda para acelerá-lo. Tive algumas ideias e obtive permissão para represar o rio de que lhe falei. Vai fazer muita diferença no nosso trabalho. E não esqueça que também trabalharei como conselheiro. Mas chega de tudo isso. Já lhe disse que está linda hoje, e que é uma hora muito auspiciosa para nosso noivado?"

"Já lhe disse que você tem os cílios mais incríveis que já vi num homem?"

Ele piscou para ela e riu.

"Ah, e estamos em pleno festival do Teej. Vou ter que rezar para um final feliz!"

"Você vai ficar linda com as mãos pintadas de hena", disse ele, então fez uma pausa. "Alguma novidade sobre a exposição?"

"Ainda não tenho o local."

"Que tal o salão principal do meu palácio? Preciso reformar o piso, é claro, mas a luz é incrível. Se enviarmos os convites com antecedência, muita gente vai aparecer."

"Mesmo? Ah, obrigada. Eu adoraria."

"O prazer é meu." Jay estacou e sorriu para ela. "E então, quantos filhos vamos ter?"

"Dois, talvez. Quem sabe três?"

"Eu estava pensando em pelo menos cinco."

Ela engoliu em seco. Será que devia contar logo ou esperar um pouco mais, até ter certeza? Ela hesitou antes de começar a falar num tom sério. "Na verdade, tenho algo a dizer a esse respeito."

Ele ficou sisudo de uma hora para outra. "Não precisamos. Quer dizer, se quiser se concentrar na sua carreira e não..."

"Não, seu idiota. Pare e escute. Estou atrasada. É cedo demais para saber, mas pode ser que o número um já esteja a caminho."

Ele olhou para o alto, bateu no peito e começou a gargalhar. Ela jogou a cabeça para trás e o acompanhou. De canto de olho, viu os comerciantes abrindo suas barracas e ouviu o tilintar das tornozeleiras das mulheres que passavam. Os moradores sorriam ao vê-los rindo com tanta espontaneidade.

O sol subia no céu, e pela primeira vez Eliza vivenciou a perfeição inigualável da vida: cada momento, cada fragmento de alegria a ser saboreado. E, quando viesse o sofrimento, como certamente viria, ela ia encará-lo com o coração aberto, sabendo que sobreviveria. Olhou em torno de si, para a cidade rosada e exótica, e soube que finalmente tinha superado. E, mesmo sabendo que amaria o pai para sempre apesar de seus defeitos e que sentiria certo arrependimento em relação à mãe, o que importava era o futuro: sua carreira, seu amor por Jay e o cuidado com a geração seguinte. Sua mãe estava errada. Não havia razão para que uma mulher não pudesse ter tudo, e Eliza jurou que pelos próximos dias e anos provaria aquilo. Não apenas seguiria a carreira que amava, mas também teria sua própria família, inclusive com a irmã que sempre quisera. Eliza ergueu a cabeça para os céus. *Alegre-se por mim, mãe*, ela pensou. *Alegre-se.*

Epílogo
SHUBHARAMBH BAGH, TRÊS MESES DEPOIS

Num dia agradável de outubro, chegou finalmente a data marcada para a exposição de Eliza. Ela acordou cedo, deixou Jay dormindo e se enrolou no roupão para caminhar pelos corredores do palácio dele — que agora era sua casa. Eliza adorava a luz radiante do começo da manhã e muitas vezes explorava sozinha o palácio, antes que os outros acordassem. Frequentemente, precisava se beliscar para acreditar na sorte que a levara até ali. Ela e Jay tinham se casado discretamente em Delhi, e agora estava se acostumando à ideia de virar mãe. Tinha terminado o projeto para o arquivo e fora devidamente paga. Ainda que Clifford nunca tivesse admitido, acabou passando a crer que, embora as intenções pessoais dele em relação a ela fossem honradas, na verdade tinha outro objetivo ao instalá-la no castelo: vigiar a família real e relatar tudo a ele.

Quando chegou ao imenso salão de recepção, com janelas altas e piso recém-reformado, Eliza contemplou as setenta e cinco fotografias que pendurara nas semanas anteriores. Jay tinha arregaçado as mangas e, trabalhando juntos, haviam feito o melhor possível para apresentar sua obra. Todas as fotos foram elegantemente emolduradas em preto e instaladas a intervalos regulares ao longo de uma parede. Os rostos orgulhosos da realeza fitavam o visitante, assim como os rostos dos moradores do povoado, incluindo crianças e pobres. Cada momento havia sido registrado, às vezes em imagens suaves e granuladas, às vezes sob uma luz crua e intensa, às vezes em sombras. Cada foto era uma obra de arte em si mesma, e Eliza estava orgulhosa do resultado. Encostadas à parede oposta e em total contraste com as fotos em preto e branco, rosas perfumadas bem vermelhas erguiam-se volumosas na brisa leve, em dez vasos de porcelana. Em meio a elas, cadeiras pintadas de branco estavam preparadas para aqueles que queriam sentar-se e apreciar. Eliza conferiu cada foto, ajeitando uma, tocando a superfície de outra e se certificando de que todas estavam penduradas da maneira exata. Então, subiu as escadas para acordar o marido.

Naquela tarde, Eliza enfiou-se num vestido longo preto e solto na barriga cada vez maior. Kiri, que estava morando com eles, ajeitou seu cabelo, colocando uma das rosas vermelhas nele. Sobre os ombros, ela pôs um xale de seda branca. Quando Jay entrou e a viu, assobiou.

"Ora, ora, meu bem. Está ainda mais bela que seus retratos."

Eliza sorriu satisfeita. Ele vestia preto, vermelho e branco, num traje tradicional rajapute — um *angharki* escuro com uma fenda profunda na frente. Recém-saído do banho, ainda estava com o cabelo molhado. Ela se aproximou dele e tocou-lhe o rosto. "Você também está bem impressionante."

Alguém bateu à porta, e Jay foi abri-la.

Indira entrou. "Já ajeitei as flores", disse. Ela estava responsável pelos arranjos e pela organização do coquetel. Usando um vestido vermelho de seda de estilo europeu. "Está pronta? Acho que ouvi um carro chegando."

Eliza olhou para Jay, nervosa. E se ninguém aparecesse? E se não gostassem do seu trabalho? E se só quisessem admirar a mulher inglesa do príncipe?

"Vou descer", disse Jay. "É melhor você fazer sua entrada quando o lugar já estiver cheio."

Ela assentiu, sem dizer nada. Jay foi beijar-lhe a fronte. "Vai dar tudo certo. Prometo. Não mandamos convite para meio mundo?" Ele se virou. "Vamos descer, Indi."

Jay tinha razão. Convites haviam sido enviados a estúdios fotográficos de Delhi, Jaipore e Udaipore. O *Times of India* fora convidado, assim como o *Hindustan Times* e o *Statesman*, e todos os nobres conhecidos de Jay, além de homens de negócios. Eliza insistiu para que a população local fosse convidada. Até Dev estaria lá, agora que sabiam que Clifford não ia prendê-lo.

Sozinha no quarto, Eliza olhou-se de corpo inteiro no espelho. Embora a pele brilhasse, saudável, e os olhos faiscassem, não conseguiu acalmar as pontadas no estômago, mas pelo menos podia ouvir que mais carros começavam a chegar. Depois de meia hora andando para cima e para baixo do quarto, Eliza ergueu os olhos quando Kiri apareceu à porta para passar o recado de Jay de que estava na hora. A inglesa respirou fundo algumas vezes.

"Está pronta?", perguntou Kiri.

Eliza fez que sim e dominou os nervos. Então, caminhando como uma rainha indiana, foi até o topo da grandiosa escadaria que levava ao salão. Ficou olhando para os próprios pés por alguns instantes, sentindo calor e com o coração disparado. Quando teve coragem de olhar, ficou surpresa ao ver que o salão estava repleto de gente sorridente, com os olhos voltados para ela. Ao dar seus primeiros passos, eclodiu uma salva de palmas. Eliza piscou para repelir as lágrimas e achou que seu coração fosse explodir. As palmas continuaram até ela chegar ao final da escada, onde Jay a aguardava.

"Permita-me apresentá-la a Giles Wallbank", disse ele.

"Prazer em conhecê-la", disse um homem louro e sorridente, estendendo a mão. "Devo dizer que essas fotografias são realmente extraordinárias. Adoraríamos publicar uma amostra no *Photographic Times*. Estaria disposta a conversar?"

Ela deu um amplo sorriso. "Ficaria muito feliz."

"Vou mandar redigir um contrato assim que possível. Agora, vou deixá-la desfrutar de seu sucesso."

Depois que o homem se afastou, Jay ofereceu-lhe a mão e sussurrou: "Olhe só a reação geral". Ele mostrava as pessoas que balançavam a cabeça em aprovação, admirando as fotos, e a fila de gente esperando para falar com ela.

Eliza nunca ia se esquecer daquele dia. Ela havia chegado à Índia insegura a seu próprio respeito e quanto ao seu talento como fotógrafa. Chegara sem saber realmente quem era, mas tudo havia mudado. Ela não sabia o que viria pela frente, mas por enquanto sua vida era perfeita. Só podia esperar pela chegada de um filho com saúde. Ela olhou Jay nos olhos, que refletiam sua alma, e teve que piscar ainda mais forte que antes.

"Você conseguiu, meu amor", disse ele. "Eu não poderia estar mais orgulhoso."

Nota da autora

Alguns dos livros que considerei particularmente úteis durante a pesquisa para este romance foram:

ALI, Ahmed. *Twilight in Delhi*. Nova Delhi: Rupa, 2007.

BHARUCHA, Rustom. *Rajasthan: An Oral History*. Nova Delhi: Penguin Books India, 2003.

CARTIER BRESSON, Henri. *In India*. Londres: Thames & Hudson, 1993.

DASS, Diwan Jarmani. *Maharani*. Nova Delhi: Hind, 2007.

DWIVEDI, Sharada; HOLKAR, Shalini Devi. *Almond Eyes, Lotus Feet*. Nova York: HarperCollins, 2007.

KEEN, Caroline. *Princely India and the British*. Londres: I. B. Tauris, 2012.

KUMAR, Amrita (Org.). *Journeys Through Rajasthan*. Nova Delhi: Rupa, 2011.

MARTINELLI, Antonio; MICHELL, George. *Palaces of Rajasthan*. Mumbai: India Book House, 2004.

MEHTA, Gita. *Raj*. Londres: Minerva, 1997.

MOORE, Lucy. *Maharanis*. Londres: Penguin, 2005.

PURCELL, Hugh. *The Maharaja of Bikaner*. Nova Delhi: Rupa, 2013.

VIKRAM, Sweta Srivastava. *Wet Silence: Poems About Hindu Widows*. Ann Harbor: Modern History, 1975.

Agradecimentos

Palavras nunca poderão expressar a gratidão que sinto por todos da Penguin/Viking pelo grau de apoio que continuo a receber. Muito obrigada, Venetia, Anna, Rose e Isabel. Um imenso agradecimento a Lee Motley, pela maravilhosa capa original, e a toda a equipe de vendas e direitos autorais, que tanto trabalhou por mim. Obrigada também à minha agente, Caroline.

Eu não teria sido capaz de escrever este livro sem o auxílio de todos que conheci na Índia. Por isso, um enorme agradecimento a Nikhil Pandit, diretor da TGS Tours & Travels, de Jaipur, no Rajastão, por ter organizado de forma tão brilhante minha viagem. Sou imensamente grata a Thakur Shatrujeet Singh Rathore, Thakurani Maya Singh, Thakur Jai Singh Rathore e Thakurani Mandvi Kumari, de Shahpura Bagh, por sua generosidade e pelo tempo e atenção que me dedicaram. Não apenas Shahpura foi um lugar maravilhoso de visitar como sua história inspirou este livro. Obrigada também a Thakur Praduman Singh Rathore, em Chandeleo Garh, um retiro mágico. Nunca esquecerei os jantares no terraço, sob as estrelas. E agradeço a todos no Pal Haveli, de Jodhpur, assim como a Thakur Man Singh e Thakur Prithvi Singh, proprietários do Narain Niwas e do castelo Kanota, em Jaipur. E a nossos motoristas e guias, maravilhosos e com paciência infinita.

Eu não poderia encerrar sem agradecer à minha família, e em especial a meu marido e "masterchef" Richard, que agora prepara pratos indianos incríveis.

O Rajastão é mágico. Escrever este livro foi uma experiência maravilhosa. Espero poder voltar lá um dia, mais que a qualquer outro lugar onde estive. Por isso, talvez mais do que tudo, agradeço à Índia em geral e a essa região em particular. E, caso alguém tenha questionamentos quanto às grafias usadas neste livro, empreguei Jaipore, Udaipore e Rajputana como se escreviam na época em que a história é situada. Juraipore, é claro, é inteiramente fictícia.

TIPOGRAFIA Adriane por Marconi Lima
DIAGRAMAÇÃO Verba Editorial
PAPEL Pólen Soft, Suzano S.A.
IMPRESSÃO Gráfica Bartira, julho de 2021

A marca FSC® é a garantia de que a madeira utilizada na fabricação do papel deste livro provém de florestas que foram gerenciadas de maneira ambientalmente correta, socialmente justa e economicamente viável, além de outras fontes de origem controlada.